검푸른 고래 요나

제12회
혼　　불
문 학 상
수 상 작

검푸른 고래 요나

김명주
장편소설

난다
책방

일러두기

1. 소설 본문의 맞춤법·띄어쓰기·외래어 표기 등은 저자의 의도에 따랐으며, 출판사의 편집 원칙과 다른 곳이 있습니다.

2. 소설 내용은 독자 개인의 고유한 이미지 수립에 기여할 뿐이며, 언급된 인명·지명·상표 명·사건 등은 실제와 무관합니다.

바다에 남겨진 혼불들에게

차례

제 1 부

주 미

푸른 눈	12
디바인 핸즈	22
케이팝 루키	37
사막	52
파란 별	67
먹잇감	82
마지막 무대	95
기타 피크	108

제 2 부

요 나

변신	130
듀엣	146
위도 횟집	161
비밀	184
바다 아래 I	204
바다 아래 II	223
배웅 I	234
배웅 II	252

제 3 부 고래인간	미제 사건	280
	케이지	302
	정치망	319
	미끼	333
	사람 천사	344
	바다 아래 바다	374
	선곡 목록	398
	참고 자료	400
	심사평	404
	수상 소감	408

제 1 부

주미

아주 깊은 바닷속
바다 밑바닥에 있는 너의 눈

너의 눈이 나를 변화시켜

나는 왜 여기에 있어야 할까
왜 가만히 있어야 할까

따라가지 않으면 미치고 말 거야
네가 이끄는 곳으로 가지 않으면

—— 라디오헤드, 「기이한 물고기」

푸른 눈

★

와이퍼는 쉴새없이 돌아갔다. 오른다리의 통증은 조금 누그러졌다. 상점들의 불빛과 높이 뜬 신호등의 빨간불이 뚜렷해지다 물렁거렸다. 차들이 늘어뜨린 불빛을 밟으며 우산을 쓴 사람들이 횡단보도를 지나갔다. 아빠는 손을 뻗어 앞유리창의 에어컨 바람을 만졌다.

"바둑은 두니?"

요나의 얼굴을 되새기느라 나는 대꾸하지 않았다. 음악실에 홀로 남은 그의 모습이 잔상으로 남아 지워지지 않았다.

"문정이가 학교에서 역사를 가르친다고 했지. 한국사였나."

신호등이 초록불로 바뀌어 차는 횡단보도를 넘어갔다. 자기 동생이 뭘 하는지도 모르는 건가. 나는 답하지 않고 창문을 기어 내려가는 물방울 줄기를 바라보았다.

지난달 고모의 결혼식에 아빠는 참석했을 거다. 서른두살의 고모가 열여섯살이나 많은 이혼남과 결혼한다며 엄마는 넋두리했었다. 아빠네 집안은 다들 똘끼를 타고났다며, 내가 그 똘끼를 물려받았다고 걱정하는 엄마의 말을 듣고 짜증을 냈었다.

"문정이가 너를 그 학교에 데려오려고 애 많이 썼더라. 바둑을 잘 둬서 너처럼 한국기원 연구생이었는데. 그러던 애가 유사에 들어가고, 때려치우고, 이제는 학교 선생님이 되고, 부장 검사랑 결혼하고 말이야. 대단한 애야."

바둑을 배울 때부터 들어왔던 얘기였다. 고모가 아빠보다 백배 천배 나를 챙겨주고 있으니 신경 끄라고 말하고 싶었다.

"내년이면 수능 봐야 하잖아. 무슨 전공을 할 건지 정했니?"

기말고사가 끝나서 그런 걸까. 아빠가 불쑥 학교에 찾아와서 그런 걸까. 우산을 잃어버린 내 잘못도 있었다. 아빠의 문자메시지를 씹고 비를 맞더라도 집에 갔으면 이러지 않았을 거다.

텅 빈 교실에 남아 아빠를 기다렸다.

칠판의 벽걸이 텔레비전에 비친 내 모습을 올려다보며 투애니원2NE1의 앨범을 들었다. 「유 앤 아이You And I」 노래로 넘어가서 박봄의 목소리가 흘러나오다 끊겼다. 휴대폰 화면에서 로딩 표시가 팽글팽글 돌았다. 오른다리의 골반뼈에서부터 무릎까지 짜릿거렸다. 태풍이 한반도에 올라온다는 예보를 듣기 전부터 일어났던 통증이었다. 깍지 낀 두 손으로 허벅지를 붙들어 천천히 무릎을 펴고 발목을 돌렸다. 노래가 중단된 허전함으로 창밖의 빗소리가 밀려왔다.

빗소리에 피아노 소리가 스몄다. 나는 이어폰을 뽑아 여리게 퍼지는 피아노 소리에 귀를 기울였다. 정식으로 발표되지 않은 인디음악 같았다. 멜로디의 흐름이 소박해서 낮은 화음을 넣어 따라 부르고 싶은 노래였다. 나는 교실을 나가 절름발을 끌어 음악실로 올라갔다. 어색하더라도 피아노를 치는 이에게 노래의 제목을 물어 알아내고 싶었다.

계단을 올라가는 도중에 피아노 연주가 멈추었다. 불을 켜지 않아 어 둑한 음악실에는 아무도 없었다. 피아노의 건반 뚜껑은 열렸고 음표를 그린 오선지 노트가 보면대에 놓여 있었다.

함께 웃을 그날을

너를 처음 만난 날, 알 수 없는 어색함…… 으로 시작되는 가사와 음표 를 보며 나는 선 채로 건반을 짚었다. 피아노의 음이 덥고 습한 음악실 을 맑게 울렸다. 연습생 때 90년대 음악을 배우다가 들었던 노래와 비 슷했다. 그 가수가 누구인지 그 노래의 제목이 무엇인지 기억나지 않았 다. 소속사에서의 일들은 떠올리기 싫다.

피아노 의자에 앉아 페달을 밟아가며 노래의 리듬을 떠듬떠듬 연주 했다. 브릿지의 음표를 누르며 곡을 쓴 이가 옛날 사람 같다고 짐작할 즈음에 요나가 음악실에 들어왔다.

"다리는 어때. 뜀걸음 정도는 할 수 있을 거라지 않았나."

뭐가 궁금하다고 자꾸만 말을 거는 걸까.

"저녁 먹으러 안 갈래?"

"밥맛 없어."

"이제 체중 관리는 안 해도 되잖아."

내가 고개를 돌리자 아빠는 눈길을 틀어 정면을 바라보았다. 아빠가 작년보다 훨씬 젊어 보였다. 안경의 얄따란 은색 테가 윤이 났다. 새로 운 애인이 선물해준 것 같았다. 이번엔 또 어떤 여자일까. 또 한참 어린 대학생일까. 토론 방송에서 정부 정책을 신랄하게 비판하며 매만지던 뒷머리는 검게 염색되었고, 보기 좋게 컬을 먹었다.

"그냥……"

나는 코웃음을 흘렸다. 아빠랑은 아무것도 먹고 싶지 않아, 라는 말을 삼키고 내 뿔테 안경을 벗어 렌즈를 닦았다.

"피자 좀 먹으려나 했지."

아빠는 핸들을 돌려 어딘가로 들어가 다른 도로로 빠져나갔다. 정말 피자를 먹으러 가면 어떡하지 하는데 차는 한남대교로 들어섰다. 우리 집으로 가는 길이었다. 딱히 무슨 할 얘기가 있는 건 아니었다. 그렇게 생각하니까 왜 연락해서 학교에서 기다리게 만들었냐며 따지고 싶었다.

"아빠가 준 신용카드 안 쓰던데. 괜찮으니까 필요하면 맘껏 써. 엄마한테는 아빠 만났다고 말하지 말고."

대꾸하지 않고 나는 조수석 문을 열고 나갔다. 일부러 차문을 닫지 않고 열어두고서 대문의 초인종을 눌렀다. 안에서 인터폰으로 나를 알아본 여사님이 문을 열어주었다.

대문 손잡이를 잡고 나는 골목길을 두리번거렸다. 우산을 쓴 사람의 뒷모습이 언덕길을 내려가고 오토바이를 탄 배달원이 올라왔다. 습관적으로 수상쩍은 아저씨들이 주위에 있는지 돌아보게 된다. 더이상 내 뒤를 캐러 다닐 일이 없음을 알면서도.

차 안에서 아빠는 궁상맞게 웃으며 손을 흔들었다. 문을 닫아달라고 하지 못하는 모습이 한심했다. 저 아저씨를 아빠라고 부르고 싶지 않다. 아무 관계가 아닌 듯이 강진호 씨, 라고 이름을 부르고 싶다. 그러려면 한 십년 동안 어떤 연락이나 마주침도 없어야 하지 않을까.

아빠를 많이 닮았다는 말을 듣고 으쓱했던 옛날의 내가 싫다. 아빠의 기뻐하는 얼굴을 보려고 이해되지도 않는 책들을 읽고 시를 암송했다. 혜미가 디즈니 만화를 즐겨 보고 주제가를 따라 부르면 나는 아빠와 동급이 되고 싶어 그것들을 유치하다고 여겼다.

혜미가 인어공주 이야기에 훌쩍여 울고, 에리얼이 부른 「파트 오브 유어 월드*Part Of Your World*」를 외워 따라 부르면 따분하게 바라보았다. 아빠의 영향으로 뭐든 다르게 보고 비판하려고 했기에, 포유류 인간과 어류의 합은 불가능하다고 생각했다. 인어공주의 꼬리지느러미는 어류가 아니라 고래의 것이 아니냐며, 어류의 꼬리지느러미는 세로로 섰는데 인어공주의 꼬리지느러미는 고래와 같이 가로로 펼쳤다고 말했을 때 아빠는 즐거워했다.

바다의 생물과 인간의 합을 소재로 연출한다면 어류가 아니라 포유류인 고래가 마땅하다며, 고래를 뜻하는 한자 '경鯨'을 써서 '인어'공주가 아니라 '인경'공주라 불러야 적확하겠다고 아빠는 말했다. 하체는 물고기 비늘이 아닌 고래의 피부여야 한다고 나는 거들어서 응수했다.

아빠와 같이 놀고 싶어서 바둑을 배우고, 놀라게 해주려고 어려운 사활 문제를 풀고, 대국에서 이기고, 대회에 나가고, 한국기원 연구생이 되고……

내 얼굴에 숨은 아빠의 모습을 알아보면서 거울 보기가 싫었다. 아빠를 빼닮았다고 하는 말을 들으며 좋아했던 내 모습이 저주스러웠다. 눈매가 고양이, 살쾡이 같다고 하거나 드세 보인다, 도화살이 있다, 하는 말들을 던져주니까 내 얼굴에서 아빠의 인상을 들척이게 되었다.

그게 싫어서 억지로 웃고, 도수도 없는 뿔테 안경을 썼지만 친구도 없는 새로운 학교에서는 무표정할 수밖에 없었다. 창문 너머를 바라보다 휴대폰을 보거나, 책상에 엎드려 있거나. 그렇게 있어야 이전의 내 모습을 알은척하며 사인을 해달라는 등 엘퍼플*L-Purple*의 애린, 진주, 클로이와 얼마나 친했느냐는 등 귀찮은 질문을 받지 않아 편하다.

빗물에 눈앞이 흐려져 안경을 벗었다. 위층 발코니로 뻗은 모과나무와 흐린 하늘로 퍼져가는 잿빛의 구름결을 올려다보았다.

앗, 고양이다.

요나도 그랬다. 음악실로 들어오다 깜짝 걸음 멈추고 나더러 대뜸 고양이라고 말했다. 동물이 다른 동물을 만나 즐거워하는 얼굴이었다. 자기 노래를 의도치 않게 보여줘서가 아니라 단지 나를 보고 진심으로 놀랐다.

말실수했다고 자각한 요나는 멋쩍게 웃었다. 이 오선지 노트가 네 것이냐고, 네가 노래를 쓴 거냐고 물으려던 나는 꼼짝하지 못했다. 내 이름을 부르는 그가 디바인 핸즈의 최요나가 맞음을 알아보면서. 도무지 찾아볼 수 없었던 그가 내 앞에 나타난 현실을 놀라워하면서.

"너, 주미 맞지?"

나는 눈만 깜빡깜빡했다. 벌어진 그의 입술에서 윗니의 뻐드렁니가 씽긋 드러난 거다. 뻐드렁니에 맺힌 말간 빛이 꿈에서 내 등줄기를 물었던 이빨과 닮아 있었다.

"케이팝 루키에서 봤어. 위 워크 노래 불렀을 때부터."

그 꿈에서 나는 어마하게 큰 경기장 무대에 서 있었다. 내가 노래하는 파트에 들어서면 깜깜한 객석은 환호 소리로 가득 찼다. 비트에 맞춰 춤을 추는 내 몸은 가벼워서 숨이 차지도 않았다. 어디선가 내 모습을 보고 기뻐할 혜미가 떠올라 울컥했다.

꿈이 바뀌어 산속의 어느 폐가에 들어갔다. 평생 동안 그곳에서 간혀 지냈다고 느꼈다. 검은 옷을 입은 어른들이 커다란 창문으로 나를 지켜봤다. 나를 쫓아다니며 감시해왔던 그 아저씨들이었다. 물소리가 들리는 어둠 속으로 도망치려 했다. 그들이 사라지기까지 물속에 잠기고 싶었다. 얼마나 오랫동안 잠길 수 있을까 암담하던 순간에 하얀 옷을 입은 누군가 야수처럼 뛰쳐나와 나를 물어 낚아챘다. 그의 송곳니가 내 등의 날개뼈 사이를 쿡 뚫는 실감이 선명했다. 이대로 죽는다고 생각하면서도 그가 나를 구해준다고 느꼈다.

내가 빤히 올려다봐서 그는 눈썹을 쫑긋했다. 창피스러워 나는 얼른 피아노 의자에서 일어났다. 날이 후덥지근한데도 머리끝에서 돋은 차가운 소름이 등줄기를 타고 내려갔다. 나는 교복의 목깃을 여며 쥐고 오선지를 내려다보았다.

"이 노래 너가 쓴 거야?"

"우리 엄마 노래야."

내가 고개를 돌리자 오선지를 내려다보던 그가 나를 마주보았다.

"너네 엄마?"

"엄마가 흥얼거렸던 멜로디를 내가 따본 거야. 코러스랑 브릿지는 내가 붙여본 거고. 우리 엄마도……"

요나의 눈이 특이했다. 눈망울이 파란색 큐빅 빛을 띠었다. 그의 말을 듣지 못하고 방금의 푸른빛이 다시 반짝일지에 집중했다. 그의 엄마도 케이팝 루키를 챙겨보며 나를 응원했다고 말했던 것 같다. 그때 아빠가 전화를 걸어와 나는 음악실을 나가야 했다.

"알았어. 지금 나갈게."

전화통화를 마치고 그에게 휴대폰을 내밀었다. 나도 모르게 충동적으로. 노래의 데모 버전이 있으면 알려달라고 말하면서.

아까부터 열이 오른 내 상태를 그가 알아볼까 조바심이 났다. 그가 고개를 갸웃하며 휴대폰에 번호를 찍어 남겼다. 절룩이는 뒷모습을 보여주기 싫어서 나는 허둥거리며 복도를 뛰어나갔다.

데모 버전 들려줄게.

내 등 뒤에서 그가 말한 것인지, 그가 그랬으리라고 상상한 것인지 또렷하지 않았다. 아빠의 차를 향해 물먹은 땅을 딛는 내 발걸음마다 요나의 이름이 빨간 자두의 빛깔로 맴돌았다.

★

비가 시원해서 더 맞고 싶은데 구름이가 우렁우렁 짖었다. 아래층 거실 창문에서 여사님이 들어오라고 손짓했다.

"부추전을 부칠까 하는데 괜찮겠니?"

"한 장만 주세요."

구름이가 헤헤 웃는 얼굴로 맞이하지만 덥수룩한 하얀 털이 뽀송해서 안아주지 못했다. 마당에서 실컷 뛰놀게 하고 여사님이 목욕시켜놓았다. 구름이의 털을 말리느라 오후 내내 분주했던 모양이었다.

"교수님이 이번 주에도 못 온다고 전해달래."

알았어요, 하고 나는 구름이를 데리고 위층으로 올라갔다.

엄마는 주말에 잠깐 집에 들러서 빨랫감을 내어주고 옷을 챙겨 갔다. 오페라단이 지방으로 순회공연을 가고 학교는 여름방학에 들어가면 나는 또다시 집에 혼자 있을 거다.

차라리 그게 낫다. 집에서 온종일 위스키나 와인을 마시다가 취한 얼굴로 우리 딸, 우리 주미, 하며 훌쩍이는 엄마를 지켜보기 싫다. 자기가 없으면 주변의 사람들이 살아가지 못한다고 확신하는 엄마의 속내를 들여다보면 답답해서 미치기 직전이 되어버린다. 우리 몰래 엄마를 때렸던 아빠는 애인이랑 잘 살아가는데도 그게 진심이 아니라고 아직도 믿고 있다. 이제 열여덟살인 나를 벌써 인생이 끝난 사람처럼 불쌍해한다.

프리데뷔부터 스포트라이트를 받아서 세계적인 스타가 될 줄 알았다고 한탄하는 말을 들으면 나는 엄마한테 소리 지르게 된다. 내가 나온 방송 영상을 찾아보며 애달파하는 모습이 혜미를 그리워하는 것과 똑같다. 그렇게 떨어져서 지켜보면 내가 인생을 다 산 듯해서 누가 엄마인지 딸인지 혼란스러워 우울해진다.

지난봄에는 울고 있는 엄마 앞에서 부엌칼을 들고 죽어버리겠다고 날뛰기도 했었다. 여사님과 구름이가 말리지 않았다면 이전에 봐두었던 대로 나는 손목을 그었을 거다. 그래 봤자 병원에 실려가서 멀쩡하게 살아갈 테니까.

아. 엄마가 오지 않으면 담배를 훔칠 수가 없다.

침대 매트리스를 들어 올려 담배를 넣어둔 칫솔 케이스를 꺼냈다. 다섯 개비밖에 남지 않았다. 엄마가 술에 취해 곯아떨어져야 담뱃갑에서 몇 개비를 빼낼 수 있다. 화장한 얼굴에 야구모자를 눌러쓰고서 어른 행세를 들킬까 눈치 보며 담배를 사는 건 진짜 싫다.

내가 매트리스를 내려놓자 기다렸던 구름이가 펄쩍 뛰어올라 이부자리에 누웠다. 기분이 좋은지 여유롭게 꼬리를 살랑거렸다.

"언니가 담배 피우는 거 넌 모르는 거야. 알지?"

헤헤하던 구름이는 담배가 무엇인지 안다는 양 머리를 들었다. 까만 코를 큼큼 벌름거렸다. 나는 씩 웃어주고 헤어밴드로 앞머리를 올려 넘겼다. 발코니로 나가 모과나무의 잎이 수북하게 드리워진 자리에 쪼그려 앉았다. 라이터를 켜 담배에 불을 붙였다.

약해진 비는 바람을 따라 기울어 비스듬히 쏟아졌다. 모과나무 잎사귀 틈으로 아래의 강변북로에 늘어선 가로등과 한강 너머 건물의 대형 전광판이 깜빡였다. 근처의 호텔과 높은 건물의 창문들이 띄엄띄엄 불을 켰다.

얼굴에 담배 연기가 닿지 않도록 바람이 지나가는 방향으로 고개를 돌렸다. 저쪽에는 비가 멎었는지 퍼져가는 어두운 구름장으로 달이 솟아올랐다.

묘하게도 달은 푸른빛으로 물들었다. 짤막하게 반짝였던 요나의 푸른 눈망울과 비슷했다. 담배 연기를 내쉬며 나는 달을 바라보았다.

디바인 핸즈

★

욕실에서 나온 나를 올려다보며 구름이는 살랑살랑 꼬리를 흔들었다. 여사님이 부추전과 양배추 한 통을 책상에 놓아두었다. 쟁반에 포스트잇을 붙여 퇴근한다는 알림을 남겼다. 나는 양배추를 뜯어서 그릇에 담아 구름이 앞에 놓았다. 구름이의 반들반들한 눈망울이 드라이어를 잡는 나를 주목했다.

"먹어."

구름이는 냉큼 양배추를 물어 아삭아삭 씹어 먹었다. 투애니원 앨범을 재생하던 휴대폰이 앵앵 울었다. 다윤이 문자메시지를 보내왔다.

──시험 끝났는데 뭐해. 모레 놀토일에 바둑부 2학년 애들끼리 영화 보러 가재.

그냥 집에 있을래, 라고 쓰려는데 다윤이 다음 메시지를 연달아 보냈다.

——마당을 나온 암탉 재밌대.

친구들이 너두 왔으면 좋겠다고 그러는데. 힝.

국사 쌤이 결혼 기념으로 밥 사주시겠다고 했어.

내가 거절할 걸 알고서 다윤은 미리 시무룩해하고 있었다.

고모가 온다는 말이 걸렸다. 왠지 학교에서 조용조용 지내는 나를 걱정하는 것 같았다. 나도 고모를 보고 싶지만 친구들 여럿이 오는 자리가 꺼림칙했다. 거절하면 아직도 자기가 연예인인 줄 안다고 여길 시선들이 거슬렸다. 참석한다고 해서 내 이미지가 바뀌지는 않는다. 그럼에도 학교에서 누구보다 나를 반겨주는 다윤에게는 좀더 다정한 말로 응답해주고 싶었다.

——미안. 시험공부하느라 밤을 새워서 피곤해. 놀토에는 집에서 쉬려구. 나중에 우리 둘이서 봐.

아파서 골골거리는 표정의 이모티콘을 보냈다.

——진짜? 같이 보는 거 맞지? 그리고 바둑 좀 가르쳐줘. 그냥 바둑돌이 예뻐 보여서 가입했는데 매날 오목만 둬서 지겨워.

알았어, 하고 나는 웃는 이모티콘을 보냈다. 다윤은 콩콩콩 뛰는 이모티콘을 보내며 좋아했다.

학교생활기록부에 기재될 필수 동아리 활동을 해야 한다기에 선택한 바둑부였다. 다른 동아리에 비해 인기가 없어서 스무 명이 안 되는 소규모였다. 바둑이나 오목을 두다가 이따금 서로들 숨죽여 클클 웃다가 돌아가는 한적한 시간이라 나는 만족스러웠다. 2학년 반에서와 마찬가지로 바둑부에서도 교류가 없었다.

바둑부 시간이면 나는 구석에서 책을 읽다가 돌아갔다. 바둑 강사 선생님은 나를 지도하는 데에 난처해했다. 한국기원 연구생 출신에게 가르칠 게 없다며 조용히 자습하면 된다고 했다. 그보다 연예 뉴스를 떠들썩하게 했던 엘퍼플 멤버여서 부담스러웠던 거다.

지난달에 고모가 바둑부를 찾아왔다. 바둑 강사 선생님에게 결혼식 청첩장을 건네고 나를 불렀다. 레이스 칼라를 돋운 연분홍 블라우스와 나팔바지를 입은 산뜻한 옷차림이어서 나는 고모를 한번에 알아보지 못했다. 연구생 출신끼리 바둑을 두자고 했다. 겸사겸사 조카가 학교생활에 잘 적응하나 보려고 온 듯했다.

병원에 입원했던 중학교 여름방학에 고모를 본 게 마지막이었다. 작년에 이 학교로 전학시킨 고모가 자주 문자메시지를 보내와서 꾸준히 만나왔다고 나는 착각하고 있었다. 재활치료 때문에 학교에 나가지 않았던 1학년 2학기의 내 성적을 특기 활동으로 대체시키느라 고모가 뒤에서 고생했다고 들었다. 고마움을 넘어서 남모를 동경심을 품고 있었다. 이전의 고모는 육군사관학교를 나와 군사교류 파병을 다니던 군인이었다. 보기 힘든 엘리트 코스인데도 본인의 뜻대로 진로를 바꾸어 국사 선생님으로 새로운 인생을 살아갔다.

바둑부 전체가 국사 선생님 편, 주미 편으로 나눠 아이스크림 내기를 했고 다윤은 내 편이 되었다. 주목하는 시선들이 모이자 나는 속으로 떨었다. 고모가 1학년생에게만 국사를 가르쳤기에 우리를 처음 보는 사이로 아는 친구들이 의식되었다. 서로 닮았다고 눈치챌까 나는 무표정으로 인사했다. 내 사정을 이해한 고모는 다정하게 웃고 그 이상 알은 척은 하지 않았다.

결혼을 앞둔 고모는 고상하게 예뻤다. 앞머리를 깔끔하게 올려 봉긋한 이마를 드러냈는데 눈웃음을 짓는 얼굴이 우리가 같은 핏줄임을 확인시켜주었다. 내가 아빠의 딸이라는 사실을 확인하는 것과는 결이 다른 동족 의식이 느껴져 편안했다.

돌을 가려서 나는 흑돌을, 고모는 백돌을 잡았다. 각자 10분씩 할당된 속기 바둑이어서 초반 포석의 감을 잡지 못해 고전했다. 고모와 바둑을 둔 적이 없어서 기풍棋風을 파악하기 어려웠다.

내가 태어나기도 전에 고모는 한국기원 연구생이었다. 여자연구생제도가 없던 시절에 남자 연구생과 섞여서 조별 리그를 치렀다. 내가 유치원을 다닐 무렵에 고모는 연구생을 그만두었다. 할아버지와의 약속 때문이었다. 중학교 졸업 전까지 프로기사에 입단하지 못하면 고등학교에 들어가 대학을 가기로 했던 거다. 서울의 명문대를 골라 들어간다고 했는데 갑작스레 육군사관학교에 입학했다. 할아버지의 간섭과 도움 없이 다닐 수 있는 사관학교를 찾아 몰래 원서를 썼다.

고모의 돌이 두터워서 수를 부리기가 만만치 않았다. 끝내기에 들어가면 내가 패배하는 형국이었다. 나는 무리수를 뿌려 판을 흔들었다. 꼼꼼하게 실리를 챙기던 고모는 초읽기에 몰려 헛수를 두었고 나는 놓치지 않았다. 탄탄했던 고모의 돌을 분열시키고 대마의 사활을 걸게 하는 패싸움을 유도해냈다.

"파이터였구나."

고모는 빙그레 웃으며 패배를 인정했다.

"난전을 일으키는 스타일이 이세돌 사범 같았어."

내가 고모의 대마를 잡아 불계승을 거두었다. 고모가 바둑부 학생들

주미

25

모두에게 아이스크림을 사주었다.

줄곧 곁에 서서 관전하던 다윤은 내가 이겨서 아이스크림을 먹는다고 좋아했다. 뒤늦게 내가 바둑 연구생이었다는 얘기를 듣고 다윤은 새삼스러워했다. 연구생이라는 말은 전부터 들었는데 그 뜻이 무엇인지 몰랐던 거다. 엘퍼플 멤버였다는 얘기를 그다음에 듣고는 서운해했다.

"왜 말 안 해줬어."

까맣게 속았다고 쭈뼛쭈뼛 말하는 다윤을 보며 나는 오랜만에 실컷 웃었다. 그즈음부터 다윤은 내가 나온 엘퍼플 뮤비와 케이팝 루키 방송을 찾아보기 시작했다. 국사 선생님이 우리 고모라는 사실을 알게 되면 또 어떤 표정을 지을까.

히이익.

양배추를 다 먹은 구름이가 침대에 앉은 나를 불렀다.

"아, 미안해."

나는 먹던 부추전을 쟁반에 놓고 침대에서 일어났다. 양배추를 크게 뜯어 구름이의 까만 코끝에 내밀었다.

"왜 양배추를 좋아하는 거야."

구름이는 양배추를 냠냠 뜯으며 나를 올려다보았다. 언니는 양배추 맛을 몰라, 라고 말하는 눈이었다. 그냥 배추는 안 먹고 언제나 양배추만 고집한다.

오페라단 동료가 키우는 사모예드가 새끼를 낳았다며 엄마가 보내준 사진에서는 똘망한 백설기 덩이였다. 우리 집에 오고 나서 포실포실한 대형견으로 커버렸다. 구름이의 다리가 내 팔뚝보다 두껍다. 일주일에 두세 번씩 구름이를 붙잡고 빗질을 하면 하얀 털이 이불솜으로 삼을 만큼 어마어마하게 나온다. 늘어놓으면 이름 그대로 하얀 구름 더미가 된다.

순식간에 양배추를 먹어치운 구름이는 헤헤하며 침대 밑을 왔다 갔다 했다. 더 달라고 하는 거다. 내가 팔을 크게 벌리자 구름이는 침대로 뛰어올라 와락 안겼다.

"양배추 한 통을 다 먹을 셈이야? 그만 먹고 텔레비전 보자."

막상 볼만한 게 없었다. 드라마 「시크릿 가든」을 재방송하는 채널에 멈췄는데 지난겨울의 본방송대로 느끼하고 밋밋했다. 채널을 돌리자 영화 「킬 빌」이 나왔다. 「킬 빌」은 몇 번을 봐도 질리지 않았다. 게다가 노랑 트레이닝복을 입은 블랙 맘바가 철퇴를 든 고고 유바리와 일대일로 붙는 액션신이었다.

칼을 놓치고 뒤로 밀리던 블랙 맘바는 고고 유바리가 날린 철퇴의 사슬에 목이 묶였다. 블랙 맘바가 못이 박힌 각목으로 고고 유바리의 발등을 찍어 반격했다. 피가 흥건하게 뿜어지자 구름이는 머리를 들어 하옹, 하옹 꿍얼거렸다. 보기 싫다고 한다. 이번엔 각목에 박힌 못으로 고고 유바리의 옆머리를 찍어 쓰러뜨렸다.

채널을 넘겼다. 구름이가 좋아하는 뽀로로가 나왔다. 만화 채널에 멈추고 나는 휴대폰을 찾아 열었다. 오늘 요나는 노래의 데모 버전을 보내주지 않으려나 보다.

문자메시지 앱에는 수십 개의 읽지 않은 메시지가 표시되었다. 어떻게 내 번호를 알아낸 낯선 사람들이 이상한 문자메시지를 보내온다. 전화번호를 다시 바꿔야 할 때가 되었다. 그래도 얼마 후면 낯선 번호들이 문자메시지를 보내올 거다.

책상에 앉아 노트북을 열어 페이스북에 들어갔다. 가명으로 만든 계정에 로그인해서 팔로잉했던 김다윤을 찾았다. 다윤의 친구 목록에 나온 낯익은 이름과 낯선 이름의 계정을 눌러보며 돌아다녔다.

★

바람이 불어오면 발코니 창틀의 틈새가 미세하게 달싹였다. 광목 커튼에 비친 모과나무 그림자는 바람에 쓸어 올려지다 흩어졌다. 한밤이 되어 비바람이 거세졌다. 동해 바다로 들어간 태풍이 마지막 몸부림을 치고 있었다.

비를 맞아 몸이 노곤한데도 내 눈은 말똥말똥했다. 방 안은 고요해서 탁상시계는 초침 소리를 또렷하게 세어갔다. 천장으로 밀려온 어스름한 밤빛을 보며, 태풍의 눈이 내려다보는 망망한 바다를 상상했다. 물결이 거대하게 너울거리는 캄캄한 바다를. 아무리 외쳐도 누구도 구하러 올 수 없는 바다에 표류하는 나를. 무시무시한 동물의 허파같이 부푼 물결에 떠다니는 나를…… 그렇게 있으면 인어가 된 혜미가 어쩔 수 없이 나타나지 않을까.

침대 아래에서 구름이는 빚은 왕만두 모양으로 몸을 말아 잠들었다. 수면 모드로 진동하는 에어컨에 구름이의 옅은 숨소리가 묻혀갔다. 오늘은 거실의 자기 집으로 돌아가지 않았다. 구름이는 항상 내가 고민에 빠지는 날을 놓치지 않고 곁을 지켜준다.

페이스북에서 이름을 아는 학교 친구들은 죄다 돌아보았다. 밴드 동아리로 보이는 친구들의 계정을 뒤졌지만 요나는 나오지 않았다.

누군가 올린 짤막한 합주실 연습 동영상 속에서 일렉기타를 치는 요나를 겨우 볼 수 있었다. 유튜브에 들어가 고교 밴드 경연 대회에 나왔던 디바인 핸즈*Divine Hands*의 공연 영상을 다시 찾았다. 결선에서 더 유즈드*The Used*의 「더 테이스트 오브 잉크*The Taste Of Ink*」를 불러 우승한 영상을 보고 또 봤다.

긴장한 기색이 역력한 다른 고등학교의 밴드와 다르게 디바인 핸즈는 관객과 호흡하는 흥이 넘쳤다. 거침없이 내달리는 드럼의 리듬감에 객석의 학생들도 확연하게 호응하며 몸을 들썩였다. 무대에서 요나는 오버그라운드의 기타리스트처럼 능숙하게 연주했다. 코드를 잡는 왼손과, 자갯빛의 기타 피크로 줄을 뜯는 오른손이 카메라에 자주 포착되었다.

오월 마지막 주의 학교 수련회 일정에서 디바인 핸즈는 마지막 날 밤에 공연했다. 나는 재활치료를 받는다는 핑계로 수련회에 불참했다가 그날 저녁에만 들렀다 돌아갔다. 마지막 날에만 와도 수련회 참가 이력이 학교생활기록부에 남는다며 고모가 엄마를 설득했다.

나는 야구모자를 눌러쓰고서 수련원 체육관 2층 관중석에 엄마와 함께 앉았다. 각 반의 대표들이 무대에 나와 장기자랑을 했다. 잘 알지 못하는 선생님들을 대면서 성대모사를 하고, 개인기를 한다며 비트박스를 하고, 분장한 얼굴에 가발을 쓰고 단체로 춤을 추는 무대를 따분하게 지켜봤다.

"와하하……"

체육관에 모인 학생과 학부모 들은 박수를 치며 웃었다. 엄마도 내 어깨를 두드리며 마냥 즐거워했다.

따분함을 넘어 인내심을 발휘해야 했다. 가슴이 답답해서 바깥으로 나가고 싶었다. 재활치료를 받아 몸은 무거웠고 2층 관중석은 어두컴컴해서 움직이기 어려웠다. 아래로 내려가는 통로 근처 관중석에 모인 학부모들도 신경 쓰였다. 불안증이 도지려고 했다. 나를 쫓아다녔던 아저씨들이 저곳에 잠복해 있을 것 같았다.

이렇게 무리에 섞여서 웃고 떠들고 부대껴야 하는 앞으로의 학교생활이 암담하게 보였다. 다시금 자퇴를 고민했다. 전학을 포기하고서 검정고시를 보겠다고 고집을 부렸어야 했다며 속으로 후회했다.

턱을 괴고 우울한 생각에 빠지던 중이었다. 문득 무대 뒤편에 설치된 드럼과 커다란 앰프가 눈에 띄었다. 공연기획사에서 대여해 올 법한 앰프가 왜 저기에 있는지 궁금했다. 아래를 자세히 내려다보니 농구장 라인 끝에 널따란 믹서 콘솔이 깔렸고 엔지니어들이 서 있었다. 진행을 보는 선생님이 다음 순서로 밴드부가 나온다고 소개했다.

"서울시 주관 고교 밴드 경연 대회에서 우리 밴드 동아리가 대상을 탔습니다. 우리 학교 동아리 중에서 가장 역사가 깊은데 맨날 고함치는 음악만 하더니, 이번엔 상을 탔네요."

목소리가 맑은 음질로 울렸다. 선생님의 손에 아까와 다른 무선마이크가 들렸다.

"상금을 받았는데 글쎄, 오늘 무대 장비를 빌리는 데 다 썼다고 합니다. 소고기는 먹었다고 하네요. 허허."

마이크의 맑은 울림이 내가 무대에서 경험했던 것과 비슷한 전율을 일으켰다. 돋은 소름이 등을 쓸어내려 나는 허리를 펴고 앉았다.

멤버들이 무대에 올라와 모니터스피커의 위치를 옮기고 각자의 악기를 주섬주섬 챙겼다. 베이스기타와 일렉기타, 신시사이저가 음을 맞추자 학생들은 오오, 하며 기대하는 탄성을 외쳤다.

"안녕하세요. 디바인 핸즈입니다. 원래는 이 시간에 촛불의식을 해야 하는데요. 그것보다 저희 공연이 낫겠죠?"

"네에!"

학생들이 한목소리로 답했다. 드러머는 베이스드럼과 스네어드럼을 절도감 있게 때려 추임새를 넣었다. 학생들이 소리 지르며 환호하자 드러머는 스틱으로 심벌즈를 몰아쳐서 흥분을 고조시켰다. 보컬이 뒤를 돌아보고 고갯짓으로 신호를 보냈다. 베이스기타가 보풀을 일으킨 잡음으로 묵직하게 울렁였다. 공기를 팽팽하게 가르며 스네어드럼의 박자가 쿵, 쿵 들어왔다. 일렉기타는 여러 대의 오토바이를 질주시키는 크레센도로 뻗어 증폭되었다. 뮤즈Muse의 「히스테리아Hysteria」가 연주되는 거다.

It's bugging me, grating me (나를 괴롭히고 있어, 거슬리기만 해)
And twisting me around (맘대로 나를 조종하고 있고)
Yeah, I'm endlessly caving in (나는 끝없이 무너지고 있어)
And turning inside out (뒤집어지고 있어)

익숙한 노래를 학교 수련회에서 이런 사운드로 듣는다는 게 믿기지 않았다. 조명은 밝기가 어두워졌을 뿐이라 무대는 초라했지만 보컬과 세션의 음이 살아있었다. 밴드 동아리가 수업 대신에 연습에만 몰두한 것 같았다. 합주의 짜임새가 탄탄해서 누구라도 리듬을 타는 데에 어색하지 않았다. 노래가 후렴으로 넘어가자 일렉기타가 체인을 휘두르는 충격으로 할퀴더니 디스토션을 터뜨렸다.

'Cause I want it now, I want it now (나는 원하니까, 바로 지금 원하니까)
Give me your heart and your soul (네 심장과 영혼을 줘)

나는 자리에서 일어나 컴컴한 관중석 사이를 더듬더듬 내려갔다. 2층 관중석의 난간을 잡고 무대를 내려다보았다. 노래하는 보컬을 바라보다가도 일렉기타를 치는 남자애에게 눈길이 되돌아갔다. 레스폴 일렉기타의 몸체가 펄을 바른 와인색으로 빛나는 중에 스트로크하는 그의 리듬감이 유연했다. 멀리서도 그가 쓰는 기타 피크가 조그마한 자갯빛을 반사했다. 후렴구에서 스탠드의 마이크에 입을 대어 화음을 넣은 목소리가 메인 보컬보다 청량하게 들렸다.

난간을 붙잡은 내 손이 박자에 맞춰 떨었다. 나도 모르게 머리를 까딱까딱 흔들고 밴드의 연주를 따라서 노래를 흥얼거렸다. 그럴 수 없고 그러지도 않을 거라고 다짐했던 노래와 춤을 잠시나마 바랐다. 다시 무대에 서면 좋겠다면서.

엄마와 집으로 돌아가는 차 안에서도 나는 공연의 여운에 빠져 있었다. 디바인 핸즈가 교가를 부르는 앵콜곡에서 학생들이 우르르 무대에 난입해 방방 뛰던 광경이 눈앞에서 떠나가지 않았다.

"공연을 허락해주신 교장선생님께, 모두들 감사의 샤우팅!"

감사의 샤우팅이라니. 보컬의 주문에 맞춰 모두들 꺄악, 하고 소리 질러서 웃겼다. 무대 위로 뛰어 올라간 학생들은 노래하는 보컬의 바짓가랑이를 붙잡고 손을 뻗어 숭배했다. 세션들 옆에서 비트를 맞춘다며 머리를 흔들거나, 서로 무리를 이뤄 되는대로 아무 춤을 추거나. 난장판이 되었는데도 곡에 전념하려 애쓰는 밴드를 보며 나는 정신없이 웃었다. 그렇게 즐거워해본 적이 없었다.

이어폰을 끼는 것조차 힘들어했던 내가 노래를 찾아 들었다.

뮤즈Muse의 「히스테리아Hysteria」, 더 유즈드The Used의 「베리드 마이 셀프 얼라이브Buried Myself Alive」, 「더 테이스트 오브 잉크The Taste Of Ink」, 퍼들 오브 머드Puddle Of Mudd의 「블러리Blurry」, 스노우 패트롤Snow Patrol의 「체이싱 카즈Chasing Cars」.

밴드 동아리가 무대에서 불렀던 곡들을 모두 찾아 들었다. 노래를 더 듣고 싶어서 케이팝 루키에서 내가 불렀던 곡들을 플레이리스트에 올렸다.

일렉기타를 치는 이학년 최요나입니다.

공연 중간에 멤버들이 자기소개를 해서 그의 이름을 들었다. 일렉기타를 연주하는 그의 리듬감이 밤새 되풀이되었다. 디셈 오빠와 비슷한 이미지로 다가왔다.

학교에서는 그를 마주치지도 못했고 멀리서라도 스쳐볼 수 없었다. 찾을 걸 알고 그가 일부러 숨은 걸까, 혹시 다른 학교에 다니는 학생이 아닐까 했었다. 수백 명이 북적이는 급식실에서나, 수업을 받으러 교실을 옮겨 다니거나, 대강당에서 전교생이 교육을 받으면 무심결에 생각나 부지런히 둘러보아도 그는 보이지 않았다. 그랬던 그를 음악실에서 만났다.

—— 안녕. 음악실에서 번호 받았던 주미인데.

엄지손가락으로 자음과 모음을 골라 메시지 칸을 채웠다. 내가 먼저 문자메시지를 보내는 학교 친구는 처음이었다. 밤중에 말을 걸기가 조심스러웠다.

—— 있잖아, 작곡한 노래. 데모 버전을 듣고 싶어서.

보낼까 말까 망설이다 나는 피식 웃었다. 요나에게 내 번호는 알려주지 않았다. 그가 문자메시지를 기다렸으리라는 느낌이 잡히자 나는 전송 버튼을 눌렀다. 그러고는 똑바로 누워 눈을 감고 휴대폰을 손에 꼭 쥐었다. 내가 문자메시지를 보냈다고 친구들에게 떠벌리지는 않을까. 가벼운 친구로 보이지는 않는다. 왜 그동안 학교에서 보이지 않았을까.

휴대폰 진동에 나는 흠칫 눈을 떴다. 휴대폰을 켜서 코앞으로 들어 올렸다. 기다렸다는 듯이 요나는 녹음파일을 첨부한 문자메시지를 전송해놓았다.

—— 요거야.
일렉기타를 뜯다가 휴대폰으로 녹음한 건데.
잡음이 많아.

나는 이어폰을 찾아 귀에 꽂고 녹음파일을 재생했다. 일렉기타의 몸체가 무언가에 살짝 부딪혀 울리고 근처에서 지저귀는 새소리가 희미하게 스며들었다. 연결된 스피커에서 아르페지오로 뜯는 음이 울렸다. 요나가 힘을 뺀 엷은 목소리로 흥얼거리기 시작했다.

너를 처음 만난 날 알 수 없는 어색함
말이 없는 우리 모습 그렇게 만났었지
너를 만날 때마다 알 수 없는 어색함에
애태우며 망설이다 이제서야 다가가네

후렴으로 넘어가 기타줄의 전부를 나긋나긋 쓸어내렸다. 엷은 목소리가 노랫말의 끝을 가녀리게 늘어뜨렸다.

우리 함께 하고 싶은 많은 일들 있지만
너에게 해주고픈 많은 말들 있지만

높은음에 다다르면 여리게 모은 그의 목소리가 내 귀를 자극했다. 손바닥에 땀이 배고 뺨과 귀가 뜨거워서 나는 이불을 완전히 걷어 몸을 일으켰다. 리모컨을 더듬어 찾아 에어컨의 바람 세기를 높였다. 휴대폰을 이불에 내려놓고 달아오른 얼굴을 손등으로 꾹꾹 눌렀다.

——피아노 반주로 녹음하려고 했는데 오늘 빗소리가 심해서 결국 하지 못했어.

노래는 브릿지로 넘어가고 요나의 목소리는 노랫말의 끝을 아련하게 늘여 뻗었다. 나는 발코니 커튼에 비친 모과나무 그림자를 바라보았다. 노래의 멜로디에 빠져들어 깊은 밤은 시간을 잃어버렸다.

이젠 너를 보내고 내일을 꿈꾸네
다시 만날 그때에 함께 웃을 그날을

피아노 버전을 만들지 말라고, 이대로가 좋다고 말해주고 싶었다. 브릿지를 지나 다시 넘어간 후렴구에서 나는 낮은 화음을 흥얼대며 노래를 따라갔다.

귀에 머물던 마지막 소절의 여음이 그쳤다. 녹음파일 재생이 끝났는데도 나는 이어폰을 뽑지 못하고 멍해 있었다.

어디선가 삐이우, 하는 울음소리가 들려 나는 이어폰을 뽑았다. 구름이가 낑낑대나 싶어 침대 아래를 내려다보았다. 하얀 털에 은은한 밤빛을 머금은 채 구름이는 잠자고 있었다. 커튼에 비친 모과나무의 그림자는 더이상 흔들리지 않았다. 그사이에 태풍의 바람은 사그라들었다. 액정이 꺼진 휴대폰을 들자 곧바로 진동이 울렸다.

진동을 무음으로 바꾸었다. 액정에 고요하게 뜬 이름 '최요나'를 쳐다보았다.

"여보세요."

노래를 불러주었던 목소리를 전화로 듣게 되어 떨렸다. 내가 무슨 말로 응답해야 하지만 오히려 그가 무슨 말을 더해주기를 기다렸다.

"여보세요, 내 말 들려?"

"…… 듣고 있어."

"피아노로 부르지 말고, 이대로가 좋다니."

"응?"

잠깐 품었던 내 속엣말을 그가 대신 말했다.

"아까 네가 말했잖아."

"내가, 말했다고?"

케이팝 루키

★

혜미를 위해 아이돌 가수가 되겠다는 생각뿐이었다. 기계처럼 춤과 노래를 연습하는 답답함 속에서도 혜미의 얼굴이 나를 이끌어주었다. 아빠를 따라서 배운 바둑이었기에 연구생을 그만둔 일이 아깝지 않았다. 하루에 서너 시간 자면서 시키는 연습 과제는 어떻게든 완성했다. 회사의 부실한 코칭에도 악착같이 따라가서 월말평가를 치렀다.

막상 데뷔조에 선발되고 나서 이해할 수 없는 바람을 품기 시작했다. 스물일곱이 되면 자살해야겠다고 되뇌었다. 스물일곱이라는 나이의 이미지가 절정기 같아서였다. 급작스레 혜미가 떠났을 때도, 아빠가 외도하고 엄마를 폭행해왔었다는 사실을 들었을 때도, 죽음을 바라지는 않았다.

엉뚱하게도 내가 케이팝 루키의 출전자로 뽑혔다는 통보를 들었던 날에 자살 계획이 선명해졌다. 그날은 새해의 첫 월요일이었고 새벽부터 폭설이 내렸다. 회사의 모든 직원들이 점심 무렵에 출근했다. 오전 일정이 취소되어 연습생들은 한곳에 모여 시끌벅적 떠들고 몇몇은 옥상으로 올라가 눈사람을 만들고 몇몇은 사옥의 주차장으로 내려가 눈싸움을 했다. 나는 개인 연습실에 들어가 헤드폰을 쓰고 노래를 들으며 일기를 썼다. 매니저 언니가 개인 연습실의 문을 일일이 열어 나를 찾더니 소식을 알렸다. 데뷔조에 선발되었던 날처럼 마음은 분명 설렜다.

엔터테인먼트들이 데뷔조 연습생을 쇼케이스식으로 공개하면서 순위를 매기는 새로운 서바이벌 프로그램이었다. 첫 시즌의 첫 방송에 출연할 우리 회사의 대표 연습생으로 내가 결정되었던 거다.

나를 축하해주는 엘퍼플 멤버 언니들과 회사 사람들이 한없이 서먹했다. 심장이 뛰고 표정이 싸하게 굳어져서 어딘가로 숨고 싶었다. 개인 기량 평가에서 최고 점수를 받아왔기에 내가 출전해야 하는 자연스러운 분위기인데도, 다른 언니들이 나가면 안 되냐고 말하고 싶었다.

이사님과 면담하는 자리에서 그토록 지적당했던 무표정으로 앉아 얘기를 들었다. 교정받은 대로 앞니를 드러내는 싱긋한 웃음을 보여주어야 했지만 그러지 못했다. 이사님은 엘퍼플 데뷔 홍보뿐만이 아니라 팀의 명운이 나에게 달렸다고 말했다. 특별히 힙합 그룹 펑크데이지*Funk Daizy*의 디셈이 이번 프로젝트에 참여하기로 했고 이미 곡을 선정해서 믹싱 작업 중이라고 했다. 초등학교 때부터 노래를 들었던, 이 회사에서 유일하게 보고 싶었던 디셈 오빠가 내 무대를 지원한다는 얘기를 듣고도 나는 뻣뻣했다. 내 무표정이 못마땅했는지 이사님은 긴 머리카락을 손빗으로 한번 두번 쓸어내리고는 불쾌한 티를 냈다.

"넌 너무 많이 알아서 문제인 거 알고 있지?"

이사님은 한쪽 입꼬리를 올렸다. 그동안 나를 지켜보며 쌓아두었던 무언가가 있는데 굳이 말로 해야 알아듣겠냐고 핀잔을 던지는 웃음이었다.

"첫 곡의 밴드 믹싱 작업은 내일모레쯤에 끝나. 디셈이 작업실로 오라고 부를 거야. 걔가 너를 엄청 밀던데. 네가 출전한다니까 자기가 프로듀싱을 하겠다고 웬일로 나서더라구. 원곡에서 템포 변주는 없을 거래. 오늘부터 노래 연습하고 트레이너들하고 안무를 짜면 돼."

무대에 나간다는 압박감 때문이었을까. 알 수 없는 억울함이 치밀어 눈 밑이 움찔 떨렸다.

"다다음주에 대표님이 직접 드라이 리허설을 보실 거야. 넌 그냥 하던 대로 연습이나 하면 돼. 알았지?"

준비 기간이 짧아요, 라고 앓는 소리도 못했다. 그토록 급격한 감정을 억눌러 본 적이 없었다. 입속에서 송곳니가 삐죽 자라난 것처럼 날카로워져서 도대체 내가 무엇을 많이 알고 있느냐고, 난 여기서 제대로 배운 게 없다는 말로 따지고 싶었다. 자칫하다간 그 자리에서 소리 지르며 울어버릴 것 같아서 이를 악물었다. 인사도 하지 않고 나는 서둘러 자리에서 일어섰다.

엘리베이터를 타지 않고 비상구 계단으로 들어가 창밖을 바라보았다. 오후가 되어 내리비추는 햇빛과 하얀 눈으로 뒤덮인 도심을 내려다보며 혜미를 따라가겠다고 똑똑히 되뇌었다. 사람들 앞에서 춤추고 노래하는 내 모습을 이루고 나면 깨끗이 사라지겠다면서.

기존의 오디션 프로그램에서는 엔터테인먼트가 아티스트를 평가했다면, 케이팝 루키는 대중이 엔터테인먼트를 평가하는 현장이라고 하며, 대표님은 모든 지원을 아끼지 않겠다고 말했다. 엘퍼플 데뷔뿐만 아니라 회사 전체의 브랜드 이미지가 걸린 사안이었다. 해외에서 관심이 크다고 말하던 중에 대표님은 말을 더듬으며 초조해했다. 이전과 다르게 자상하게 웃는 얼굴이 경직되어 있었다.

리허설을 하는 날에 대표님과 이사님, 피디님, 보컬 트레이너, 안무 트레이너, 매니저, 연습생이 회사의 지하 공연장에 모였다. 무대에 올라 장막을 빼꼼 걷어 객석을 훔쳐보는데 남자 연습생들도 와 있었다. 이 시간에 회사에 있는 사람들을 전부 불러 모았다. 화기애애했지만 객석은 긴장감이 흘렀다. 침투 임무를 수행하러 떠나는 비밀병기를 시찰하는 분위기였다. 하루에 열여섯 시간씩 연습하고 동영상을 수없이 모니터링했는데도 머리가 멍해지는 건 똑같았다.

맨 윗줄 객석 뒤편의 공간에 디셈 오빠가 서 있었다. 팔짱을 끼고 벽에 기댄 채로 휴대폰을 들여다보고 있었다. 힘이 들어갔던 내 입술이 슬그머니 풀렸다.

디셈 오빠가 편곡한 팅팅스*The Ting Tings*의 「위 워크*We Walk*」는 밤거리에 늘어선 네온사인을 바라보는 풍경의 신스팝 스타일로 바뀌어 있었다. 원곡대로 베이스기타의 두터운 음은 그대로 두고서 오빠가 펑크데이지 앨범에 즐겨 쓰던 일렉기타와 신시사이저 연주가 곡 전체를 새롭게 이끌어갔다. 클라이맥스에서는 탬버린과 드럼의 심벌즈가 강렬하게 치달았다. 힘 있게 뻗은 팔을 빠르게 끌어 모으고, 발동작마다 세밀하게 브레이크를 먹여 미끄러지는 안무의 흐름이 그려졌다.

녹음실에 들어가서 오빠가 보내는 사인에 맞춰 데모 버전을 녹음했다. 생각보다 오빠가 편하게 진행해서 나는 즐기면서 녹음 작업을 따라갔다. 내 노래의 리듬감이나 음감, 발성 따위를 오빠는 지적하지 않았다. 내가 느낀 대로 부르게 하고서 곡의 특정 부분에서 톤의 변화를 주어 다시 녹음해보자 하는 정도였다.

뻐끔뻐끔 담배를 피우며 오빠는 내 노래를 모니터링했다. 나는 녹음실 의자에 앉아서 오빠가 조정실에서 틀어주는 노래를 들었다. 노래가 끝나자 오빠는 마이크를 켜고 녹음실에 말했다.

"굉장한 아티스트가 될 거야."

지난여름 월말평가에서 오빠는 나를 보고 깜짝 놀랐다고 했다. 나는 그때 어느 별나라에서 사는 줄 알았던 오빠를 평가위원으로 보게 되어 긴장했었다. 그날 유난히 실수가 많았는데도 오빠는 내 퍼포먼스가 완벽했다며 곧 데뷔조에 들어갈 거라고 예상했었다.

나의 어떤 매력에 초점을 맞춰야 하는지 설명하는 오빠를 주목하다가 담뱃불에서 피어오르는 연기를 신기하게 바라보았다. 아빠가 바둑을 두며 줄담배를 피워도 호기심이 없었던 내가 왜 오빠의 담배를 피워보고 싶었는지 모르겠다. 오빠의 말허리를 끊고 나는 어리광을 부렸다.

"나도 피워 볼래요."

내가 콧소리로 말하고 눈웃음을 지었다. 어떻게든 사람들 앞에서 즐거워하고 웃는 얼굴을 보여야 한다는 압박감에 시달렸는데 오빠 앞에서는 자연스러웠다. 오빠는 눈썹을 까딱 올린 얼굴로 피우던 담배를 건넸다. 나는 한모금도 피우지 못하고 기침을 해버렸고, 오빠는 아장아장 걷는 새끼 고양이를 구경하듯이 웃었다. 어떤 방송이나 인터뷰에서도 보여주지 않았던 맑은 웃음이었다. 우울한 감상을 노래해왔기에 다가가기 어려운 아티스트라고 알았는데 나에게는 다정했다. 작업에서는 날카롭고 집요하다던 뒷얘기가 모두 거짓말 같았다.

고개를 든 오빠가 무대의 장막을 바라보았다.

내가 숨은 장막을 응시하고 있었다. 장막 틈새의 내 시선을 감지할 리가 없었다. 오빠의 작업실에 언제 다시 찾아갈 수 있을지 딴생각에 빠지던 나는 눈을 감고 머리를 흔들었다. 이러고 있을 때가 아니었다.

심호흡하며 피아노 의자에 앉아 건반에 손가락을 올렸다. 멜로디를 그리며 짚을 자리를 헤아렸다. 피아노 위에 놓은 무선마이크를 확인하고 허리춤 뒤에 찬 무선마이크 바디팩과 귀에 꽂은 인이어가 헐렁하지 않은지 만져보았다. 정강이의 절반을 덮은 롱 스니커즈의 줄을 다시 꽉 묶었다. 롱 스니커즈에 바지춤을 모아 묶은 고무 밴드를 또 만져보았다. 혹시나 일어서는 동작에서 왼쪽 허리에 찬 체인이 피아노 의자의 모서리에 걸릴까봐 최대한 오른편으로 옮겨 앉았다. 등허리의 민소매 크롭 티 밑단을 당겨 정돈하고 고개를 들어 눈을 감았다.

머릿속으로 곡의 리듬을 셌다. 피아노 의자에서 일어나 무대 중앙으로 나아가며 동선을 확인했다. 그러다 자석으로 빨려가는 철가루처럼 장막에 붙어 틈새를 살폈다. 디셈 오빠가 무대를 향해 손을 높이 들어 흔들었다. 내가 장막 틈으로 객석을 훔쳐보는 걸 알고 있었다. 나는 헉하는 입을 손으로 막았다. 속에서 열기가 올라왔다. 신이 나는 거다.

스태프가 무대에 올라와 준비됐냐고 물었다. 나는 고개를 끄덕이며 피아노로 돌아가 앉았다. 스태프는 무대 장막 사이로 머리를 내밀어 오케이 사인을 전달했다.

"준비됐나."

대표님의 목소리가 공연장 스피커를 울렸다.

"됐다고…… 그래…… 오랜만에 이렇게 모였네. 알다시피, 오늘 이 자리는 삼월에 방송되는 케이팝 루키에, 우리 회사 대표로 출전하는 엘퍼플 주미의 리허설을 보고 실전처럼 평가하기 위해 모였어요.

주미는 엘퍼플의 막내지만 초등학교 때 한중일 아마추어 바둑 선수권 대회에서 우승하고 한국기원 연구생이었을 만큼 똑똑한 데다, 일년이 조금 넘는 동안 개인 기량 평가에서 최고 점수를 받아왔어요. 십년에 한번 나올까 말까 하는 연습생이라고들 평했었습니다.

실전은 모르죠. 주미도 사람이니까. 그날의 컨디션이나 운에 따라서 어찌 될지 모르니 최악의 상황을 가정해보고, 보완할 점을 찾아보면 좋겠습니다. 리허설을 보고 이사들, 피디들, 트레이너들이 말씀해주시고, 선배 아티스트들과 연습생들이 주미에게 코멘트를 주면 되겠네요."

조촐하게 박수 치는 소리가 들리고 무대의 장막이 걷혀갔다. 조명이 피아노와 나를 비추었다. 나는 밤낮없이 연습한 대로 피아노 연주를 시작했다. 첫 소절의 박자가 늘어져 출발이 불안했다. 건반을 스타카토로 두드리며 내달리는 연주에 이르자 에너지가 터져 나왔다. 수백 번 들은 멜로디가 무대를 울렸다. 그 소리가 성대한 환호로 퍼져갔다.

무선마이크를 들고 나는 피아노 의자에서 일어났다. 리듬을 밟는 스텝으로 무대 앞으로 나아갔다. 입을 열어 노래했다. 턱을 들어 내리까는 눈짓으로, 뱃심이 들어간 중음을 내지르며, 차갑게 비난하는 발성으로.

You never alter, (넌 절대 변하지 않아,)
You're always you (넌 언제나 너야)
Everything's breaking, (모든 것이 망가졌지만,)
But I don't care (난 상관없어)
Smash the rest up, Burn it down (모조리 부숴버려, 태워버려)
Put us in the corner 'cause we're into ideas (공상을 좋아해서 우리는 궁지에 몰려)

가슴을 내밀어 어깨와 허리, 무릎에 웨이브를 주면서 고개를 좌우로 툭툭 끊었다. 마리오네트를 연기하며 오른팔을 쳐들었다. 느릿한 움직임에 브레이크를 크게 걸면서, 발목을 굴려 물 위를 거닐 듯이 무대를 미끄러져 갔다. 객석 뒤편의 디셈 오빠가 나를 보며 리듬을 타고 있었다.

넌 다 가져서 그렇잖아.

애린 언니가 그랬다. 나는 아무렇지 않게 모든 것을 가져서 지루한 거라고. 지루해서 내 멋대로 하는 거라고.

그 언니는 참 재미있는 사람이다. 맨날 붙어 다니면서 내가 뭘 하는지 지켜보고 부러워했다. 리더인데도 자기가 동생인 양 나를 따르다가, 뒤에서는 진주 언니와 클로이 언니가 나를 피하도록 종용했다. 회사에 들어가 처음 봤을 때는 이제까지 본 언니 중에서 제일 예쁘다고 동경했었다.

얼마 전에 쇼 프로에 나온 애린 언니가 내 얘기를 했다. 엘퍼플이 새 앨범 홍보차 출연해서 게임을 하며 멤버를 소개하고 있었다. 멤버 각자가 룸메이트의 잠버릇을 말해주는 차례에서 애린 언니는 이전 룸메이트였던 나를 들먹였다.

나하고 연락하며 안부를 나눈다고 거짓말하더니 내가 미국 유학을 준비하고 있다는 헛소리까지 했다. 언니가 나를 못 챙겨줘 미안한 마음이 있다며 눈시울을 붉히는 장면에서, 나는 웃음을 터뜨렸다. 언니가 눈물을 닦고 머리카락을 넘기는데 내가 잃어버렸던 링 귀걸이가 반짝이는 거다. 언니네 아빠는 공작기계를 생산하는 회사의 회장이었다. 우리 집보다 수백 배는 부유할 텐데 왜 내 것을 훔쳤는지 이해가 안 되었다.

애린 언니를 지켜보는 진주 언니, 클로이 언니도 그 상황에서 같이 울먹였다. 내가 나간 자리에 합류한 새 멤버 주희는 카메라에서 줄곧 배제되었다. 개인기로 오토튠을 입힌 목소리를 민숭하게 들려주다 말았다. 비슷한 신비주의 캐릭터를 찾다가 선발한 연습생인데 어딘지 맹해 보였다.

나란히 침대에 앉아 쇼 프로를 지켜보던 구름이를 껴안고서 나는 한참을 웃었다. 엘퍼플을 탈퇴해서 다행이라며 안도했다. 방송에 나가 저 언니들과 섞여서 어쭙잖은 연기는 할 필요가 없으니까.

★

We walk, (우리는 걸어가)
If it makes you feel good, If it makes you feel good (기분이 나아진다면, 나아진다면)
We walk, (우리는 걸어가)
When it all goes wrong (모든 게 잘못되어갈 때도)

브릿지를 지나간 노래는 절정을 향해 치달아갔다. 두텁게 음을 끊는 베이스기타와 네온사인 빛깔의 신시사이저가 휘몰아쳤다. 그 속에서 탬버린과 드럼의 심벌즈가 쇳조각 파편처럼 퍼져 쏟아졌다. 두 다리는 비트에 맞춰 빠르게 교차하고, 허공을 가르며 뻗은 팔은 낚아채듯 접혔다. 그때마다 내 고개는 손끝을 따라 정확하게 쳐들다가 떨구어졌다. 포니테일로 묶은 긴 머리카락이 내 목을 때렸다. 몸을 웅크렸다 펴고 어깨를 들썩여 제자리에서 회전했다. 발의 앞축으로 무대의 바닥을 찧고, 순간적으로 웨이브를 주며 제자리에서 한 바퀴 반을 회전했다. 뚝, 멈추었다.

발끝에서부터 어깨에 스파크를 일으켜 뻗은 팔을 거두었다. 무릎을 꿇고 등진 채로 허리를 뒤로 꺾었다. 무대를 내리비추는 조명을 거꾸로 바라보았다.

방청석에서 터지는 박수 소리. 환호 소리.

기운이 빠져나가는 조명 빛을 바라보며 그 소리를 들었다. 무대를 비춘 조명이 완전히 꺼지고 전체 조명이 환하게 켜지자 자리에서 일어섰다. 방청석의 중간층 중앙에 앉은 심사위원들도 모두 자리에서 일어나 박수를 쳤다. 방금의 무대가 믿기지 않는다는 얼굴들로 서로 얘기를 주고받느라 정신이 없었다.

4분 동안 모든 힘을 춤과 노래에 쏟아버려서 나는 멍하기만 했다. 무릎과 발목이 부들부들 떨려서 슬며시 짝다리를 짚었다. 웃어야 한다고 의식했는데, 방송으로 나온 내 얼굴은 가쁜 숨을 내쉬는 얼떨떨한 표정으로 심사위원석을 올려다보고 있었다.

아이돌 출신 심사위원은 눈을 반짝이는 얼굴로 잠시 동안 나를 내려다보았다. 감정을 추스르는 목소리로 여자가 반할 수밖에 없는 여자 가수네요, 라고 말했다.

"에너지가 굉장한 춤이었어요. 보는 내내 소름이 돋아서 혼났네요. 주미 씨 연습생 생활 얼마나 한 거죠?"

"일년 삼개월 정도 되었습니다."

"그러기엔 상당히 짧은 기간인데요. 연습생이 되기 전에 춤이나 노래를 배운 적이 있었나요?"

엔터테인먼트 오디션을 보기 전에 실용음악 학원을 다녔다고 짧게 답했다. 하마터면 동방신기의 춤을 재미 삼아 흉내낸 적이 있었다면서 혜미 얘기를 꺼낼 뻔했다.

"제가 받은 주미 씨 프로필에는 키가 백육십팔이라고 적혀 있는데, 무대 전체를 압도해서 백팔십이 넘는 장신 남자들보다 더 커 보였어요. 특히 팔을 뻗는 춤선이 너무나 훌륭했어요. 힘을 다해 쭉쭉 뻗어버리면 동작은 우아하지만 느려지기 마련이거든요. 근데도 비트를 넓게 잡다가, 곡의 흐름을 따라가며 정박에 맞추고, 비트를 쪼개면서 동작의 타격감을 고조시켰어요. 노래도 멋졌어요. 톤을 풍성하게 키워서 시원하게 내지르고요. 춤을 추면서도 발성을 흔들림 없이 지속했어요."

한참을 얘기하던 그녀는 주위를 돌아보았다. 제가 좀 흥분했네요, 하며 셀쭉 웃고는 다음 라운드에서 보자고 말했다. 감사합니다, 하고 나는 허리를 숙여 인사했다.

"열일곱 소녀가 이런 퍼포먼스를 보여주다니요. 케이팝 루키 첫 방송에서 대어를 낚을 줄이야. 우리 다시 한번 주미 양에게 박수 쳐줄까요."

작곡가 출신 심사위원이 소감을 말했다.

"제가 며칠 전에 펑크데이지의 디셈 씨를 만났거든요. 그 친구가 이번에 천재가 한 명 나올 거라고 예고하더라구요. 자기가 새롭게 옮긴 소속사를 홍보하나 하고 흘려들었는데. 뭐랄까요. 얘기가 좀 그럴 수 있겠지만, 주미 양이 피아노를 치고 무대로 걸어 나오는데 카리스마가 넘쳐서 제가 얻어맞는 것 같았어요. 맞고 있는데 더 맞고 싶은 그런 거요. 눈빛 자체가 위압적이었어요. 여러분들은 안 그랬나요?"

방청석에서 웃음이 터졌다. 좀비 떼를 혼자서 때려잡는 「레지던트 이블」 영화가 떠올랐노라고 너스레를 떨자 나도 표정을 풀고 웃게 되었다. 국내와 해외 여성 아티스트 중에서 비슷한 이미지를 찾지 못하겠다고 치켜세웠다. 깐깐하게 평가하기로 유명한 평론가 출신 심사위원도 칭찬하는 소감을 들려주었다.

"저는 가수가 댄스하면서 노래한다는 건 불가능하다고 보는 입장입니다. 사실 케이팝 루키 섭외가 들어왔을 때 몇 차례 거절했었고요. 밴드 아티스트도 출전한다고 해서 마지못해 나왔습니다. 아이돌 가수를 놓고 평하면 제가 비판만 한다고 악플에 시달렸던 사정을 다들 아실 거예요. 입버릇처럼 말해왔듯이 케이팝이 전형적으로 띠는 산만함, 아기자기함, 선정성, 상업성을 좋아하지 않기도 합니다. 그런데 이러한 퍼포머의 탄생을 보기 위해 불려온 꼴이 되었군요. 지난달 벤쿠버 올림픽에서 김연아 선수를 지켜보던 몰입감과 비슷했습니다. 케이팝이 보여줄 수 있는 무대가 무엇인지를 보여주었다고 감히 말하고 싶습니다."

방송으로 나온 내 무대는 보기 좋게 편집되었다. 예고편 클립 영상에서는 참가자들 속에서 몸을 비틀어 포니테일 머리를 찰랑거리는 내 모습이 집중되어 스쳐가고, 사이사이에 빨간 입술에 스민 미소가 고혹스럽게 잡혔다. 무대에 오르기 전 인터뷰했던 영상도 나왔다. 눈꼬리에 아이라인을 그어 올린 무표정한 얼굴로 모든 것을 보여드리겠다고 포부를 밝혔다.

방송이 나간 후 포털의 실시간 검색어 순위에 '케이팝 루키', '주미', '위 워크 원곡'이 하루 종일 머물러 오르락내리락했다. 내가 나온 연예기사마다 수백 개의 댓글이 달리고, 페이스북 페이지에 올린 영상에는 각 나라의 언어로 댓글이 달렸다. 내 얼굴을 프로필 사진으로 올린 트위터 계정들이 만들어졌다. 무편집본 영상과 방청객이 몰래 촬영한 영상이 돌아다녔다.

모든 것이 한순간이었다.

디셈 오빠의 스케줄 때문에 늦게 녹음실에 들어가서 밤 두시가 되기까지 보컬 연습을 했던 날이었다. 펑크데이지의 멤버 발렌 오빠가 찾아와서 두번째 라운드 곡 김완선의 「삐에로는 우릴 보고 웃지」를 연습하는 현장을 지켜봤다. 새로 삽입한 랩 파트에 들어가면 발렌 오빠는 한 손을 위아래로 흔들어 플로우를 탔다.

"여어. 진짜 잘하네."

쇼 프로에서처럼 턱수염을 덮은 푸근한 얼굴 자체가 능청스러워서 발렌 오빠가 리듬을 타면 나는 깔깔 웃었다. 오빠는 내가 최종 우승자가 될 거라고 장담했다. 결승 라운드에는 밴드 세션으로 참여하겠다고 약속했다. 어릴 쩍부터 즐거 들었던 펑크데이지의 두 멤버가 내 무대를 응원한다는 게 신기했다. 다음에 보자고 하며 발렌 오빠는 먼저 녹음실을 나가고 나는 디셈 오빠와 남아서 노래를 반복해서 모니터링했다.

오빠는 캔맥주를 마시며 담배를 피웠다. 나도 따라서 맥주를 종이컵에 부어 홀짝였다. 맛이 없었다. 담배를 한번 뻐끔거리다가 캑캑 기침했다.

"스타가 될 애가 이래도 돼?"

오빠는 회사 내부에서 돌고 있는 얘기를 들려주었다. 엘퍼플 데뷔 이후에 나를 솔로 유닛으로 출시할지 논의한다고 했다. 작년 가을에 나를 데뷔조에 합류시킬지를 두고 회사 사람들이 장시간 회의를 진행했으나 결론을 내지 못했다는 뒷얘기도 듣게 되었다. 나에 대한 내부 평판 때문이었다.

연습생들 서로의 인성평가 설문에서 나는 언제나 '이기적인 연습생'으로 종합되었고, 트레이너와 매니저 들도 내가 팀플레이에 어울리지 않는다는 의견을 냈었다고 했다. 나를 솔로 아티스트로 세우자는 의견이 우세했지만 내부 사정이 여의치 않아 엘퍼플에 나를 끼워 넣었다. 엘퍼플 데뷔조에 내정된 언니가 무슨 이유로 퇴사해 멤버 공백이 생겼고, 급하게 나를 대체 자원으로 뽑는 바람에 솔로 데뷔 논의는 그쯤에서 묻어두었다. 케이팝 루키 첫 방송이 나간 후에 대표님이 먼저 솔로 유닛 출시 기획을 꺼낸 상황이었다.

낌새로 알았지만 연습생들 대부분이 나를 부정적으로 평가했고, 그것이 회사의 공식 논의 사안이었다는 뒷얘기를 들으니까 왠지 억울했다. 내가 아무리 열심을 부리고 성과를 보여도, 그래 봤자 사람들의 잣대에 내 모든 것이 묶여버린다는 허무감이 들었다.

"오빠도 내가 이기적인 애라고 생각해요?"

맥주를 홀짝이던 나는 짐짓 신중하게 물었다. 오빠는 별다른 주저함 없이 답했다.

"상당히 이기적이지."

나는 놀란 눈으로 오빠를 쳐다보았다. 오빠는 껄껄 웃었다. 그걸 이제야 알게 되었느냐고 놀리고 있었다.

"방금 너, 눈을 엄청 똥그랗게 떴어."

오빠는 새끼 고양이를 보듯이 웃었지만 나는 싱숭해지고 말았다. 테이블에 놓인 오빠의 노트북, 맥주와 과자, 담배를 바라보며 왜 사람들은 나를 안 좋게 평가하는지 돌아보았다. 대체 무엇이 문제인지 알 수 없었다. 웃기지도 않는 얘기들에 정신없이 맞장구치고 유치한 말과 애교 부리는 말을 쏟아내야 덜 이기적인 사람이 될 수 있을까. 그럴 시간에 연습을 더하거나 조용히 다이어리를 기록하는 습관이 그리도 꼴 보기 싫었을까.

"서운하구나?"

테이블에 꽂힌 풀죽은 시선을 거두지 않은 채 나는 고개를 가로저었다. 아침부터 춤 연습을 하고 밤이 깊도록 노래 연습을 한 피로감이 엄습했다. 오빠도 나를 이기적인 연습생으로 보고 있었다는 사정을 알게 되어 울컥했다. 우스갯소리라고 지나치고 싶은데 오빠가 나를 어떤 마음으로 대했는지 알아버렸다. 성공하면 자살하려고 계획한 만큼 오빠의 말에 흔들릴 필요가 없다고 무시하려 했지만 맘대로 되지 않았다.

"일어나자. 내가 태워줄게."

나는 자리에서 일어나 후드 재킷을 껴입었다. 후드를 눌러쓴 내 머리

위에 오빠의 손이 얹어졌다. 내 머리를 덮는 커다란 손이었다. 후드의 끄트머리를 올려 내 머리보다 높은 오빠의 얼굴을 올려다보았다.

"내일도 개인 연습 할 거잖아."

주말 동안 연습실에 갇혀 이른 아침부터 늦은 밤까지 아등바등하고 있을 내 모습이 외롭게 그려졌다. 눈물이 그렁그렁 피어올라 오빠의 눈을 피해 고개를 떨구었다.

"바다 보러 가자."

사막

★

차에 들어가 앉아 눈물을 닦았다. 오빠는 매니저 언니에게 전화를 걸어 내 몸 상태가 안 좋다고 알렸다.

"이러다 애가 쓰러지겠어요. 보컬 연습은 잘 마쳤구요. 대표님께는 제가 따로 보고할게요."

집에서 하루 쉬게 하고 복귀시켜야 한다고 했다. 오빠의 말소리를 듣고는 나는 시름시름 앓기 시작했다. 내가 앉은 조수석의 등받이가 한없이 젖혀지고 있었다.

피아노 독주곡이 히터의 따뜻한 공기를 머금어 차 안을 거닐었다. 오빠가 요새 즐겨 듣는 플레이리스트 같았다. 왼편에 한강을 끼고서 차는 올림픽대로를 달려나갔다. 핸들을 잡은 오빠는 골똘히 정면을 주시했다. 어디에 있는 바다로 가는 걸까.

차창에 머리를 기대어 가로등 빛이 내려앉은 도로를 보고, 빌딩 높은 곳에서 점멸하는 빨간 불을 바라보다 꾸물꾸물 눈을 감았다. 그 여름날에 혜미와 함께 갔던 해수욕장이 쓸쓸한 풍경으로 들어찼다.

언니는 자기밖에 몰라.

들은 적이 없는, 나를 비난하는 혜미의 목소리가 망망한 바다 너머에서 들려왔다. 잔잔하게 띄운 피아노 음에서 혜미의 우는 소리가 울렁울렁 메아리쳤다. 차창 너머의 스치는 바람 소리가 내 귓가에서 말랑거렸다.

마당을 내리쬐는 여름 한낮의 햇살

땅에 드리운 모과나무의 그림자

바둑판으로 다가오던 누군가의 인기척

두 팔을 내밀어 노래하는 엄마

찰랑거리는 머리카락, 춤추는 혜미의 뒷모습

혜미의 손을 잡고 일직선으로 뻗어 끝이 보이지 않는 도로를 걸어갔다. 도로의 양옆은 황금빛의 사막이었고 그 역시 끝이 보이지 않았다.

반짝반짝 작은 별

아름답게 비치네

콧노래로 동요를 흥얼거렸다. 나도 따라서 노래를 부르자 아른한 화음으로 어우러졌다. 노래의 울림이 우리의 발걸음을 깃털처럼 가볍게 했다.

혜미의 손이 느껴지지 않았다. 끝없이 펼쳐진 황금빛 사막을 돌아보았다. 혜미는 보이지 않았다. 먼 곳에 길쭉한 허수아비가 서 있었다. 나는 허수아비를 바라보며 사막으로 들어섰다.

오빠.

허수아비가 디셈 오빠의 모습으로 변했다. 허수아비의 두 팔에 달린 빈 깡통들이 딸가당딸가당 울렸다. 눌러쓴 밀짚모자와 몸을 덮은 거적 때기가 살랑살랑 나풀거렸다.

언니야.

사막을 가로지르던 나는 멈춰 섰다. 혜미의 목소리를 찾아 두리번거 렸다. 허수아비 뒤편은 사막의 지평선이었고 너머는 푸른 바다였다. 수 백 수천 킬로미터가 떨어진 해변을 나는 바라볼 수 있었다. 혜미가 그곳 의 모래사장을 거닐었다. 어느새 나보다 커버려서 어른이 되었는데 하 체는 하얀 고래의 꼬리지느러미였다. 정말로 혜미는 바다에서 죽지 않 고 인어가 되었다.

혜미의 상체에서 하얀 두 날개가 돋아났다. 고래의 꼬리지느러미를 구 부린 탄력으로 일어선 하체와 두 날개가 하얗게 눈부셨다. 날개와 꼬리 지느러미로 날아오르려고 했다. 해맑게 웃는 얼굴로 혜미는 손을 높이 들어 흔들었다. 광막하게 떨어진 그곳으로 내가 찾아오기를 기다렸다.

★

"운전하고 있어. 바다 보러…… 아는 동생이랑…… 오늘 오후에나 집에 가."

오빠의 목소리가 들려 눈을 떴다. 내 후드 재킷에 오빠의 가죽 재킷 이 덮였다.

"아까 뉴스에서 해군 함대가 침몰했다고 하던데…… 그냥 예지몽을 꿨다고 생각해요……"

차창 바깥으로 길쭉한 소나무들이 지나갔다. 사이사이에서 구름 더미와 바다가 아침 햇살에 부서지고 있었다.

"일어났어?"

손목에 찬 시계는 여섯시 반을 넘겼다.

"여기가 어디예요."

"속초."

강원도로 넘어왔다. 가족끼리 피서 여행을 간 이후에 멀리로 이동은 처음이었다.

"무슨 꿈을 꾸길래 훌쩍인 거야."

고속도로 휴게소에서 오빠가 깨우는데도 나는 마냥 잠을 잤다고 했다. 어눌한 말을 중얼대며 잠꼬대를 하고, 누군가를 부르다가 오빠를 불렀다고 했다.

"오늘따라 안 좋은 꿈을 꾸는 사람들이 많네. 우리 엄마도 새벽에 악몽을 꿨다고 전화를 하고."

'아야진해수욕장' 푯말을 지나 해변의 좁다란 도로로 들어갔다. 차를 세우고 오빠는 내 안전벨트를 풀어 머리 위로 올려주었다.

"나가자."

해변으로 내려가는 오빠의 뒷모습을 물끄러미 바라보다 차에서 내렸다. 바닷바람이 차가웠다. 나는 가죽 재킷을 어깨에 걸치고 바람에 펄럭이지 않도록 지퍼를 붙잡았다.

해변을 산책하는 사람들이 먼저 아침 바다를 방문했는데도 오빠와 내가 단둘이 여행을 온 것처럼 한적한 풍경이었다. 파도가 밀려오는 곳에 다다른 오빠가 어깨를 틀어 나를 돌아보았다. 꿈속의 허수아비가 잔상으로 어른거려 나는 오빠의 눈길을 피해 모래를 밟아가는 운동화를 내려다보았다. 오빠의 걸음에 맞춰 잠잠히 해변을 걸었다.

"왜 아이돌이 되고 싶은 거야. 바둑 연구생이었다며."

파도가 밀려와 모래사장을 쓸어내렸다. 곳곳에 돌출된 바위에 바닷물이 밀치락달치락 부딪어 작은 물보라가 일어났다. 오빠를 따라서 고래의 등줄기 형상으로 솟은 널따란 바위로 올라갔다.

"동생이 유노윤호 오빠를 좋아했어요. 아이돌이 되고 싶다고 연습생 오디션에 지원했었거든요."

"같이 오디션을 봤겠는데."

"지금은 그렇게 된 셈이에요. 엄마 아빠 모두 저만 챙겨줘서 동생이 혼자 오디션을 보러 다녔어요."

뒤에서 어느 일행이 왁자하게 소리를 질렀다. 누군가 바다에 신발을 빠뜨렸다며 외치고 주위의 사람들이 큰 소리로 웃었다.

"중학교 여름방학에 가족끼리 피서를 갔어요. 포항에 있는 해수욕장으로요. 펜션에서 자고 일어났는데 제 옆에 누웠던 동생이 사라진 거예요."

누구에게도 꺼내지 않았던 혜미의 마지막을 말했다. 오빠는 내 옆얼굴을 유심히 바라보았다.

그날 아침에 가족 모두가 혜미를 찾아다녔다. 해변의 모래사장 한켠에서 혜미의 시디플레이어와 휴대폰, 다이어리를 엄마가 발견했다. 간밤에 혜미는 춤 연습을 하러 바닷가에 혼자 나왔던 거다.

텔미 노래 연습했는데 한번 봐주라.

자기 전에 혜미는 다음주에 오디션을 본다며 춤을 봐달라고 부탁했다. 새벽에 일찍 서울에 돌아가 여자연구생 리그에 돌입해야 했기에 나는 귀찮아했다. 광복절이 낀 연휴라 인파가 북적여서 바다에 들어가지도 않았던 나는 피곤하다고 답했다. 혜미는 불을 끄고 내 옆에 누웠다.

나는 그달의 여자연구생 리그 첫날에 연승했고 2조의 단독 1위로서 순조롭게 출발했다. 십일월에 열리는 여자 프로기사 입단 대회의 출전권을 따내야 한다는 생각에 예민했다. 해변에서 떠드는 사람들의 말소리와 파도 소리를 듣다가 잠들었다. 혜미가 언제 나갔는지 나는 기척도 듣지 못했다.

혜미가 맘을 식히러 바다에 들어갔다가 변을 당한 거라고 했다. 혜미가 밤바다에 혼자 들어가 물놀이를 했다는 거다. 엄마와 아빠처럼 나는 경찰의 추정을 믿지 않았다.

근처의 바위에서 두 명의 한국계 미국인 남자 시신이 발견되었다. 팔과 다리가 토막난 참혹한 현장이어서 신고자의 일행이 실신했다는 얘기를 들었다. 혜미도 비슷하게 발견될 가능성이 높다고 하는 경찰관의 말을 엿듣고 나는 겁에 질렸다. 혜미가 끔찍한 시신으로 발견될지도 모른다고 마음의 준비를 한 엄마와 아빠는 나를 먼저 서울로 보냈다. 며칠 후 멀리 떨어진 울산의 어느 해변에서 혜미가 신었던 운동화 한짝이 발견되었다. 더이상의 자취는 찾지 못했다.

남겨진 혜미의 다이어리에는 오디션 일정과 동방신기 노래의 가사, 오디션 질문에 대비한 답변이 빽빽하게 적혀 있었다.

질문: 동방신기 말고 또다른 노래를 불러줄 수 있나요?
내 대답: 네. 원더걸스의 텔미 노래를 부르면서 춤을 추겠습니다.

질문: 왜 아이돌이 되고 싶은가요?
내 대답: 저희 엄마는 오페라 가수입니다. 사람들에게 감동을 주는 엄마의 공연을 보면서 저도 노래와 춤으로 위로를 주는 가수가 되고 싶었습니다.

다이어리 뒤편의 메모장을 까맣게 채운 일기를 읽을 때마다 나는 흐느껴 울었다.

　우리 언니는 정말 못하는 게 없다. 거실에서 동방신기 노래 팬텀을 연습하는데 언니가 웃는 얼굴로 집에 들어왔다. 바둑을 이기고 와서 기분이 좋아 보였다. 이번 달에도 언니는 여자연구생 조에서 1등을 했다. 언니를 축하하기 위해 오디션에서 보여줄 춤을 췄다. 언니는 박수를 쳤다. 자기도 춤을 추고 싶다고 했다. 나는 춤 동작을 언니에게 가르쳐줬다. 언니는 잘 따라했다. 가르치는 나도 신났다. 몇 번 하더니 언니가 같이 춰보자고 했다. 언니가 같이 춤을 춰서 나는 기분이 너무 좋았다. 노래를 틀고 거울을 보다가 나는 춤을 멈췄다. 언니의 춤이 나보다 훨씬 나았다. 나는 관객이 되어 구경했다. 어깨에 웨이브를 주고 팔을 뻗는 언니의 춤선이 멋있었다. 수십 번 연습한 나보다 더 잘했다. 언니가 오디션을 본다면 연습생이 되겠지, 하고 생각했다. 언니가 연구생을 그만두고 아이돌이 되면 좋겠다. 나랑 같이 연습생이 되고 자매 팀을 결성했으면 좋겠다.
　(……)
　언니는 자기만 생각하고 엄마 아빠 모두 언니만 생각한다. 나도 언니만 생각한다. 나는 나를 언제 생각할까. 언니가 나를 생각해주면 좋겠다.
　(……)
　언니는 프로기사가 되어야 하니까. 언니가 나를 생각하면 바둑을 잘두지 못하겠지. 내가 연습생이 된다면 언니도 나를 생각하겠지.

　나 때문에 관심에서 벗어나 외로웠을 혜미의 모습이 눈앞을 떠돌면 죄책감에 시달렸었다. 가끔 혜미가 무서운 얼굴로 나타나는 악몽을 꾸고 종일 앓아눕기도 했었다.
　오빠가 내 얘기를 진지하게 들어줘서 오랜 세월을 살아온 어른처럼 내 마음이 담담했다. 꿈속의 해변에서 본 혜미의 웃는 얼굴이 해맑게 맴돌았다. 펑크데이지 디셈에게 자기 이야기를 들려주고 있다는 걸 안다면 혜미는 놀라워할 거다. 프리데뷔 무대에서 누구보다 주목받는 나를 지겨보며 응원하고 있을 거다. 내가 대국에서 승리하고 돌아오면 그랬듯이.

익숙하게 바위를 타고 가던 오빠가 성큼 뛰었다. 건너의 바위로 넘어갔다.

"뛰어서 넘어와."

바위 사이에 도랑 같은 물길이 흘렀다. 도움닫기로 뛰어넘어야 할 너비인데 자칫 미끄러지면 허리까지 잠길 깊이였다.

"빠지면 어떡해요."

"잡아줄게."

건너편에서 오빠는 손을 내밀어 나를 잡을 준비를 했다. 나는 뒤로 물러서서 짧게 달려나가 뛰어넘었다. 오빠는 착지하며 뻗은 내 손을 잡아 가볍게 끌어당겼다. 내 손을 잡고 바위의 끝자락으로 데려갔다.

어지러운 전쟁터에서 한순간에 평화로운 세계로 소환된 기분이었다. 바닷바람에 나부끼는 내 머리카락을 쓸어 넘기지 않은 채 아침 해에 빛나는 바다의 물결을 바라보았다.

오빠는 한모금을 피운 담배를 내게 건넸다. 나는 담배를 조금 깊게 들이마시고 내쉬었다. 담배의 알싸한 향이 내 이마와 머리끝에 퍼졌다. 몽롱해져서 오빠의 어깨에 기대고 싶은데 그러지 못했다. 모아 세운 무릎에 얼굴을 묻었다.

"피곤해?"

"조금요."

옆에서 라이터를 켜는 소리가 들렸다. 내가 담배를 돌려주지 않아서 오빠는 새로운 담배를 꺼내 피웠다.

"밤새 차를 몰아서 이렇게 아침 바다를 보면 머리가 맑아져. 오늘은 아침 풍경이 붉어서 멋지다."

무릎에 묻은 내 얼굴을 돌려 오빠를 바라보았다. 옛날에 한창 떠들썩했던 오빠의 열애설이 기억났다. 펑크데이지가 가요 프로그램에서 1위를 하던 때였고 배우와 사귄다는 뉴스가 돌아다녔었다.

"여자친구랑 왔겠네요."

오빠는 비시시 웃었다. 추억을 더듬는지 가늘게 뜬 눈으로 손가락에 낀 담배를 관찰했다.

"누구와 같이 바다를 보러 온 적은 없어. 아침 바다를 본다고 야밤에 움직이자고 하기가 그래. 혼자가 낫지."

"그럼, 제가 처음이겠네요."

"뭐가 처음이라는 거지?"

"아침 바다를 보려고, 밤새 같이 차를 타고 온 사람이요."

오빠를 따라 담배를 피우는데 난시가 일어나 시야가 흐려졌다. 눈을 감았다가 오빠의 가죽 재킷을 깔고 바위에 누웠다. 바위 밑에 우르르 부딪히고 밀려나는 파도 소리를 들었다.

"동생 이름이 뭐야?"

눈을 떠 보니 오빠는 뒷머리를 두 손으로 받친 채로 내 옆에 누웠다. 눈을 감은 오빠의 얼굴이 흐뭇했다.

"혜미요, 강혜미."

나는 다시 눈을 감았다. 꿈속에서 혜미는 고래의 꼬리지느러미로 일어섰다. 인어가 되어 두 날개를 펼쳤다.

"멋진 언니를 두었어. 언니가 자기 꿈을 대신 이뤄주고 있으니까."

"좋은 언니는 아니었어요. 혜미가 춤 연습한 영상을 보여주면 어설

퍼서 걱정만 했어요. 엄마가 춤에는 재능이 없다 하고, 노래는 잘하니까 성악을 하라고 하면 아무 응원도 못 해주었어요. 옆에서 고개를 끄덕이기나 하구요."

언니는 프로기사가 돼. 나는 아이돌 할 테니까. 내가 아이돌이 되면 우리 언니가 프로기사라고 자랑하고 다닐 거야.

장밋빛 미래에 한껏 젖어 생글대던 혜미의 얼굴이 스쳐가자 가슴속이 울렁울렁 내려앉았다.

"그런 생각을 자주 해요. 어디선가 혜미가 저를 지켜보며 응원하고 있을 거라고요."

바위를 치고 물러가는 파도 소리가 드럼의 심벌즈를 흩어 때리는 리듬으로 바뀌어 들렸다. 밤새 녹음했던 「삐에로는 우릴 보고 웃지」의 노랫말과 밴드의 합주가 머릿속에 켜졌다.

녹음실에서는 편곡된 노래가 거칠어서 버거웠는데 이전보다 춤선과 보컬을 강렬하게 뿜어낼 곡으로 새롭게 다가왔다. 오빠가 내 퍼포먼스의 한계를 넘어서도록 이끌고 있었다. 드럼의 박자에 힘을 싣는 내 모습을 그리면서 손끝으로 바위를 두드려 노래의 리듬을 복기했다.

사람들이 나를 이기적인 아이로 볼지라도 연연하지 않고 기뻐하는 내 모습을 바랐다. 누구보다 경쾌하게 춤을 추면서도 힘을 다해 노래하겠다고. 무대를 지켜보며 응원할 혜미를 위해서.

두번째 라운드에서 라디오헤드Radiohead의 「페이크 플래스틱 트리스 Fake Plastic Trees」를 부른 밴드를 꺾고 나는 다음 라운드로 진출했다. 작년 가을에 인디레이블에서 데뷔 앨범을 낸 데다 보컬의 음색 자체가 멋져서 팬들도 많았다. 이번 대회의 우승 후보로 꼽혔던 상대였다.

힘을 강조한 춤 동작을 펼치면서도 나는 생글생글 눈웃음을 지으며 「삐에로는 우릴 보고 웃지」를 불렀다. 원곡에 없는 랩이 흥이 넘쳤다. 모든 악기들이 뮤트되고, 잠깐의 정적 후에 드럼과 베이스기타의 합주가 나오자 나는 무대 앞으로 나아갔다. 모니터스피커에 오른발을 올려 아래의 객석을 내려다보며 랩을 했다.

랩 파트가 끝나고 이어진 간주에서 나는 마이크를 내려놓고 카메라의 연사 플래시가 터지는 속도로 몸을 끊어 팝핀 댄스를 추었다. 댄스 브레이크를 마음껏 누리도록 슬랩 주법으로 줄을 튕겨 뜯는 베이스기타의 리듬 속에, 탬버린과 일렉트로닉 효과음이 잘게 배치되었다. 디셈 오빠가 내 춤선의 장점을 극대화하도록 편곡한 거다. 난사하는 총을 맞아 쓰러지고, 살아나 일어서서 총을 쏘며 반격하는 연기를 펼치자 방청객들은 모두 일어나 환호했다.

뮤트—

대기하던 모든 밴드 세션이 저마다의 최대치를 뿜어내 합주하고 나는 춤을 내달리며 노래를 불렀다. 노래를 아는 사람들이 떼창을 불렀다. 반복되는 안무를 생략하고 나는 그들을 바라보며 노래했다.

게임에 나올 사기 캐릭터라며 마이크를 들었던 내 손에 칼, 철퇴, 활 따위의 무기를 합성한 사진이 인터넷 갤러리에 올라왔다. 나와 붙어서 탈락한 참가자들의 사진을 늘어놓고는, 내가 손가락 총을 쏘았던 춤 동작 사진을 잘라 붙여 합성했다. 다음 상대에게는 어떤 무기 아이템이 적당하겠느냐고 묻고 답하는 유머 게시글이 유행이 되었다.

초등학교와 중학교 시절의 사진들도 돌아다녔다. 한국기원 여자연구생이었다는 이력이 연예 뉴스에 뜨자 곧바로 이슈가 되었다. 한 해에 열

두 명을 뽑는 바둑 프로기사의 관문을 통과할 뻔했다며 사람들은 내가 머리도 천재라고 입을 모았다. 회사에서는 바둑 연구생 이력을 앞세워 왜 진작에 홍보하지 못했냐는 말들이 돌다가, 얼마 가지 못해 누가 연구생 이력을 떠벌리고 다녔냐며 군소리를 재잘거렸다. 안티팬이 늘어나 악플이 달리고, 일진이었다는 헛소문이 퍼지고, 나한테 폭행을 당했다고 하는 찌라시 루머가 나돌았다. 내가 대국을 방해한 사건을 끌고 와서 누군가 하소연하며 써 올린 인터넷 글이 도화선이 되었다.

그건 사실이었다.

혜미를 수색하는 현장을 뒤로하고 혼자 서울에 돌아와 여자연구생 리그에 복귀한 날에 그랬다. 그동안 결석하여 불참한 대국은 기권패로 처리되었다. 여자연구생 2조에서 2연승을 달려 1위로 올라섰다가, 내리 4연패를 기록해 10명 중 공동 7위로 떨어졌다. 매달 조별 리그를 치러서 각 조의 1위에서 3위가 상위조로 올라가면, 각 조의 8위에서 10위는 하위조로 강등되었다. 여자연구생 1조에 들어가야 늦가을에 열리는 여자 프로기사 입단 대회에 참가하거나, 이듬해 봄에 리그전 내신점수 성적으로 프로기사 입단을 노릴 수 있었다.

언제나 여자연구생 1군에 속한 1조와 2조를 오갔기에, 천천히 가도 좋다고 추슬렀지만 좀처럼 대국에 집중하지 못했다. 그날 열리는 두 판의 대국과 다음날 열리는 마지막 한 판의 대국을 모두 승리해야 안정적으로 잔류할 수 있었다. 첫번 판을 패배하면 남은 판의 대국도 망칠 것만 같았다. 다음달에는 2군으로 강등되겠다며 걱정했다.

일정 변경으로 오전 11시에 첫 대국이 시작되었다. 다른 연구생들이 바둑판에 착수하는 돌 소리에 귀를 기울이며 혜미를 생각했다. 망망한 바다를 떠다니고 있을, 죽지 않고 살아있을…… 혜미가 돌아오기를 바랐다.

점심시간 전에 나는 할당된 60분에서 45분을 써버렸다. 초반의 포석에서부터 집중하지 못해 놓친 수읽기를 거슬러가느라 시간을 허비해버렸다. 점심을 먹지 못했다. 무언가를 먹고 싶지 않기도 했다. 자리에 앉아 흑돌과 백돌이 배열된 모양을 하릴없이 내려다보았다. 흑집과 백집의 크기를 재는 형세판단도 안 하고, 전세를 반전시킬 수를 궁리하지도 않았다. 불계패를 선언하고 집에 돌아가고 싶었다.

점심시간이 끝나고 대국을 재개한 후였다. 상대편 여자애가 콧노래를 불렀다. 잘못 들었나 하는데 허밍 소리가 또렷했다. 이상한 노래였다. 원더걸스의 「텔미*Tell Me*」 후렴구에 다른 동요를 흥청망청 섞어놓은 멜로디였다. 나는 고개를 들어 주위의 연구생들을 돌아보았다. 여자애의 콧노래가 들릴 텐데 다들 승부에 열중하느라 반응이 없었다. 현장을 감독하는 사범님들은 멀찌감치 떨어진 곳을 돌아다녀서 대국 규정 위반을 신고하기가 마땅치 않았다.

상대의 포위망을 뚫는 수를 찾아야 했다. 상대의 진영에 침투해 빠져나가던 내 대마가 절체절명에 걸렸다. 잡히면 끝이었다. 살아난다고 해도 내가 서너 집이 확정적으로 모자라는 형세여서 피 말리는 끝내기를 치러야 했다. 여자애는 바둑판에 단발머리를 숙여 수를 읽으면서도 콧노래를 그치지 않았다.

참기 힘들어 나는 한숨을 길게 내쉬는 것으로 눈치를 주었다. 여자애는 아랑곳하지 않았다. 나는 칫, 하고 혀를 찼다. 바둑통에 손을 깊숙이 넣어 돌들을 쥐락펴락하며 부러 시끄럽게 했다.

옆자리의 다른 연구생들이 눈길을 돌렸다. 상대 여자애가 아니라 나를 힐끔했다. 나는 부당함을 알리려 콧노래를 부르는 여자애를 치켜뜬 눈으로 노려보았다.

랄라, 랄라, 라랄라……

더 크게 흥얼거렸다. 여자애의 머리가 돌아버린 듯했다. 내 대마를 몰아붙여 잡아낸다며 짜릿해했다.

"야."

참다못한 나는 뇌까리고 밀었다. 여자애는 내가 부르는 말소리를 듣고서도 못 들은 척 멜로디를 흥얼댔다.

"조용히 좀 해."

여자애는 여유롭게 돌을 골라 들었다. 딱, 소리가 나도록 바둑판에 돌을 착점했다. 내 대마의 숨통을 끊는 최후의 수였다. 머리끝으로 열기가 뻗쳤다. 바둑돌을 고르는 내 손이 바들바들 떨렸다. 아랫입술을 잘근잘근 씹었다.

바둑판의 하변에서 중앙으로 올라가는 거대한 대마가 몰살당했다. 나는 의미 없는 수를 두며 패배감을 다스리려 노력했다. 여자애는 애써 확보한 다른 곳의 내 집을 농락했다. 꽃놀이패까지 걸려버렸다. 타개할 묘수가 나올 곳이 없었다. 할당 시간은 모두 써서 초읽기 초침이 까딱대기 시작했다.

라라랄라, 라라랄라……

나는 어금니를 악물고 부드득 갈았다. 눈물이 왈칵 치밀었다.

"그만해."

나는 낮은 소리로 분명하게 경고했다. 옆자리 연구생들은 나를 돌아보고 여자애는 단발머리를 숙인 채 노래를 불렀다. 나는 목소리를 높였다.

"야!"

여자애가 머리를 들었다. 단발머리였던 머리카락이 길어졌다. 시푸르게 질린 얼굴에 흑돌처럼 까만 두 눈이 반짝였다. 바다에 빠진 혜미의 얼굴이었다. 혜미가 나를 쳐다보고 있었다.

자리에서 벌떡 일어서는 바람에 바둑통의 돌들이 와장창 쏟아졌다. 대국장의 모든 사람이 나를 쳐다보았다. 사범님들이 다가오자 나는 소리를 질렀다. 여자애를 가리키며 혜미가 왜 바다에 들어가야 했냐며 울부짖었다.

　혜미는 이미 이 세상 사람이 아니었다. 실종 전날까지 바다에서 물놀이하고, 밤에는 내 옆에 누웠던 혜미가 그토록 무서운 모습으로 변했다는 것이 믿기지 않았다. 쇠꼬챙이가 관통한 듯이 가슴이 찢어졌다. 구멍이 난 가슴을 막으려 두 손을 모아 눌렀다. 허리를 숙여 종종걸음을 쳐 한국기원을 나갔다. 엉엉 울면서 청계천 변을 돌아다녔다. 바다에 잠긴 혜미가 나를 원망하고 있었다. 언니가 춤을 봐주었다면 바다에 들어가지 않았을 거라고. 언니가 바다에 빠지게 만들었다고.

　한국기원은 석달 동안 연구생 리그 출전을 금지한다는 조치를 내렸다. 한국기원 소속 명단에서 제외된 거나 다름없었다. 여자연구생 최하위조에 복학하기 위해 처음부터 다시 시작할 내년을 기다려야 했다.

　그나마 가족의 실종 사건으로 얻은 후유증으로 참작된 결과였다. 실종된 혜미를 본 이상행동이 아닌, 단순 스트레스로 빚어진 소란으로 정리되었다.

파란 별

★

햇빛에 반짝이는 모래사장
흩날리는 검은 머리카락
뺨과 이마를 감싸는 소금기 먹은 바닷바람
섬처럼 떠 있는 뭉게구름

내 맨발은 뜨거운 모래밭을 밟아갔다. 고요한 해변에 파라솔이 세워졌다. 그늘진 곳에 앉은 혜미가 먼바다의 수평선을 바라보았다. 다가오는 발소리를 들은 혜미가 고개를 돌렸다. 팔을 높이 들어 흔들었다. 시뿌옇게 피지는 풍경으로 혜미는 자욱해졌다.

★

한국기원에서 뛰쳐나간 나는 집에 틀어박혀 꼼짝하지 않았다. 시간의 흐름에 감이 없었다. 에어컨을 틀지도 않고 침대에 누웠다. 바깥에서 흔들리는 모과나무의 잎사귀 소리를 들었다. 가끔 눈을 떠서 한여름의 청명한 하늘을 올려다보며 해변의 풍경을 돌이켰다. 이대로 죽어서 혜미를 만나러 가고 싶다고 바랐다.

내가 전화를 받지 않자 아빠는 고모에게 알려 우리 집에 가보라고 부탁했다. 고모는 그전 겨울에 군사교류 파병을 나갔던 중국에서 돌아와 용산으로 근무지를 옮겼다. 고모가 우리 집에 왔을 때 나는 닷새 동안 물 한모금도 먹지 않아 위급한 상태였다. 응급차에 실려 병원에 갔다. 혈압의 수치가 조금만 더 떨어졌다면 죽었을 거라고 했다.

언니야.

병상에 누워 뜬눈으로 백일몽에 빠져 헤맸다. 내 눈이 병실의 천장을 인지하는 동시에 투명한 젤리 같은 잔상이 시야의 한켠에서 우물거렸다. 해변의 맑은 풍경과 검은 바닷속의 아득함이 바둑판에 늘어진 백돌과 흑돌의 모양으로 뒤섞였다. 현실감을 찾지 못하는 내 귀는 물속에서 꼬륵꼬륵 피어오르는 공기 방울 소리를 듣고, 그 깊은 바다에서 흥얼흥얼 노래하는 혜미의 목소리를 들었다. 바닷속에 잠겼다가 수면 위로 숨구멍을 내미는 고래같이 이따금 옅게 깨어났다.

제대로 의식을 찾는 데에 사흘이 걸렸다. 비로소 곁에서 나를 간병했던 고모에게 말을 걸 수 있었다. 처음에는 누군지 몰라봐서 햇볕에 그을린 구릿빛의 얼굴을 물끄러미 뜯어보았다.

"문정이 고모야."

고모가 직접 자기를 소개해서 알아차렸다.

"이제 기억이 나겠니?"

달라진 내 눈빛을 본 고모가 정신이 드냐고 물었다. 입원하고 이튿날부터 나는 멀쩡하게 사람들과 대화를 나누었다고 했다. 의사 선생님과 간호사 언니에게 내 상태를 조리 있게 말하고, 고모를 바라보며 수색 현장을 지키는 엄마와 아빠의 얘기를 들었다고 했다. 그러고는 동화 같은 이야기를 꺼냈다고 했다.

그 해수욕장에서 자기 춤을 구경하는 인어를 따라 바다에 들어갔다고 했어요. 아무도 그렇게 칭찬해주지 않았는데 인어는 박수를 치며 좋아했대요. 인어가 능숙하게 노래를 따라 불러서 놀라워했어요.

이제 바닷속에서 살아갈 거래요. 고래들과 춤을 추고 노래를 부를 거예요. 인어를 따라서 인어가 되려고 해요. 바닷속에서 제일 멋지고 아름다운 인어가 될 거래요.

고모가 혜미 얘기를 하는 거냐고 묻자 나는 한동안 흐느끼다가 잠들었다고 했다. 링거 거치대를 끌어서 지하층의 편의점에 내려가 새 칫솔을 고르고, 바둑책을 보며 사활 문제를 풀었다는데 기억나지 않았다. 다른 낯선 사람의 이야기를 듣는 기분이었다.

떠도는 악성 루머를 놓고 회사는 아무런 대응도 하지 않았다. 초기에는 당혹스러워하더니 내부에서 무슨 논의를 마쳤는지 가벼운 해프닝으로 치부했다. 나를 불러서 루머의 내용 따위가 사실이 아님을 확인해놓고도 취재하러 오는 기자들을 적당히 구슬려 돌려보냈다. 사실이 아니니까 노이즈 마케팅 효과를 볼 수 있다는 이해되지 않는 전망을 말했다. 내 루머가 퍼질수록 내가 주목받는 셈이고 엘퍼플이 잘될 거라고. 엘퍼플과 나를 기사화한 연예 뉴스 조회수가 압도적이라면서.

마치 내가 저지르지도 않은 일들을 사실로 받아들이라는 말로 들렸다. 나더러 사람들에게 해를 끼치는 이기적인 사람이 되라고 종용하고 있었다. 루머에 시달린 경험이 있는 디셈 오빠는 무슨 말을 해줘야 할지 몰라 난감해했다. 대표님에게 할 말이 있으면서도 참는 얼굴이었다. 해명하면 더 악화될 거라며 이 시간이 지나가기를 기다려야 한다고 했다.

우울한 마음으로 엘퍼플 데뷔곡 뮤비 촬영에 들어가고 케이팝 루키 세번째 라운드에서 부를 자미로콰이_Jamiroquai_의 「버추얼 인새니티 _Virtual Insanity_」를 연습했다. 승리하면 대망의 결승 라운드에 서게 되는데 나는 기운이 나지 않았다. 발렌 오빠가 노래하는 내 모습을 보며 즐거워하는데도 호응해줄 힘이 없었다.

광장으로 끌려 나가 사람들에게 돌팔매질을 당하는 꼴이었다. 생긴대로 그럴 줄 알았다느니, 피해자들에게 사과는 하고 활동하는 거냐느니, 하며 이죽대는 댓글을 읽고 얻은 억울함을 아무에게도 털어놓지 못했다. 터무니없는 루머를 두고서 누군가에게 동정을 구하는 내 모습이 수치스러워 보였다.

무대에서 여유로운 눈웃음 같은 건 연기할 수 없었다. 루머를 사실로 믿고 있을 방청객들을 데면데면하게 둘러보았다. 무표정이면 한없이 차가워지는 내 눈빛은 카메라에 싸늘하게 부각되었다. 화면에 나온 내 얼굴에서 나는 처량함을 느꼈다. 스텝을 밟는 발동작은 무거웠고 웨이브를 먹이는 춤선도 눈에 띄게 투박했다. 노래의 발성은 원곡의 분위기와 다르게 무겁고 거칠었다. 디셈 오빠가 편곡한 베이스기타와 일렉기타의 연주에 내 속에 맺힌 갑갑함을 절제하지 못해 터뜨렸다. 목소리의 울림을 허스키하게 꾸미느라 과하게 성대를 긁어댔다.

이전 라운드만큼 설렘도 없고 감흥도 없었는데도 심사위원들은 어떤 라운드보다 서늘한 포스의 매력을 여과 없이 보여준 무대였다고 호평했다. 방청객들도 지난번처럼 모두 일어나 박수를 치고 환호했다.

다음 무대에서 상대편으로 나온 보이그룹 데뷔조의 리더는 재즈 밴드로 변주한 현진영의 「흐린 기억 속의 그대」를 노래하며 춤췄다. 마이클 잭슨을 연상케 하는 춤선에 그루브를 넣은 동작이 섬세했다. 표정 연기는 선배 가수처럼 노련해서 나보다 더 나았다. 나는 여기까지라는 예감이 들었고 그 때문에 홀가분했다. 사람들의 이죽거리는 관심에서 슬그머니 벗어날 것을 기대했다.

상대편과 동일하게 나는 심사위원들의 만장일치 통과 의견을 받았는데, 방청객 득표수에서 단 3표가 앞선 결과로 나왔다. 믿기지 않았다. 계속해서 시달릴 미래가 선명하게 그려져 아연했다.

대표님은 결승전까지 갈 줄은 몰랐다는 말로 축하해주었다. 결승전 결과와 무관하게 솔로 유닛 앨범을 따로 준비할 거라고 귀띔했다. 그동안 내가 마음고생을 심하게 겪어서 걱정했다고 말하는 대표님 앞에서 나는 고개를 떨구어 훌쩍였다. 연습생이 되었을 때부터 세상에 나밖에 없다는 듯이 칭찬해주었던 대표님이었다.

"감사해요."

내 손을 잡아주는 대표님에게 간신히 예의를 차려 답했지만 훌쩍임은 그치지 않았다. 그 다정한 말과 칭찬은 진정으로 나를 위함이 아니었기 때문이다. 어찌하든 회사의 쓸모 있는 상품이 되어야 하는 내 처지를 확인시켰을 뿐이었다.

루머가 루머를 먹어가며 늪처럼 깊어졌다. 우리 회사와 방송국이 심사를 조작했다고 주장하는 글들이 올라왔다. 평가 방식을 조목조목 따져가며 케이팝 루키의 폐쇄적인 심사 방식을 문제 삼는 내용이었다. 내가 아니라 상대편 보이그룹 데뷔조 리더가 결승전에 올라갔어야 했다는 항의성 글들이 방송국 홈페이지 게시판에 도배되었다.

탈세로 수억 원의 벌금을 물었던 회사의 이력과 대표님의 몇 년 전 이혼 사유를 들먹이더니 엉뚱하게 회사 전반의 문제로 번져갔다. 대표님이 정부의 문화예술 정책을 비판했던 발언들을 끄집어와서 빨갱이라며 야유하는 댓글이 달렸다. 한편에서는 내 무대가 완벽했고, 대한민국에서 이런 아이돌 가수가 나오기 어려울 거라고 응원하는 글들도 꾸준히 올라왔다.

위로가 되지 못했다. 팬들의 응원이 내 속에 알 수 없는 죄책감을 키웠다. 내가 그들을 민망한 사람들로 만든다고 생각했다.

숨을 쉬기가 힘들었다. 가슴이 조여와 현기증으로 머리가 핑 도는 증상이 생겼다. 엘퍼플 데뷔곡 연습 도중에 이따금 웅크려 앉아 멤버 언니들을 구경하기만 했다.

"케이팝 루키 때문에 피곤한가봐."

"얘 없었으면 우리 팀이 이만큼 주목받지도 못했어."

"일단 쉬게 하고 우리라도 연습하자. 어차피 얘는 연습 안 해도 우리보다 낫잖아."

언니들은 나를 배려하는 말을 주고받았지만 속으로는 내가 거드름을 피운다고 궁시렁대는 눈치였다. 모두들 곁에 있는 나를 바라보지 않고서, 나를 놓고 도란도란 회의했다. 미안하다고 양해를 구해야 했지만 나는 연습실의 마룻바닥만 내려다보았다.

일과가 끝난 저녁에 디셈 오빠와 연습할 때는 얼마간 괜찮았다. 발렌 오빠와 밴드 세션이 본격적으로 합류하면서 결승 라운드 준비는 규모를 갖추어 진행되었다.

발렌 오빠는 여러 개의 곡을 추천해주며 나에게 선곡을 맡겼다. 컨셉을 랩 메탈로 가져가자는 발렌 오빠의 제안대로 나는 그중에 레이지

어겐스트 더 머신*Rage Against The Machine*의「게릴라 라디오*Guerrilla Radio*」를 골랐다. 미디어로 진실을 호도하는 세태를 신랄하게 비난하는 가사가 내가 하고픈 말을 대신했다. 오빠들은 일찌감치 밴드를 구성해서 합주 연습을 마쳤다. 여기에 실용음악과 학생들을 브라스 세션으로 섭외한다고 했다.

"거봐. 결승전에 올라갈 거라고 했잖아."

발렌 오빠는 능청스러운 표정을 지으며 자기 예언이 실현되었다고 으스댔다. 세상이 무어라 하든 간에 내가 노래하고 춤추는 현장에 함께한다는 것만으로도 발렌 오빠는 진심으로 즐거워했다. 발렌 오빠 덕분에 조정실에서 지휘하는 디셈 오빠도 이전보다 수월하게 녹음 작업을 이끌어갔다. 덕분에 나도 잠시 웃을 수 있었다.

회사로 돌아가 엘퍼플 멤버들과 연습하면 몸이 아팠다. 언니들이 나를 경계해서 그랬을까. 아니면 내가 언니들을 싫어해서 그랬던 걸까.

급작스레 구토감이 치밀어 언니들 앞에서 입을 틀어막고 화장실에 뛰어가기도 했다. 병원에서는 내 몸에 이상이 없다며 정신과 진료를 받아보라고 권했다. 꺼려져서 정신과에까지는 찾아가지 않았다. 몸이 아니라 정신에 문제가 있음을 나도 직감했다. 극복하기 어려운 무슨 진단을 들을까봐 무서웠다. 자칫하면 미친 사람으로 판정받을 것만 같았다. 회사도 내가 정신과 진단까지 받는 걸 원치 않았다. 케이팝 루키 이후에 상태를 보자고 했다.

혜미가 겪었을 힘든 일을 대신 맞닥뜨렸을 따름이라고 되뇌던 나만의 주문은 공허해졌다. 결승 라운드 연습을 마치고 돌아와 불 꺼진 숙소에서 언니들의 숨소리를 들으며 침대에 누우면 불면증에 시달렸다. 죽고 싶다는 충동을 누르지 못해 밤중에 몽유병 환자처럼 건물 옥상으로 올라가기도 했다. 난간을 잡고 까마득한 건물 아래를 내려다보며 떨어지는 내 모습을 그려보았다. 언제 그랬냐는 듯이 나를 두고 불쌍하다고 수군대는 댓글들로 채워질 것 같았다.

"이렇게는 싫어. 이렇게는 싫다고."

힘든 모습으로 끝내서는 안 된다는 말을 반복해 중얼거리다 나는 주저앉아 울었다.

그날 아침은 기묘했다. 어제와 똑같은 세상인데 세미한 조각들이 낯선 모양으로 슬그머니 교체된 것처럼 서먹했다. 아직 잠자는 언니들의 숨소리를 들으며 블라인드에 내려앉은 오월의 푸르스름한 새벽빛을 하염없이 바라보았다. 시안대로 콘로우 스타일 머리를 땋겠다고 샵에 갈 시간을 재면서 나는 베개를 꼭 끌어안았다.

깨기 직전의 꿈이 너울대는 잔상으로 맴돌았다. 꿈속에서 나는 웅크린 채 멀리에서 어슬렁이는 빛을 오랫동안 응시했다. 숨을 내쉬는 허파같이 부풀어 밝아졌다가 시들어 잦아드는 빛이었다. 어느 순간 나는 그 빛이 햇살이 아니라 두텁고 미끈한 피부임을 알아차렸다. 어마하게 커다란 고래의 일부라고 깨닫자 겹겹이 주름진 눈시울의 동공이 어둠 속에서 깜빡였다. 나의 마음을 들여다보는 깊은 눈이었다. 그 눈빛이 황홀해서 울먹울먹 울음이 나오려다 깨어났다.

헤어디자이너 언니들이 내 머리를 땋을 동안 눈을 감고서 꿈을 돌이켰다. 깜빡이는 고래의 눈에 골몰했다. 꿈속에서 고래를 붙잡지 못한 내 모습이 가여웠다. 크게 외쳐 물어봤어야 했다. 혜미가 어디에 있는지 당신은 알지 않느냐고, 혜미가 나를 응원하고 있다고 알리려 하는 거냐고. 내가 몸부림을 쳐 붙잡았다면 꿈속에서라도 바닷속에 사는 혜미의 소식을 들었을지도 모른다.

몸속에서 꿈틀대는 뭉클함을 가누고 있어서, 샵에 있는 누군가 무슨 말이라도 걸어 내가 눈을 떴다면 대책 없이 울음을 터뜨렸을 거다. 이따금 코를 훌쩍였기에 헤어디자이너 언니들은 작은 목소리로 속닥이며 미용 도구를 가져왔다.

메이크업까지 마치고 차를 타고 잠실운동장으로 이동했다. 샌드위치를 먹으면서 물끄러미 차창 너머를 건너다보았다. 햇살에 젖은 도로변의 플라타너스마다 넓적한 잎사귀가 우거졌다. 높은 건물들 위에서 넘실거리는 뭉게구름을 바라보는데 매니저 오빠가 휴대폰을 내밀었다.

"디셈 씨가 바꿔달래."

오빠는 가라앉은 목소리로 내 컨디션이 어떤지 물었다. 점심을 먹고 발렌 오빠와 함께 무대 세팅을 보는 중이라 했다.

"완벽하게 준비되었다고 느끼는 날이면 뭔가가 어긋나더라구."

결승 라운드인 데다 펑크데이지가 세션으로 참여하는 무대여서 오빠는 예민했다.

"난 하나도 완벽하지 않은데요."

"발렌도 그렇고 오늘 느낌이 좋대. 내가 김칫국 마시는 얘기는 하지 말래도 자기 홍대로 가. 세상에서 김칫국이 제일 맛있다는 거야."

한없이 커 보였던 오빠가 우물쭈물하는 어린아이로 변해 있었다. 신호를 받은 우리 차가 멈추자 매니저 오빠가 창문을 내렸다. 바람이 불어와 내 얼굴을 쓰다듬었다. 코끝에 머문 바람결에서 꽃향기가 은은하게 풍겼다. 걱정을 늘어놓는 오빠의 말소리에 집중하지 못하고 나는 씩 웃었다.

"오빠. 오빠가 말한 대로 준비한 만큼만 할 거예요. 오늘도 나는 나른해서 좋은 느낌 같은 건 없어요."

오늘따라 귀엽네요, 라고 말할 뻔했다. 건물들의 그림자를 빠져나간 도로의 파란 하늘을 올려다보며 나는 웃음을 흘렸다.

★

잠실운동장 야외무대에서의 카메라 리허설은 어수선했다. 스테이지가 두 곳으로 분할되었으나 리허설은 동시에 진행되지 못했다. 내 상대편 언니가 먼저 옆 스테이지에 올라가 박정현의 「아무 말도 아무것도」를 불렀다. 원곡을 오케스트라로 편곡해서 수십 명의 바이올리니스트와 첼리스트, 여성 합창단을 무대에 배치하고 밴드의 음향을 점검하는 데에 예정 시간을 넘겨버렸다.

벌써부터 몰래 들어온 관객들이 우리 스테이지를 구경하고 사진을 찍었다. 우리 팀은 시간에 쫓겨 피디님이 이끄는 대로 리허설을 따라갔다. 리프트를 타고 무대 중앙으로 올라가는 등장 연습을 생략했다. 리프트의 실린더에 이상이 발견되어 위험하다며 이따 짬을 내서 시도해보자고 했다. 브라스 세션으로 합류한 트럼펫, 트럼본, 튜바의 소리가 스피커에 제대로 출력이 안 되었다. 곡 중반에 일렉기타가 무겁게 슬라이드하여 고조시키는 구간에서 모든 악기가 묻혀버렸다.

노래가 후렴으로 나아가는 중에 인이어가 고장나고 자잘한 하울링이 노래의 흐름을 방해했다. 음질에 공을 들였다며 유선마이크를 써야 하는 탓에 춤을 추다 마이크 케이블에 다리가 걸릴까봐 조심스러웠다. 예정에 없던 선글라스 코디를 놓고 막판까지 갈피를 잡지 못했다. 결국 착용하지 않기로 했다.

다른 가수들에게 곡을 써주고 피처링으로 참여했던 펑크데이지가 오랜만에 출연하기에 피디님이 주관하는 즉석 회의 시간도 길어졌다. 피디님은 내가 노래하는 모습을 담은 카메라 앵글에 펑크데이지가 한꺼번에 잡히는 위치를 제안했다. 베이스기타를 치는 발렌 오빠와 디제잉 콘트롤러를 다루는 디셈 오빠가 무대에 서면 나도 좋겠다고 생각했다.

오빠들은 무대 뒤편으로 빠지겠다고 했다.

"너는 독무대에서 빛나는 체질이야. 천생 솔로 아티스트 옆에 우리가 껴서 무대를 구리게 하면 안 돼."

펑크데이지가 앵글에 잡히는 구도가 겉보기에는 괜찮아 보여도 강주미라는 가수가 채워가는 무대에는 마이너스가 될 거라고 했다. 발렌 오빠는 온전히 나만의 무대가 되어야 한다고 말했다.

"오늘 케이팝 루키는 잠실종합운동장에서 열립니다. 지난 준결승전에서 탈락한 참가자들이 삼위 결정 라운드를 치른 다음, 대망의 결승 라운드를 보실 수 있겠습니다."

무대 위의 널찍한 스크린에서 케이팝 루키 참가자들의 얼굴이 한 명씩 등장했다. 그때마다 객석에서 외치는 환호 소리가 작아지다 커졌다.

"이번 시즌의 마지막 회는 라이브 방송으로 진행됩니다. 방송을 보시는 시청자분들도 문자 투표에 참여하실 수 있습니다."

대기실마다 설치된 카메라가 중계 화면을 지켜보는 3위전 참가자와 결승전 참가자를 차례대로 비추었다. 마지막으로 펑크데이지와 함께 앉아 있는 내 모습이 스크린에 나타났다. 디셈 오빠와 발렌 오빠를 비추자 함성이 거세졌다. 중계 화면을 골똘히 응시하는 내 얼굴에서 카메라가 멈췄다. 어느 편에서 우우, 하며 야유하는 소리가 또렷하게 스며들었다. 이미 각 참가자의 팬들을 봐둔 카메라는 민첩하게 '엘퍼플 주미'라고 쓰고 하트를 새긴 피켓을 비추었다. 스크린에 나온 자신의 모습을 본 팬들이 수줍게 웃는 얼굴로 피켓을 흔들었다.

기분이 묘했다. 응원하는 팬보다 나를 혐오하는 안티팬이 객석에 있음을 의식하는데도 별다르게 위축되지 않았다. 주름진 눈시울에 덮인 고래의 눈망울이 하얗게 성대한 빛으로 떠돌았다. 무대에 오를 시간이 다가올수록 그 눈빛에서 혜미의 응원하는 목소리가 들려오는 것 같았다. 빨리 무대에 올라서고 싶었다.

게스트 가수의 축하 공연과 3위 결정 라운드를 보면서도 내 마음은 들떠서 간밤에 본 커다란 고래와 그 눈을 더듬었다. 노래 가사나 안무 진행을 돌아보지도 않았다. 실수하면 안 된다며 가사를 읊어보는데 몸은 가벼워서 둥실둥실 날아갈 듯했다. 우승하지 않아도 괜찮았다. 준우승이 더 나았다.

결승 라운드가 시작되어 나는 무대 옆으로 옮겨와 대기석에 앉았다. 박정현의 「아무 말도 아무것도」를 부르는 상대편 언니의 옆모습을 지켜봤다. 바이올린과 첼로가 웅장하게 어우러지는 음향이 리허설과 다르게 들렸다. 목소리를 모은 여성 합창단의 보컬리제가 공기를 파도쳐 밀려왔다. 자신만의 톤으로 새로운 노래를 부르고 있었다. 하얀 솜처럼 포근하던 언니의 목소리가 청아한 무게감으로 초점을 모으고, 발성을 허스키하게 꺾을 때마다 울컥하게 만들었다. 무대 위의 스크린이 내 얼굴을 잠시 띄웠다. 마스카라가 짙은 내 눈이 일렁이고 있었다.

안아주지 못해 안타까워하는, 그럼에도 소망이 실현되는 날을 바라는 노래였다. 혜미가 무대에 올라 노래를 부르는 것 같았다. 품이 넓은 목소리로 부를 혜미의 모습이 아련하게 그려지자 기도를 떠올렸다. 누군가에게, 알 수 없는 그 어느 누군가에게, 내 마음의 무엇을 꺼내어주기를 바랐다. 마음만 간절해질 뿐 무슨 기도문을 읊을 수가 없었다.

무대 아래로 들어가 리프트에 올라섰다.

전등이 캄캄한 공간을 떠다니는 먼지 알갱이를 비추고 바깥에서 함성소리가 몰아쳤다. 머리 위의 무대에서 서로 소감을 주고받는 사회자들의 말소리가 진동했다. 나를 인도한 스태프가 무전기로 상황을 교신했다. 준비되었냐고 묻는 사인을 보냈다.

"준비됐어요."

귀에 꽂은 인이어에서 드럼 스틱이 딱딱딱 부딪쳤다. 스네어드럼이 단출한 리듬으로 내달리고, 트레몰로를 진하게 먹인 일렉기타가 멜로디의 물결을 일으켰다.

내가 선 리프트가 무대 위로 상승했다. 나를 비추는 사이키 조명과 함께 관객들의 함성이 너울져 무대를 덮쳤다. 베이스기타는 도움닫기하듯 둥둥둥 구르고, 잠복해 있던 신시사이저와 일렉기타가 합류했다. 반복되던 연주는 브라스 세션의 합세로 금속성이 튀는 격렬한 톤으로 증폭되었다. 드럼의 박자에 맞춰 조명은 현란하게 색을 바꿔 파들거렸다.

나는 허공으로 크게 점프했다. 콘로우 머리를 거칠게 흔들면서 무릎을 툭툭 끊어 구부렸다 일어섰다. 팔을 내젓고 스텝을 밟아 두 다리를 교차했다. 제자리에서 한 바퀴를 돌아 허리를 뒤로 꺾었다가 일어서는 탄력으로 무대를 미끄러져 나갔다. 스탠드에 꽂힌 유선마이크를 뽑아 쥐었다.

귀에 들리는 세션의 합주가 기이하게 퍼져왔다. 아니, 부어지는 느낌이었다. 무대의 공기가 촉촉한 보슬비로 내려 내 전신을 청량하게 휘감았다. 오후에 맡았던 꽃향기가 내 콧방울에 살랑였다.

내달리던 연주에서 모든 세션이 일시에 빠져나갔다.

드럼은 다문 하이햇심벌즈를 투드득투드득 내갈기고, 베이스기타는 낮게 미끄러지다 솟구쳐 올라 음을 아껴 웅얼거렸다. 디제잉 스크래치가 비보이의 춤사위 비트를 휘갈겨 그 위를 노닐었다.

머리를 삐딱하게 기울였다. 나는 병든 사람같이 위태롭게 서서 눈을
감았다. 관객들의 함성소리가 진정되기를 기다렸다. 원곡의 클라이맥
스 내레이션을 꺼내 심각한 어조로 읊조렸다.

It has to start somewhere (어딘가에서 시작해야지)
It has to start sometime (언젠가는 시작해야지)
What better place than here (여기보다 나은 곳이 어딨겠어)
What better time than now (지금보다 나은 때가 언제겠어)

눈을 떴다. 폭발하는 화염처럼 모든 세션이 각자의 악기를 타격했다.
나는 유선마이크를 쥔 오른손을 찍어 내려 흔들었다. 두 팔을 힘껏 펼
쳤다가 빠르게 끌어와 웅크렸다. 스파크를 일으켜 목에서 어깨로, 허리
와 무릎을 떨었다. 가닥가닥 땋은 머리들이 뺨과 목을 때리며 흩어졌다.

*Transmission third world war third round, A decade of the weapon
of sound above ground* (3차 세계대전의 3라운드 방송, 지상은 음향무기의 시대)

뱃심에 탄력이 붙은 랩 딕션이 난사하는 리듬에 들어맞았다. 가슴과
목구멍이 열려 발성을 최대한으로 끌어내는 감이 또렷했다.
눈부신 조명에 새하얗게 퍼진 수천 명의 관객과 운동장 너머의 불 켜
진 높은 건물을 바라보았다. 오월의 밤하늘은 구름 한 점 없어서 별들은
영롱한 빛으로 수놓였다. 그중에 유난히 깜빡이는 어느 별을 바라보며
노래했다. 그 별이 파란빛으로 떨었다.
마이크 케이블이 출렁이며 내 다리를 때렸지만 걸려 넘어지리라는
불안감은 없었다. 오히려 마이크 케이블을 휘둘러서 춤 동작의 잔상을

퍼뜨리게 했다.

Lights out! Guerrilla Radio! (꺼버려! 게릴라 라디오!)

기도문으로 꺼내고 싶었던, 내 마음속의 무언가를 노래로 내지르고 있었다. 무대 아래의 한편은 놀이터가 되어 관객들이 깡총깡총 뛰었다.

Turn that shit up! (소리를 키워!)

간주에 이르러 트럼펫 솔로가 애드리브를 뽑아 연주했다. 간주의 멜로디가 넘어가는 구간마다 일렉기타와 브라스 세션이 공기를 부수어 몰아쳐 뮤트했다. 그때마다 나는 허공에 주먹을 쳐올려 어퍼컷을 날렸다.
세상의 모든 에너지가 내 몸으로 응축되어갔다. 내 모든 감각들이 그 에너지를 고스란히 뽑아냈다. 별의 파란빛은 파르르 떨어 몸을 부풀렸다.

All hell can't stop us now! (어떤 지옥도 우리를 막지 못해!)
All hell can't stop us now! (어떤 지옥도 우리를 막지 못해!)

나는 포효하고 있었다.

먹잇감

★

숨죽인 파란 별의 빛이 그렁그렁 차올랐다. 밤하늘을 그어 내리던 별이 섬광으로 터져 번쩍였다. 파란빛의 가스 덩어리로 흩어져 사람의 형상을 이루었다. 푸른 꼬리지느러미에 노란빛의 결이 띠를 둘러 한들한들 살랑였다. 빛줄기를 늘어뜨려 먼 하늘의 어딘가로 떨어졌다.

카메라 플래시가 쏟아지는데도 나는 눈을 깜빡이지 않았다. 앞에서 워글대는 사람들의 함성이 먼 곳의 소음으로 뭉그러졌다. 나를 비춘 조명이 꺼지고, 카메라는 건너편 스테이지의 사회자를 향했다.

나는 두 팔을 벌려 뻗은 마지막 동작에서 굳어버렸다. 노래가 끝날 무렵에 바라본 밤하늘 풍경에 묶여 내 발을 떼지 못했다. 무대 중앙에 동상처럼 서서 가쁜 숨을 내쉬었다.

"주미 씨, 움직이지요."

속삭이는 스태프의 말소리에 뻗은 팔을 내릴 수 있었다. 세션들은 하나같이 홀가분한 얼굴이었다. 어둑한 스테이지 뒤편에서 디셈 오빠와 발렌 오빠가 손을 흔들어 재촉했다. 대기실로 돌아가야 했다.

"파란 별이 떨어지는 거 봤어요?"

"별?"

"마지막 리프에 들어갈 때요. 못 봤어요?"

"아니, 전혀."

발렌 오빠는 무대의 감동에서 아직 빠져나오지 못해 싱글벙글했다. 하늘에서 우승의 사인을 보낸 모양이라고 했다. 디셈 오빠도 그저 나를 대견하게 바라보았다. 뚱딴지같은 말조차 공연의 여운을 북돋기만 했다.

짤막한 비하인드 인터뷰를 마치고 대기실로 돌아갔다. 심사위원단과 팬 투표 결과를 기다리며 현장을 중계하는 화면을 바라보았다. 스테이지에서는 지난 라운드에서 탈락했던 참가자들이 나와 「거위의 꿈」을 합창했다.

파란빛의 사람 형상. 늘어뜨린 노란빛의 띠. 한들한들 흔들었던 꼬리 지느러미.

별똥별이라기엔 확연하게 커다란 빛이었다. 한동안 햇빛을 쏘아본 것처럼 떨어져 내리는 파란빛의 광경이 눈앞의 잔상으로 돌아났다. 잔상의 주위에서 고래의 주름진 눈시울이 여울여울 피어올랐다. 밤하늘 풍경과 고래의 눈이 어딘지 닮았다.

고래의 주름진 눈시울. 초점이 잡혀 나를 바라보는 눈망울…… 꿈속의 고래가 지그시 미소 지었던 모습으로 비쳤다. 나에게만 보여준 밤하늘의 파란 별이라고, 혜미가 자신의 모습을 드러냈다고 느꼈다. 목 밑이 울컥해져서 눈을 감았다. 가슴 아래에 맺힌 말랑한 알맹이가 흐무러져 내려갔다.

네가 나를 여기까지 이끌어주었어.

기도문이 흘러나와 되뇌었다. 이제까지의 내 삶이 머나먼 길을 방랑했던 순례자와 같았다. 그 길에서 나는 혼자가 아니었음을 보게 되었다. 혜미가 말없이 동행해왔었다.

미안해, 내가 죽을 거라고 말해서. 나 죽지 않을게. 죽지 않을 거야.

이전의 결심을 뉘우치게 되자 흐느끼고 말았다. 옆에 앉은 디셈 오빠가 내 어깨를 감싸 안았다. 결승전 결과가 발표되기에 중계 화면을 바라봐야 했다. 최종 우승자가 가려졌지만 나는 듣지 못했다. 발렌 오빠가 소리치며 뛰고 디셈 오빠는 내 귀에 무슨 말을 속삭였다. 스테이지로 나가자고 했던 것 같다. 디셈 오빠의 부축을 받으며 나는 손으로 얼굴을 가린 채 대기실을 나갔다. 눈화장이 번져버렸다. 피디님이 제안했던 선글라스를 비로소 쓰게 되었다.

다시 돌려본 케이팝 루키 결승 라운드에서 나는 두 팔을 힘껏 펼쳐 밤하늘을 올려다보는 모습으로 굳었다. 고개를 쳐들고 먼 하늘의 어딘가를 눈으로 따라가면서 천천히 얼굴을 세웠다. 나는 경이로워하고 있었다. 빛나는 내 눈을 확대해가던 화면은 디졸브되어 상공에서 무대와 관중석을 내려다보았다.

연예 뉴스는 그러한 시선 처리로써 퍼포먼스의 대미를 장식했다는 코멘트를 남겼다. 케이팝 루키의 첫 시즌이 대스타를 탄생시켰다고 호평했다.

신문사에서는 내 시선 처리를 놓고 의도한 퍼포먼스였는지를 예리하게 질문했다. 매주 토요일마다 발행하는 커버스토리에 올릴 인물 이야기를 인터뷰하는 도중이었다. 저명한 인물의 삶을 취재하여 싣는 지면에 이제 고등학생이 된 내가 인터뷰이로 섭외된 거다. 우승의 기쁨이 가시지 않았고 혜미가 함께한다는 확신에 나는 스스럼이 없었다.

"동생이 아이돌 가수가 되고 싶어했어요."

내 말을 진지하게 들으며 메모하는 기자님에게 혜미를 이야기했다. 해수욕장에서 혜미가 사라지고 얻은 충격, 한국기원 연구생 리그에서 낙오, 기계적인 연습생 생활, 꿈에서 보았던 커다란 고래와 주름진 눈시울, 파란 별, 인어의 형상, 하늘에서 가스 덩어리가 퍼지던 광경……

무대에서 노래하고 춤추는 나를 혜미가 응원하고 있음을 느꼈다고 말했다. 어딘가에서 혜미가 인어가 되어 살아있음을 믿는다고 말했다.

"인어가 된 동생을 위해 춤추고 노래해요"

─── 케이팝 루키 우승자 강주미 씨

커버스토리가 실린 신문이 발행되고 캡처해 올린 페이스북 게시글과 트윗이 퍼졌다. 신문 지면으로 두 페이지를 채운 장문의 기사인데도 포털 뉴스의 메인에 올라왔다. 댓글들이 무섭게 꼬리를 이어갔다.

─── 아빠는 좌빨 강진호 교수. 엄마는 김소애 오페라단 단장. 인생을 게임하듯 사는 패기. 클라스 지린다.

─── 이 양반들 이혼했음. 강 교수가 제자년이랑 딴살림 차렸다가 들통남. 그것도 지 딸년 죽고 나서 얼마 안 되어 걸렸음.

─── 콩가루 집안이네.

─── 강진호 교수 존나 사이코패스야. 지 마누라를 개 패듯이 때려서 임플란트 시켰다던데. 보고 배운 게 있을 텐데 얘도 오죽할까.

—— 프로기사는 얼어 죽을. 얘는 그놈의 프로기사가 될 뻔한 얘기 좀 그만 팔아먹으면 좋겠다. 바둑판 엎고 성질난다고 연구생 친구들 때리고 다녔잖아. 프로기사가 넘사벽이니까 포기하고 돈 되는 아이돌에 뛰어든 거지.

스크롤을 내리다 자칫 지나쳤을 어느 댓글에 엄마 아빠의 이름과 직업이 버젓이 달렸다. 신문사 인터뷰에서도 부모님에 대한 자세한 언급은 피했다. 어떻게 알아냈는지 우리 집의 어두운 과거를 공개적으로 퍼뜨렸다. 엄마랑 단둘이 사는 가정사는 대표님만 알았다. 댓글이 추천수를 올리게 될까봐 걱정스러웠다. 헛소리려니 하고 모두들 지나치기를 바랐다.

—— 이런 빨갱이년은 딴따라로 성공하고, 남자들은 군대에서 개고생해야 하는 대한민국의 현실.

베스트 댓글들은 나더러 빨갱이년이라고 욕하며 씹어댔다. 엉뚱하게도 서해에서 해군 함대가 침몰한 사건과 나를 연관시켰다.

—— 뭔 개소리야. 물놀이하다 뒤진 지 동생이 인어가 되었다고 하네.
—— 북괴한테 수장당한 우리 군인들은 뭔 죄야. 군인들도 인어가 될 수 있다고 하는 건가.

대표님을 두고는 또다시 좌파 세력이라고 했다. 이해되지 않았다. 정부 정책을 놓고 몇 마디 말로 비판했다는 이력이 이렇게도 끈질지게 논란거리가 되는지 말이다. 애꿎은 디셈 오빠까지 엮여 입방아에 올랐다.

음악 작업은 뒷전이고 어린 여자애와 놀아나는 기생오라비라고 조롱했다. 영국 국적자여서 군대를 다녀오지 않았다며 양키놈이라고 불렀다.

방송으로 나가지 않았던 우승자 앵콜 공연이 공개되자 염문설이 득실거렸다. 앵콜곡으로 오빠들과 연습실에서 재미로 서너 번 맞추었던 「엠파이어 스테이트 오브 마인드Empire State Of Mind」를 불렀다. 오랜만의 무대에서 디셈 오빠는 랩을 하며 떼창하는 관객들과 마이크를 주거니 받거니 하며 흥겨워했다. 노래를 부르고 나서가 문제였다. 나는 디셈 오빠와 자연스레 포옹했고 오빠의 귓가에 손을 모아 속삭였다. 이 장면을 토막 영상으로 편집하고 사진으로 잘라 붙이며 사람들이 떠들어댔다.

나는 단지 "오빠. 정말 고마워요"라고 말했다. 사람들은 우리가 사귀는 사이라고 수군거렸다. 오빠가 짤막하게 보여준 해맑은 웃음을 모두가 놀라워했다. 내 모든 라운드마다 프로듀서로 참여했던 사실을 근거로 오빠와 내가 열애 중이라고 말을 지어냈다. 아무것도 모르는 미성년자를 오빠가 가지고 논다고 하거나, 어려서 철없는 내가 오빠를 꼬드겼다고 하거나. 회사에서는 디셈과 주미는 좋은 선후배 사이일 뿐이라고 해명하는 기사를 냈다.

사회에 물의를 일으킨 범죄자와 다르지 않았다. 내 기사에만 유별나게 악플이 도배되는 반복이 의아하면서도 악플이 악플을 덮기를 바랐다. 아빠가 엄마를 심하게 폭행했던 과거의 가정사가 퍼질까 불안했다. 염문설보다 내가 아빠의 딸이라는 사실이 전파되는 게 더 무서웠다.

신경 쓰지 않는 척하며 엘퍼플 데뷔 준비 일정을 따라갔다.

멤버 언니들과 연습 시간에는 안무의 느낌을 살리는 데에 내 의견을 말하고 시범을 보여주었다. 애린 언니는 적극적인 내 참여를 반기면서도 이따금 풀이 죽었다. 내가 제안하며 선보이는 시범이 자신이 이끌던 연습보다 신속하게 진행되어 열등감을 느끼고 있었다. 내가 자리를 비운 사이에 괜히 진주 언니와 클로이 언니를 세워놓고서 자기는 의자에 앉아 짜증을 부렸다. 문제가 되지 않았던 안무의 자잘한 부분을 놓고 지적질했다.

그런 투정질이 보기 싫어 이전의 나는 주저했었는데 이제는 상관하지 않았다. 애린 언니가 멤버들을 세워놓고 군기를 잡으면 나는 태연하게 거울을 보면서 다음 연습을 준비했다. 나에게 맞는 태도를 찾아간다고 생각했다. 시키는 대로 따라가며 거슬리는 존재가 되기보다, 차라리 존재감을 드러내며 뒷말을 듣는 편이 낫다고 일기에 끄적였다.

막바지 데뷔 준비로 빠듯해서 디셈 오빠와 연락이 끊겨버렸다. 마음만 먹으면 언제라도 우리 연습실에 찾아올 수 있었지만 오빠는 그러지 않았다. 잠들기 전에 나는 일기를 쓰면서 오빠에게 짧은 이메일을 써서 보냈다. 염문설 여파로 예민해져 있을 오빠의 사정을 알면서도.

…… 안무 연습하는데 언니들이 빨리 따라와서 괜찮았어요.

…… 너무너무 힘들었어요. 피곤해서 일찍 잘래요.

…… 저녁으로 나온 에그샌드위치가 맛있었어요.

…… 꿈에서 또다시 혜미가 날개 달린 인어로 나타났어요.

휴대폰을 쓰지 못했기에 문자메시지로 보낼 단순한 안부를 이메일로 보냈다. 오빠가 수신확인만 하고 답장을 보내지 않아도 나는 꾸준히 혼잣말을 끄적였다. 오빠의 상태가 어떠한지 훤히 들여다보는 것만 같았다.

오빠와 내가 진짜 연인이라도 될까봐 세상 모두가 시기하고 야유해서 나도 모르게 자기 세뇌를 한 걸까 돌아보기도 했지만…… 이성으로

서 특별히 좋아하는 마음은 아니었다. 오빠가 보고 싶은 건 맞는데 그리워서 안달나는 감정을 느껴본 적이 없었다. 그럴 겨를도 없었다.

오빠도 나를 여자로 느끼지 않는다는 걸 알았다. 그래서 나는 오빠가 좋았다. 있는 그대로 나를 아껴주고 내 미래를 진심으로 응원해준, 유일한 어른이었으니까.

★

오늘도 사진 촬영 작업만 했어요. 대표님이 나중에 사진집을 낼 수도 있으니 많이 찍어놓으라고 했대요. 자연광 촬영이라고 해서 새벽부터 홍대 근처에 있는 스튜디오로 이동했어요. 요새는 해가 일찍 뜨니까요. 돌아가면서 독사진을 찍고, 다 같이 찍고, 시간마다 햇빛의 각이 달라지면 잡았던 포즈를 잡고 또 잡았어요. 해질 때까지 촬영했어요. 돌아와서 또 데뷔곡을 연습했어요. 지금은 벌써 밤 두시예요.

이상했어요. 스튜디오의 창문이 오빠 키만큼 커다랬거든요. 커튼을 걷으면 건너편 건물 옥상에 어떤 아저씨들이 그 자리에 계속 있었어요. 사진작가 선생님이 그 아저씨들도 카메라를 들고 있다고 파파라치 같다고 했는데 제가 보기엔 아니었어요. 어제 갔던 논현동 스튜디오에서도 비슷한 아저씨들을 봤거든요.

아, 졸려요. 일기도 못 썼는데. 그냥 느낌이 그래서 길게 이메일을 써요. 피곤해서 그런지 사실 오늘 좀 우울해요. 잠을 진짜 많이많이 자고 싶어요. 오빠는 읽기만 하고 또 아무 답이 없겠죠.

저는 이제 잘래요. 빠이.

일기 대신에 오빠에게 이메일을 보내고 쓰러지듯 누웠지만 얼마 못

자고서 알람 소리에 잠을 깼다. 개인 연습을 생략하고 잠을 더 잘까 뭉그적거리다가 일어나 씻었다. 「뮤직뱅크」 데뷔 무대가 코앞이었다.

언니들보다 한 시간 일찍 연습실에 들어갔다. 거울을 보고 앉아 몸을 구푸려 스트레칭을 하는데 갑자기 출입문이 열렸다. 고개를 들어 거울을 보니 반바지 차림에 페도라를 쓴 발렌 오빠가 서 있었다.

"오빠."

오빠는 집게손가락을 입술에 대며 쉿, 했다. 전보다 턱수염은 덥수룩해졌고 밤을 새웠는지 눈은 불그레했다. 주위에 아무도 없는데도 오빠는 작은 목소리로 속살거렸다. 손으로 입을 가렸지만 술 냄새가 풍겼다.

"편지야."

디셈 오빠가 보낸 거라며 봉투를 건넸다.

"얼마 전에 디셈네 집이 털렸어. 국정원 사람들이 왔다 간 것 같대. 국정원 알지?"

발렌 오빠가 속사포처럼 말하기에 나는 고개를 끄덕이기만 했다.

"디셈네 집에서 도청기도 나왔어. 노트북에 악성 코드가 나와서 작업한 거 날려버리고. 니가 보낸 이메일 그거, 그 사람들도 읽고 있었나봐."

"디셈 오빠는 괜찮아요?"

나도 소리를 낮춰 말했다.

"그나마 작업한 파일들은 백업해서 다행인데 다른 것들은 복구가 안돼서 상태가 안 좋아. 나는 이제 가봐야겠다. 나도 감시당하는 건지 좀 찝찝하네."

오빠는 화들짝 놀라 뒤돌아보는 시늉을 하며 장난스럽게 웃었다.

"여기서 나는 못 본 걸로 해."

배웅하려는데 따라 나오지 말라 하고서 발렌 오빠는 연습실을 나갔다. 며칠 전부터 그 국정원 사람들을 본 것 같다고 말하지 못했다.

편지를 옷 가방에 넣어두었다. 연습 시간에 맞춰 한 명씩 들어오는 멤버 언니들에게 나는 그전보다 밝게 인사했다. 준비 운동을 하면서 거울을 힐끔힐끔 보며 애린, 진주, 클로이 언니들을 살폈다. 언니들 중에 내 얘기를 밀고하는 사람이 있는 건지 의심하게 되었다.

from D

그동안 네가 보낸 이메일을 잘 보고 있었는데 사정이 여의치 못해 답하지 못했어. 루머에 시달려 힘들었을 텐데도 열심히 데뷔 준비를 한다니 다행이다.

예전부터 인기를 얻은 만큼 유명세는 얼마간 치러야 한다고 생각했고, 루머가 퍼지면 때가 지나가길 기다리는 인내심도 길렀다고 생각했어. 이번엔 그 성질이 전혀 달라서 난처해.

음모론은 영화에서나 즐길 소재라고 보고 무시해왔거든. 어디에 신고도 할 수 없고, 누군가에게 설명하지도 못할 일이 벌어져서 정신을 차리기 어렵다. 아는 기자에게 물어봤는데 조심스러워하더라. 나라에서 그런 이상한 일을 꾸민 정황을 놓고 요새 제보가 심심치 않게 들어온대. 해군 함대 침몰이 북한 소행으로 밝혀진 부분이 석연치 않았는데 그런 의구심들을 무마시키려고 연예인들을 가지고 노는 것 같더래.

앞으로도 인터넷 댓글에 흔들리지 마. 돈 받고 댓글 다는 알바들이야. 읽지 않는 게 좋아. 여론의 화제를 괜한 연예인에게로 돌리려는 거야. 그래야 큰 문제는 가릴 수 있으니까. 인기를 얻은 만큼의 유명세를 치르는 게 아니라, 누군가에 의해 대중의 입에 물려줄 먹잇감으로 선택된 거야.

칠월에 런던으로 갈 거야. 그전에 엘퍼플이 데뷔 무대를 마치고 나면 대표님에게 따로 너랑 미팅하겠다고 요청할게. 네 솔로 앨범 프로듀서는 내가 맡아야 하니까 출국하기 전에 컨셉 정리를 해놓자.

이 편지는 찢어서 버렸으면 좋겠다. 내가 연락하기 전까지 당분간 이메일은 보내지 말아줘.

★

엘퍼플의 「뮤직뱅크」 데뷔 무대는 성공적이었다. 그날 자정에 음원과 뮤직비디오가 먼저 공개된 효과로 생방송의 시청률이 평소보다 높았다. 후크송이 아닌데도 일렉트로닉 멜로디 라인이 중독성이 있다며 이번 여름의 히트곡이 될 거라고 했다. 음원 스트리밍 서비스의 매거진에서는 데뷔 39일 만에 「인기가요」 1위에 오른 투애니원의 작년 기록을 깰 거라고 전망했다.

아이돌 소개 방송을 녹화하고, 오후 시간대의 라디오 방송을 돌고, 지방으로 축제 행사를 다녔다. 짬이 나면 언니들은 매니저 오빠에게 휴대폰을 빌려서 기사를 검색하고 댓글을 읽었다.

"이거 봐. 주미가 제일 멋있게 나왔잖아."

포털의 연예 기사마다 엘퍼플이 도배되었다. 연예 갤러리에는 무대 현장의 사진 모음 슬라이드가 게시되었다.

카리스마 막둥이? 오늘은 섹시 퀸이라구요

걸스 힙합 컨셉에 맞춰 노출이 없다시피 한 의상인데도 나에게 초점이 잡힌 사진에서는 가슴, 엉덩이, 다리가 야릇하게 강조되었다. 춤을 추다 순간적으로 힘을 모아 찡그린 얼굴 사진이 많았다. 언니들은 내 사진을 보고 키득키득 웃었다. 나도 따라서 선웃음을 지었지만 속으로는 불쾌했다. 사진마다 내 몸매를 품평하며 디셈 오빠와 관계를 운운하는 댓글 한두 개가 거추장스럽게 달렸다. 앞으로 얼마나 먹잇감으로 이용당해야 하는 걸까.

기다렸던 데뷔를 성공적으로 해냈기에 언니들은 뿌듯했다. 회사에서도 대박이 났다고 축하해주었다. 데뷔 앨범 예약 주문이 이미 10만 장을 넘겼다고, 더 팔릴 거라 했다. 음반 판매량으로 콘서트의 흥행성을 예상하는데, 이 추세라면 엘퍼플은 대형 경기장에서 단독으로 콘서트를 열어도 성공한다고 했다.

회사의 어른들은 나에게 절반이 넘는 지분이 있다고 입을 모았다. 내 루머가 엘퍼플의 인지도를 급상승시키는 데에 한몫했다며, 노이즈 마케팅의 효과라고 자찬했다. 위로인지 놀림인지. 내가 필요 이상으로 고분고분하게 말을 듣는다고 자각했다. 그런 식으로 말하지 말아요, 라고 대꾸하고 싶었다. 어리광을 부리는 모습으로, 거만한 모습으로 비칠까 봐 속으로 삭혔다.

디셈 오빠에게 이메일을 쓰지 못하게 되면서 일기장에 손도 대지 못하는 날이 많아졌다. 유일하게 토로할 일기도 쓰지 못하자 찌꺼기가 하루하루 쌓여 막혀가는 기분이었다. 언니들은 그전보다 의욕을 부리며 부지런해지는데 나는 병든 닭처럼 힘이 없었다. 틈만 나면 고개를 떨구어 쪽잠을 자기에 바빴다.

날이 더워지고 잠잠해진 줄 알았던 증상이 일어났다. 머리가 어질거려서 구토감이 치밀었다. 연습한 대로 무난한 퍼포먼스를 선보였지만 무대에서 내려오면 기운이 없었다. 방송국에 드나들 때마다 카메라 기자들이 소리치면 언니들은 손을 흔들어 반기는 포즈를 취했다.

"주미! 여기 좀 봐요!"

못 들은 척하며 나는 땅바닥에 눈을 내리깔고 가던 길을 걸어갔다. 속이 메슥거리는 기색을 들킬까봐 무서웠다.

　밤에는 잠을 못 잤다. 얻어맞은 듯이 온몸이 뻐근해 피곤한데도 말똥말똥 눈을 떴다. 잠이 들 만하면 풀썩 추락하는 아찔함에 다시 눈을 떴다. 새벽에 동이 틀 무렵에서야 슬금슬금 눈이 감겼다. 비몽사몽 일어나 하루의 스케줄에 매달렸다.

마지막 무대

★

  끝없이 펼쳐진 황금빛 사막을 걸어갔다. 반짝반짝 작은 별 아름답게 비치네…… 혜미의 노랫소리가 들렸다. 아스라하게 메아리치는 그 노래를 따라 사방을 돌아보았다. 혜미는 보이지 않았다. 날개를 펼친 인어로 나타날까 바다를 찾아보았다. 바다도 보이지 않았다.

  날카로운 섬광이 새파란 하늘을 찢어 들어왔다. 파란빛의 가스 덩어리로 흩어져 인어의 형상을 그렸다. 노란빛 띠를 두른 꼬리지느러미를 흔들며 떨어졌다.

  사막의 지평선 끝으로 아득하게 추락하는 그 빛을 바라보았다. 푸른 하늘보다 선명한 파란 몸체에, 황금빛 사막보다 샛노란 띠를 늘어뜨린 인어였다. 인어가 떨어진 그곳에 바다가 있었다. 나는 사막을 뛰어갔다.

  길쭉한 허수아비가 서 있었다.

  팔에 찬 깡통들이 딸가당딸가당 울렸다. 밀짚모자를 씌운 머리가 회전했다. 빠른 속도로 나에게 미끄러져 왔다. 눌러쓴 밀짚모자가 날아갔다. 속도를 이기지 못한 허수아비의 두 팔과 머리가 부러졌다.

몸에 걸쳤던 거적때기가 벗겨졌다. 길쭉한 몸은 짓이긴 수수깡이 되어 너덜거렸다. 허수아비와 내가 충돌하리라고, 부서지고 말 거라고 두려워하지만 나는 멈추지 않았다.

★

언니들의 얼굴이 기웃기웃했다.

뜬눈으로 지새워 눈이 아픈데도 감지 못했다. 언니들은 내가 반응할 때까지 내 눈앞에 손을 흔들어 보였다.

언니들 뒤편의 창문에 몸이 부러진 허수아비의 잔상이 술렁였다. 케이팝 루키의 마지막 라운드에서 지금의 아침으로 넘어온 것만 같았다.

"빨리 일어나."

언니들은 소풍을 가는 아이들처럼 재잘거렸다. 알았어요, 라고 답하고서는 나는 눈을 감았다. 이제까지 모든 것이 간밤의 꿈 같았다. 오늘이 세상의 마지막 날이었으면 좋겠다고 바랐다. 기다려왔던, 내 짧은 인생의 끝에 다다랐다면 혼자 있어야 했다. 언니들에게 나를 내버려두고 나가달라고 말하고 싶었다.

숙소로 달려온 매니저 언니는 당황스러워했다.

"오늘 사람들이 많이 오는 날이잖아. 조금만 힘내."

"언니. 못 일어나겠어요."

나는 실없이 히죽 웃었다.

"일단 샵에 가자. 샵에 가면 잘 수 있잖아."

누군가에게 업혀 샵으로 이동했다. 매니저 오빠 같은데 나는 디셈 오빠의 등에 업혀 있기를 바랐다. 사막에서 허수아비로 서 있던 오빠가 떠올라 꾸역꾸역 울음기가 올라왔다.

수술대에 오른 환자의 모습으로 의자에 누웠다. 샵에서 튼 음악의 노랫소리가 잠결에 닿은 귓기에 왜곡된 목소리로 웅성였다. 물을 트는 소리, 드라이어를 돌리는 소리, 헤어디자이너들이 움직이는 기척, 말할 수 없는 꿈결의 형체가 떠밀려 오다 물러갔다.

허파처럼 빛은 숨을 내쉬고. 밝아지다 어두워지고. 고래의 눈이 무슨 말을 건네고. 겹겹이 주름진 눈시울의 동공은 깜빡이고.

"일어나. 우리 늦었어. 이제 나가야 돼."

느른하게 눈을 떴다. 샵의 창문 너머는 여름 아침의 햇살로 눈부셨다. 고래를 닮은 커다란 뭉게구름이 건너편 빌딩 창문에 선명하게 비쳤다.

고요한 해변에 혜미는 홀로 앉아 있고. 먼바다의 수평선을 바라보고. 기척을 들은 혜미가 고개를 돌리고. 두 손을 입에 모아 무슨 말을 외치고.

"야! 일어나. 도착하면 일어난다며!"

내 귀에 대고 애린 언니가 소리쳤다. 내 어깨를 마구 흔들고 있는데 감이 없었다.

"진짜 미친 거 아니야. 팬 미팅 니가 다 망칠 거야? 너 때문에 리허설도 못하고 바로 무대에 올라가야 하잖아!"

눈을 뜨고 언니들을 하나하나 쳐다보았다. 기억이 없는데 나는 연분홍 스커트와 재킷을 입었다. 진주 언니는 걱정스러운 눈으로 나를 지켜보았다. 클로이 언니는 긴 머리를 늘어뜨린 채 손톱을 만지작거렸다. 목적지에 도착하려나 보다.

"일어나라고! 우리 이십분이나 늦었어."

애린 언니가 다시 소리를 질렀다. 달구어진 쇳조각 같은 것이 목젖으로 치밀었다. 속을 할퀴는 그 날카로운 것을 눌러 삼키려 나는 어금니를 윽물었다. 느릿느릿 허리를 세워 앉아 한숨을 토해냈다. 애린 언니를 지그시 노려보았다. 속눈썹을 길게 붙인 언니의 두 눈이 여러 개로 분산되었다. 검은 바둑돌이 와르르 쏟아진 모양 같았다.

"그만 소리쳐."

애린 언니의 여러 눈들이 깜빡깜빡했다. 침묵이 싸하게 도는 사이에 차는 어두컴컴한 지하 주차장으로 내려갔다. 언니들은 모두 바깥으로 나가 엘리베이터 쪽으로 걸어갔다.

천사 옷을 입은 혜미는 하얀 두 날개를 펼치고. 땅을 디딘 하얀 고래의 꼬리지느러미는 눈부시고. 한들한들 파닥이고.

실제로 겪은 것인지 꿈이었는지 분간할 수 없는 기억들이 내가 돌리는 눈길마다 게슴츠레한 결을 이루어 돋쳤다.

"팬 미팅 끝나면 오늘은 스케줄이 없잖아."

나를 다독이는 매니저 언니의 얼굴도 여러 개로 분산되었다.

"회사 사람들이 와 있어. 디셈 씨도 왔대."

언니의 얼굴을 의심스럽게 바라보았다. 디셈 오빠가 오면 내가 힘을 내리라는 걸 알고 언니가 거짓말하는 것 같았다.

"차가 막혀서 늦었다고 말해놓았다니까. 너무 걱정하지 마."

"언니."

지하 주차장에서 자동차의 타이어 소리가 째졌다. 내 얘기를 어디까지 들어 아느냐고 물으려던 나는 눈살을 찌푸렸다. 날개뼈 주위의 등이 으슬으슬 떨렸다. 팔짱을 껴서 언니의 부축을 받아 걸어갔다.

홀에 가까워지자 시끌벅적하게 웃는 소리가 들렸다.

"제 얘기를 오래 해서 제 팬 미팅인 줄 알았네요. 오늘의 주인공 엘퍼플을 박수로 맞이할까요."

박수 소리, 환호하는 소리가 들렸다. 내가 멤버들이 대기한 곳에 이르자마자 바로 곡이 시작되었다. 베이스 비트가 건물의 바닥을 흔들어 진동했다. 애린 언니부터 경쾌하게 스텝을 밟으며 무대에 들어가 포즈를 잡았다. 사전에 약속한 등장 같은데 나는 들은 기억이 없었다. 사이키 조명을 켜지 않았는데도 언니들이 무대에 올라가는 뒷모습이 여러 잔영으로 남아 울렁울렁 흩어졌다.

도저히 무대에 오르지 못하겠다고 생각하지만 돌아설 수는 없었다. 나는 눈을 꾹 감았다가 떴다. 앞에 남겨진 클로이 언니의 잔영을 헤치며, 넘어지지 않아 다행인 걸음으로 나는 무대에 들어갔다. 무대 뒤편에서 멤버들의 얼굴을 프린트한 실사 현수막이 펼쳐졌다. 색색의 펄 풍선이 리본에 묶여 곳곳의 벽에 달렸다. 객석에서 내 이름을 새긴 야광 피켓 무리가 흔들렸다.

"주미!"

기계적으로 춤을 추며 립싱크로 노래했다. 어딘가에 디셈 오빠가 와 있을까 객석을 둘러보았다. 삼백 명의 관객이 들어찬 어둑한 객석에서 별 모양과 하트 모양의 응원봉 불빛이 무리 지어 파도치고 카메라 플래시가 터졌다. 섬광이 내 눈을 때려 시야가 얼얼하게 번졌다. 잔영이 사그라질 만하면 또다시 플래시가 터져 앞을 보기 힘들었다.

내 동작이 언니들과 맞지 않았다. 비트에 느리게 반응하며 반 박자씩 엇나갔다. 홀 전체를 울리던 환호성은 군데군데 맥이 빠져 허전해졌다. 서로가 어리둥절한 거다.

언니들의 잔영이 내 앞에 남아서 움직임마다 멈칫해야 했다. 한번 두번 박자를 놓치던 내 안무는 수습할 수가 없었다. 동선을 교차하며 자리를 바꾸는 언니들에게도 방해가 되었다. 이런 돌발상황 또한 즐겁다는 듯이 언니들은 여유만만한 웃음을 보였지만 눈들은 겁에 질려 흔들렸다. 엉망진창의 팬 미팅이 될 것을 직감하고 있었다.

"떨지 마, 주미!"

"주미, 사랑해!"

객석 위쪽의 팬들이 크게 소리쳐 나를 응원했다. 안무의 동선을 뜨문 뜨문 따라가며 그곳을 올려다보았다. 이미 망쳐버린 무대를 모두가 괜찮다고 동정하는 이 상황이 애처로웠다. 디셈 오빠가 이 자리에 없기를 바랐다. 나는 힘겹게 미소를 짓고 손을 흔들었다. 팬들은 소리 질러서 환호해주었다.

객석의 오른편 통로에 우두커니 서 있는 실루엣이 걸렸다. 내가 가는 곳마다 어슬렁였던 그 아저씨들이었다. 그중의 한 명이 카메라를 들고 나를 향해 플래시를 터뜨렸다. 새하얀 섬광 사이로 얼굴이 스쳐갔다. 언젠가 저 아저씨를 본 것 같아 나는 소스라쳤다.

관자놀이에서 무언가가 툭, 끊어졌다.

그나마 시늉으로 따라가던 춤도 그만두었다. 언니들은 내 뒤로 물러났다. 내가 노래해야 할 솔로 파트였다. 눈앞에 어지럽게 띄운 잔영들을 헤치고 저 아저씨들이 내 앞으로 다가오려고 했다. 시야가 뿌옇게 차올라 나는 손으로 눈을 닦았다. 말도 안 되는 무섬증이라며 떨쳐내려 하지만 아저씨들이 나의 모든 것을 떠벌리고 까발릴 것 같았다. 그들이 그 자리에 그대로 있음을 확인하며 눈가를 훔치는데 눈물이 흘러나왔다. 나는 고개를 떨구었다.

"그만 괴롭혀. 그만 괴롭히라구."

혼잣말은 홀을 메운 음악 소리에 묻혔다. 저 아저씨들이 나를 괴롭히고 있다고, 나를 먹잇감으로 넘겨주려 한다고 객석을 향해 외치고 싶었다. 울음이 나와 나는 두 손으로 얼굴을 가렸다. 그래 봤자 믿어줄 사람은 아무도 없었다.

뒤에서 언니들이 다가와 나를 둘러쌌다. 기다렸던 팬 미팅을 망쳐버렸다고 모두가 인정했다.

"강! 주! 미!"

팬들이 합을 맞춰 내 이름을 불렀다. 내 등을 토닥이던 애린 언니가 나를 꺼안았다. 속으로는 고까워하면서 나를 챙기는 쇼맨십이 역겨웠다. 나는 몸을 흔들어 언니의 팔을 뿌리쳤다. 언니는 깜짝 놀라 뒤로 물러났다. 무심코 괴물의 피부를 만졌다는 듯이 언니는 두 손을 가슴에 모으고 웅크렸다. 언니를 쏘아보다가 부들부들 떠는 다리를 가누어 나는 걸음을 뗐다. 요란하게 울리던 반주는 허망하게 페이드아웃되었다.

"울지 마, 주미야!"

"가지 마, 괜찮아!"

무대를 비추던 조명이 꺼지고 홀의 전체 조명이 헛헛하게 켜졌다. 진행을 봤던 엠시가 초조한 얼굴로 무대 옆 출입구에서 대기했다. 어떻게 수습해야 할지 고민하고 있었다. 나는 엠시의 눈길을 피해 무대를 빠져나갔다.

★

"일단 병원에 입원했다고 말해두는 게 좋겠어요…… 네…… 엄마랑 있으면 좀 안정되겠지요. 네…… 주미네 어머님을 찾아가려고요…… 아까 통화했어요…… 대전에서요. 지금 오페라 공연 중이시래요…… 차를 타고 즉흥적으로 가는 거라 따라오지는 못할 거예요…… 네…… 백화점에서 사람들이 주미를 알아보긴 했을 거예요……"

나는 뒤로 젖힌 조수석에 누워 앞유리 너머의 푸른 하늘을 바라보았다. 금방이라도 저 하늘의 어딘가로 추락할 듯이 혼곤한데도 오빠의 목소리는 또렷하게 들렸다.

"몰래 차를 빌려 바꾸기까지 했어요…… 네, 공공칠 영화가 따로 없네요. 아반떼에도 당연히 블랙박스는 있죠…… 네…… 차 색깔은 왜요?…… 네…… 지금 반포대교를 지나가요. 경부고속도로를 타려구요…… 대표님도 조심하세요. 무슨 일 생기면 바로 연락할게요."

오빠의 목소리가 흐릿한 그림자들을 만들어냈다. 이슬처럼 망울망울 맺혀가던 형상들은 커다란 트럭이 울리는 경적 소리에 후드득 날아갔다. 아직 서울을 벗어나지 못했는데 바깥의 풍경은 바다로 변한 듯했다. 그때처럼 오빠와 함께 동쪽의 바다로 달려나가기를 바랐다. 바다를 보며 어딘가에서 헤엄치고 있을 혜미를 보기를 바랐다.

무대 출입구를 빠져나간 나는 매니저들을 따돌리고 무작정 뛰었다.

눈앞이 어질거리면서도 비상문을 열고 들어가 계단 난간을 잡고 내려갔다. 몇 층을 내려가 아무 비상문을 열자 백화점의 의류 매장이 나왔다. 사람들의 발길이 한적한 곳을 찾아 걸어가 반대쪽의 비상문을 열고 다시 계단을 타고 내려갔다. 어디로 가야 할지 모르면서도 어디론가 떠나고픈 충동을 참을 수 없었다. 내가 미쳐버렸다고 생각했다. 막다른 곳에 이르러 잡히면 스스로 죽을 수도 있었다. 연예 뉴스에 올라 조리돌림을 당할 내일을 맞이하기보다 깨끗이 사라지는 편이 나았다.

또다른 비상문을 찾으려 두리번대는데 저쪽에서 벙거지를 눌러쓴 남자가 뛰어왔다. 기겁하려는 찰나에 주미야, 라고 부르는 목소리를 듣고 나는 주저앉아버렸다. 나를 구하러 오빠가 달려오고 있었다.

느릿느릿하던 차가 속력을 내기 시작했다. 황금빛 사막의 끝에 이르러 결국 바다를 보려고 했다.

"우리 지금 어디예요."

눈을 감은 채 물었다.

"판교야."

트럭이 경적 소리를 뿜고 우리 차를 추월했다.

"엄마랑 전화하고 싶어요."

엄마는 내 목소리를 듣고 울먹였다. 내 상태를 걱정하며 묻는 엄마의 말에 답하지 않았다.

"바다 보고 올게. 엄마는 나중에 봐."

바다를 보면 혜미를 보는 것 같다고, 오빠와 다녀오겠다고 말했다.

"잠을 못 자서 그래. 걱정 마."

엄마를 안 봐도 괜찮겠냐고 오빠가 물었다. 내 귀에 들리던 오빠의 목소리가 먹먹한 울림으로 덮였다. 어지럽게 맴돌던 기억의 형상들이 비닐봉지에 밀폐된 듯이 웅성웅성 울렸다.

오빠가 나에게 말하기도 하고, 엄마와 무슨 얘기를 주고받기도 하고…… 아리송할 즈음에 의식의 끈을 놓아버렸다.

사막의 모래밭을 달리는 내 두 다리가 너무 빠르다.

허수아비에게로 달려간다.

허파가 터질 것 같다.

우리 차는 터널 속을 달렸다. 기이하게도 터널 곳곳에 창문이 뚫렸다. 창문들은 빠르게 쪼개져서 카메라 플래시 같은 새하얀 빛을 터뜨렸다.

바람이 불어 허수아비가 휘청거린다.

팔에 찬 깡통들이 텅 빈 소리를 울린다.

밀짚모자를 쓴 머리를 갸웃한다.

덧입은 거적때기가 펄럭인다.

터널의 끝은 햇살이 부서지는 바다였다. 벌써 바다에 다다랐다. 어딘
가에서 가냘픈 울음소리가 들렸다. 바닷속의 고래가 긴 호흡으로 외치
고 있었다.

빠른 속력에 못 이겨 허수아비의 두 팔과 목이 부러진다.
짓이긴 수수깡이 되어 너덜거린다.
추락하는 혜성처럼 미끄러져 온다.

환해질 줄 알았던 사방이 그늘졌다. 평화로웠던 고래의 울음소리가
타이어를 찢어발기는 괴성으로 터널을 울렸다.
고막을 터뜨리는 굉음에 눈을 떴다. 차 앞유리에 트레일러의 커다란
뒷바퀴가 들어찼다.

이제야 편지를 써요. 발렌 오빠랑 병원에 왔었다면서요. 일반 병실로 옮기고 나서야 엄마가 알려주었어요. 오빠가 내 손을 잡고 많이 울었다고요. 대표님이 우리의 모든 것을 일러바친 밀고자였다는 뒷얘기는 씁쓸했어요. 회사가 잘되기 위한 거라면서요. 우리가 동해 바다로 방향을 바꾸었으면 그 아저씨들이 따라오기 어려웠을 거라면서요.

깨어나지 못해서 미안해요. 꿈을 꾸고 있었어요.

꾸어야 할 꿈들을 피하며 달려왔기에 그토록 피곤했었나 봐요. 꿈을 꾸지 못한 빚에 시달려 오랫동안 혼수상태에 빠졌나 봐요. 이렇게 큰 사고를 당해 누워 있어야 했나 봐요. 팬 미팅을 하기 전날 밤에도, 오빠와 차를 타고 달렸던 고속도로에서도요. 추운 봄날에 우리가 동해 바다로 가던 길에서 꾸었던 꿈과 비슷했어요.

사막을 걸어가는 꿈이었어요. 꿈속에서 오빠는 길쭉한 허수아비가 되어 사막에 서 있었어요. 혜미는 날개 달린 인어가 되어 나타났어요.

사고가 나던 날에 허수아비와 충돌하는 꿈을 꿨어요. 사막의 지평선 끝에 떨어져 내린 인어를 보려고, 아마도 인어가 된 혜미를 만나겠다는 급한 마음으로 달렸어요. 허수아비도 나에게 미끄러져 왔어요.

병원에서 또다시 사막을 걸어가는 꿈에 빠졌어요.

사막을 걷고 걷는데 한없이 쓸쓸했어요. 다시 허수아비를 보고 싶었어요. 아무것도 없는 사막이 외로워서 허수아비를 그리워했어요. 지평선 끝으로 가기보다 사막에 한가롭게 서 있는 허수아비를 좋아했다면,

지평선 어디에 있을 바다를 상상하는 것만으로 만족했다면, 사막의 중심으로 넘어오지 않았을 거라고 후회했어요.

오빠도 알고 있었지요.

알면서도 모른 척해야 했었지요. 나에게 오빠는 세상에 하나뿐인 구원자였다는 것을요. 오빠가 내 첫사랑이라는 것도요. 환한 빛을 보게 해준 오빠를 잊지 못할 거예요. 혜미가 꿈꾸었던 무대를 내가 이룰 수 있도록 도와주어서 고마워요. 평생 동안 오빠와 함께했던 무대를 되돌아보며 살아갈 거예요.

내가 다시는 무대에서 설 수 없다고 오빠는 안타까워하겠지요. 나는 오히려 후련한걸요. 자책하지 말아요. 오빠의 말대로 세상에 던져줄 먹잇감이 되었지만 나를 살아가게 하려고 혜미가 이끌어주었다고 믿어요.

먹잇감의 굴레에서 벗어나게 하려고 무대에서 내려가도록 인도해주었어요. 주체하지 못하도록 춤추고 뛰기보다 주변을 돌아보도록 절름거리게 만들어주었어요.

언젠가의 꿈에서는 사막의 끝에 다다라서 바다를 볼 거라고 믿어요. 그 바닷가에서 인어가 된 혜미를 만나리라고 믿어요.

기타 피크

★

천장의 새벽 어스름을 밀어내는 빛깔이 아름다웠다. 내가 내 몸을 벗어나 떠다니다 제자리로 돌아온 기분이었다. 커튼은 여름의 아침 햇살을 미어터지도록 채웠는데 탁상시계는 이제 여섯시를 넘겼다. 밤새 쥐고 있었던 휴대폰을 켰다.

——잘 자. 내일 봐.

——너도 잘 자.

새벽 네시에 전송된 마지막 문자메시지를 읽었다. 요나와 통화를 하느라 잠을 못 잤는데도 개운했다. 어제 비 오는 날에 결렸던 오른다리는 통증이 가서서 춤을 출 수 있을 만큼 가뿐했다.

구름이는 도톰한 앞발을 모아 앉았다. 침대에서 눈을 뜨고 누워 있는 나를 줄곧 지켜봤다. 이제 일어나는군, 이라고 말하듯 혜, 하고 혀를 내밀더니 입을 크게 벌려 하품을 했다. 구름이의 쌍꺼풀진 똘망한 눈을 내려다보며 나는 두 팔을 벌렸다. 신호를 알아들은 구름이가 껑충 침대로 뛰어올라 나에게 안겼다.

"세수시키는 거야?"

구름이는 깔깔 웃는 내 얼굴을 이리저리 핥았다. 간밤에 누구와 그렇게 전화통화를 한 거냐고 캐물었다.

점심시간이 되어 학생들은 교실을 빠져나갔다. 어김없이 짐승 무리처럼 복도를 우글우글 울리며 뛰어갔다. 등교하는 길에서부터 들썽거리는 기운에 사로잡혀서 뭔가를 먹고 싶지 않았다.

운동장을 바라보는 화단 벤치에 앉았다. 순번대로 먼저 점심을 먹은 반의 학생들이 모여 풋살을 하고 농구를 했다. 중앙 현관 앞의 그늘진 곳에서는 배드민턴을 쳤다.

내 뒤편의 본관 모퉁이에서 댄스 동아리가 춤 연습을 했다. 투애니원의 「내가 제일 잘 나가」를 틀어놓고 앞에 선 학생이 안무 시범을 보여주면 나머지 학생들이 동작을 따라했다. 나는 어깨를 틀어 팔꿈치를 벤치 등받이에 걸친 자세로 그곳을 건너다보았다. 춤선이 비트에 딱 떨어지지 않았지만 팔과 다리의 움직임에 춤을 즐기는 흥이 넘쳤다. 문득 시범을 보이던 학생이 춤을 추다 말고 손으로 입을 가렸다. 방긋방긋 웃는 눈으로 부끄러워했다. 지켜보는 나를 알아보고 의식하고 있었다.

시범을 따라가던 나머지 학생들이 이쪽 벤치를 돌아보았다. 나는 머리를 손빗으로 쓸어내리다 머리카락 끝을 살펴보는 척했다. 바람이 불어와 슬그머니 운동장 쪽으로 몸을 틀었다. 해변에 온 듯이 바람이 시원하게 불었다. 바람결에 묻은 기분 좋은 향기를 맡으며 나는 요나에게 문자메시지를 보냈다.

── 이따 음악실에 가면 되는 거지?

운동장 너머로 멀리 떨어진 아파트 단지가 깨끗하게 보였다. 어느 키

낮은 건물에 옹기종기 달린 접시안테나 위편으로 달이 떴다. 스쿱으로 아이스크림을 퍼서 푸른 하늘에 얹어놓은 모양 같았다.

휴대폰이 울렸다. 발신자 이름 '최요나'가 액정에 켜졌다.

——응. 맞아. 음악실로 오면 돼. 근데 그 아저씨들이 우리가 음악실에서 만나는 것까지는 모르겠지?

이모티콘 하나 없는 메시지인데 천진난만한 어린애의 목소리로 읽혔다. 간밤에 들려준 목소리의 신비로움을 감쪽같이 숨겨버렸다.

——그 뒤로는 나타난 적이 없었어. 이제 난 아이돌도 아니잖아. 그 아저씨들 이야기가 제일 인상적이었나 봐.

——음... 아저씨들에게 노출되면 내가 난처해져서 그래.

품, 하는 웃음이 나와서 휴대폰을 이마에 댔다. 마치 자기가 대단한 아티스트라도 되어서 가십거리가 될까 염려하는 거다. 요나의 문자메시지가 왠지 귀여웠다.

——내가 걱정되는 게 아니라, 너가 걱정된다는 거잖아. 웃기다. 그래서 넌 페북도 안 하는구나. 어떤 노출을 꺼리는 건데.

——비밀임. 우리 엄마랑 할아버지만 아는.

비밀이라고 말하면 그건 비밀이 되지 않겠다는 거야. 언젠가 알려주겠다는 말이잖…… 나는 문자메시지를 쓰다 멈칫했다.

글씨 끝에 깜빡이는 커서 너머로 요나의 뻐드렁니와 큐빅 빛의 푸른 눈망울이 번득였다. 고개를 들어 아까의 건물 옥상을 찾았다. 접시안테나 위편에 뜬 달은 하얀 덩이가 되어 부풀었다. 커서를 밀어 문자메시지를 지우고 다시 썼다.

——그래. 이따 봐.

내내 코끝에 걸린 향기가 어디에서 비롯된 것인지 알 수 없었다. 운동장에서 불어오는 바람이 잦아들자 나는 벤치에서 일어나 계단을 향해 걸어갔다. 오른다리는 어제보다 덜 절룩여서 가벼운데 마음은 서먹해져서 깊숙한 곳으로 가라앉았다.

"저기, 선배님."

댄스 동아리 여학생이 다가와 두 손으로 수첩과 펜을 내밀었다. 벤치에 앉아 있던 나를 아까부터 기다렸다. 방송에 나온 나를 좋아했었다고 말하고픈 얼굴이었다.

"사인 좀……."

눈을 마주쳐도 반응이 없는 나에게 작은 소리로 말했다. 멋쩍게 웃는 낯선 얼굴 주변으로 다른 학생들은 서거나 앉아서 이쪽을 구경했다. 나는 입술 끝을 당겨 미소를 지었다. 엘퍼풀에서 썼던 사인을 묵묵히 그려주고 곧장 계단을 올라갔다. 내 뒷머리를 벙벙한 얼굴로 올려다보는 인기척이 남아 긴장되었다. 오른다리를 절지 않으려 계단 난간을 힘주어 잡았다.

내가 왜 요나의 번호를 받으려고 했는지, 왜 듀엣으로 녹음하자고 했는지 스스로 의문이 들었다. 내가…… 요나의 노래가 좋긴 하지만…… 학교가 끝나면 그냥 집으로 가버릴까.

약속대로 요나를 보고 싶다는 마음과 그의 연락을 끊어버리고픈 마음이 엎치락뒤치락했다. 그 아저씨들의 자취를 다시 발견하게 될 거라는 무섬증에 반작하듯이 붙들렸다. 이제 나는 아이돌도 아닌데. 춤을 출 수도 없는 절름발이인데.

비밀이 있다고 장난스레 던진 요나의 문자메시지에 집착했다. 그의 푸른빛 눈망울이 재난을 알리는 경보등으로 되새겨졌다. 위험한 비밀일지도 모른다는 미로 같은 걱정에 걷잡을 수 없이 빠져들었다.

듀엣 녹음은 나중에 해, 오늘은 집에 일찍…… 약속을 취소하려는 메시지를 썼다. 그만두었다. 머뭇하던 손가락이 그 아래 목록의 문자메시지를 눌렀다. 놀토에 영화를 보러 가자던 다윤의 문자메시지를 읽었다. 맘에도 없는 질문을 써서 보내버렸다.

——다윤아. 내일 어디에서 영화 보는 거야?

메시지가 전송되자 곧바로 후회했다. 이 역시도 그들이 지켜본다고 의식하는 거다. 평범한 학생으로 살아가는구나, 하고 그들이 관심을 끊을 거라 기대하는 내 모습이 거지같이 보였다.

——옹? 마당을 나온 암탉 같이 보는 거야?

굼실굼실 눈이 감겼다. 교실에 들어온 선생님의 모습이 칠판 속으로 뭉개졌다. 뿔테 안경을 벗어 눈을 감았다가 떴다. 선생님은 기말시험 문제 중에 이해가 안 되는 것이 있냐고 물었다.

영화를 보러 가고 싶지도 않았다. 나는 가방 속을 더듬어 휴대폰 전원 버튼을 눌러 껐다. 요나에게서도, 다윤에게서도 아무런 연락도 받고 싶지 않았다. 머리를 숙이다가 책상에 엎드렸다. 주위에서 웃음소리가 들리고 교실은 먼 곳으로 멀어져 적막해졌다.

★

"생일 축하, 합니다. 생일 축하, 합니다."

옆 반에서 왁자지껄 떠드는 소리가 들렸다. 박수를 치고 폭죽을 터뜨렸다. 발소리가 쿵쿵 울려 우리 교실의 복도를 지나갔다. 누군가 깔깔 웃으며 달아나고 누군가 뒤쫓아갔다. 책상에 엎드린 채 복도 끝으로 사라지는 그들의 발소리를 들었다. 눈을 감고서도 교실에 나 혼자뿐임을 알았다.

창문 바깥은 여름날의 화창한 오후였다. 구름결이 기다랗게 늘어져 여러 마리의 용처럼 하늘을 가로질러 떠다녔다. 축구공을 뻥, 뻥 차는 울림이 창문 너머의 하늘로 쏘아졌다.

다윤은 나를 기다렸을까. 욕심꾸러기 같은 답답함이 치밀었다. 나를 아쉬워하지 않고서 다윤은 친구들과 영화를 보러 갈 것 같았다. 다윤이 새롭게 보낸 문자메시지가 없을까봐 나는 휴대폰을 켜지 않았다.

학교 어디에서도 피아노 소리는 들려오지 않았다. 요나는 내가 일부러 휴대폰을 꺼놓았다는 걸 알고 실망했을 거다. 그리 유쾌하지 못한 걸음으로 집에 돌아갔을 거다. 그럼에도 간밤에 우리가 통화했고 듀엣 녹음을 약속했다는 얘기는 그가 떠벌리지 않으리라는 믿음이 있었다. 그가 어떤 사람인지 나는 느낄 수 있었다. 디셈 오빠처럼 내가 무슨 짓을 하고 무슨 말을 해도 그는 아무렇지 않게 받아줄 사람이었다. 나는 이미 알고 있었다. 그가 나의 좋은 친구가 되어줄 것을. 근데도 난 왜 이래야 하는 걸까.

절름 걸음으로 운동장을 지나갔다. 축구하는 남자애들이 나를 멀뚱히 쳐다봐서 걸음을 재촉했다. 그럴수록 내 몸은 보기 싫게 기우뚱기우뚱했다. 교문을 벗어나기도 전에 온몸은 땀으로 젖었다. 도로변의 가로수 앞에서 택시를 잡아탔다.

"한남동이요. 하얏트호텔 쪽으로 가주세요."

한남대교 아래의 한강 물빛이 다른 날보다 푸르렀다. 먼 곳의 동호대교 위로 전철이 길게 늘어서 미끄러졌다. 무작정 동해 바다로 가고 싶었다. 지금 출발하면 해가 지기 전에 바다를 볼 텐데. 택시는 미련 없이 대교를 지나 도로에 들어갔다. 신호등을 지나친 택시는 내가 가리키는 골목길로 올라갔다.

"전화를 왜 안 받았어."

인터폰 속의 여사님 목소리가 뜬금없이 밝았다. 나는 평소 금요일 일정대로 집에 왔다.

"배터리가 떨어졌어요."

"네 친구가 집에 와 있어."

"친구요?"

친구 이름이 뭐냐고 물으려다 말았다. 담장 너머 마당에서 구름이가 월월 짖었다. 누군가와 신나게 놀고 있는지 짖는 소리가 우렁찼다. 나는 허리를 뒤로 꺾어 주위를 살폈다. 유턴해서 언덕을 내려간 택시는 깜빡이를 켜고 신호를 기다렸다. 폐지를 싣고 리어카를 끄는 할머니가 언덕을 올라가고 그 앞에서 초록색 마을버스가 내려왔다. 설마 그 아저씨들이 친구 행세까지 할 수는 없었다.

열린 대문을 빼꼼히 밀었다. 구름이가 신이 난 얼굴로 달려왔다. 구름이가 밖으로 나가지 않도록 나는 재빨리 들어가 대문을 닫았다. 아래층 테라스에 교복을 입은 남학생이 앉아 있었다.

"너, 뭐야!"

내 외침에 요나는 자리에서 일어섰다. 요나의 다리가 이상하게 길어 보였다. 키높이 신발을 신은 건가. 나를 보고 손을 흔드는데 연푸른 교복 셔츠는 방금 세탁해 다림질한 것처럼 깔끔했다.

"너가 알려줬잖아. 너네 집 피아노가 훨씬 낫다며."

요나는 머쓱하게 웃었다. 나는 가방 속을 더듬어 휴대폰을 꺼내 전원을 켰다. 부재중 통화 목록에는 여사님과 요나 이름이 남겨졌다. 읽지 않은 문자메시지 목록에 맨 처음으로 나온 다윤의 이름을 눌렀다.

—— 아침 10시 조조할인으로 볼 거임. 강남역 메가박스에서. 내가 미리 표 끊어놓을까?

그 아래에 붙은 요나의 메시지를 눌렀다. 그의 문자메시지들이 혼잣말로 쌓였다.

—— 기대된다. 얼마나 피아노 소리가 좋길래...

── 알았어. 학교 끝나면 바로 너네 집으로 갈게.

── 나 지금 출발해.

── 너네 집에 도착했어. 집이 되게 크다.

── 전화가 꺼져 있네.

내 휴대폰에 남은, 내가 보낸 메시지는 "그래. 이따 봐"라고 점심시간에 남긴 것이 마지막이었다. 내가 언제 우리 집 주소를 알려주었냐고 묻자 요나는 고개를 갸우뚱했다.

"너가 알려준 게 아닌 거야?"

눈망울은 푸른빛을 띠지 않았다. 옆머리에 드러난 그의 귀가 발그레했다. 자기 때문에 무언가 잘못되었다는 상황을 깨닫고 당황하고 있었다. 요나는 자기 휴대폰을 내밀어 내가 보낸 문자메시지를 보여주었다. 구름이는 혀를 내밀고 앞다리를 세워 앉아 우리의 휴대폰 검증이 끝나기를 기다렸다.

요나의 휴대폰에는 우리 집으로 가는 길을 알려준, 내가 보낸 메시지가 버젓이 남았다. "그래. 이따 봐"라고 보낸 메시지 아래에, 내가 우리 집에서 녹음하자는 제안을 보냈다. 오후 수업 시작 직전이었다.

── 음악실에서 말고 우리 집에서 녹음할래? 우리 집에 있는 피아노가 소리가 더 좋아.

메시지의 말투가 꼭 나였다. 내 휴대폰에 없는 내 메시지가 요나의 휴대폰에는 남겨진 거다. 그 시간에 나는 밀려오는 졸음 때문에 아무것도 할 수 없었다. 맘에 없는 말을 써서 다윤에게 문자메시지를 보낸 게 끝이었다.

나는 잎이 무성한 모과나무를 쏘아보고 마당을 돌아보았다. 덩굴이 푸르게 치렁거리는 담장에 감시카메라가 숨겨졌을지도 모른다. 망원렌즈를 통해 우리 집을 촬영할 만한 멀리의 호텔과 높은 건물들, 하얗게 높이 뜬 달덩이를 올려다보았다. 나직이 말했다.

"그 사람들이 한 짓이야."

"……"

"내가 보낸 게 아니야. 너네 집으로 가."

구름이가 히익, 히익 울었다. 처음으로 우리 집을 찾아온 내 친구를 구름이가 더 반가워했다.

"미안해. 난 들어갈게."

요나를 돌아보지도 않고 나는 현관문으로 다가갔다. 구름이가 따라와 절룩이는 오른다리에 보송한 털이 스쳤다. 나를 붙잡으려고 앞발을 들고 높이 섰다가 내려앉고, 다시 한번 높이 섰다가 내려앉았다.

★

제한 시간 없이 초읽기 30초로 속기 바둑을 두었다. 나는 마우스를 때려 눌러 바둑돌을 착점했다. 상대의 대마를 잡고, 또 잡고……

── 사기 바둑 두냐?

워낙 속기 바둑이라 키보드를 두드릴 여유가 없는데도 상대들은 채팅으로 틈틈이 욕설을 지껄였다. 느리지만 확실하게 집을 지킬 수읽기가 보여도 나는 상대의 돌을 잡으려 안달을 부렸다. 상대가 분한 마음을 못 이겨 날뛰자 나는 더욱 살기등등하게 상대의 진영을 파헤치고 부수고 패싸움을 끌어내 농락했다. 패배가 명확해도 상대들은 굴욕감을 이기지 못해 돌을 던지지 않고 헛수만 두며 시간을 끌었다. 관리자에게 매너 위반 신고를 해야 하지만 호출용으로 지불하는 기본 포인트를 모두 써버렸다. 엄마의 주민번호로 만들어놓은 다른 계정으로 로그인해서 새로운 대국을 개시했다. 동시에 상대가 지긋지긋하게 시간을 끄는 이전 판을 지켜보며 알아서 퇴장하도록 기다렸다.

그들이 내 노트북도 들여다본다고 의식되어 심한 수를 두었다. 나는 이렇게 살아요, 당신들 때문에 나는 이렇게 망가진 채 살아요, 라고 시위하듯이 상대의 돌을 몰아붙였다.

두 개의 계정으로 8승 무패를 기록한 오늘의 승패 현황을 흐릿하게 바라보다 온라인 대국장을 퇴장했다. 휴지를 뽑아 눈물을 닦고 코를 풀었다. 의자를 돌려 커튼에 가린 발코니를 가늠해보았다. 점심도 안 먹고 저녁도 안 먹었는데 배가 고프지 않았다.

담배를 피우고 싶었다. 내 방의 불을 모두 끄고 나간다면 어두워서 보이지 않을 테지만 내키지 않았다. 책장에 꽂힌 책들의 제목을 물끄러미 쳐다보았다. 구름이는 앞다리를 모아 뻗어 턱을 괴고서 눈만 굴려 나를 쳐다보았다. 요나를 내보내서 뾰로통하면서도 속앓이하는 나를 걱정하고 있었다. 내가 방문으로 다가가자 구름이는 자리에서 일어섰다.

"오늘은 혼자 잘게."

구름이는 머리를 떨군 느린 걸음으로 방을 나갔다. 내 곁을 지키고 싶어하는 구름이의 호의를 거절해서 마음이 편치 않았다.

불을 끄고 침대에 누웠다. 옆으로 몸을 돌려 발코니 유리문을 바라보았다. 커튼에 모과나무 이파리의 그림자와 바깥의 불빛이 맺혔다. 그중에 커다랗게 퍼진 불빛이 집 대문 앞의 가로등 것이었다.

대문을 나가 골목길을 내려가는 요나의 뒷모습이 쓸쓸하게 그려졌다. 골목길 언덕을 터덜터덜 내려가서 버스를 타고 자기네 집으로 돌아갔을 거다. 이상한 애를 봤다며 실망하고 예전의 내 루머를 떠올렸을 거다. 나와는 연락하지 않겠다고 다짐했을 거다. 자기 노래를 들려준 걸 후회하고 있을 거다. 나에게 보이지 않았던 이전처럼 사라져버릴 거다.

억울했다. 요나가 정말로 우울한 마음에 빠졌을 것 같아 가슴이 답답했다. 그냥 요나를 집에 들어오게 해서 피아노를 치고 노래를 녹음하면 되었다. 그들이 내 휴대폰을 멋대로 들여다보고 조작한다는 걸 안다는 듯이, 그들의 감시가 오히려 나에게 들켰다고 지적하듯이, 요나와 노래를 부를 수도 있었다. 여사님이 저녁식사로 요리한 오리 훈제를 대접할 수도 있었다. 기타를 잘 치는 학교 친구라고 소개할 수도 있었다. 지레 겁을 먹고 허둥댔다.

요나가 다치고 말 거라는 불길한 느낌이 나를 옥죄었던 거다. 혜미가 떠나고 디셈 오빠가 떠났듯이, 나하고 가까워질수록 모두가 힘들어졌던 것처럼.

왜 아직도 나를 감시하는 걸까. 무슨 사건을 만들어 뉴스에 써먹으려는 걸까. 다리를 절름거리며 다닌다고, 자율형 사립학교를 다니며 가끔 사인 요청을 받는다고, 밴드 동아리 친구와 친해졌다고…… 웃기다. 그런 뉴스를 누가 재밌다고 할까.

휴대폰을 열어 요나가 혼잣말로 보낸 오늘의 문자메시지를 읽었다. 어젯밤에 보냈던 음악 파일을 재생했다. 여리게 울리는 기타의 음과 요나의 맑은 목소리가 어두운 방을 울렸다.

요나에게 사과하고 싶다. 듀엣으로 노래를 부르자고 진심으로 요청하고 싶다. 아무렇지 않게, 정말 아무렇지 않게, 아무것도 의식하지 않는 마음으로, 내 마음이 가는대로, 그렇게.

커튼에 맺힌 불빛이 스윽 움직였다.

무언가를 펼쳤다가 순간적으로 걷어내는 기척에 나는 침대에 걸터앉아 발코니를 바라보았다. 커튼에 퍼진 불빛의 한쪽이 그림자에 밀렸다. 항아리를 발코니 난간에 얹은 실루엣이었다. 나는 침대에서 일어나 커튼의 한쪽을 걷었다. 유리문 너머로 어둑하게 자리한 그것은 동그스름한 몸뚱이와 머리로 이루어졌다. 머리에는 몽땅한 깃을 달았다.

내 상체만한 크기의 커다란 부엉이였다. 똥글똥글한 눈으로 나를 응시했다. 부엉이의 두 눈이 여긴 어디지, 누가 살지, 하며 궁금해하는데 떠날 기미는 없었다. 무슨 할 말이 있는 듯이 내가 발코니로 나오기를 기다렸다.

나는 조심조심 발코니로 몸을 빼서 맨발을 내디뎠다. 부엉이는 나를 지켜보며 눈을 꿈뻑였다. 구름이처럼 순한 느낌이었다. 구름이를 데려와도 좋겠다는 생각이 들 만큼 안심이 되자 부엉이 부리에 물린 조그만 조각을 보게 되었다.

"기타 피크잖아."

일렉기타 연주용으로 쓰는 피크였다. 부엉이는 똑바로 뜬 눈을 꿈뻑이고는 머리로 반원을 그려 갸웃했다. 기타 피크 같은 건 잘 모르겠다고 딴청을 피우며 머리에 솟은 깃을 젖혔다 세웠다. 나는 신중하게 손을 내밀어 부리에 물린 피크를 손가락으로 집었다. 강하게 다문 부엉이의 부리가 풀려 피크를 꺼냈다.

이 밤에 웬 부엉이가 날아와 기타 피크를 선물하는지 이유를 모르겠지만, 나는 부엉이의 머리를 쓰다듬었다. 나는 기타를 칠 줄 몰라, 라고는 말하지 못하겠다.

"고마워."

부엉이는 나를 똑바로 올려다보며 쓰다듬는 내 손길을 받아들였다. 둥그런 머리와 두툼한 몸의 깃털 뭉치가 구름이와 다른 보드라운 감촉이었다. 다 쓰다듬어주고 나는 손을 흔들어서 들어가겠다고 표시했다. 부엉이는 발코니 유리문을 여는 나를 빤히 쳐다보았다.

우후욱, 우후욱.

부엉이가 울었다. 뭔가를 내놓으라고 재촉하는 울음소리였다. 자기가 물건을 전해주었으니 나도 무언가를 내놓아야 한다고 요구하고 있었다. 나는 기겁해서 소리 지를 뻔했다.

"너, 요나가 보낸 거야?"

의젓해진 자태로 부엉이는 두 눈을 한번 두번 깜빡였다. 아까부터 내가 알아차리기를 기다렸다고 말하는 거다.

"알았어, 알았어. 잠깐만 기다려."

요나에게 전해줄 말을 부엉이에게 물려줘야 했다. 나는 불을 켜고 책상에 앉아 노트의 한 페이지를 뜯었다. 매정하게 돌려보낸 일을 사과했다.

오늘 미안했어. 내일 우리 집에 다시 와줘. 이번에 진짜 피아노 버전으로 네 노래를 녹음하자. 나는 하루 종일 집에 있을 거야. 아무 때에 찾아와서 초인종을 눌러줘. 기다리고 있을게.

쪽지를 접고 발코니로 나갔다. 부엉이의 부리가 내 쪽지를 물었다. 둥그런 머리를 갸웃갸웃 돌려 모과나무를 훑어보고 뒤를 바라보았다. 날개를 퍼덕여 공중으로 날아올랐다. 커다란 날갯짓은 아무런 소음도 만들지 않았다. 밤하늘에 높이 오른 부엉이는 한강으로 유유히 날아갔다.

요
나

나는 검은 바닷속을 헤덤비고 있었다.

한 치 앞이 보이지 않는 해저의 아득함 속에서 사방을 두리번거렸다. 수면을 향해 올라갔지만 끝이 없었다. 헤엄치다 멈추고 다시 헤엄치다 멈췄다.

창문 바깥에 인기척이 기웃했다. 창유리가 물결이 되어 일렁였다. 눈을 감았다. 구선인가.

창문 바깥에서 엄마가 아빠와 이야기를 주고받았다. 아니, 아빠의 목소리가 아니었다. 다른 남자였다. 그 남자가 엄마를 업고서 어두운 숲속으로 들어갔다. 남자가 엄마를 붙잡았다. 나무토막이 수면 위를 둥둥 떠다녔다.

므아아아 고오오오……

어디에선가 낮고 깊은 소리가 메아리쳤다. 해저의 곳곳으로 소리가 퍼져나갔다. 음색의 끝머리가 가냘픈 옹알이로 흩어졌다. 먼 곳에서 고래가 나를 불렀다. 나는 그 소리를 따라 헤엄쳐나갔다. 저 앞에서 바늘구멍 같은 빛이 새어 들었다. 어느 순간에 나는 연둣빛이 물든 깊은 곳에 이르렀다.

울퉁불퉁한 바위틈으로 광활한 분화구가 보였다. 장엄한 무덤처럼 그 속은 까마득했다.

그곳에서 고래의 울음소리가 뿜어져 솟구쳤다. 그 소리가 어둑한 심해를 너울거리며 퍼졌다. 오랜 비밀을 삼켜 내뱉는 탄식처럼 바닷속을 울렸다.

므아아아 고오오오……

내 몸이 따뜻해졌다.

검고 깊은 분화구를 바라보는 여기 벼랑 끝이 아득했다. 위를 올려다보았다. 여전하게도 그곳은 가뭇없이 적막했다. 분화구 속으로 몸을 던졌다. 몸이 잠잠히 꺼져갔다. 깊은 곳의 어두움은 어두움을 더해가며 하염없었으나 나는 두렵지 않았다. 나는 그 심연으로 소멸해버렸다.

───── 열일곱 최구희의 꿈

요나

바다가 보인다.

너에게 이야기를 들려주고 싶어.

바다를 흔들어 불어온 바람이 내 머리를 쓸어 올려 귓가를 감싸면 마음이 기뻐서. 늦여름의 여문 하늘은 가을로 기울어서일까. 수평선 너머를 하염없이 바라다보면 언젠가 바다를 하얗게 덮는 눈도 볼 수 있겠지.

눈 내리는 겨울 바다를 꼭 보고 싶다. 이제는 눈이 내리는 바다도 후련하게 볼 수 있을 거야. 겨울이 되면 이 바다에 같이 오자.

하얀 눈이 수평선을 덮어 가리면, 내 삶을 바꾸었던 그날의 기억이 눈 내리는 바다의 풍경 속으로 잠길 것 같아. 그래야 기억을 놓아주겠지. 그때의 일월, 눈이 많이 내렸던 그날을.

너처럼 고등학생이었고 뱃속에 아기를 품고 있었어. 새끼 흰둥이의 울음소리에 이끌려 빈집으로 갔던 거야. 먼저 세상을 떠난 친구가 살았던 집. 희경이네 집으로.

그 집의 툇마루에 앉아 쏟아지는 함박눈을 바라보았단다. 발밑에는 나를 이끈 새끼 흰둥이가 댓돌에 기대어 누웠고 집 뒤를 둘러싼 대나무밭은 바람에 떨었어. 담장 너머에는 텅 빈 평야가 드리워졌고 그 건너의 멀리에서는 기차가 하얀 아득함 속으로 달려갔지.

그곳에서 내가 찾아오기를 기다렸던 희경의 영혼을 만났어. 구선의 마지막 모습과 하얀 옷을 입은 성모님, 여섯 날개의 검은 천사와 함께.

나는 구선과 희경을 바라보며 아파했었어. 철없는 시절의 변덕스러운 감정과 죽음에 가까운 집착을 아슬하게 넘나들었어. 애초에 누구의 것도 아닌데도 내 것의 무엇을 빼앗겼다는 피해의식에 사로잡혀서.

두 사람을 내가 좋아했고 두 사람을 내가 갖고 싶었지만 두 사람은 나를 내버려둔 채 서로를 좋아했지. 풀잎의 이슬처럼 빛나는 사람들이었기에 세상은 둘을 가만두지 않았어. 친구들도 어른들도 두 사람을 시기했구나. 나는 아무런 죄책감 없이 무리에 섞여서 돌을 던졌어. 어리석게도, 그래야만 구선이 원래의 자리로, 내 것으로 되돌아오리라고 믿었던 거야.

그러나 그리되지 않았어. 구선은 단지 허덕이는 슬픔을 피해 나에게 잠시 머물렀을 뿐 희경을 따라가버렸어. 서해 바다에서 나를 남겨두고서. 침몰하는 여객선과 함께.

나는 느꼈단다. 그는 모든 것을 알고 있었음을.

우리가 깊어질수록 서로가 평생을 두고 씻을 수 없는 고통에 시달릴 미래를 그는 바라보았던 것이지. 모두들 여객선이 삽시간에 뒤집혀 침몰했다고 말하지만 바다에 남겠다고 선택하는 그의 최후를 나는 지켜보았어.

엘리사벳에게 맡겨져 수녀원에 들어간 나는 주님을 붙잡고 기도했어. 구선을 다시 돌아오게 해달라고 애원하며 내가 수녀가 되어도 상관 없다면서. 부르짖음을 들은 주님이 나를 바닷속으로 이끌어주셨어. 침몰한 여객선에서 그가 웃으며 나를 맞아주는 거야. 나는 다시 돌아가자고 말하며 그를 끌어안았어. 이전처럼 우리는 쌍둥이 남매로 살아가리라고 다짐했건만 그는 검은 연기로 피어올라 바닷속으로 흩어져갔지. 그에게서 멀어지기 싫어 발버둥치다 나는 깨달았단다. 내가 그를 사랑한다면 그대로 놓아주어야 한다고. 그렇게 죽는 날까지 그리움을 품고 살아가야 한다고.

산통을 느꼈지. 뱃속에 품은 지 석달도 안 된, 실상 아무것도 든 것이 없는 상상임신이었음에도. 눈으로 들어찬 하얀 아득함 속에서 나는 희경의 집 툇마루에 누워 아기를 낳았어.

고통으로 울부짖는데도 그 소리는 어느 곳에서도 울리지 않았어. 내 울음은 흩날리는 눈송이에 스며들어서 대나무밭을 쓰다듬는 바람 소리만 소슬하게 맴돌았지. 사방의 모든 것들이 멈춘 시간을 거닐어 흩어져가는 거야.

성모님이 하얀 옷을 포대기로 삼아 아기를 받아주었어. 여섯 날개의 검은 천사가 아기와 나를 감싸 안아서 언덕길을 내려가 집으로 돌아갔어.

잠든 갓난아이를 품에 안고서 곧 돌아올 아버지를 기다렸단다. 해산의 수고로 기운이 없는데도 흐느낌이 그치지 않았어.

아이의 두 다리가 붙은 거야. 고래의 피부층으로 덮여서, 꼬리지느러미가 달린 채.

아이가 살아갈 앞날과 아이를 키워나갈 내 미래가 광막하게 그려졌어. 인간도 아니고 고래도 아닌, 인간이면서 고래인 아이를 내가 어떻게 키울지 암담했어.

왜 나를 이토록 고난의 길로 이끄느냐고 하소연했어. 멀리 빈 들녘으로 뛰쳐나가 아기를 눈밭에 버려야겠다는 계획을 세우다가도, 곤히 잠든 아기의 눈과 볼을 보면 그럴 수 없는 거야.

요나야.

구선의 세례명으로, 비둘기를 뜻하는 그 이름으로 불러보았단다. 몸을 일으켜 앉아 하얀 포대기를 보듬었는데 속에서 무언가가 꼼지락거렸어. 꼬리지느러미가 두 갈래로 나누어지는 것을 느꼈지. 아이를 이불에 누이고 포대기를 풀어 펼쳤어. 꼬리지느러미는 사라졌고, 남자아이가 되어 두 다리가 드러난 거야.

변신

♦

아침을 먹기 전부터 요나는 방에서 기타를 치며 노래를 불렀다. 오늘 친구 집에 가서 듀엣으로 노래를 부르고 녹음한다고 했다. 약하게 튼 수돗물로 설거지하면서 새어나오는 요나의 노래를 들었다. 앰프에 일렉기타를 연결해 헤드폰을 쓰고 노래하기에 목소리만 들렸다. 요양하느라 기력이 없는 아버지도 손자의 노래가 듣고 싶었다. 텔레비전 볼륨을 줄여놓고 토마토주스를 마셨다.

내 흥얼거림을 듣고 멜로디와 가사를 붙여 곡으로 완성했다기에 어떤 노래가 되었나 궁금한데, 요나는 기타를 치는 데에 거리낌이 없으면서도 노래 부르기는 쑥스러워했다. 가족들 앞이라 그럴 것이다. 내가 옛날처럼 노래 부르기를 즐겼다면 요나도 곧잘 불러주었을지도 모른다.

토마토주스를 비운 아버지의 컵을 씻고 옷을 갈아입었다. 횟집에 단체 손님이 오는 날이라 일찍 출근해야 했다. 노래 연습을 마친 요나는 일렉기타 줄을 찰랑찰랑 때리고 한 줄 한 줄 뜯어 다른 곡을 연주했다.

"엄마 식당 갈게."

내 목소리를 듣고 요나는 방문을 열고 나왔다. 칠부 바지에 흰색 긴 팔 티셔츠를 입은 멀끔한 차림이었다. 미리 발목 양말도 챙겨 신었다.

"점심때 할아버지랑 같이 고등어조림 먹어. 식사 끝나면 약 챙겨 드 시는지 보고, 나가기 전에 오줌통 한번 비우자."

요나는 부엌의 가스레인지에 올려진 냄비를 보고 카우치 밑에 놓인 할아버지의 오줌통을 확인했다.

"식당 다녀올게요. 이따 요나랑 같이 고등어조림 드시고, 무슨 일 있 으면 저한테 전화 주세요."

아버지는 들리지 않는 목소리로 그래, 라고 답했다. 텔레비전에는 광 고가 나오지만 아버지는 출근하는 나를 돌아보지 않았다. 카우치 앞 탁 자에는 욥기와 필사 노트가 펼쳐졌다. 구약성경의 마카베오기를 끝으 로 역사서 필사를 마치고 시서와 지혜서로 넘어갔다. 집에 혼자 남겨지 면 성경을 읽으며 필사하는 소일로 아버지는 또 하루를 보낼 거였다.

"여자친구니?"

운동화를 신다가 나는 툭 던져 물었다.

"음?"

"오늘 만나는 친구가 여자친구냐고."

"에이, 여자친구 아니야. 전학 온 친구인데 노래를 잘해. 엄마가 알게 되면 놀라니까 나중에 말할게."

요나는 시물시물 웃음을 흘렸다. 소란은 없을 거라고 안심시키려는 듯이 입술을 다물었다.

"엄마도 아는 애니까 걱정 마."

"내가 아는 친구라고?"

요나는 내 어깨를 토닥이고 현관문을 열어주었다. 어서 식당에 가보라고 재촉했다.

"녹음하면 들려줄게."

듀엣을 한다는 말에 여학생과 노래하는구나 했지만 엄마한테 감추니까 섭섭해지려 했다. 요나에게 들어가라는 손짓을 하고 나는 골목길을 내려갔다. 스스로 잘 단속하겠거니 하며 무던하게 지나치고 싶은데 무언가 빠뜨리고 온 것처럼 허전했다.

한여름이기에 요나가 언제 바다에 들어갈지 알 수 없어 신경 쓰였다. 작년에는 학교 여름 행사라며 억지로 참가한 국토대장정에서 느닷없이 태백의 동해 바다로 들어가버렸다.

비로소 바닷속의 고래가 신호를 보내주었다며 한밤중에 나에게 전화했었다. 작은할아버지에게 좌표를 보냈다고는 하지만 배웅하지 못해 얼마나 가슴을 졸였는지 모른다. 담임선생님과 전화통화에서는 요나가 아파서 집에 돌아왔노라고 거짓말을 지어내느라 애먹었다.

이튿날에 준식 삼촌, 몽탄 이모와 함께 태백으로 달려갔다. 삼촌이 좌표 찾는 법을 가르쳐준 대로 요나는 정확하게 위치를 알렸다. 그 해변에서 엑스자를 그어 표시해둔 소나무들을 따라가 땅을 팠다. 아이의 가방과 옷가지를 꺼내 챙기고, 비닐팩에 갈아입을 새 옷을 담아 도로 묻어두었다.

바닷속의 고래가 주는 신호를 기다리는 기간이라지만 듀엣을 한다는 여학생 때문에 올여름도 심상치 않아 보였다. 요나의 설렌 눈빛이 희경을 만났던 구선의 옛날 모습과 닮은 것이다.

♦

그날은 가만히 있어도 벅차올랐던 오월의 봄날이었다. 옹기종기 모인 주택을 둘러싼 나무숲은 싱그럽게 푸르렀고 햇살은 따스했다.

옥상에서 빨래를 너는데 물기를 먹은 요나의 교복이 구선과 희경을 추억하게 했다. 한강을 타고 온 바람이 옥상으로 흘러와, 주변의 옥상마다 빨랫줄에 걸린 옷들을 스쳐갔다. 집들을 둘러싼 나무숲이 결을 일으켜 출렁이자 익숙한 그리움이 올라왔다. 어떤 노래를 듣고 싶었다. 언젠가에 들은 멜로디가 어슴푸레 피어났다.

"너를…… 처음…… 만난 날……"

알 수 없는…… 어색함…… 말이 없는, 우리 모습…… 그렇게, 만났었지……

노랫말이 붙는 대로 더듬더듬 읊조리는 중에 바람이 멎었다. 바람이 불어왔던 멀리의 한강으로 고개를 돌렸다. 요나가 옥상문 앞에 서 있었다.

"누구 노래야?"

미처 세탁기에서 꺼내지 못한 양말 한짝을 가져왔다. 요나는 빨래통을 뒤져 같은 짝을 찾아 빨랫줄에 널었다. 나도 모르게 흥얼거린 노래라 제목이 없었다. 그보다 아들의 모습이 생전의 구선과 똑 닮아서 나는 말없이 머뭇했다.

"또 서태지 노래야?"

서태지라니…… 피식하는 웃음이 나왔다. 서태지 노래는 요나를 낳은 이후로 거의 듣지 못했다.

요나를 평범한 아이로 키우려 애를 쓰느라, 은퇴했던 그가 복귀해서 솔로로 활동한다는 소식에도 감흥이 없었다. 요나가 초등학교 4학년이 되어서야 예전에 내가 좋아하던 가수였음을 새삼스레 돌아보았다. 준식 삼촌네의 도움으로 서울로 이사를 오고, 요나가 충분히 잠길 수 있는 풀장을 설치한 집을 얻어 한시름 놓을 무렵이었다. 방송으로 나온 그의 콘서트를 보는데 「난 알아요」가 강렬한 음악으로 바뀌어 있었다. 내 또래로 보이는 이들이 소리치고 뛰노는 텔레비전 속 현장을 보며 내가 아직 스물여덟임을 서먹하게 자각했다.

중학교 마지막 학기를 보내던 요나가 밴드부를 운영하는 고등학교를 알아보던 가을날이었다. 그가 심포니오케스트라를 이끌고 공연하는 방송을 요나와 함께 우연히 보게 되었다. 그때 요나에게 옛날에는 카세트테이프로 노래를 들었고 테이프가 늘어지도록 들었던 가수가 서태지라고 이야기했었다.

딱 한번 옛이야기를 했을 뿐인데 요나는 마치 엄마가 줄곧 그의 노래를 찾아 들었다는 듯이 맞장구쳤다.

"너와 함께한 시간 속에서, 노래 같았는데."

노래들을 찾아 들었는지 아니면 그때 같이 본 방송을 기억한 것인지, 요나는 내가 제일 좋아했던 노래의 제목을 말했다.

"그러네."

생각해보니 노랫말의 시작이 비슷하고 멜로디도 비슷했다. 내가 그 노래를 듣고 싶고 부르고 싶었나 보다.

"서태지는 옛날보다 지금이 훨씬 좋은 거 같애. 우리나라에서는 나올 수 없는 사운드야."

"넌 그렇게 못해?"

"에이, 엄마. 스쿨 밴드랑 서태지는 비교가 안 되지."

음악에 조예가 깊은 뮤지션처럼 요나는 조잘조잘 설명을 늘어놓았다. 일렉기타가 똑같지 않다, 가격이 천차만별이다, 소리도 다양한 데다 멋있는 톤을 만들려면 비싼 장비가 들어가야 하고, 세계적인 엔지니어도 필요하고……

중학교에서 밴드 동아리에 열심이더니, 고등학생이 되어서는 밴드 경연 대회에서 우승했다. 땅에서 인간의 배움을 마칠 때까지 음악에 전념하기로 한 모양이었다. 음악하는 사람이 되고 싶은 거냐고는 묻지 않았다. 주목받는 과정이 연상되어 괜한 걱정거리를 만들고 싶지 않았다. 자신의 존재를 들켜서는 안 됨을 알기에 여지껏 그래왔듯이 자신을 감추는 삶을 지키리라 믿고 싶었다.

공부를 잘해 좋은 성적을 받기를 바란다고, 땅에서 인간으로 살아갈 동안에는 남들처럼 대학에 가기를 바란다고 했다면 달라졌을까.

♦

우리 요나는 둥근달이 뜨면 고래가 되잖아.

너도 네 몸이 고래로 변신하면 신기한데, 친구들이 보면 더 놀라겠지? 너랑 다시는 놀지 않으려고 할 거야.

그러니까 네가 고래로 변신한다는 얘기는 절대로 해서는 안 돼.

익산에서 군산으로 터전을 옮겨 살던 시절에 딱히 공부하지 않아도 요나의 시험 성적은 전부 만점이었다. 정말로 하나도 틀리지 않았다. 초등학교 1학년 첫 중간고사를 치르고 나서부터 신동이라고 소문이 퍼졌다. 내 번호를 알게 된 엄마들이 전화를 걸어와 어디 학원을 다니냐, 같이 식사하자, 하며 학부모회 친목 모임에 초대했다. 순수하게 자식 교육에 몰두한 엄마들 같았다. 스물다섯 먹은 미혼모를 여느 학부모로 반겨주었고, 무슨 사연으로 십대 시절에 아이를 낳았느냐고 함부로 사연을 묻지 않았다. 엄마들이 아이의 아빠를 두고 자랑하거나 불만을 늘어놓을 때 한켠에서 묵묵히 듣고만 있는 나를 불편해하는 이가 아무도 없었다. 나를 막냇동생으로 챙겨주었기에 재혼 선을 볼 생각이 없냐고 긴히 건네는 제안도 고맙게 들었다.

　엄마들이 아버지와 내가 둘이서 꾸린 포장마차에 손님을 끌어왔다. 학부모회 모임에 참석하지 못하면 미안한 마음이 들었다. 우리 포장마차는 학부모회를 통해 건너건너 알게 된 손님들로 북적였고 하루 벌이가 네 배, 다섯 배로 늘어났다. 일을 도와줄 아주머니 한 명을 구하고 그해 가을에 아버지와 나는 포장마차를 호수공원으로 이전하여 확장 개업했다. 아버지는 살면서 그렇게 많은 돈을 벌어본 적이 없었다고 말했다. 요나가 우리 가족을 먹여 살린다고, 복덩이 손자라고 했다. 나는 아이가 구선을 닮아 영특한 거라고 생각했다.

　월드컵 4강 진출로 온 나라가 들썩였던 칠월이었다. 2학년 1학기 기말고사를 치르고 나서야 아이에게 잠재된 고래의 능력이 발현된 것임을 알게 되었다. 시험에서 선생님이 잘못 낸 문제의 정답까지 전부 맞혀 만점을 받았고, 시험지를 훔쳤다는 의혹을 받는 처지에 몰리고 말았다. 공부했다면 당연히 틀려야 했던 문제들의 답도 요나가 모두 알아맞힌 거였다.

　"요나야. 너는 고래로 변신하는 사람이잖아. 공부하지 않아도 그냥 알게 되잖아. 네가 사람의 마음을 안다고 티를 내면 안 돼. 그렇게 되면 네가 어떤 사람인지 궁금해서 모두들 몰려와 너를 구경하다가, 네가 고래로 변신한다는 걸 알게 될 거야. 모두들 너를 무서워할 거고 너하고 놀지 않으려고 할 거야. 엄마도 가슴이 아플 거야."

　"그럼 나는 어떡해야 해?"

　"모르는 척하는 거야. 고래의 능력으로 알게 된 것은 모르는 척하고 틀리는 거야. 틀려도 괜찮아."

　"어떻게 하면 모른 척할 수 있는데?"

　"네가 선생님 말을 듣고, 받아 적고, 책으로 본 내용으로만 아는 척하는 거야. 선생님의 마음을 읽고 풀면 안 돼. 사람의 머리로 풀어. 고래의 능력을 사용하지 말고, 네가 공부한 만큼 풀어야 해. 알았지? 친구들도 마찬가지야. 친구들이 말하고 행동한 대로 대해주면 돼."

내 미혼모 신분이 새삼스럽게 화제가 되었고, 다른 엄마들보다 훨씬 어린 내가 학교 선생님들을 꼬드겼다더라는 수군거림이 퍼졌다. 우리 포장마차에 들러 해삼 멍게회를 자주 포장해가는 어느 엄마는 사실이냐고 묻기도 했다. 학부모 급식 도우미 순번에 따라 학교를 찾아간 것 외에 나는 따로 선생님을 찾아본 적도 만난 적도 없었다.

그즈음에 온몸에 문신을 새기고 머리를 빡빡 깎은 불량배가 우리 포장마차를 드나들었다. 누가 여기서 장사를 하라고 허락했냐고, 언제부터 장사했냐고 꼬치꼬치 따져 물었다. 호수공원 노점은 자기들이 관리하는 구역이라 자릿세를 내야 한다고 했다. 그래야 순찰 나오는 시청 공무원을 돌려보내고, 근처 식당 사장들이 군소리하지 못하게 막아준다는 말로 겁박했다.

지역 조직폭력배였다. 알고 보니 자릿세를 제때 내지 못해 야반도주했던 이들의 자리에 우리가 들어온 거였다. 그들의 위세 덕에 노점상이 호수공원 근처에 얼씬도 하지 않았던 것이다.

그들이 제시한 일일 자릿세 5만원과 상납금 3천만원이 과해서 아버지와 나는 고심했다. 조폭과 얽히기 전에 다시 자리를 옮기자니 마땅치 않았다. 나중에 임대차할 상가 건물을 구하기로 하고 그들의 요구한 대로 치용증을 썼다. 상납금 분할액과 이자, 일일 자릿세를 합쳐 일주일에 110만원씩 갚아서 일년 안에 털어내기로 했다.

그 와중에 요나는 친구들에게 왕따를 당했다. 어리석게도 나는 아이의 우울한 상태가 고래의 능력을 다스리는 성장통이라고 여겼다. 급식실에서는 친구들과 떨어져 혼자 밥을 먹고, 놀이 시간에는 아무도 같은 팀으로 뽑아주지 않아 멀뚱멀뚱 서서 시간을 보내리라고는 상상도 못했다. 게다가 담임선생님은 요나가 시험 정답지를 훔쳤다고 단정해서 아이가 왕따 당하는 상황이 당연한 체벌이라도 되는마냥 방관했다.

그러던 어느 이른 아침에 요나는 잠에서 깨어나 오열했다. 나는 잠결에 요나의 엉엉 우는 소리를 들었다. 곧 있으면 푸른 어스름을 잠재울 해가 뜬다며 스스로를 안심시키던 그때……

삐이우— ㄲ르르—

고래 울음소리가 들려 나는 허겁지겁 방을 뛰쳐나갔다. 먼저 들어간 아버지가 요나를 품어 달랬다. 이불을 헤쳐 침대 밑으로 떨어진 요나는 물기를 머금은 고래로 변신하고 있었다. 상체는 검푸른 빛의 피부층을 돋우어 밀랍처럼 단단해지고, 머리부터 등으로 조약돌을 박은 듯한 딱딱한 혹이 퍼져 일어났다. 날개뼈 사이에 무화과 열매를 반으로 자른 모양의 숨구멍이 도드라져 벌름거렸다. 그 양옆으로 한 쌍의 지느러미가 뻗어 나왔다. 지난겨울부터 보였던 등지느러미가 급작스럽게 날개로 자란 거였다.

당황스러웠다. 요나는 언제나 보름달이 뜰 무렵에만 고래로 변신했고 그 외에는 물놀이를 해도 몸이 변하지 않았다. 여름날의 화창한 아침에는 전혀 그럴 일이 없을 줄 알았는데, 아니었다.

어린 요나도 지금 고래로 변신하면 안 된다는 걸 알았다. 피부층에 덮인 검푸른 얼굴에서, 두 눈은 파란 불빛을 반짝이며 눈물을 쏟아냈다. 요나는 잠옷 바지 속에 두 손을 넣어 사타구니를 붙잡아 안간힘을 썼다. 아버지도 나도 아이가 변신을 멈추리라고, 다시 사람의 몸으로 돌아오리라고 생각했다.

"엄마, 엄마."

울부짖으며 아등바등하는 요나의 다리를 아버지와 함께 붙잡았다.

두 허벅지 사이에 끼운 요나의 손에 내 손을 보태 끼웠다.

"괜찮아. 이제 괜찮아질 거야."

달래보지만 두 다리의 죄는 힘이 무시무시해서 나는 다급했다. 언제나 몸의 하체부터 변신했다. 머리와 상체를 검푸른 피부층으로 덮은 이상 멈출 수 없었다. 아이가 징후를 느끼고서 스스로의 다리를 붙잡아 힘을 쓰자 상체부터 변신해버린 듯했다. 영영 사람으로 돌아오지 못하리라는 예감에 눈앞이 깜깜했다.

서로 붙으려는 두 다리의 힘 때문에 요나는 고래 울음소리를 쏘며 괴로워했다. 잠옷 바지의 솔기는 북북 찢어져 너덜대고 요나의 몸집은 점점 우람해졌다. 보름달이 떴던 지난달보다 확연하게 커진 몸집이 더 커져가는 것이다. 집 안으로 스며드는 아침 햇살에 요나는 몸을 부르르 떨더니 맹수같이 으르렁거리며 목젖을 긁는 소리를 냈다. 한번도 들어본 적이 없는 음성으로, 사람의 목소리가 섞인 고래의 말을 들려주었다.

"엄마. 나 뜨거워, 뜨거워."

날개지느러미의 혹이 아침 햇살에 타서 아지랑이를 피웠다. 피부층이 미끈한 물기를 내며 햇빛에 저항해보지만 역부족이었다. 왜 해가 진 후에만 고래인간이 되었는지를 그때서야 우리 가족 모두가 깨달았다.

"욕실! 욕실로 가!"

아버지는 요나의 잠옷 바지를 벗기라고 외쳤다. 내가 바지와 속옷을 벗기자 아이의 골반 아래쪽은 이미 고래의 피부층으로 덮였고, 붙으려다 멈춘 허벅지 안쪽이 찢어져 피가 흐르고 있었다. 요나가 허벅지 사이에 끼웠던 손을 빼자 다리가 부드러운 결을 치며 순식간에 아물었다. 혹을 돋운 검푸른 피부층이 하체를 덮어 단단하게 부풀어갔다. 두 발의 뒤축이 붙어 벌어지고 꼬리지느러미를 만들더니 어른 남자보다 훨씬 큰 몸집이 되었다. 요나의 손과 같이 버텼기 망정이지 만약 내 두 손만 다리 사이에 끼웠다면 손목이 바스러져 절단되었을 것이다.

변신을 마친 요나는 방바닥을 기어가서 욕실의 욕조에 들어갔다. 아버지는 샤워기를 세게 틀어 요나의 검푸른 피부에 물을 뿌렸다. 나는 타월을 덧대어 욕실 창문의 빛을 차단했다. 날이 더웠기에 아버지는 수산시장에서 큰 얼음덩이를 얻어와 욕조 안에 넣고 욕실 바닥에 깔아두었다.

욕조에 잠긴 요나는 깊은 바다에 들어간 듯이 고요했다. 아버지와 나는 교대로 포장마차에 나가 아주머니와 둘이서 일을 보고 다음날은 집에 혼자 남아 얼음을 보충하며 요나를 돌보았다.

요나는 학교를 무단결석했다. 나는 학부모회와 연을 끊었다. 그래요, 우리 아들과 내가 시험지를 훔쳤어요, 라고 실토하듯이. 담임선생님은 딱 한번 전화를 걸어왔다. 여름방학식을 치렀다며, 팔월 하순 개학일에 아이를 학교에 보내라고 했다. 아무 관심이 없는 그 담임선생님이 고맙기까지 했다.

♦

요나는 사람으로 돌아오지 않았다. 욕실에 들어가 불을 켜고 요나야, 라고 부르면 자꾸만 고래 울음소리를 내며 푸른 눈을 반짝였다. 아버지는 매일 수산시장에 들러 얼음덩이를 얻어오면서 횟감용 활어를 가져와 요나에게 먹였다. 요나는 문어와 꽃게를 날것으로 먹기를 좋아했다. 남김없이 깨끗하게 먹고 나면 스스로 욕조의 물을 빼고 새로 채웠다.

아이에게 학교에 가기 싫으냐고 물으면 어김없이 고개를 끄덕였다. 고래 울음소리로 말하기로 작정해서, 이제 바다에서 살고 싶냐고 물으면 푸른 눈을 내리깔고 삐우삐우 꿍얼댔다. 넓적한 꼬리지느러미를 구부려 욕조에 넣은 채, 날개지느러미를 시무룩이 흐느적였다. 내가 고래의 마음을 누르고 사람의 마음으로 살아야 한다고 가르쳤기에 아이가 좌절한 거였다.

스텔라. 때가 오면 아이를 돌려보내야 해. 아이가 떠나기 전까지 잘 보살펴야 하는 것이 네 소명이야.

갓난아이를 보며 엘리사벳은 예언 같은 말을 남겼다. 서해 바다에서 침몰사고를 겪은 나를 수녀원에 붙잡아두고 주님의 뜻을 외웠던 그녀를 다시는 보고 싶지 않았다. 아무도 알리지 않았는데도 그녀는 아이를 낳았다는 소식을 들었다며 그 추운 겨울날에 우리 집을 찾아왔다. 진정시키고 위로해주는 그녀가 주님의 참 예언자로 보였다. 내가 낳았지만 내 아이가 아니라고 판명하는 엘리사벳의 말이 구원의 말씀으로 들렸다.

기이한 상상임신으로 석달 동안 짧게 품어 낳은 고래인간이었기에 온전한 아이가 아님을 알고 있었다. 고래인간을 낳은 말도 안 되는 삶에서 벗어나고 싶어 하루빨리 아이를 바다로 내보내고 싶었다. 그러고 나면 나는 다시 학교를 다닐 수 있을 것만 같았다. 아이가 기형이어서 어쩌면 얼마 가지 못해 일찍 죽으리라고 기대하기도 했었다.

보름달이 뜨기 전날부터였다. 낭서비가 내린 지녁이 되면 아이의 하반신은 고래로 변했다. 아이는 자신의 몽땅한 꼬리지느러미를 보고 신기해했다. 내가 아이를 보듬고 욕실로 이동하면 새끼 물범처럼 꼬리지느러미를 달랑달랑 흔들며 까르륵 웃었다. 늦은 밤에 고무대야 속에서 물장구치며 옹알옹알하면 나도 옹알이를 흉내냈다. 젖을 먹고 잠든 아이를 품에 안아 계란빵 같은 몸내음을 맡으면 나는 숨죽여 훌쩍였다. 아이를 어서 내보내고 싶은 마음이, 아이를 내보내지 못하겠다는 마음에 허물어지는 것이다.

어린시절의 구선과 똑같이 생겼다며 아버지도 자신의 피를 이어받은 외손자라고 알아봤기에 영락없는 내 아들이었다. 걸음마를 배우면서 점차 아이의 피부층에 조약돌 혹이 촘촘하게 일어나고, 그러다 온몸이 검푸른 고래로 변신해도 요나는 귀엽고 사랑스러웠다. 고래로 변신할 때마다 검푸른 요나의 얼굴에 구선의 얼굴이 깊어졌다. 어린시절의 구선이 지금 내 눈앞에서 고래의 피부층을 쓰고 변장한 것 같았다. 아버지는 불가해한 힘으로 내가 스스로 요나를 낳았다고 여겼지만 나는 구선이 내 몸을 통해 다시 태어났다고 되뇌었다. 엄마, 엄마 하고 부르는 아이를 보며 어떻게든 정상의 인간으로 키우리라고, 구선의 못 다한 삶을 살게 하리라고 마음먹었다.

그럼에도 아이의 존재가 드러나게 되면 모두가 고통스러워질 것을 알았다. 요나를 바다로 돌려보내줘야 할 먼 미래를 의식하지 않을 수 없었다. 달마다 뜨는 보름달에 맞춰서 사흘 동안 고래로 변신하는 요나를 언제까지 지킬 수는 없었다. 비밀스러운 가족 행사를 평생 동안 지속하기는 불가능했다. 보름달이 뜨는 날이라고 학교의 수련회며 수학여행 일정이 바뀌지도 않겠고, 더 크면 군대에도 가야 했다. 준식 삼촌과 몽탄 이모가 인우보증鄰友保證을 서주어 출생신고를 마치고 주민등록번호를 받은 이상 이 나라에서 똑같은 사람으로 살아가야 했다.

그 언젠가의 때는 아이가 성장해서 어른이 되면 자청하리라고 짐작만 했지, 이제 아홉살 먹은 아이를 내가 보내주어야 하리라고는 생각지 못했다. 때가 일찍 찾아왔노라 받아들이려 했으나 어린아이를 바다에 놓아주는 건 가혹했다. 요나를 아무렇지 않게 망망한 바다로 놓아줄 수는 없었다. 아이를 버렸다는 죄책감을 남기고 싶지 않았다.

　욕조에 갇힌 요나가 답답해 보여서 포장마차 근처 호수공원에 아이를 풀어놓았으면 싶었다. 그간에 말없이 지켜보던 아버지는 때가 되었음을 받아들이자고 말했다.

　"애가 다 컸구먼. 키랑 덩치를 봐라. 힘이 무지막지허게 세. 젊은놈 여럿이 달라붙어도 못 당허게 생겼어. 저 큰놈을 호수공원까지 옮기는 것만도 힘든 일이고, 혹여라도 사람들이 보고 놀래고 애가 사람들헌테 달려들기라도 허믄 어떡헐 거여. 골치가 아파지니께. 언제까지 얼음을 구허고 생선을 구해다가 멕일 수도 없고, 그동안 장사를 못 허고 모은 돈을 자릿세 갚는다고 축내고나 있는 판이잖여. 바다로 돌려보내자."

　등 뒤의 욕실을 살펴보더니 아버지는 목소리를 낮춰 속삭였다.

　"엊저녁에 애한티 내가 물어봤는디. 바다로 가고 싶냐 헌께는 그렇다고 허드라. 애가 할아버지랑 엄마랑 힘들어허는 거 안다고 허는 거여. 생각해봐라, 진작에 사람으로 돌아와야 허는디 왜 저러고 있겠냐. 어린 놈이 지 모양대로 살겠다고 작심한 거여."

　포장마차에 출근하는 길에 아버지는 군산항 주변을 돌아다니며 요나를 놓아줄 해변을 물색했다. 요나를 용달차에 태울 널찍한 아이스박스를 구해오고, 아이스박스가 짐칸에서 이탈하지 않도록 단단히 묶을 로프를 새로 사왔다.

　"요나야. 진짜 바다에서 살고 싶어?"

　할아버지와 다르게 엄마에게는 사람의 말을 들려주지 않았다. 삐우 삐우 소리 내며 내 눈을 피했다. 눈은 흰자위가 없이 먹빛으로 까맣고 눈망울은 파란 점으로 맺혔지만 놀이터로 나가지 못해 꿍해하던 눈빛은 그대로였다.

"우리 요나가 욕조에만 갇혀서 많이 답답하겠다."

손톱은 피부층에 덮였으나 손가락 맵시는 여전했다. 요나의 손을 잡는 잠깐의 정적 속에서 떠나간 내 말이 메아리가 되어 맴돌았다.

갇혀서 많이 답답하겠다.

답답하겠다.

답답한 데도 욕조 안에서 버티고 있다.

엄마가 보내줄 때까지 기다리려고……

아이의 음성이 들려 가슴이 철렁 내려앉았다. 내색하지 않고 나는 아이의 머리를 쓰다듬었다. 배꼽 무늬로 들어간 귀와 날개지느러미 사이의 숨구멍을 어루만졌다. 꺼져가던 가슴속 밑바닥이 두근두근 떨렸다.

"그래, 요나야. 이제 바다로 가자."

목이 메어 내 목소리가 떨렸다. 간신히 추슬러 아이에게 말했다.

"아저씨들보다 몸도 크고 힘도 세니까. 바다에 들어가면 네가 얼마든지 물고기도 사냥하고 다른 고래들이랑도 친해질 거라는 걸 알아. 상어들이 몰려와도 네가 이길 거야."

시들했던 요나의 푸른 눈망울에 초점이 잡혀 반짝였다. 이제 놀이터로 나가도 좋다는 허락을 받은 것처럼 생기가 돋았다.

"그런데, 해가 뜨면 이렇게 있으면 안 되잖아. 햇빛을 쬐면 어떻게 할 거야?"

요나의 입술이 빙긋했다. 걱정거리가 아니라는 듯이 두 손을 모아 욕조 속으로 한번 두번 담가서 물속에 들어가는 시늉을 했다.

"그렇네. 바닷속에 들어가면 되겠구나."

푸른 눈을 동그랗게 뜬 얼굴로 요나는 고개를 끄덕였다.

"그러면 엄마는 하나도 걱정이 안 돼. 정말이야. 사실 엄마는 요나를 학교에 보내면서 얼마나 가슴 졸였는지 몰라. 요나가 바다로 가면 엄마 마음이 편안해질 거야."

피부층에 덮인 손가락을 매만지던 나는 요나의 머리를 품고 이마에 입술을 맞추었다.

"물고기 가져올게."

머리를 식히려 근처 약수터로 향하는데 눈물이 나왔다. 눈길도 주지 않았던 동네 성당으로 발길을 틀었다. 성모마리아 조각상을 바라다보는 벤치 앉아 훌쩍였다. 고무대야 안에서 꼬리지느러미를 흔들며 앙잘대던 요나의 예전 모습이 눈을 가린 두 손에서 하염없이 피어났다.

요나야, 바다에 들어가서 물고기 친구들이랑 살고 싶지 않아? 보름달이 뜰 때마다 대야에 들어가 있으면 심심하겠다.

싫어. 엄마랑 할아버지랑 같이 살 거야. 바다로 가면 혼자서 어떻게 살아. 엄마는 내가 상어한테 쫓겨 다녀도 괜찮아? 엄마가 해주는 두부김치찌개도 못 먹잖아.

엄마 없이는 살지 못할 거라고 안절부절 무서워하던 아이가 이제는 엄마를 떠나서 살고 싶다고 한다. 아이의 되돌릴 수 없는 변신을, 때 이른 독립 선언을 나는 받아들이지 못했다.

듀엣

★

내 코와 입에서 새는 공기 방울에 빛이 부서졌다. 조막만한 해파리가 무리를 지어 올라갔다. 무성한 해초 숲의 윤곽이 아련하게 비쳤다. 새까만 바닷속을 비추기 위해 나는 쉬지 않고 숨을 쏟아내 공기 방울을 만들었다. 멀어진 공기 방울의 빛이 해저 바위에 부딪혔다.

바위가 나긋하게 열렸다. 그 속에서 눈이 뜨여 깜빡였다. 크기를 가늠할 수 없는 고래의 눈이 나를 알아봤다.

고래의 가냘픈 울음소리가 물결의 장막을 걷어내 내 몸을 품었다. 울음소리가 내 등에 숨은 숨구멍을 어루만졌다. 이제 물결의 장막을 헤치고 나아가 숨을 쉬어야 한다고 가르쳐주었다.

내가 숨을 쉬러 올라갈 수 있나요.

고래의 주름진 눈이 무겁게 감겼다. 남은 숨을 모두 내쉬어 공기 방울을 쏟아내지만 빛은 더이상 부서지지 않았다. 고래의 울음소리가 흩어졌다.

물결의 장막과 장막을 넘어가 멀어지는 그때, 내 머리 위에서 하얀 빛 기둥이 터져 쏟아졌다. 바라보려고 나는 중심을 잡아 바로 섰다. 내 머리 위의 그곳은 수면이 아니라, 바닷속의 아래였다. 긴 머리를 풀어헤친 혜미가 꼬리지느러미를 흔들어 다가왔다. 새하얀 빛기둥이 바닷속 깊은 곳에서 뿜어져 나왔다.

★

윙윙대는 진동에 손을 뻗었다.

휴대폰 액정에 다윤의 이름이 켜졌다. 나는 잠이 덜 깬 상태로 토요일 아침에 무슨 전화를 해올까 짤막하게 더듬었다.

"응. 다윤아."

"아직 자는 거야?"

수화기 너머에서 아쉬워하는 얼굴이 지나갔다. 눈이 흠칫 뜨여 나는 일어나 앉았다. 어디에서 영화를 보느냐고 물었던 어제의 내 문자메시지가 떠올랐다.

"아아. 다윤아."

"영화 보러 올 수 없는 거지?"

이제 일어나서 가지 못한다고, 미안하다고 말했다. 내가 영화관에 오는 줄 알고 다윤은 일찍부터 준비하고 있었다. 목소리는 웃고 있지만 속으로는 서운할 수밖에 없었다.

"어제는 올 것처럼 문자 보냈잖아. 국사 쌤한테 너도 올 거라고 알렸단 말야. 마당을 나온 암탉 진짜 재밌다는데."

다윤은 제자리에서 발을 동동 굴렀다. 앓는 소리가 작은 토끼로 그려져 웃음이 나왔다.

"진짜 미안해, 다윤아. 우리 둘이서 꼭 같이 봐. 방학하면 영화 보러 가자, 내가 쏠게."

"진짜? 이번엔 진짜지?"

다윤은 약속을 결정지으려는 확답을 재촉했다. 꿈속에서 본 혜미의 모습이 다윤의 발랄한 목소리로 되살아났다.

아침부터 무더웠다.

모든 방의 문을 열고 에어컨을 틀었다. 오랫동안 들어가지 않았던 위층의 피아노방도 문을 열어 환기했다. 부엉이가 정말 요나의 피크를 가져다준 건지, 내가 써 보낸 쪽지를 전해줄 것인지. 신비로움과 의구심이 번갈아들지만 나는 피아노 뚜껑을 열어 건반을 눌렀다.

이상했다. 낮은 음정의 건반에서 틀어진 음을 발견해 엄마한테 조율사를 불러야 한다고 알렸었다. 엄마가 학교 조교에게 부탁해서 불렀다고 했지만 조율사는 우리 집에 오지 않았다. 엄마도 나도 만지지 않아 피아노는 방치된 그대로였다. 낮은음부터 모든 음이 낭랑하게 울렸다. 양손을 올려 코드를 짚자 피어오른 소리가 잔잔히 내려앉았다.

나는 선 채로 페달을 밟고 건반을 짚다가 아예 의자를 빼고 앉아 즐겨 연습했던 브라운아이즈의 「오후」를 치기 시작했다. 전주의 첫 음이 고즈넉하게 울리고 오른손은 부드럽게 멜로디 음을 치고 나갔다.

　……깊은 한숨, 오랜 기억, 쉽지 않은 시간들이 흐르고
　상처뿐인 슬픈 어제, 삶이 쉽게 변할 수는 없는데……

코러스에 들어가기 전에 원곡대로 뮤트해서 속으로 박자를 셌다. 구름이가 호우우, 하고 울었다. 뮤트의 긴장감이 깨져 나는 허탈하게 웃

었다. 건반을 얼렁뚱땅 쳐서 한껏 쌓아 올렸던 노래의 감정선을 무너뜨렸다.

"아아."

나는 구름이를 돌아보고 코에 찡긋 힘을 주었다. 피아노를 더 쳐보라는 듯이 구름이는 다시 한번 호우우, 하고 울었다. 재롱잔치를 구경하는 할머니처럼 나를 쳐다봤다.

"그 표정은 뭔데. 왜 흐뭇해하는 건데."

구름이는 활기 있는 모습으로 바뀐 나를 반가워하며 졸졸 따라다녔다. 씻고 나서 거실의 화장대에 앉은 내 모습을 대견스럽게 바라봤다. 꼭 자기가 언니 같다. 드라이어로 말린 머리카락을 잡고 무슨 스타일이 좋을지 가늠하는 거울 속의 내 얼굴 너머로, 구름이의 검은 눈망울이 땡글땡글 빛났다. 언제나처럼 내가 밖으로 나가지 않으리라는 걸 알기에 좋은 소식이 나올까 기대하고 있었다.

머리카락 한 가닥을 고데기로 말았다. 머리카락을 손끝으로 두드려 열이 오르기를 기다렸다. 나는 곁눈으로 거울 속의 구름이를 바라보았다.

"오늘 무슨 일이 일어날지 말해줄까."

소파에 앞다리를 세워 앉은 구름이가 꼬리를 살랑살랑 흔들었다.

"그냥. 언니가 기분이 좋이."

김빠지는 소리로 구름이는 히익, 히익 울었다. 언니, 그게 아니잖아. 똑바로 말해봐.

"그래. 어제 그 오빠가, 너 보고 싶다고 다시 오겠대."

구름이가 뒷다리를 세워 일어서더니 거울을 향해 웡웡 짖었다. 정말이냐고 묻는 듯이 소파에서 제자리를 빠르게 돌다가 냉큼 앞다리를 내밀어 자세를 낮추어 앉았다. 귀를 젖힌 얼굴로 혀를 내밀었다.

"맞아. 어제 그 오빠가 이따 올 거야."

구름이는 우렁우렁 짖고 제자리를 휙휙 돌며 꼬리를 흔들었다. 오빠가 온다, 오빠가 온다.

나누어놓은 가닥끼리 엉키지 않도록 한 가닥은 안쪽으로, 맞닿는 가닥은 바깥쪽으로 말아 컬을 만들었다. 정수리 뒤편에 머리카락을 한줌으로 모아 늘어뜨렸다.

거울에 비친 왼쪽과 오른쪽의 내 옆얼굴을 살폈다. 이대로 포니테일 머리를 해도 괜찮아 보였다. 한줌으로 쥔 부분에 머리끈을 덧대어 감아 튼튼하게 묶었다. 작은 가닥으로 뺀 머리카락을, 묶은 머리끈에 돌려 감고 실핀을 꽂아 자취를 가렸다. 스프레이를 뿌려 목덜미 위의 잔머리를 죽였다. 조금 붕 뜬 앞머리 윗부분은 나머지 실핀을 보이지 않게 꽂아 눌러 고정했다.

숍에서 헤어디자이너 두 명이 붙어 완성했던 포니테일 스타일이 떠올라 시도한 거다. 염색하지 않아 심심한 검은 머리이지만 기억을 더듬어 완성한 스타일이 그때보다 산뜻했다.

까만 코를 벌름대며 스프레이 냄새를 맡던 구름이가 소파에서 내려와 화장대로 다가왔다.

"왜 또 그렇게 보는 건데."

구름이는 공손히 앞다리를 세워 앉아 나를 올려다보았다. 우와, 우리 언니 예쁘다, 하고 감탄하는 표정이었다. 구름이가 알아봐주니까 나는 기분 좋게 쑥스러웠다. 허리를 옆으로 숙여 구름이를 꼭 안아주고 일어났다. 곧바로 구름이는 내가 비운 화장대 의자에 훌쩍 뛰어올랐다. 자기도 꾸며달라는 거다. 놀라는 척 나는 눈을 휘둥그렇게 뜨고 입을 벌렸다.

"엇, 손님도 머리를 하시겠다구요?"

나는 아랫배에 두 손을 모은 자세로 북극에서 온 손님을 맞이했다.

"일단 더운 날에 우리 미용실을 찾아주셔서 감사하구요."

나는 헤어디자이너가 되어 사모예드 손님의 머리털을 쓸어 올렸다. 훌훌 털면서 손가락 감각으로 머릿결의 상태를 점검했다.

"얼마까지 알아보셨어요? 가격은 신경 쓰지 않는다구요? 알겠어요. 음, 보자. 우리 사모예드 손님은 머리숱이 너무너무 풍성하지만요. 아쉽게도 고데기로 컬을 주기는 힘든 스타일이에요."

북극에서 찾아온 손님에게 어울릴 머리 스타일이 떠오르지 않았다. 나는 손가락으로 옆머리를 짚어 고심했다. 몸을 숙여 사모예드 손님의 포실한 볼에 내 볼을 맞대었다. 거울 속에서 사모예드 손님의 두 눈과 내 두 눈이 의미심장하게 마주보았다.

"다른 손님에게는 말하면 안 돼요. 특별히 우리 사모예드 손님에게만 비장의 액세서리를 처방해드릴게요. 이거 한방이면 게임 오버예요."

화장대의 머리핀 서랍에서 혜미가 썼던 리본핀을 골랐다. 흰색 동그라미가 졸망졸망 새겨진 빨간 리본핀을 사모예드 손님에게 보여주었다.

"이건 제 동생 혜미가 쓰던 거예요."

손님은 코를 킁킁대며 리본핀의 품질을 점검했다. 나는 사모예드 손님의 머리털을 세심하게 들추었다. 장인의 손길을 느끼며 손님은 조심스럽게 두 귀를 꽂혔다. 왼쪽 귀의 적당한 지점에 리본핀을 달아주었다. 손님은 잠시 거울을 지켜보았다. 마침내 혀를 내밀어 헤, 웃었다.

"어머나, 꽃개가 되셨어요. 손님은 머리숱이 풍성하니까요. 뭘 해도 어울리는군요."

손님은 격렬하게 꼬리를 흔들었다. 북극 사모예드 왕국의 공주가 된 마냥 월월 짖었다. 거울을 보며 앞다리를 들고 일어서는 묘기를 부렸다. 언니, 대박. 이 리본핀 맘에 들어요.

★

옷방에 들어가 머릿속으로 찜해놓은 분홍 줄무늬 티셔츠를 골랐지만 바지가 고민되었다. 스키니 청바지가 딱인데, 골반 쪽을 죄어 통증을 일으키는 데다 절름발 티가 확 난다. 통이 넓어 나풀거리는 플리츠 바지로도 충분하다면서도 나는 스키니 청바지를 만지작거렸다. 오늘이 아니면 입을 날이 없었다.

여사님이 만들어놓은 버섯수프와 으깬 감자, 백김치를 차려 아점을 먹고 안 하던 설거지를 했다. 집은 이미 깨끗한데도 청소기를 돌려 아래층 거실과 위층 거실의 바닥을 닦았다. 바닥에 구름이를 눕혀 빗질해서 한 무더기의 털을 모았다.

물티슈와 마른 수건으로 피아노를 닦고는 떠오르는 대로 피아노를 치며 노래를 불러 목을 풀었다. 청음용 헤드폰을 머리에 쓰고서 요나의 노래를 들었다. 건반으로 음을 옮겨 연습했다. 피아노방 바깥에서 구경하던 구름이는 보이지 않았다. 소파에 올라가 누워 있을 거다.

출발했을 텐데.

손에서 땀이 번질거렸다. 피아노방의 벽걸이 에어컨에 손바닥을 대고 말렸다. 휴대폰을 켰다. 모르는 이들에게서 쏟아진 문자메시지를 피해 요나의 이름을 찾았다. 요나가 보낸 새로운 문자메시지는 없었다. 감시하는 누군가가 있음을 요나도 알기에 출발했다는 알림을 보내지 않을 테지만.

이젠 그들을 의식할 필요가 없다고 다짐했음에도 요나에게 문자메시지를 보내지 못했다. 막상 부엉이가 요나의 피크를 가져다준 거라고 단정할 수 없었다. 부엉이가 무사히 쪽지를 전달했더라도 내키지 않아서 얼마든지 그가 오지 않을 수도 있었다.

하릴없이 피아노방을 두리번거리다 수납장 밑에서 앨범 박스를 꺼냈다. 엄마가 모은 클래식 앨범 틈에 내가 썼던 시디플레이어와 펑크 데이지 앨범, 디셈 오빠가 따로 녹음해준 케이팝 루키 실황 시디가 끼어 있었다.

지난봄에 디셈 오빠가 해외 뮤지션들과 프로젝트 앨범을 발매했다는 영어 뉴스를 읽었다. 「블루문Blue Moon」이라는 노래의 작곡 작사 크레딧에 오빠의 이름이 나왔다. 느릿한 베이스기타와 흐느적이는 신시사이저의 멜로디에 여성 솔로가 소울풍의 앳된 목소리로 노래하는 곡이었다. 도시의 밤 풍경 속으로 커다랗게 뜬 파란 달에게 사랑을 고백하는 가사가 감상적으로 들렸다. 내 솔로 앨범에 쓰려던 곡을 발표한 느낌이었다.

케이팝 루키 실황 녹음 시디를 시디플레이어에 넣고 헤드폰을 연결했다. 묵혀둔 시디플레이어는 재생 버튼에 바로 반응해서 첫 곡으로 불렀던 「위 워크We Walk」를 들려주었다. 피아노로 전주를 깔고 베이스기타가 두터운 음으로 들어오면 나는 무대로 미끄러져 나가 마리오네트 춤을 추고. 객석의 어느 곳에서 오빠는 나를 감탄하는 눈으로 지켜보고. 나는 헤드폰 볼륨을 높였다.

교통사고 이후에 오빠는 망명자처럼 떠나버렸기에 우리나라에서는 오빠의 활동에 관심을 보이지 않는다. 짧게라도 머무를 일정으로 한국에 올 텐데. 이미 왔다 가기도 했겠지.

We walk, (우리는 걸어가)

If it makes you feel good, If it makes you feel good (기분이 나아진다면, 나아진다면)

"엄마야!"

불쑥 내 티셔츠를 잡아끄는 힘에 나는 소스라쳤다.

구름이가 내 티셔츠를 물어 당기자, 내 눈길이 돌아간 피아노방 바깥에 요나가 웃는 얼굴로 서 있었다. 발목이 도드라진 칠부 바지에 흰색 티셔츠를 입은 그의 모습을, 한순간에 멈춘 사진처럼 아연하게 바라보았다. 꺼져가던 빛이 환하게 부풀어 부서지는 광경 같았다. 머쓱하게 손을 흔드는 그를 향해 외쳤다.

"야, 너!"

놀란 내 모습에 요나는 허리를 구푸려 배를 잡고 웃고, 구름이도 혀를 내민 즐거운 얼굴로 꼬리를 흔들었다. 당황스러움과 부끄러움이 순식간에 물러가고 반가움과 안도감이 밀려왔다. 묘하게 억울해서 나는 씩씩대며 다가가 오므린 주먹으로 요나의 어깨를 쳤다. 왜 집에 몰래 들어와 사람을 놀라게 만드냐고 나무랐다. 나를 내려다보는 요나가 찡긋 웃는 얼굴로 뻐드렁니를 드러냈다.

"얘 이름이 구름이라고?"

요나는 자기 주위를 뱅글뱅글 도는 구름이를 가리켰다. 초인종을 누르고 기다리는데 인터폰에서 구름이의 짖는 소리가 들리더니 대문이 열렸다고 했다. 가끔 내가 누른 초인종에 여사님 대신 그랬듯이 나 몰래 구름이가 앞발로 열림 버튼을 눌렀던 거다.

왜 알려주지 않았냐는 말로 내가 혼낼 것을 눈치채고 구름이는 나를 피했다. 앞발을 높이 들고 요나의 옆구리를 짚어 놀자고 보챘다. 맞아, 오빠. 내가 구름이야. 언니랑 인사 끝났으면 나랑 놀아.

"마실 것 좀 가져올게."

요나가 구름이를 쓰다듬는 걸 보고 나는 부엌으로 내려갔다. 냉장고에서 오렌지주스를 꺼내고 제빙기에 컵을 대어 얼음을 받는데 울컥한 기운이 가시지 않았다. 화장실에 들어가 거울을 보니 얼굴의 눈 밑과 코끝이 발그레했다. 수건에 물을 적셔 열이 오른 부위를 눌러 식혔다.

천장의 샹들리에 건너에서 땡동, 땡동 건반을 치는 소리가 들려왔다. 바깥바람을 쐬고 싶어 현관문을 열고 나갔다. 새하얀 뭉게구름이 파란 하늘에 안겨 있었다. 여름 한낮의 뜨거운 햇살을 받아 멀리의 호텔 창문이 빛을 반사하고 아파트의 벽면은 금빛으로 물들었다. 모과나무를 흔든 바람의 끝머리가 물기 남은 내 얼굴을 선선하게 어루만졌다.

★

너를 처음 만난 날, 알 수 없는 어색함
말이 없는 우리 모습, 그렇게 만났었지

떠오른 요나의 목소리에 내 목소리가 낮은 화음으로 가라앉았다. 우리의 목소리는 맑은 물빛으로 퍼져나갔다.

우리 함께 하고 싶은 일들 있지만
너에게 해주고픈 많은 말들 있지만

내 노랫소리에 코와 귀가 아른하게 울렸다. 건반의 음은 알알이 띄운 비눗방울이 되어 공간을 채워갔다. 어떤 노래보다 아름답다고 느꼈다. 이렇게 노래하는 희열을 맛본 적이 없었다.

요나는 챙겨온 케이블 분배기를 휴대폰 잭에 연결했다. 와이자형 케이블 한쪽에 내 헤드폰을 꽂고, 한쪽에는 요나의 헤드폰을 꽂았다. 듀엣으로 부른 우리의 노래를 각자의 헤드폰을 쓰고 들었다.

피아노 반주로 시작하는 서너 소절을 듣고 나서 나는 멈춤 버튼을 누르고 요나를 돌아보았다. 휴대폰으로 간편하게 녹음한 건데 피아노 소리부터 기대 이상이었다.

"앨범 히든 트랙 같아."

요나가 먼저 솔로로 노래하고 그다음 내가 솔로로 노래하고, 후렴에서 요나가 원음을 노래하면 내 목소리는 요나의 목소리를 낮은 화음으로 감쌌다. 요나는 피아노 반주를 숨죽였다가 고조시키며 노래의 흐름을 부드럽게 이어나갔다. 반복되는 구간마다 같은 꾸밈음을 다른 톤으로 자유롭게 들려주었다. 손끝으로 건반을 매만지다가도 어느새 음의 끄트머리를 힘껏 끌어올리고 있었다.

이제 너를 보내고 내일을 꿈꾸네
다시 만날 그때에 함께 웃을 그날을

후렴을 벗어난 브릿지에서 내 목소리가 홀로 남았다. 이 부분에 들어가기 전에 우리는 눈을 마주쳐 짤막하게 무언의 의논을 나누었다. 브릿지를 같은 식의 듀엣으로 부르기는 아쉽다고 서로가 동시에 감지했다. 요나가 눈썹을 까딱 올려 내가 혼자 부르는 게 좋겠다는 신호를 보내자 나는 바로 알아듣고 고갯짓을 보냈다.

요나는 피아노 음을 아껴 느리게 가져가서 내 목소리를 여리게 품어주었다. 내 솔로 파트에서 이렇게 애틋한 느낌이 나올 줄은 몰랐다. 소절의 시작과 끝마다 요나가 띄엄띄엄 누르는 건반이 연극의 독백 무대를 비추는 촛불 빛처럼 하나하나 켜졌다. 애쓰지도 않고 무심하지도 않게 나는 마음 깊은 곳에 간직해온 감정을 담담하게 꺼내놓았다. 노랫말대로 언젠가를 기대하는 마음을 소박하게 내보였다.

내 목소리가 다할 즈음에 요나는 높은음으로 화음을 넣어 들어왔다. 우리는 마지막 후렴을 부르고 피아노 음은 서서히 멀어져 내려앉았다.

노래의 여음이 완전히 물러나기까지 우리는 숨죽였다. 모니터링을 마쳤지만 무슨 노래를 더 들을 듯이 우리는 헤드폰을 쓴 채 말이 없었다. 목을 푸는 연습 겸으로 해본 건데 더이상 녹음할 필요 없이 듀엣곡이 완성되었다.

피아노 보면대 주위의 검은 겉면에 비친, 의자에 나란히 앉은 우리의 흐릿한 얼굴을 쳐다보았다. 겉면에 부옇게 비쳐 굳었던 요나의 얼굴이 나를 돌아보았다.

"주미야. 잠깐만."

나도 그를 돌아보았다. 헤드폰을 벗어 옆머리에 드러난 그의 귀와 내려간 턱선이 엷게 달아올랐다. 구름이가 녹음을 방해할까봐 피아노방의 문을 닫고 에어컨도 꺼놓아 더운 걸까 싶었다. 나는 요나와 눈을 마주치고 다음 말을 기다리며 그의 콧방울과 인중, 입술로 시선을 늘어뜨렸다. 부드럽게 팬 그의 입술 끝이 힘이 들어가 오목하게 웅크렸다. 그의 뻐드렁니를 보겠다고 생각하자 내 눈앞이 게슴츠레해졌다.

"발, 발."

요나가 피아노 페달을 눈짓하자 나도 덩달아 아래를 내려다보았다. 매니큐어를 칠한 내 오른발이 요나의 왼발을 꾹 밟고 있었다.

"아, 미안. 미안."

모르는 사이에 오른다리에 힘을 준 채로 요나의 왼발을 밟고 있었다. 나는 피아노 의자에서 일어나 헤드폰을 벗었다. 비로소 내 어깨가 요나의 어깨에 밀착해 기댔던 뜨뜻한 기운을 돌이켰다. 나는 목 아래의 티셔츠 끝을 잡고 펄럭펄럭 바람을 일으켰다. 땀까지 흘렸다. 요나는 우리 집에 왔을 때부터 땀 같은 건 전혀 흘리지 않은 듯했다.

"덥다. 그치?"

"조금."

요나는 어색하게 웃었다. 휴대폰에 꽂힌 케이블 분배기를 빼고 헤드폰을 접어 가방에 넣었다.

"학교 피아노보다 소리가 훨씬 좋아."

요나의 오른손이 건반의 높은음을 날렵하게 올려쳤다. 왼손을 올려 낮은음을 짚고 우리가 불렀던 노래의 여운을 애드리브 연주로 잔잔하게 이어갔다.

나는 피아노방의 벽걸이 에어컨을 켜고 방문을 열었다. 위층 거실의 창문 바깥은 여름의 푸른 하늘인데 햇살은 물러가 바닥은 조금 그늘졌다. 소파에 엎드린 구름이가 눈을 떴다. 머리를 들어 피아노방을 건너다보며 궁금해했다. 언니, 녹음 끝났어?…… 미안, 아직 안 끝났어…… 방문을 닫아 구름이의 얼굴을 가렸다.

나는 아까보다 간격을 벌려 요나의 옆자리에 앉았다.

조성을 바꾸어 요나는 다른 곡을 연주하기 시작했다. 나는 피아노의 검은 곁면에 비친 요나를 바라보며 노래의 멜로디를 속으로 따라 불렀다. 보컬이 느낌을 잘 살려서 불러야 할 발라드곡이었다.

"이것도 너가 만든 노래야?"

"아니. 리앤 라 하바스가 부른 노래야. 로스트 앤 파운드."

요나는 건반을 내려다보며 대답했다.

"리앤 라 하바스. 처음 들어봐."

"이번에 나온 데뷔곡일 거야. 나도 어쩌다 한번 들었어."

"넌 노래를 들으면 바로 음을 따오나봐?"

요나는 끊길듯 말듯 아슬하게 멜로디를 이끌어갔다. 그렇다고 답하려는 걸 주저하고 있었다. 노출되면 안 될 비밀이 있다고 밝혔던 것과 연관이 있었다.

"너, 좀 이상해."

내 말에 반응한 요나가 머리를 들었다. 피아노의 검은 겉면에 비친 우리의 모습을 쳐다보았다.

"이상할 거야."

요나는 간단하게 인정했다. 딴생각에 쏠려서 건반에 띄우던 멜로디의 흐름이 비틀거렸다. 주춤거리며 수습해나가던 요나는 음을 넓게 벌려 느릿느릿 치다가 연주를 멈추었다.

"어제 그 부엉이는 뭐야?"

"수리부엉이야. 너네 구름이랑 같아."

"수리부엉이? 부엉이를 집에서도 키울 수 있는 거야?"

피아노 음의 잔향이 에어컨 바람 소리에 덮여 흩어졌다. 요나는 페달에서 발을 떼고 피아노 뚜껑을 조심스럽게 내려 닫았다.

"그래서 네가 쓰던 피크를 물려준 거야? 나한테 전해달라고? 어젯밤에 엄청 놀랐어. 부엉이가 그렇게 커다랄 줄은 몰랐어. 걔가 발코니 난간을 딛고 우두커니 서 있었다구."

피아노 뚜껑에 팔꿈치를 대고 허리를 튼 자세로 나는 요나의 옆얼굴을 주시했다. 질문을 쏟아내고 대답을 기다리는데 요나는 곁눈질로 내 얼굴을 슬쩍슬쩍 살펴봤다.

"네가 가져다주라고 부탁한 거 아니야. 부엉이가 무슨 일이 있냐고 물어서 너네 집에 다녀왔다고 알리기는 했어."

요나는 고개를 쳐들어 작은 기지개를 켰다. 부엉이랑 대화한다는 얘기를 아무렇지 않게 말해서 나는 어리둥절했다. 요나는 다시금 내 얼굴을 힐끔하고는 혼잣말을 중얼거렸다.

"예쁘다."

"수리부엉이가 예쁘다구?"

요나는 킥킥 웃었다. 당황스러웠다. 내 얼굴에 뭐가 묻었나. 거울 대신에 요나의 얼굴을 뜯어보며 내 뺨을 매만졌다.

"뭐야, 너. 왜 웃고 그래."

나와 같은 자세로 요나도 피아노에 팔꿈치를 대고 허리를 틀었다. 나를 정면으로 바라보는 그의 눈이 개구쟁이처럼 웃었다.

"너…… 예쁘다고."

위도 횟집

♦

　예약보다 삼십분이 늦은 시각에 횟집 앞에 검은 승용차들이 들어서고 스무 명의 남자 손님이 식당으로 들어왔다. 승용차는 고급 세단인데 모두들 등산복을 입었다. 오전에 관악산을 등반했다고 했다.

　지난주에 준식 삼촌은 단체 손님이 몰려올 거라고 예고했었다. 화색이 도는 얼굴로 삼촌은 요나도 알바를 해보자고 농담을 던졌다. 인력사무소에 의뢰해서 서너 명을 데려와야 할 정도로 손이 많이 갈 거라 했다. 당일에 일일 보너스를 따로 챙겨주겠다고 약속했다.

　식당에 출근했을 때 준식 삼촌과 몽탄 이모는 일찍부터 조리복을 입고 위생 두건을 쓰고 있었다. 알바로 부른 대학생 두 명과 아주머니 두 명을 데리고 식당을 돌아다니며 일을 가르쳤다. 월요일부터 식당 출입문에 붙인 알림대로 토요일 점심 영업은 하지 않았다. 몽탄 이모뿐만 아니라 철우 오빠와 수진도 어느 회사가 다른 회사에게 접대차 식당을 예약한 것으로 알았다.

예약하는 그쪽에서 음식값에 팁을 더해 삼촌의 계좌로 2천만원을 이체했다는 거였다. 일일 매출로 보면 넘치고도 넘치는 금액이었다.

으레 회사의 회식 자리로 알고 예약을 받았는데 계좌에 큰돈이 찍혀 삼촌은 의심스러워했다. 현금영수증을 발급해드려야 한다고 사업자번호를 불러달라고 요청하니 그냥 국세청에 자진발급으로 신고하라 했다는 것이다. 삼촌이 음식값을 계산하고 남은 금액은 돌려주겠다고 하자, 상차림에 더 신경 써주면 좋겠다고 했단다. 회사 내부 사정으로 책정된 예산을 한곳의 식당에 소진해야 하는 데다, 모시려는 분이 고급 식당은 좋아하지 않는다며 위도 횟집 같은 중형 규모의 맛집이 적당하다고 했다.

아무래도 찜찜해서 삼촌은 현금영수증은 반드시 끊어야겠다고 선을 그었다. 그러지 않으면 예약을 안 받겠다 하며 돈을 돌려받을 계좌번호를 불러달라고 요구했다. 삼촌이 완강하게 나오자 몇 시간 후에 그쪽에서 사업자번호를 알려와 예약이 성사되었다. 해랑해운이라는 이름의 회사 사업자번호였다.

몽탄 이모는 카운터에서 주문을 받고, 주방에서 준식 삼촌과 철우 오빠는 대학생 알바를 부려 광어, 우럭, 농어, 민어를 가져오게 해서 부지런히 회를 떴다. 수진과 나는 접시에 요리를 담아 아주머니들과 함께 손님상을 돌아다니며 서빙했다.

숱이 새하얀 머리의 남자가 손님상의 중앙 자리에 방석을 깔고 앉았다. 맞은편에 준식 삼촌보다 대여섯살 어린 연배의 아저씨가 앉아 너털웃음을 터뜨렸다. 그가 새하얀 머리의 남자에게 이사님이라 부르고 "등산하시고도 지치지 않아 보입니다" 하며 분위기를 띄웠다. 직위자 같은 중년 아저씨들이 둘러앉았고, 나머지 자리에는 나와 연배가 같거나 어린 이삼십대의 남자들이 모여 앉았다.

대게찜, 꽁치구이, 전복치즈구이, 야채튀김, 양념게장, 도토리묵냉국을 카트로 옮겨가 손님상마다 내려놓는데 구경이라도 났는지 남자들은 수진과 나를 한번씩 훑어보며 신호를 주고받는 눈짓을 보냈다.

해운 회사에서 어떤 일을 하는가 싶었다. 남자들은 하나같이 운동선수처럼 다부져서 군기가 들어 있었다. 윗사람이 한번 헛기침하면 우글우글 일어나 무슨 지시를 받들 것 같았다.

"저희가 이사님에게 많은 도움과 은혜를 받았습니다. 이번에도 저희 회사를 받아주셔서 얼마나 감사한지요."

"거, 방 사장네가 주도면밀하게 준비해서 된 거지. 누가 들으면 내가 방 사장네 회사를 낙찰시키라 했다고 오해하겠어. 요새 블라인드 심사가 유행이잖아. 자네 회사라고는 꿈에도 알지 못했네."

모두에게 들으라는 듯이 이사님이라는 사람은 호탕하게 답했다.

"아이구, 과찬이십니다."

방 사장이라는 사람은 챙겨온 양주의 뚜껑 라벨을 직접 뜯어 앞뒤 좌우의 동석자에게 술을 돌렸다. 술을 돌린 그가 자리에서 일어나 손님상의 차림을 살폈다. 짧막한 순간에 그는 쟁반을 챙기는 나를 주시했다. 무얼 가져다주라고 주문하는 줄 알고 나는 주춤 서서 그를 주목했다.

"자, 잔을 채웠으면 건배 한번 합시다."

그가 눈길을 돌려 건배사를 제안하자 나는 주방으로 돌아갔다. 나를 쳐다본 그의 눈빛이 뒷맛을 남겼다. 나를 알고 있으면서 궁금해하는 얼굴인데 어디서 많이 본 낯익은 인상이 달갑지 않았다. 나는 수진에게 서빙 일에서 빠지는 게 좋겠다고 속삭였다.

"또 똥파리야?"

내 어깨를 치며 수진은 쿡쿡 웃었다. 회를 뜨는 준식 삼촌과 철우 오빠에게 다가가 내 소식을 알렸다. 일손이 맞아 쾌활하게 칼질을 하던 삼촌이 나를 돌아보았다. 상황 파악이 끝난 오빠도 껄껄 웃는 얼굴로 나를 돌아보았다.

"자잘한 상은 다 나갔은께, 서빙은 수진이랑 아짐들한테 맡겨불고 니는 냉장고 정리함서 쉬엄쉬엄 매운탕 준비하믄 쓰것다. 탕 솜씨는 니가 제일 낫잖어. 이따 수박이랑 복숭아랑 포도랑 왕창 차린께, 과일상 볼 준비도 하고."

내가 민망하지 않도록 삼촌은 주방 일을 주고 서빙 일에서 빼주었다. 가끔 술 취한 남자들이 나에게 매달리는 추태가 벌어졌기에 삼촌은 미리부터 단속했다.

자식들을 키워 모두 결혼시키고 혼자 사는 이혼남이라고 하더니 재혼하자던 아저씨도 있었다. 몇 날 며칠 우리 횟집을 찾아와서 먹지도 못할 회를 농성하듯이 주문하며 버텼다. 자기 이름으로 둔 건물이 몇 채인 줄 아느냐고 빽 소리를 지르고는 바닥에 유리컵을 내던져 깨뜨렸다. 그날의 저녁 장사를 접고 삼촌과 오빠가 경찰서에 가서 조사를 받았다.

지난겨울에 송년 모임을 하던 어느 일행은 계산서를 달라고 나를 부르더니 같이 술을 마시자, 번호 좀 찍어달라, 하며 치근덕대기도 했었다. 양복을 빼입었지만 딱 봐도 나보다 어린, 이제 회사에 취직한 사회 초년생들이었다. 공손히 모았던 손을 풀고 허리를 짚어 곧게 펴게 되더라. 떨떠름히 웃으면서 상냥하게 반말을 던지고 말았다.

"있잖아, 누나는 고딩이 아들이 있거든. 여기서 이러면 너네 엄마들이 뭐라고 하겠니. 진상짓 그만하고 계산이나 하고 나가."

단체로 발끈했다.

"야! 방금 뭐라고 했어!"

고등학생 아들이 있다는 거짓말로 자기네 엄마를 들먹였네, 진상이라고 했네, 하며 흥분했다. 준식 삼촌이 "어이, 어이" 하며 다가왔다.

"거시기, 저희가 인자 마감을 해야 하는디요이."

삼촌이 제지하자 그들은 금방 태도를 바꿔 슬그머니 계산하고 나갔다. 풍모가 위압적이지 않은데도 삼촌이 뒷짐을 지고 목소리를 낮게 깔아 경고하면 어린 남자애들은 말을 잘 들었다. 언젠가 남자 손님들이 삼촌을 두고 군대 시절에 봤던 대대장을 닮았다고 속닥거린 말을 들은 적이 있다. 그래서 앙심이 생겼나 보다.

—— 여종업원 주의. 싸가지 존나 없어요.

얼마 후에 수진이 새로 바꾼 스마트폰으로 '위도 횟집' 식당을 검색하다 덩그러니 달린 댓글을 발견했다. 그들 중에 누군가가 남긴 거였다. 철우 오빠가 포털 회사에 수차례 전화해 사정해서 삭제했다.

◆

준식 삼촌은 우리 아버지와 함께 공수부대의 광주 투입 작전에 항명했었다. 그 사건으로 둘은 퇴직금까지 몰수당하고 불명예 제대했다. 형제처럼 각별하게 지내온 덕에 생전의 어머니와 몽탄 이모도 서로를 살뜰하게 챙겼다. 포장마차 자릿세 문제로 아버지가 뇌경색으로 쓰러져 막막한 때에 삼촌과 이모가 우리 가족을 서울로 이사 오게 했다. 집을 봐주고, 시공업자를 불러 지하층 내부를 목욕탕 개조로 위장하여 풀장을 만들도록 도왔다. 확장 개업한 이 식당에서 일자리까지 얻게 했다.

우리 가족에게 말 못할 죄책감을 가졌던 거였다.

당시 위도蝟島에서 민박집을 꾸렸던 삼촌네로 우리 가족이 여행을 다녀오면서 오늘날에 이르렀다. 위도에서 부안으로 돌아가는 서해 바다에서 여객선이 침몰해 구선이 죽고, 어머니가 뒤따라 목숨을 끊은 참사에 삼촌과 이모는 아파했다. 우리 가족을 위도에 초대해서 벌어진 일이라며 냉가슴을 앓았다.

그렇다고 내가 언제까지 삼촌과 이모, 아들 부부인 철우 오빠와 수진에게 신세를 질 수는 없었다. 주기적으로 벌어지는 식당의 소란이 내 잘못이 아니라고 하며 지나치면 안 되었다. 시끄러워질 기미가 보이면 내가 눈치껏 피해야 했다.

요나의 소식을 들었을 때도 준식 삼촌과 몽탄 이모는 군산의 우리 집을 찾아왔다.

그때의 위도 횟집은 지금보다 작은 규모였다. 큰아들인 철우 오빠가 수진과 결혼해서 본격적으로 횟집 일을 시작했고, 둘째 아들인 진우 오빠가 독일로 유학 가기 전에 용돈벌이로 일손을 보탰다. 삼촌과 이모가 늘 우리 집을 걱정하고 도우려 했기에 아버지는 부담을 주기 싫어 연락하지 않고 지냈다. 그러던 아버지가 큰맘 먹고 삼촌에게 먼저 전화를 걸어 안부를 전했다.

내 앞에서는 담담하게 이별을 준비해야 한다고 말했지만, 아내와 아들을 먼저 보내고 손자도 바다로 보내야 하는 자신의 처지를 남몰래 한탄하고 있었다. 위로해줄 친구가 필요했던 것이다. 전화로 안부를 주고받던 중에 요나가 잘 크고 있냐고 삼촌이 묻자 아버지가 울먹였다고 했다. 요나의 출생신고에 인우보증을 서줘서 고마웠다고, 이제는 실종신고를 해야 할 차례라며 삼촌에게 도움을 청했다.

요나가 정상적인 아이가 아님을 삼촌과 이모도 알았다. 출생신고 때 우리 집을 찾아온 삼촌과 이모는 삼삭둥이가 어떻게 나올 수 있냐며 근심했다. 갓난아이가 곧 죽을 모양이어서 우리 집안이 또다시 상을 치를까 애태웠다.

무사히 초등학생이 된 아이가 고래로 변신한다는 얘기를 듣게 되어 삼촌은 황당했다. 아내와 아들을 보낸 후유증이 심해져서 아버지의 정신이 어떻게 된 것으로 짐작했다. 내 번호를 받아내 전화해와서 집에 무슨 일이 있냐고, 아버지가 해괴한 얘기를 했다고 알렸다.

"삼촌. 믿기 어렵겠지만 아버지 말씀이 맞아요. 아이의 몸이 고래로 변신해요."

집안 사정을 차분하게 설명했다. 당연하게도 삼촌은 납득하지 못했다. 내 얘기를 다 듣고도 수화기 너머의 삼촌은 반응이 없이 감감했다.

"집사람이랑 내일 니그 집으로 내려 갈라니까. 아부지한테도 그리 알고 있으라 해라."

요나가 어떻게 되었는지보다 아버지와 나에게 무슨 큰일이 났다는 위기감이 앞섰다. 내 정신도 이상해 보여서, 일가족 전체가 트라우마에 시달린다고 생각했을 것이다.

바로 다음날 오후에 삼촌과 이모는 군산으로 내려왔다. 시장에서 수박과 참외를 고르고 스티로폼 상자에 산낙지를 잔뜩 담아 왔다. 아버지와 나를 생각해서 사온 건데 마침 요나의 저녁식사를 구해온 셈이 되었다. 아버지가 삼촌과 이모를 거실로 들여 안부를 나누는 사이에 나는 욕실에 들어갔다.

"요나야. 작은할아버지랑 작은할머니가 왔어. 요나가 바다로 돌아간다고 해서 보러 오셨대. 잠깐 들어와도 괜찮겠지?"

요나의 푸른 눈빛이 뜸 들여 켜지는 형광등처럼 반짝였다. 새무룩하게 눈을 내리깔았다.

"할아버지가 작은할아버지한테 네가 고래로 변신한다고 말했어. 네가 바다로 들어가면, 사라졌다고 사람들에게 알려야 하는데 그게 쉬운 일이 아니야."

요나는 손으로 욕조의 물을 퍼 올려서 조금씩 흘려보냈다. 나는 아이의 손을 지그시 잡아 딴청을 멈추게 했다.

"학교 선생님이랑 친구들에게 알려야 하고, 경찰 아저씨한테도 알려
야 해. 실종신고라는 걸 해야 하는데 작은할아버지가 도와주셔야 해. 그
런데 작은할아버지는 네가 고래라는 것을 믿지 못해서 할아버지랑 엄
마를 오히려 걱정하고 있어. 말도 안 되는 얘기를 한다고."

요나는 입속을 올공거려 볼을 씰룩였다. 푸른 눈망울의 물기가 우울
하게 번졌다. 보내줄 준비가 되어서, 떠나보낸 후의 일상을 담담하게 말
하는 엄마를 서운해했다. 불현듯 아이의 결심이 미뤄질지도 모른다는
기대감이 스쳤다. 이내 아이를 보내주어야 한다는 의무감이 불끈 일어
섰다.

"걱정 마. 작은할아버지랑 작은할머니는 좋은 분이야. 너 먹으라고
산낙지도 사오셨어. 엄마가 옆에 있을 테니까."

나는 요나의 머리와 날개지느러미를 쓸어내렸다. 요나는 고개를 끄
덕여 허락했다. 꼬리지느러미를 욕조 끝으로 미끄러뜨려 구부리고 몸
을 물속에 잠기게 했다. 등을 돌려서 날개지느러미를 펼쳐 욕조를 덮
어 가렸다.

섬으로 나들이를 왔던 일가족이 돌아가는 서해 바닷길에서 침몰사고
를 당한다……

그 집의 고등학생 딸아이가 수녀원에 맡겨지고 그곳에서 알 수 없는
이유로 임신을 한다……

불행 중 다행으로 상상임신으로 진단받는다……

집으로 돌아가 몸조리하면 괜찮아지리라고, 그렇게 되기를 바랐다. 며
칠이 지나지 못해 아이를 낳아버렸다는 소식을 듣는다……

출생신고를 하도록 인우보증을 섰다……

수년이 지나 그 아이가 고래로 변신한다는 해괴한 소식을 듣는다⋯⋯
밀랍 같은 피부층이 덮인, 꼬리지느러미와 날개지느러미를 뻗은 고래
인간을 직접 목도한다⋯⋯

"애가 효심이 있는 갑다야. 저러고 커불믄 뭔 난리가 났을까이."

경황없는 마음을 흩어보려고 몽탄 이모가 입을 뗐다. 준식 삼촌은 한
숨 소리만 흘리며 무릎에 얹은 자기 손을 골똘히 관찰했다. 엄지손톱으
로 검지손톱 끝을 긁적였다. 무슨 상황인지 파악하려고 노력 중이었다.

욕실에서 삼촌과 이모는 뒷모습으로 잠긴 요나를 목도했다. "요나야,
작은할아버지랑 작은할머니가 들어오셨어"라고 알리자, 요나는 꼬리
지느러미를 쭈뼛쭈뼛 올렸다가 힘없이 떨구어 구부렸다. 이것이 뭐이
데, 하고 이모는 놀란 입을 손으로 가렸다. 삼촌은 심각한 눈으로 욕조
에 잠긴 요나의 검푸른 뒷모습을 내려다보았다. 이것이 니 아들이라고
야, 하며 혼잣말 같은 질문을 흘렸다.

"바닷가로 가서 애를 놓아야 허는디, 어디가 좋을까 허구먼. 군산항
으로 갈라는디 해양경찰이 순찰 돌고 있고, 해수욕장은 개장해갖고는
사람들이 바글바글허고."

요나를 옮길 아이스박스를 구해왔지만 아버지는 바닷가 어디로 가
야 할지 심이 잡히지 않는다고 토로했다. 여름이라 바다 근처에 사람들
이 많아 눈에 띌 수밖에 없는 형편이 걱정거리였다. 실종신고 후에 자
칫 아버지와 내가 의심을 받아 일가족이 어린아이를 바다에 버린 꼴이
될 수도 있었다.

"살살 움직임서 찾으믄 자리가 나오겄지라. 형님 혼자서 할라고 한께
딥이 안 니오게. 근디, 애를 언제 풀어놓을 생각이다요?"

삼촌을 바라보던 아버지가 나를 돌아보았다. 엄마인 내가 결정할 일

이라며 양보했다.

"미룰수록 힘들어져서요. 빨리 보내야 아이도 그렇고, 아버지도 저도 마음고생이 덜하겠어요."

내일 밤에 요나를 바다에 데리고 가자면서 삼촌은 오늘 자리를 봐두자고 했다. 아버지가 차 키를 챙겨 와서 삼촌과 같이 현관문으로 가려는데 이모가 불러 세웠다.

"날도 더운디 물을 챙겨야지 않겠소?"

이모의 말을 건너듣고 나는 냉장고에서 물통을 꺼내 왔다. 아버지가 받으려는 걸 삼촌이 먼저 손을 내밀어 받았다.

"와메, 물통까지 챙겨부네. 옛날 부대서 지형 정찰하러 나갈 적이 생각 안 나요?"

빠르게 돋아나는 새싹처럼 아버지의 눈가 주름이 미소 지었다. 착잡한 중에 흘린 삼촌의 넉살이 시름을 놓게 했다.

"지형 정찰. 간만에 들어보구먼."

"형님이랑 있으믄 뭔놈의 정찰 훈련이 겁나게 걸렸었는디. 군산까지 내려와갖고 또 정찰 훈련하러 나가부네이."

"이 사람아, 아니여. 니랑 훈련조 되믄 또 정찰이구나 허고 나는 마음을 비웠으니께. 니가 훈련 폭탄이었제."

폭탄은 너무 세다며 삼촌은 쌈박하게 수류탄 정도로 하자고 타협했다. 허리에 전투 요대를 둘러 수통을 매달아야 한다는 군대 얘기를 두런두런 나누며 둘은 현관문을 나갔다.

◆

와서 밥 먹어.

어머니의 목소리가 들린다. 밥상 앞에 구선은 뒷모습으로 앉았다. 구선의 뒷모습 건너 싱크대에 어머니가 섰다. 김밥을 만들었다. 중절모를 써서 어머니의 얼굴은 어두컴컴했으나 입가에는 미소가 어렸다. 꽃무늬원피스를 입고서 좋아하던 나를 바라보았던 때처럼, 거울 앞에 나를 앉혀 두 갈래로 머리를 땋아주었던 그때처럼.

어머니는 죽은 사람으로 위장했다. 신혼 시절에 우연히 인연을 맺은 남자와, 아버지로부터 동시에 나와 구선을 한 뱃속에 품어 쌍둥이로 낳았던 과거를 지우기 위해서, 그처럼 오랜 세월을 숨어 살았다. 내가 아버지의 친자식이 아니기에 구선과 내가 서로 사랑했던 사이임을 인정했다. 세월이 많이 흘렀으니 다시 돌아와 온 가족이 함께 살아가리라고 했다.

아버지는 수심에 찬 얼굴로 텔레비전을 봤다. 그동안 살아있었던 어머니와 구선의 존재를 내게 알리지 않았던 이유를, 내가 친자식이 아님을 알고 충격을 받았던 지난날을, 어떻게 말해야 할지 고민 중이었다.

그럼 나하고 구선은 어떻게 살아요. 다시 쌍둥이 남매로 돌아가나요.

머릿속이 뒤엉켜 아뜩했다.

그럼 우리 요나는, 우리 요나는 어떡해.

옛날에 살았던 우리 집 부엌인데 창밖은 온통 연둣빛의 아득한 바닷속이있다. 이머니는 보이지 않았다. 심해 저 멀리에 둘레를 가늠할 수 없는, 성벽 같은 나무가 솟았다.

해서 밑바닥을 움켜쥐듯 뚫고 올라온 나무의 뿌리마다 육상의 도시들이 짓밟혀 파괴되었다. 높은 빌딩, 아파트, 교량이 나뭇잎에 가려질 만큼 작았다. 그곳의 어느 유령 도시에 우리 집이 안착하려 했다.

므아아아 ㄱㅇ.ㅇ.ㅇ……

고래 울음소리가 들렸다.

밥 먹어, 구희야.

뒷모습의 구선이 나를 불렀다. 여기서 빠져나가야 한다고 나는 소리쳤다. 물속의 둔중한 울림만이 자욱한 아지랑이가 되어 일어났다.

구선의 맞은편 자리에 교복을 입은 희경이 앉았다. 눈앞에 내가 서 있어도 희경은 알은척하지 않았다. 희경은 두 손을 모아 구선의 귀에 대고 무언가를 속삭였다. 나를 곁눈질했다. 걱정스러운 눈으로, 경계하는 눈으로. 구선과 자신을 찾아와 맴도는 내가 가련하다는 듯이.

여전히 내 입에서는 아무 말도 떠나가지 않아 억장이 미어졌다. 희경의 속삭임을 듣던 구선이 어깨를 틀어 나를 돌아보았다.

검푸른 피부층이 덮이고 조약돌 혹이 다닥다닥 일어났다. 기다란 날개지느러미를 펼쳤다. 검은자위에 맺힌 푸른 눈망울이 동그랗게 확장되었다.

놀란 얼굴의 요나가 나를 쳐다보았다.

엄마, 울지 마.

"엄마, 울지 마."

새벽부터 요나는 식탁에 앉아 있었다. 학교에 가는 여느 날과 같이 반팔 셔츠를 입었다. 꿈에서 깨어나 더이상 잠을 잘 수 없어 방문을 열고 나온 나를, 요나는 꿈에서처럼 놀란 얼굴로 바라보았다. 밀랍 같은 피부층도, 돋은 혹의 흔적도 없이, 꼬리지느러미가 아닌 사람의 다리로 반바지를 입었다. 얇은 발목의 뒤축을 사뿐히 들었다. 엄마가 울고 있어서 요나는 긴장했다.

"왜 다시 사람으로 돌아왔어."

식탁의 옆자리에 앉아 아이의 손을 잡고 손등과 손바닥을 어루만지고 또 어루만졌다. 피부층이 걷힌 아이의 손가락에 매끄러운 손톱이 맺했다.

"고래가 불렀어."

그사이에 숱이 짙어진 요나의 까만 앞머리를 쓸어 올렸다. 머리를 감고 말린 터라 머리카락에서 마른 샴푸향이 풍겼다.

고래가 목소리를 들려줬어. 자기는 모든 고래보다 크대. 바다는 스스로 들어와야 하는 곳이래. 내 힘으로 들어와야 한대.

자기가 바다의 모든 고래를 부를 수 있대. 바다에 들어오면 선생님 고래를 보내줄 거랬어.

내가 바다에 들어오면 고래들이 반가워할 거래. 나를 보고 싶어하는 고래들이 있대.

◆

아버지는 여관에 숙박한 삼촌과 이모에게 전화했다. 요나가 스스로 움직일 수 있게 되었다고 알리고 일단 우리 집에 와서 아침을 먹자고 했다. 삼촌과 이모를 데리러 나가는 아버지에게 나는 김밥 재료를 사오라고 부탁했다. 묵은지를 꺼내 요나가 좋아하는 두부김치찌개를 끓여 아침상을 차렸다.

요나는 자기 방을 청소하며 떠날 준비를 하는데 나는 포만감이 들어 차분했다. 바다로 떠나면 이제 다시는 못 보겠다며 시운함을 내비치자, 요나가 집으로 다시 돌아오겠다고 답한 것이다. 고래가 집으로 돌아가야 한다고 일러주었다.

……바다를 여행하고 나서 다시 엄마한테로 돌아가야 한대. 아직은 바

다에서 살아갈 때가 아니래. 연습하는 때라고 했어. 바다에 남고 싶다고 떼쓰지 않기로 약속했어. 내가 사람의 세상을 잘 배운 다음에 바다에서 살아야 한대. 그래야 지킬 수 있대.

고래가 내 마음을 헤아리고서, 독립은 이르다고 아이에게 가르쳐준 것 같았다. 아이로 하여금 사람의 세상을 충분히 배워야 한다는 말을 하도록 일러주었다는 것에, 실체를 알 수 없는 그 고래가 고마웠다. 하루아침에 평범한 아이로 돌아온 이유를, 엄마를 위로하는 침착성의 근원을, 그 고래의 존재에서밖에 찾을 수 없었다.

본모습을 들킬까 위축되었던 아이가 바다를 헤엄쳐 다니면 그동안의 답답함을 넉넉하게 해소할 거였다. 아이를 영영 떠나보내는 것이 아니기에 방학 동안 체험학습 활동을 보내는 가족 행사와 다름없었다.

생이별 같았던 상황이 정리되자 비로소 삼촌과 이모를 오랜만에 방문한 손님으로 반갑게 맞이했다. 아버지로부터 소식을 들어 집안의 활기를 감지한 이모와 삼촌도 멀리서 찾아온 명절 손님처럼 현관문을 들썩여 들어왔다.

"손주가 아들이랑 똑같이 생겼어라."

옛날에 본 구선의 몸 뼈대와 얼굴형이 그대로라며 이모는 요나를 보고 흐뭇해했다.

"니가 그 유명한 최요나가 아니냐. 작은할배는 처음 보제."

삼촌은 요나의 머리에 손을 얹고 은밀한 비밀을 털어놓았다.

"나는 어제 니를 먼저 봐부렀는디. 어뜨케 봤을까이."

욕조 속에 잠겼던 어제의 모습을 말하니까 요나는 난감했다. 대답을 고민하며 입술을 삐죽삐죽하다 쑥스럽게 웃었다.

식사를 마친 아버지와 삼촌은 요나를 데리고 바닷가를 새로 답사하러 나갔다. 답사를 마치고 돌아오면 점찍어놓은 곳의 해수욕장으로 두 가족이 나들이를 가기로 했다. 이모는 나와 함께 남아서 설거지하고 김밥을 만들었다.

누부심지찌개를 살 먹었나, 묵은지는 직접 딤근 기냐, 아이를 예의 바르게 잘 키웠다, 하며 이모는 요나가 딱 외탁이라고 말했다. 어느 집이 여름 동안 아이를 바닷속으로 구경을 보내주겠냐 하면서도, 무슨 조화로 아이가 고래로 변하는가 하고 아쉬워했다.

"고등학교 검정고시는 봤다믄서, 대학 갈 생각은 없고?"

"학점은행제로 수업을 들어보려고요."

"애 키우믄서 일하고 공부하는 것이 보통 일이 아니제. 그래도 니는 공부 머리가 있은께는, 공부해갖고 고시를 봐도 좋겄는디. 옛날에……"

옛날에, 라고 운을 뗐다가 이모는 잘못 들어선 길을 빠져나가듯이 헛기침했다. 구선이 공부를 잘했고, 내가 시험을 쳐서 들어가는 고등학교를 다녔던 옛이야기로 새지 않으려는 것이다.

내가 쌀을 새로 퍼와서 돌아오는 사이에 이모는 말없이 가스불에 김을 올려 살살 구웠다. 이모가 조용해지자 주방 후드의 소음이 횅하게 맴돌아 부엌이 숙연했다. 서울에서 횟집은 잘 되느냐는 말을 붙여보려 하는데 이모는 미간을 좁힌 얼굴로 생각에 빠졌다. 삼촌과 이모는 쌍둥이 남매인 구선과 내가 서로 다른 아버지를 두었다는 비밀을 알고 있었다. 외탁이라고 말했지만 따지고 보면 요나가 구선을 빼닮을 수 없음을 발견했나 싶었다. 나는 비닐봉지를 뜯어 김밥 재료를 식탁에 늘어놓았다.

"거시기, 구희야."

네, 하고 고개를 들어보는데 이모의 두 눈이 해사하게 빛났다. 요나가 어떻게 구선을 닮았는지 톺아보고 사정을 물어보려나 해서 긴장되었다.

"애가 보름달이 뜨믄 변해분다고 했제."

"보름달이 뜨기 전날, 보름달이 뜬 날, 다음날 밤까지 사흘 동안만요. 밤에만 그랬고 해가 뜨면 지금처럼 사람으로 돌아와요."

가라앉은 분위기를 지우려고 자세히 설명하는 내 말에 이모는 고개를 주억거렸다. 좀전부터 자신이 고민하여 발견한 무엇과 비슷하다고 확신한 듯했다.

"사람이 고래로 변해분다는 얘기를 옛날에 들은 적이 있었이야. 내가 고래를 본 일이 실제로는 없는디, 어째 본 것 같은 느낌이 들어갖고는 야. 어제부터 깜박깜박 기억이 날라다가 말라다가 인자서 떠올라부네."

네모진 쟁반에 구운 김을 마저 쌓고서 이모는 식탁으로 옮겨가 달걀을 들더니 숟가락을 달라고 했다.

"요나처럼요?"

주위에 아무도 없는데도 나는 숟가락을 신중히 건네며 소곤거렸다. 인어공주 같은 동화는 흔했지만 사람이 고래로 변신한다는 이야기는 어디에서도 듣지 못했다.

"내가 요나 맨키로 어릴 적이라 가물가물한디. 우리 어무니가 흑산도 사람이어갖고 가끔씩 외갓집에 간다고 배 타고 거기로 들어갔제."

이모는 숟가락으로 달걀을 깨서 양푼에 덜어냈다. 나는 싱크대에서 도마와 식칼, 거품기를 가져와 이모의 옆자리에 앉았다.

"늦여름에 울 어무니가 큰언니랑 동생들을 놔두고, 나 혼자만 데리고 배를 타더라고. 어디로 가냐고 물은께는 할매 보러 가자고 하드만. 생신이었을끄나…… 떡을 해서 먹은께 외할머니 생신이었겠제. 울 아부지가 양봉해서 모타논 꿀을 유리통에 담아 챙겼는디 고것이 겁나게 무거워갖고 내가 포도시 들고 어무니를 쫓아다녔제."

부두에 마중 나온 큰외삼촌을 따라 포구가 보이는 마을로 해가 질 때까지 걸어갔다고 했다. 어머니와 외삼촌네 가족이 마당에서 고추를 널어 골라내고 절구에 떡메를 치면, 어린 이모는 외할머니의 손을 잡고 해녀들이 모이는 바닷가로 갔단다.

외할머니가 해녀들과 같이 홍합을 담는 모습을 구경하면서 이모는 홍합 껍데기를 모아 놀았다. 그때마다 얼마 떨어지지 않은 곳에서 어떤 아저씨가 나무 의자에 앉아 먼바다를 바라보았다. 태풍이 지나간 늦여름이라 그리 덥지 않은데도 두툼한 외투를 걸친 행색에 머리는 산발이었다. 이따금 눈을 마주치면 빙긋이 웃는 그의 얼굴을 볼 수 있었다. 정신이 아픈 아저씨인데도 어린 이모는 그에게 호기심이 생겼다.

"혹시나 나한티 올까 무섭기도 한디 어째 정감이 가더라고. 내가 어려서 그른가 아자씨가 잘생겨 보이드만. 햇빛에 타갖고 낯바닥 껍딱이 빗게졌어도 눈은 초롱초롱 광이 나드라고. 저 아자씨는 왜 저러코롬 하루 죙일 저짝에 앉아 있냐고 물은께는, 우리 할머니가 웃드만. 불쌍한 아자씨라고, 나더러 아자씨한티 가서 '선생님, 고래 색시는 집에 돌아왔단가요.' 하고 물어보라 하믄서."

그가 선생님이었고, 광주에서 흑산도의 국민학교로 발령 나왔다가 그곳에서 결혼했다는 얘기를 들었다고 했다. 어느날 밤에 그의 아내가 혼자 나갔다가 사라졌다고 했다. 바닷가 바위틈에서 아내의 옷가지와 신발이 발견되어 사람들은 그의 아내가 죽었다고 하며 안타까워했다. 그는 자기 아내가 고래여서 바다로 돌아간 거라고, 죽지 않았기에 곧 돌아온다는 이야기를 하고 다녔다.

이모는 그가 그런 얘기를 할 만하다고 말했다. 옛날에는 덩치 큰 수염고래들이 많이 살아서 흑산도가 고래섬으로 유명했다는 것이다.

"큰 고래들이 서해 바다에 살았다고요?"

커다란 고래는 다른 나라의 바다에서나 보는 줄 알았다. 서해 바다에 그러한 고래들이 살았다는 얘기는 들어보지 못했다.

"지금은 아닌디, 원래 흑산도가 동산만한 큰 수염고래들이 몰려드는 섬이었제. 우리 외할머니가 어릴 적에는 바위에서 조개 따고 놀다가 고래 큰놈이 물 위로 솟구치믄 와아 고래다, 하믄서 구경했단다야. 그러믄 고래가 애가 좋아하는 소리를 듣고 큰 몸뚱이를 뛰어불고 또 뛰어분다드만. 지느러미가 큰 배에 달린 노처럼 길쭉해갖고 멋져분다고 했제.

일본놈들이 고래를 싸그리 죽여갖고 못 보는 거여. 우리 외할아버지가 젊었을 적에 일본놈들이 흑산도에 쳐들어와갖고 고래해체장을 만들드만 거그로 사람들을 끌어왔다드라. 외할아버지가 거그서 고래기름 짜고, 고래수염 뽑아서 다듬질하고, 고래뼈를 모타서 먹고 살았제. 일본놈들이 고래잡이 배를 허천나게 끌고 와갖고는 흑산도 근처에 사는 큰 수염고래들을 아조 다 잡아갔다 하드라. 몇 십년 동안 다달이 큰 고래를 서너 마리씩 잡았은께 수백 마리가 될 것이여."

흑산도의 주변 바다 아래가 개펄이라 어종이 풍부해서, 작은 물고기를 큰 입에 가두어 입안의 수염으로 걸러 먹는 덩치 큰 수염고래들이 흔하게 서식했다는 것이다. 일제강점기에 일본 포경회사들이 흑산도에 포경 기지를 건설해 상주하면서 보이는 족족 수염고래들을 잡아 죽였고, 그 후유증으로 고래의 씨가 말라버렸다고 했다. 남획을 넘어선 대학살이어서 새끼를 낳을 고래가 없어지고, 그곳을 고향으로 삼은 새끼 고래가 나지도 않는 거였다.

"고래고기를 쪄갖고 기름 빼고 수염이랑 뼈를 뽑아서 쓸 수 있다는 것을 우리도 진작에 알았는디도, 우리는 고래를 안 잡았이야.

그 모지리들이 하는 짓거리가 왜 그 모냥인지 모르겄어. 우리 고래를 다 잡아가는 것도 억울한디, 동산만한 큰 고래를 옮기고 해체하는 일을 우리한테 시켜 부려먹었다드만. 고것이 얼마나 새빠지게 고생하는 일이겄냐. 그런디다 품삯으로다가 우리가 입도 안 대는 고래고기를 줬다 드라. 옘병할 놈들. 일부러 골탕 멕일라고 하는 짓 같어. 우리나라 사람은 고래고기를 안 먹는 거 지들도 뻔히 알았을 거 아니여."

이모는 우리나라가 고래잡이를 일절 하지 않았다고 단정했다. 이모의 외할머니가 어릴 적이던 구한말에는 죽은 고래가 해안으로 떠밀려 오면 관아에 신고해서 처리를 기다렸다고 했다.

우리나라에서 고래를 잡고 활용한 일이 전혀 없었다는 얘기가 과장스러웠다. 고래만큼 많은 고기를 얻어낼 좋은 먹잇감도 흔치 않음을 선조들이 충분히 알았을 텐데 말이다.

내가 미심쩍어하는데도 이모는 아랑곳하지 않았다. 일제가 우리나라에서 포경 사업을 벌이고 고래고기를 품삯으로 지급하면서 하는 수 없이 먹기 시작했다며 검증된 사실처럼 말했다. 흑산도에서 평생을 살다가 돌아가신 외할머니의 이야기를 굳게 믿고 있었다.

흑산도에 고래고기를 거부하는 집성촌도 있다고 했다. 그들의 조상이 고래에게 구조를 받아 생환한 사연이 대대로 이어진 덕분이었다. 바닷일을 하다 조난당한 해녀나 어부를 고래가 등에 태워서 구해주는 일이 많았기에 고래고기를 먹지 않는다고 했다.

"음식을 푸짐하게 먹는 걸로다 둘째 가라믄 서러워할 사람들인디, 고래고기를 차린다는 집이 없는 이유가 있제. 어디를 가도 우리 집은 옛적부터 고래고기를 차려왔소, 하고 자랑하는 식당이 없잖애. 고래가 바다에 널렸는디도 고래잡이를 안 해갖고야. 목포에 고래고기 하는 식당이 한두 군데 있다고 들었는디. 일본놈들이 품삯 대신에 고래고기로 준께는 별수 없이 먹다가 생겼던 모냥이여. 섬사람들이 고래고기를 안 먹어서 쌀로 바꿀라고 내다팔아불고 건너건너서 목포까지 간 거제. 힘들게 일해서 받아온 고래고기를 버리기는 거시기한께. 나 같어도 고래를 잘 모르는 육지 사람들한테 팔아갖고 쌀로 바꿔 먹었겠다."

나는 곰곰이 신빙성을 재고 있는데 이모는 양푼에 풀어놓은 계란을 거품기로 저었다. 식탁에 올린 버너에 가스불을 켜고 프라이팬을 올려 식용유를 둘렀다.

"내가 어렸어도, 고래라는 말을 듣고는 우람하기도 하고 한들한들한 이쁜 영물 느낌을 딱 받았제. 그런 고래가 학교 선생님한티 시집갔다고 한께 얼마나 궁금했겠냐. 담날에도 내가 아자씨를 무장 처다보고 있은 께는, 외할머니가 주먹밥 남은 거 갖다주라 하드만. 내가 아자씨한테 가 갖고 주먹밥을 내민께 눈을 번떡번떡하믄서 받아먹드라고. 외할머니가 갈차준 대로 물어봤제. 선생님, 고래 색시는 집에 돌아왔단가요……"

어제도 왔다 갔지……

아저씨는 당연하게 답했다. 소녀는 알쏭달쏭한 눈으로 그를 바라보았다. 고래가 집으로 들어온 거냐고 물었다.

사람이 되어서 집으로 걸어 들어와. 바다에서 어떻게 지냈는지 이야기를 들려줘. 같이 밥도 먹고 술도 마셔.

고래가 무슨 이야기를 들려주길래 여기서 기다리냐고, 집에서 기다리면 안 되냐고 소녀가 물었다. 그가 아래편을 비밀스럽게 눈짓했다. 그의 손을 붙잡고 소녀는 깎아지른 절벽을 내려다보았다. 가방이 줄에 묶여 바위틈에 매달려 있었다. 소녀는 가방 속에 고래 색시가 입을 옷이 담겼음을 짐작했다. 누군가 옷 가방을 가져가지 않도록 지키는 거냐고 소녀가 물었다. 그는 빙긋이 웃고 바다를 바라보았다.

여기에 있으면 고래가 노래하는 소리가 들려. 세상에 제일 멋진 노래야.

그가 귀에 손을 대고서 바나를 향해 쫑긋했다. 그를 따라서 소녀는 오므린 손을 귀에 대고 바다에 기울였다. 큰 한숨처럼 밀려오는 파도 소리밖에 들리지 않았다.

♦

아버지와 삼촌은 요나를 데리고 미리 봐두었던 소나무 숲에 들어갔다. 밀물이 들어찬 서해 바다 끝으로 해가 뉘엿뉘엿 내려갔다.

이모와 나는 해수욕장 한곳의 파라솔 자리에 앉아 숲으로 들어가 사라지는 셋의 뒷모습을 바라보았다. 한 시간 정도 지났을까. 해가 바다 너머로 내려앉아 땅거미가 내렸다. 해변의 가로등이 듬성듬성 켜지자 아버지와 삼촌은 소나무 숲에서 걸어 나왔다. 요나의 옷가지는 아버지가, 샌들은 삼촌이 나눠 들었는데 둘의 얼굴이 홀가분해 보였다.

"애가 알아서 옷 벗고 바다에 들어갔구먼."

어스레한 바다에 요나는 알몸으로 들어가 잠겼다. 갑자기 수면을 뚫고 높이 날아올랐다고 했다. 비다 위로 높이 솟구쳐 오르더니 날개지느러미를 펼치고 꼬리지느러미를 늘어뜨려 다이빙하듯이 바다에 입수했다고 했다. 삼촌이 소리쳐서 주의를 줬단다. 사람들한테 그렇게 보이지 말라고 하자, 물결 사이로 꼬리지느러미를 붕긋이 올려 살랑거렸다고 했다.

옷가지와 방습제를 담은 비닐팩을 스티로폼 상자에 넣고 나무 밑동의 땅을 파서 묻어두었다. 아이가 바다에서 나오면 그 나무를 찾을 수 있도록 기둥에 엑스자를 그어 표시해두었다. 스티로폼 상자를 파널 삽은 풀숲에 숨겨두었다.

"애가 어딨냐고 누가 물으믄 서울 작은할배네 집으로 놀러갔다고 하고. 또 뭔일 있으믄 혼자 보대끼지 말고 언능 전화해라이."

그날 밤 삼촌과 이모는 심야 고속버스를 타고 서울로 올라갔다. 다음 날에 아버지와 나는 포장마차를 열어 장사를 재개했다.

포장마차를 재정비하느라 분주했다. 냉방 시설과 카드단말기를 새로 들이고 오래된 조리기구를 새것으로 바꾸었다. 새롭게 구한 아주머니와 일손을 맞춰갔다. 학부모회에서 소개받은 손님 대부분이 발길을 끊었지만 월드컵의 영향인지 군산에 들른 관광객이 줄줄이 찾아와 포장마차는 눈코 뜰 새가 없이 바빴다.

포장마차 개업 때부터 팔았던 물회인데 그해 여름에 광어물회를 찾는 외지 손님이 많았다. 내년에는 자릿세를 털고 건물에 세를 들어 번듯한 식당을 차리겠다지만 피곤해서 기력이 없었다. 일할 사람을 더 구할까 아버지와 상의했다. 차라리 마감 시간을 당겨서 집에 일찍 돌아가 쉬기로 했다.

요나가 걱정되었기 때문이다. 선생님 고래를 무사히 찾아가는지, 고래 친구들은 사귀었는지, 상어에게 쫓겨 다니지는 않을지, 지금은 어느 바다에서 헤엄치고 있을지…… 아버지도 손자를 걱정하고 있었다. 용달차 뒤칸에 비상용 야전삽을 싣고 다녔다. 쉬는날이면 요나를 배웅했던 해수욕장에 가서 옷가지를 묻은 나무 밑동의 자리를 살펴보고 돌아왔다.

그렇다고 심각하게 근심스럽지는 않았다. 우울한 꿈도 꾸지 않았다. 요나가 들려준 고래와의 약속, 삼촌과 이모가 함께한 모종의 환송식이 마음 한켠에 흔들림 없는 보증이 되었다.

잠이 오지 않는 밤이면 나는 요나의 방에 들어가 멍하게 침대에 앉았다. 벽에 걸린 요나의 어린이집 졸업사진과 가족사진을 쳐다보고, 아이가 학교 숙제로 썼던 일기장을 읽다 침대에 누워 선잠을 잤다. 팔월에 접어들어 기록적인 열대야로 눅진했던 그날 밤에도 그랬다.

고래가 우리 아빠래. 자기가 바다에서 아빠가 되어줄 거래.

나는 눈을 떠 깨어났다. 연둣빛 바닷속 풍경으로 들어간 나에게 요나의 목소리가 다가온 거였다.

우리 가족이 위도로 여행을 가기 전날에 꾸었던 꿈과 같았다. 그때의 꿈속에서처럼 나는 벼랑 끝에 서서 어둑한 심해의 분화구를 내려다보았다. 분화구 속에 아직도 거대한 고래가 있을까 두리번거렸다. 귀를 기울여 고래의 울음소리를 들으려 했다. 적막함이 감도는 그때에 등 뒤로 다가온 요나가 속삭여주었다.

아빠가 되어줄 거랬어.

고래가 바다의 선생님이 되어준다던 이야기가, 아빠가 되어주리라는 약속으로 바뀌어 있었다.

비밀

★

—— 다윤아. 오늘 영화 잘 봤어?

쓰다 멈추고, 쓰다 멈췄던 문자메시지를 보내고 답을 기다렸다. 붕붕 떠다녀 하늘로 날아갈 감정에 취했다. 창밖의 모과나무를 보고, 노을에 연분홍빛으로 물든 뭉게구름을 바라보느라 짧은 문자메시지를 한동안 붙잡았다. 뭉게구름이 주황빛으로, 검붉은빛으로, 그러다 검게 저물어 도심의 불빛이 휘황하게 퍼질 때쯤에 설렘이 수그러들었다.

너…… 예쁘다고.

나는 벙쪄서 눈을 깜빡깜빡했다. 나를 보고 예쁘다고 한 말이 너를 좋아해, 라고 말하는 고백으로 들려 심장이 철렁 내려앉았다. 목 아래에 말 랑하게 고인 물빛이 가슴속에서 흩어져 반짝였다. 말을 고르지 못해 아 연한 채로 나는 속으로 나도 너를 좋아하는 거 같아, 라고 되뇌었다. 내 속엣말을 들은 듯이 말그스름히 웃던 요나의 눈이 긴장스럽게 굳어갔 다. 눈망울은 그대로인데 눈빛의 중심이 흔들렸다. 훗, 하는 웃음을 흘리고는 요나는 내 눈을 피했다. 괜스레 피아노 뚜껑을 손끝으로 훌훌 쓸었다. 발그레한 요나의 옆얼굴과 귓불을 쳐다보던 그때, 아래층에서 목소리가 들려왔다.

"주미야."

시야에 뿌옇게 퍼졌던 요나의 옆얼굴이 급하게 선명해졌다. 이번 주말에 엄마는 집에 돌아오지 않는다고 했었다. 오페라단 합숙 일정이 있다고 해놓고 들이닥친 거다.

위급 상황이라는 걸 요나도 알았다. 나는 왼손으로 휴대폰 전원을 끄면서 오른손 검지를 세워 입술에 붙였다. 가만히 있자는 내 신호를 알아듣고 나처럼 요나도 검지를 입술에 붙였다. 피아노방의 문 너머로 계단을 밟아 올라오는 엄마의 발소리가 들렸다.

"구름. 소파에서 혼자 뭐하니. 언니는 어디 갔니."

술에 취해서 엄마의 목소리는 느끼하게 다정했다. 사람들과 또 낮술을 마셨다. 나 대신 엄마를 맞이하느라 구름이는 곤란해하고 있었다.

"응? 이건 뭐니. 어머나, 머리에 리본핀을 달았네. 예쁘네."

술 냄새를 싫어하는 구름이가 잠이 덜 깬 척하는 것 같았다.

"구름! 엄마 말 듣고 있니. 맨날 잠만 잘 거니."

구름이가 반가워하지 않아 엄마는 핀잔을 던졌다. 구름이는 주눅이 들었을 거다.

"아니, 근데 넌 왜 이렇게 뚱뚱 살이 찌는 거니. 니 건강을 위해 그만 좀 먹어. 이거 비만이라구. 비만이 뭔지 아니. 만병의 근원이라구. 만병의 근원."

그거 살이 아니라 털이라고 몇 번을 말했는데도…… 엄마의 넋두리를 듣던 요나는 쿡쿡대며 어깨를 떨었다. 새는 웃음을 가까스로 참고 있었다.

"주미 언니랑 이 엄마는 타고나서 먹어도 살이 안 찌는 거야. 너는 뚱뚱하게 태어났잖니. 운동을 부지런히 해야 해. 니 덩치가 커지니까 이거 봐봐, 응? 이거 보라고. 소파가 주저앉는 것 좀 봐봐. 세상에나. 이 소파가 얼마짜리인지 알기나 하니. 이거 이탈리아에서 수입해온 거야."

아무것도 모르는 구름이를 붙잡고 엄마가 소파 가격과 원산지까지 들먹이자 기어이 내 웃음도 샜다. 요나와 같이 숨어서 엄마의 말을 엿들으니까 안쓰럽게 웃겼다. 요나와 나는 서로를 힐끔거리며 입을 막고 웃음을 참았다.

내 친구가 우리 집에 놀러왔다고, 학교 수련회에서 엄마랑 봤던 밴드부의 기타리스트라고 아무렇지 않게 소개할 수도 있었다. 그 타이밍은 이미 놓쳐버렸다. 머리를 치장하고 신경 써서 옷을 입은 내 모습과 멀끔한 요나를 보게 되면, 술에 취한 엄마라도 대번에 연애하는 사이로 오해하고 말 거다. 쓸데없이 시끄러워진다. 요나와 나는 반드시 숨어야 하는 숨바꼭질에 들어가버렸다.

"왜 에어컨들이 죄다 켜진 거니. 구름. 니가 북극에서 왔다고 시위하는 거니. 그렇게 더운 거니."

거실에서 리모컨을 눌러 에어컨을 끄는 소리가 들렸다. 나는 재빨리 피아노 위에 올려둔 리모컨을 들어 벽걸이 에어컨을 껐다. 방문으로 살금살금 다가가 문손잡이의 잠금장치 핀을 눌렀다.

등 뒤로 다가온 요나가 내 어깨를 잡고 돌려세웠다. 잠금장치 핀을 당겨 도로 풀었다. 요나는 턱짓으로 내 등 뒤를 가리켰다. 수납장 옆의 빈 공간에 숨자는 건가 싶었다. 문을 180도로 완전히 젖혀 열었을 때 벽에 고정시키려고 비운 공간이었다. 그곳에 숨었다간 자칫 열리는 문이 우리를 덮치는 꼴이 된다.

문득 요나의 눈이 푸른빛으로 밝아졌다. 그의 눈을 통해 물결에 휩싸인 아득한 우리의 모습을 보았다.

문이 잠겼음을 확인한 엄마는 고개를 갸우뚱한다. 피아노방에 숨은 우리의 인기척을 듣는다. 피아노방에 내가 갇혔고 무슨 일이 일어났다며 엄마는 호들갑을 떤다.

문을 잠그지 않은 채 우리는 수납장 옆의 빈 공간에 들어간다. 엄마는 문을 열고 에어컨이 꺼진 상태만 보고 돌아간다.

내 눈앞에 두 개의 광경이 동시에 펼쳐지고 흩어졌다. 요나의 눈망울에서 깜빡이던 푸른빛은 자취를 감추었다. 방금 무엇을 보여준 거냐고 물어볼 여유가 없었다. 내 방과 옷방, 거실을 진동했던 에어컨의 엷은 소음이 멎었다. 우리가 숨은 피아노방으로 정적이 몰려왔다. 요나의 눈을 통해 본 광경대로 나는 수납장 옆의 빈 공간으로 넘어가 벽에 등을 붙여 기댔다.

요나는 성큼 한 발을 디뎌서 나를 마주보고 섰다. 손을 뻗어 내 머리 위의 높은 벽을 짚었다. 몸을 밀착하지 않으면서 최대한 벽에 붙으려고 했다. 내 앞머리에 요나의 콧김이 가늘게 끼쳐와 간지러웠다. 손을 허리 뒤로 모아 벽을 짚었기에 나는 고개를 돌려 콧김을 피했다. 요나의 흰색 티셔츠에서 햇볕에 마른 섬유유연제 향이 풍겼다. 무더운 날인데 땀이라고는 하나도 흘리지 않았다.

철컥, 피아노방의 문이 열렸다. 요나가 벽 쪽으로 좀더 가까이 붙으려던 찰나였다. 나는 허리 뒤로 모은 손을 빼내어 요나의 등허리를 끌어안았다. 밀착시켜서 요나의 가슴에 내 옆얼굴을 붙여 눈을 감았다. 요나의 가슴에 붙어서 심장이 뛰는 소리를 들었다.

"피아노방이 왜 이리 시원하니."

문손잡이를 잡은 채로 엄마는 벽걸이 에어컨을 바라보았다. 열린 문이 등에 닿을까 요나는 까치발까지 들어서 몸을 미세하게 떨었다. 나는 요나의 몸을 더 힘껏 부둥켜안았다. 내 귀를 울리는 그의 심장 소리가 물결 무늬를 띄워 한들거렸다. 꿈에서 본 바닷속 풍경같이 아득했다.

"구름! 언니가 피아노방에 있었니."

엄마의 목소리가 거실로 돌아서자 문은 미련 없이 닫혔다. 요나의 까치발이 풀리고 긴장으로 떨던 몸이 안정을 찾아갔다. 그를 부둥켜안은 내 손을 풀지 않았다. 눈을 감고서 아직도 두근두근 뛰는 그의 심장 소리를 들었다.

"진짜? 누구 공연? 어디에서?"

"누구 공연은 아니구, 락 페스티벌."

"락 페스티벌?"

"펜타포트 락 페스티벌. 인천에서 삼일 동안 하는데 마지막 날 일요일 하루 당일치기 어때? 그날 팅팅스가 온대. 티켓은 내가 예매해놓을게."

"으꺄, 악!"

다윤은 소리를 지르고 발을 굴렀다. 으악, 하고 내지르려던 것 같은데 갑작스레 호흡이 목에 걸렸다가 터져서 으꺄, 악 하는 괴성이 나와버렸다.

"으꺄악, 은 무슨 소리야."

다윤의 기이한 탄성에 나는 깔깔 폭소했다. 예전부터 락 페스티벌에 가고 싶었다며, 거기에 나랑 간다고 하니까 다윤은 신이 난다고 했다. 티켓이 비싸지 않냐고 해서 아빠가 준 신용카드가 있다고 말했다. 쓴 적이 없어서 몰아 써도 괜찮았다.

"디바인 핸즈에 기타 치는 애 있잖아. 일학년 때 너네 반이었다면서."

"최요나? 응. 같은 반인 건 어떻게 알았어?"

"요나도 가기로 했어."

"요나도? 대박. 둘이 어떻게 알게 된 거임?"

음악실에서 요나의 노래를 우연히 들어 알게 되었다고 답했다. 듀엣으로 요나의 노래를 녹음했다는 얘기는 하지 않았다.

"둘이 친해지다니. 나는 걔랑 같은 반이었어도 말 한마디 나누기도 힘들었는데. 맨날 음악실이랑 합주실에서 놀아서 우리 반에서 친한 애들이 없었을걸. 그리고 걔가……"

다윤의 말소리 너머에서 문이 열렸다. 무슨 일이길래 시끄럽냐고 묻는 물음이 들렸다. "오빠, 나 주미랑 락 페스티벌 보러 간다" 하고 다윤이 자랑했다. "주미가 누군데"라고 오빠가 물었다. 다윤은 잠시 말을 고르더니 "음…… 요나 친구 주미"라고 얼버무렸다. 엘퍼플 멤버 주미, 라고 말하려다 만 거다. 오빠는 생뚱맞다는 투로 "요나는 또 누군데"라고 물었다. 웃음이 나와서 나는 휴대폰에서 얼굴을 뗐다. 방에서 나가달라고 다윤이 말했지만 오빠는 들어주지 않았다. 냉장고에 넣어둔 하겐다즈 아이스크림을 혼자 다 먹은 거냐고 다윤을 추궁했다.

두 남매의 옥신각신하는 대화가 이어지고 나는 부엉이가 준 기타 피크를 집어 책상을 긁적였다. 피아노방에서 요나와 함께했던 시간을 되새김했다. 요나의 심장 소리가 또다시 맴돌았다.

"여보세요. 듣고 있어?"

오빠와 승강이를 끝낸 다윤이 무슨 얘기를 하고 있었다.

"어, 응응."

"그리고 걔, 신비주의잖아."

"신비주의?"

"너처럼 페북도 안 하고 친구들이랑 안 놀아. 너네 둘이 닮았다."

"그러네."

나는 소리 없이 웃었다. 우리가 닮았다니.

"농담이구. 헤헤. 요나가 있는 듯 없는 듯한데 건들거리는 애들한테는 되게 사나워져서 그래."

"사나워져?"

"응. 누가 양아치같이 친구를 괴롭히잖아, 그럼 요나는 지켜보고 나서 조금 후에 걔 옆에 가서 머리를 툭 치고, 어깨빵하면서 일부러 시비를 걸어. 보란 듯이 그래. 응징하는 것 같은데 왜 친구를 괴롭히냐고 따지지 않고, 자기가 똑같이 불량스럽게 괴롭히듯이 해. 요나가 그런 애들한테 피해를 입은 적이 없는데도. 얌전한 애가 완전 험악하게. 신기하지? 요나가 시비를 걸면 걔는 눈을 마주치고 바로 꼬리를 내려. 요나가 무섭게 굴어서 충격을 먹나봐. 하루 종일 걔는 어벙하게 앉아 있어. 그런데도 요나가 누구랑 싸우는 모습을 본 적이 없어. 체육대회에서 우리반 남자애들이 나가는 게임마다 지는 이유가 요나 때문이라는 얘기가 있을 정도야. 남자애들이 기죽고 다녀서. 그건 자기네들 핑계구. 걔네들이 진짜 운동을 못해서 진 거지."

시비를 걸었다던 얘기가 의외였지만 요나와 눈을 마주친 상대가 꼬리를 내렸다던 얘기는 비밀스럽게 알아들었다. 피아노방에서 푸른 눈으로 자기 머릿속 생각을 펼쳐 보였던 것처럼 그들에게도 무슨 그림을 보여준 거다.

"요나랑 같은 중학교를 다녔던 애한테 들은 얘기인데, 요나가 중학교

에서도 밴드부를 했었대. 합주 연습하고 나서 뒤풀이로 볼링장에서 놀
다가 조폭 아저씨들을 만났다고 했어. 팔뚝이랑 목에 문신이 그려진 아
저씨들이 밴드부 애들 레인에 자기네 볼링공 굴려서 방해하고 애들 악
기 가방을 발로 툭툭 차고, 맘대로 요나끼 기타를 꺼내서 치는 흉내내고
낄낄댔다고. 중딩이들이 요새 좋아졌다고 놀리니까 요나가 아저씨들을
노려봤다는 거야. 아저씨들이 뭘 쳐다보냐고 하고, 요나가 아저씨들한
테 죽기 싫으면 꺼지라고 말했대."

"죽기 싫으면 꺼지라고?"

내 목소리가 높아졌다. 볼링장 레인 위에 우두커니 선 요나가 조폭들
에게 경고하는 모습은 상상되지 않았다.

"조폭 아저씨들이 열받아서 기타를 바닥에 내던지고, 요나 멱살을 잡
고 밖으로 끌고 나갔대. 밴드부 애들이 볼링장 사장님한테 도와달라고
하니까 아무리 조폭이라 그래도 중학생이 어른한테 버릇없이 말해서
못 도와준다 하고, 애들끼리 경찰 불러야 하냐고 우왕좌왕하는데, 요나
가 그냥 멀쩡하게 돌아왔다는 거야."

요나가 아저씨들한테 사과를 받고 일렉기타 수리비를 받아 왔다고
했다. 조폭한테 돈 뜯어온 요나, 라고 말하며 다윤은 웃었다.

"조폭한테도 겁 없이 행동하는 애가 진짜 뜬금없이 사건을 일으켜서
우리 반이 단체로 얼탄 적도 있었어."

다윤은 작년 여름에 참가했던 국토대장정을 얘기했다. 동해안 국도
를 타고 울진에서 강릉까지 4박 5일 동안 걸어가는 학교의 여름 행사였
고 1학년은 필수 활동이라 전원 참석했다. 첫날에 버스를 타고 학교에
서 울진으로 이동하는데 요나는 눈을 감고 좌석에 앉았다고 했다. 그전
봄에 요나가 제주도로 가는 수학여행을 빠졌기에, 다윤은 요나가 단체
이동을 꺼리는 줄 알았다고 했다. 출발지의 대열에서부터 고개를 푹 숙

인 요나가 우울해 보였다고 했다.

"셋째날 아침에 일어나 보니까 남학생 숙소가 시끄러운 거야. 요나가 사라졌다면서. 우리 반은 완전 난리가 났었어. 국사 쌤이 우리 반 담임이었거든. 걔네 엄마한테 전화해서 요나가 사라졌다고 알리고……"

"국사 쌤이 담임이었어?"

고모가 요나의 담임선생님이었다는 건 몰랐다.

"응. 왜 그렇게 놀래?"

"아니, 아니. 그래서 요나를 찾은 거야?"

"쌤이 요나가 서울에 돌아갔다고 알려줬어. 아파서 집에 누워 있다고. 국토대장정을 힘들어해서 첫날부터 중도에 포기한 애들이 나오긴 했는데, 그러면 걔들은 먼저 숙소로 이동해서 쉬었거든. 어떻게 쌤한테 아무 말도 안 하고 밤사이에 동해 바다에서 서울로 돌아갔는지 미스터리야. 거기가 태백이어서 택시를 보기도 힘든 곳이고, 택시를 탔어도 택시비가 엄청 나올 텐데."

그럼 그날 밤에 떠나야겠다.

우리가 락 페스티벌에 가기로 약속했을 때 요나는 혜미의 방을 바라보며 말했다. 어디로 떠나느냐고 묻자 바다로 여행을 간다고 했다.

"근데, 락 페스티벌 칠월 며칠이야?"

"칠월 삼십일일 일요일."

다윤은 내 말을 따라서 날짜를 중얼대고 달력을 들췄다.

피아노방 문을 닫고서 엄마는 바로 나에게 전화를 걸었다. 내 휴대폰이 꺼졌음을 확인한 엄마는 애꿎은 구름이를 붙잡고 나를 찾았다. 구름이는 요나와 내가 피아노방에 숨었다는 사실을 끝까지 밝히지 않았다. 신기했다. 이전 같으면 냉큼 도망치거나 힘들다고 구슬픈 하울링으로 울 텐데 끈덕지게 버텼다. 엄마는 구름이의 수상쩍은 낌새를 놓치지 않고 집요하게 캐물었다.

누군가 전화를 걸어와 엄마는 상대방과 통화하며 아래층으로 내려갔다. 빨리 와주었다며 엄마는 느끼한 목소리로 감사를 표했다. 상대방이 엄마를 태우려고 우리 집 대문 앞에 차를 대고 있었다.

대문이 닫히고 엄마가 탄 차가 멀어지는 소리를 들었다. 요나는 손을 뻗어 높은 벽을 짚은 자세로 굳었다. 안긴 나를 어떻게 떼어내야 할지 고민하고 있었다. 나는 요나의 아늑한 심장 소리를 들었다. 물결 무늬로 퍼지는 울림에서 벗어나고 싶지 않아서 요나도 나를 똑같이 안아주기를 바랐다. 요나는 벽을 짚은 손을 내려 내 어깨를 살포시 잡았다. 나더러 예쁘다고 말해놓고 맥없이 주저해서 아쉬웠다.

속엣말을 들었는지 요나는 허리를 숙여 나를 품듯이 안아주었다. 한 손으로 내 날개뼈 사이를 어루만졌다. 이전의 꿈에서 내 날개뼈 사이를 물고 끌어갔던 그가 떠올랐다. 그가 자신이었음을 밝히는 것 같았다.

피아노방 앞에서 구름이가 우렁우렁 짖었다. 낑낑대더니 방문을 긁으며 보챘다. 우리의 녹음이 끝나길 기다리다 엄마의 술주정까지 견뎌야 했던 저지를 억울해했다. 네가 껴안은 손을 풀자 요나도 나를 품은 기다란 팔을 거두었다.

구름이는 내가 아닌 요나에게 펄쩍 뛰어들었다. 구름이가 그렇게 높이 점프한 적이 없었다. 집에서 구름이의 무게를 너끈하게 받아주는 사람이 없어서일 텐데, 그럴 줄 알았다는 듯이 요나는 순발력 있게 구름이의 덩치를 가뿐하게 풀어 올렸다. 리본핀을 꽂은 구름이의 얼굴이 눈물을 뚝뚝 흘릴 만큼 애절했다. 자기가 얼마나 힘들었는지 아느냐고 하소연하며 끙끙 울고, 요나의 얼굴을 어지럽게 핥았다. 우리는 구름이를 거실 바닥에 눕혀 머리와 배를 부지런히 쓰다듬어 달랬다.

요나는 책상다리로 앉아 허벅지 안쪽에 구름이의 머리를 뉘었다. 나는 마사지 빗을 가져와 구름이의 머리를 긁어 쓸었다. 구름이는 노곤노곤하게 눈을 감았다.

"아까 내 눈앞에 보여준 거 뭐였어?"

"들킬까봐…… 급했잖아."

요나는 머뭇거리며 답했다.

"그런 식으로 부엉이랑도 대화를 나누는 거야? 너, 우리 구름이랑도 그러는 거야?"

"구름이는 어제 이 집에 왔을 때부터 그랬어."

바지에 붙은 구름이의 털을 떼면서 요나는 은근슬쩍 실토했다.

"그럼 어제부터 구름이랑 얘기를 주고받았던 거야?"

요나는 씩 웃었다. 내 물음을 구름이를 뺏어가면 안 된다는 경계의 말로 들었다.

"구름이가 똑똑해서 잘 통했을 뿐이야."

"그게 네 비밀이야?"

"맞아. 그게 내 비밀이야."

쉽게 인정하면서 정작 비밀의 핵심은 피해갔다. 감질나서 내가 집착하도록 만들었다.

"그건 동물원 사육사도 할 수 있잖아. 나는 동물이 아니잖아. 나한테 네 속마음을 펼쳐 보였잖아."

요나는 뻐드렁니를 뺑긋 드러낸 얼굴로 말했다.

"넌 완전한 인간이잖아."

내가 그의 뻐드렁니를 좋아하는 걸 눈치채서 그런 미소로 무마시키고 있었다. 다리를 절룩이는 나더러 완전한 인간이라니. 무슨 뜻인지 이해가 안 되었다. 요나에게 그 자신에 대해 물었는데 거꾸로 나에 대해 말했다.

"그리고……"

뜸 들이는 요나의 눈을 나는 빤히 쳐다보았다. 요나는 눈썹을 치켜서 무언으로 물음을 던졌다. 굳이 말로 해야겠냐고 묻는 듯이, 자기 말을 듣고 후회하지 않을 자신이 있냐는 듯이. 아까처럼 그림을 펼쳐 보여서 내가 홀려버릴까 긴장되었다. 나는 고개를 약간 비튼 곁눈질로 요나의 눈을 주시했다. 자신 있다는 듯이, 기필코 너의 비밀을 들어야겠다는 듯이.

"곧 알게 될 거야."

요나는 흐지부지 답하며 김을 뺐다. 내 눈을 피해 위층의 방을 둘러보았다. 화장대, 옷방, 서재, 운동실, 욕실, 물품 창고, 내 방 그리고 이제는 보조 침실로 쓰는 혜미의 방. 요나는 혜미의 방을 말없이 바라보았다.

"머리는 왜 포니테일로 묶었어?"

혜미의 방에 시선을 멈추더니 괜스레 요나는 내 머리 스타일을 물었다. 내 궁금증에서 빠져나가려는 속셈이었다.

"케이팝 루키에 나왔을 때랑 똑같잖아. 팅팅스 노래 불렀을 때."

"알아. 그래서?"

누구에게 연락이 온 것도 아닌데 요나는 휴대폰을 켜 확인하는 척했다. 내가 무얼 알게 된다는 거냐, 너는 완전한 인간이 아니라는 거냐, 하는 질문을 넌지시 했다.

"팅팅스가 이번달 말에 인천으로 온대. 락 페스티벌에."

"우리나라에 온다구?"

커진 내 말소리에 구름이가 쪽잠에서 깨어났다.

"같이 갈래?"

오빠라도 된 것처럼 요나는 뻐드렁니를 감춘 미소를 지었다. 휴대폰을 내밀어 락 페스티벌 포스터를 보여주었다. 포스터의 맨 오른쪽 마지막 날 라인업에 들어간 팅팅스를 손가락으로 가리켰다. 구름이가 요나의 휴대폰 밑으로 머리를 들이밀어 나를 올려다보았다. 똘망한 눈이 잠깐 동안 깊은 잠을 자서 개운해 보였다. 내가 깜짝 놀랄 정도로 좋아하는 곳이라면 자기도 따라가겠고 말하는 얼굴이었다.

★

"다윤이가 아빠 휴가 일정 때문에 일본으로 가족 여행을 간대. 락페 마지막 날에 귀국해서 인천공항에 내리면 늦게라도 찾아오겠다고는 했어. 못 올 수도 있대. 일단 우리 둘이 재밌게 놀고 있으래. 대신 내일 다윤이가 우리 집에 놀러오기로 했어."

"그날 다윤이가 와야 하는데. 공연 끝나고 밤늦게 집에 너 혼자 가면 좀 그렇잖아."

"다윤이가 안 오길 바라는 거 같은데. 그냥 너가 같이 가주면 되잖아."

"……"

수화기 너머의 요나가 의미심장하게 웃는 듯했다. 그날 바다로 간다고 했던 비밀스러운 말을 다시 꺼내고 싶지 않은 거다.

"알았어, 알았어. 그날 네가 바다로 간다고 했던 말 기억해. 더 이상 안 물을 거니까."

"고마워. 구름이를 데려가는 건 어때?"

"안 돼. 우리 구름이도 음악을 즐길 줄 알거든. 막 흥분할 거야. 너한테 점프한 거 봐. 무대에도 뛰어오를걸."

깊은 밤이기에 요나는 소리를 낮추어 킁킁 웃었다. 말이 많아진 내 모습이 낯설었지만 요나에게 쏟아지는 말길을 멈추지 못했다.

목소리가 들려오는 요나의 집이 어떤지 궁금했다. 그의 방에 놀러가서 일렉기타를 만져보고 줄을 뜯어 소리를 내고 싶었다. 그의 비밀을 아는 엄마와 할아비지는 어떤 분인지, 어떻게 살아가는지, 수리부엉이는 어떻게 요나를 찾아오는지……

지금처럼 아무도 없는 우리 집에서 요나와 하룻밤을 보내면 어떨까 하는 곁길의 공상으로 빠졌다. 요나의 심장 소리를 들으면 깊게 잠들 것 같았다.

"그럼 우리는 구름이를 모른 척해버리자."

요나가 낮게 속삭여 맞장구쳤다. 그의 웃음소리를 듣는데, 그의 가슴에 내 옆얼굴을 묻고 잠자는 모습이 붉은 빛깔의 그림으로 야하게 그려졌다. 피아노방에서 껴안았던 우리의 모습과 비슷했다. 그가 남자라는 사실이 새삼스럽게 다가와서 나는 대꾸하지 않고 웃었다.

숨죽여 웃던 요나도 말이 없어졌다. 우리가 껴안았던 오후의 기억을 서먹하게 되돌아보는 듯했다. 어쩌면 우리의 비밀스러운 듀엣을 해프닝으로 희석하려고 유쾌한 목소리를 들려주는 것일지도 모른다. 우리는 조용히 서로의 주저하는 기척을 들었다.

"내일 일요일인데 뭐해? 다윤이도 오기로 했는데. 구름이가 너랑 놀지 못해서 아쉬워해."

★

여름 하늘은 뻥 뚫려 화창했다.

물을 뿌린 마당에 열기가 머물렀지만 바람이 적당하게 불어와 무덥지 않았다. 모과나무 아래의 테라스에 선풍기를 가져와 틀고 나는 약속한 대로 다윤에게 바둑을 가르쳐주었다. 다윤은 돌을 따고 집을 계산하는 요령은 익힌 수준이었다. 15급 정도 되는데 바둑부에서 오목을 두며 시간을 보내기엔 아까웠다. 바둑책을 꺼내 와서 사활 문제를 풀게 했다.

점심때를 훌쩍 넘긴 오후에 요나가 찾아왔지만, 기다렸던 구름이가 덮치는 바람에 곧장 공놀이에 들어갔다. 간간이 요나는 내가 전달한 육포와 양배추를 구름이에게 먹였다.

요나에게 방학 중에 디바인 핸즈 공연은 없냐는 질문만 던지고 다윤은 사활 풀이에 집중했다. 구름이가 익숙하게 요나를 따르는 모습을 대수롭게 여기지 않았다. 그전부터 요나가 우리 집에 놀러왔나 보다 하고 넘겨짚는 눈치였다.

"이게 이렇게 돼?"

다윤은 내가 펼쳐 보이는 사활 풀이를 지켜보고 감탄하기에 바빴다. 가망이 없던 돌이 집을 갖추어 살아나고, 탄탄했던 돌이 무너져 잡히는 수순을 맞춰가면 스스로 문제를 푼 것처럼 좋아했다. 감각이 민첩하진 않았지만 다윤은 정성스럽게 수읽기를 하고 바둑판에 돌을 놓는 행위 자체를 동경했다. 흑돌을 17점이나 먼저 깔고 두는 접바둑에서 내 백돌이 다윤의 흑돌을 털어 따내고 집을 허물기를 반복했다. 다윤은 입술을 삐죽 옴찔대고 미간을 굼실 찡그렸다. 에휴, 아항, 으음, 그렇단 말이지, 하며 열심히 다음 수읽기에 골몰했다.

그러는 사이에 나는 마당에서 혀를 빼물고 부리나케 왔다 갔다 하는 구름이를 바라보았다. 던진 공을 잡으러 질주하는 구름이가 행복해 보였다. 다리가 불편한 주인을 만난 덕에 뛰기는커녕 산책조차 실컷 하지 못했다. 요나는 구름이와 노는 걸 지루해하지 않았다. 구름이를 바닥에 눕혀 몸을 굴리게 해서 정신없게 하다가도, 멈칫거려 구름이와 눈을 마주쳤다. 대화를 주고받는 거다. 그러고는 공을 획 던져 물어오게 했다.

구름이의 덩치를 넉넉하게 감당하며 놀아줄 사람이 없기에 요나가 돌아간 다음이 허전하게 그려졌다. 구름이가 요나를 보고 싶다고 보챌 게 뻔했다. 방학 동안 매일 요나가 우리 집에 놀러오면 어떨까 했다. 아니면 이렇게 주말이라도.

여사님은 초대한 친구들과 어울리는 내 모습을 놀라워했다. 내 문자 메시지를 받고 쉬는날에 일을 하러 오는 사정이었지만, 마당의 오손도손한 현장을 보고는 손주들을 맞이하는 할머니같이 흡족해했다.

내가 오른다리를 다쳐 집에 돌아올 즈음에 그전의 여사님은 갑자기 일을 그만두었다. 급하게 새로운 가사도우미를 구하는 엄마에게 고모가 지금의 여사님을 소개해주었다. 우리 집 근처 호텔의 한식당에서 은퇴한 직후였다고 했다. 그동안 우리 집이 우중충하게 적막해서 여사님은 좀이 쑤셨을 거다. 식사를 차려주어도 깨작거리며 맛있게 먹지도 않고, 때마다 엄마와 내가 말싸움을 벌여서 성가실 수밖에 없었다.

여사님이 복숭아와 사과를 섞은 수박화채를 가져다주면서 저녁으로 수육을 먹자고 했다. 냉면도 하는데 비빔냉면이 좋겠냐 물냉면이 좋겠냐 물었다. 다윤이 손을 번쩍 들고 "예에, 냉면. 저는 비빔!"이라고 소리치자, 나도 손을 들고 "저도 비빔"이라고 답했다. 다윤과 내가 마당을 돌아보며 요나에게 무얼 먹을 거냐고 물었다. 요나는 구름이를 뒤에서 안아 앞발을 들어 흔들었다. 헤헤하는 구름이가 말하도록 "예옙! 나는 물냉면이지롱" 하며 애교를 부렸다. 다윤과 나는 박수를 치며 깔깔 웃었다. 다윤은 저렇게 웃기는 요나를 본 적이 없다고 말했다.

우리 셋은 아래층에 들어가 상차림을 거들었다. 거실 바닥에 상을 펴고 여사님이 식탁에 놓은 반찬을 옮겨 왔다. 여사님이 수육을 썰어 큰 접시에 담아 오고 냉면을 한 그릇씩 가져다줄 때마다 다윤은 자꾸 뜨아, 우흠, 이힛, 맛있겠다, 하는 추임새를 중얼거렸다.

식사 중에 다윤과 요나는 서로를 두고 학교에서와 딴판이라며 놀림인지 놀라움인지 구분이 안 되는 말을 던졌다.

"너는 왜 혼자 놀아? 기타리스트 이미지 관리하는 거야?"

다윤이 물었다.

"밴드부 애들이랑 잘 놀아. 내가 이미지 관리를 언제 했다고 그래."

요나는 코웃음을 치며 답했다. 곧바로 지적하며 반격했다.

"아까 바둑 둘 때 눈에서 레이저가 나오던데. 학교에서는 왜 맨날 떠들기만 했냐?"

다윤은 입을 빼끔 벌린 표정으로 잠시 허공을 바라보았다.

"내가 언제 떠들었다고 그래? 너는 맨날 잠만 잤잖아."

"잠을 잔 게 아니라 눈을 감고 있는 거였어. 수업은 듣고 있었다고."

서로에게 너는 이래 보였다, 저래 보였다, 하며 주거니 받거니 했다. 식탁에서 마늘을 까던 여사님은 다윤이 요나에게 말을 붙일 때마다 활짝 웃는 얼굴로 우리를 돌아보았다. 엉뚱하면서 조리 있는 다윤의 언변에 요나가 스리슬쩍 몰렸다. 다른 친구는 몰라도 요나가 왜 다윤과 거리를 두었는지 알 것 같아 웃음이 나왔다. 내 웃음소리에 자극되어서 다윤과 요나는 나를 관객으로 둔 만담꾼 놀이로 서로의 인상을 과장하여 짓궂게 들추었다.

"수업 듣고 있다는 애가 선생님이 불러도 대답을 안 하나봐? 국사 시간에 맨날 그랬잖아. 쌤이 옆에서 불러도 잠만 자니까 머리털을 뽑아서 깨웠잖아."

"선생님이 새치를 뽑아준다고 해서 그러라고 한 거였지."

"아니지. 그건 첫 수업에 한번 그랬고. 국사 시간마다 쌤이 니 머리털을 뽑아서 깨웠잖아. 어떻게 머리털을 뽑히고도 다시 졸다가 또 뽑히냐? 새치가 그렇게 많아? 우리 반에서 네가 제일 많이 뽑혔어. 그거 모았으면 빗자루로 썼겠다.”

다윤의 자잘한 기억력에 요나는 여지없이 몰렸다. 더이상 상대하지 않겠다고 선언하는 표정으로 요나는 한숨을 쉬고 입술을 씰룩였다. 젓가락으로 물냉면을 획획 젓디니 웽청 깁이서 우적우적 먹자 나는 웃음을 터뜨리고 말았다.

“기타리스트 최요나! 지금 열라 화났다. 냉면을 자르지도 않고 한입에 넣어 분노를 풀고 있다.”

승자의 여유로움으로 다윤은 요나의 어깨를 토닥여 위로했다. 가위로 요나의 물냉면을 잘라주었다.

내 방에서 후식으로 아이스크림을 먹던 다윤은 짐짓 당황스러워했다. 집에 작은할아버지가 찾아왔다는 전화를 받고 돌아간 요나의 빈자리를, 요나의 이야기로 채우던 중이었다. 요나가 집에 오자마자 구름이와 신나게 놀았던 덕분에 다윤은 우리를 사귀는 사이로 간주했다.

“사귀는 사이가 아니면 둘이 무슨 사이야?”

학교에 커플이 많다고 하며 다윤도 다른 학교를 다니는 남자친구가 있다고 말했다. 있는 그대로 나를 평범한 친구로 여겨서 얼마든지 소박하게 살아갈 사람으로 봐주었다. 우리가 서로 어울린다고 응원하는 말로 들려 으쓱했는데, 금세 싱거운 뒷맛으로 시들어갔다.

다윤이 말하는 남자친구는 다들 하나씩은 갖고 있는 액세서리 같은 존재로 보였다. 요나가 내 일상을 꾸며줄 괜찮은 장식품으로 남는 건 싫었다.

침대에 누워 불이 켜진 전등을 바라보는데 답답함이 들어 싱숭했다. 휴대폰을 켰지만 요나가 보내온 문자메시지는 없었다.

지금쯤 집에 도착했을 텐데. 가족과 시간을 보내느라 바쁜가 보다. 오늘도 전화통화를 하고 싶지만 내가 침울한 목소리를 들려줄 것만 같았다. 내가 무거워질 걸 예감하고 요나도 주저하고 있을지도 모른다.

"구름구름."

거실에 나가 구름이를 불렀다. 자다 깬 구름이가 몽롱한 눈으로 나를 올려다보았다. 침대에 올라오게 해서 나는 구름이의 복슬한 털에 얼굴을 묻고 눈을 감았다. 구름이의 쌔근한 숨소리를 들으며 요나의 심장 소리를 찾아 더듬었다. 나직이 물어보았다.

"내가 요나랑 어울린다고 생각하니?"

구름이는 꼬리를 한번 뒤척이는 것으로 답했다. 요나와 열심히 놀아서 꼬리의 움직임에 힘이 없었다.

"나는 잘 모르겠어. 진짜로 잘 모르겠어."

남자애 중에 유일한 그를 두고 남자친구라고 한다면, 그럴 수 있겠지만…… 요나에게서 좋아하는 마음을 느껴 기뻐하면서도 갈피를 잡을 수 없었다.

내 감정이 사랑이라고 해도 틀리지 않았다. 요나의 마음이 얼핏 동정심으로, 비슷한 봉사심으로 비쳐 쓸쓸해져도 조금만 건드려주면 널 사랑해, 사랑하고 싶어, 라고 고백할 수도 있다. 사실 디셈 오빠보다 요나에게 더 깊은 감정을 느끼고 있었다. 지금처럼 침울해진 시간에 요나가 옆에 있다면, 심장 소리가 아닌 목소리만 들려줘도 그것만으로 위로가될 거다. 그런데도 꺼림칙했다.

마음 깊숙한 곳에서 혜미와 디셈 오빠, 아빠와 엄마의 차이를 구분했던 믿음이 견고했다. 진심으로 사랑해서 그리운 사람과 그렇지 않은 사람, 나 때문에 먼 곳으로 떠난 사람과 그렇지 않은 사람으로.

좋은 친구로 그쳐야 오래도록 요나를 곁에 둘 것 같았다. 다윤을 대하는 것처럼, 구름이를 아끼는 것처럼.

생각이 기울어가자 구름이의 숨소리가 푸근하게 들렸다.

까무룩 잠결에 빠졌다가 설핏 깨어나는 찰나에 마음이 놓였다. 요나가 자기 비밀을 온전하게 밝히지 않아 다행이라며. 나에게 그 이상의 감정을 꺼내지 않았기에 우리는 앞으로 좋은 친구가 될 거라며. 조금은 슬픈 마음도 함께.

구름이의 숨소리가 잠결의 일렁임으로 가라앉아 물결 무늬를 퍼뜨렸다. 높고 가녀린 옹알이가 뭉게뭉게 퍼져갔다. 옹알이 밑에서 노래하는 목소리들이 들려왔다.

바다 아래 I

♦

"어째 껄쩍지근하지 않은가?"

깎아놓은 복숭아를 들고 이모가 물었다.

"내 말이. 우리가 돈을 꽁으로 받은 것도 아닌께."

삼촌은 내가 따르는 소주를 받아 철우 오빠와 잔을 부딪치고 들이켰다. 오후 네시 즈음에 일찌감치 마감했지만 손님들이 왁자하게 머물다 간 것 같지 않은 헛헛함이 깔렸다. 횟집 식구가 모두 모여 뒤풀이하는 자리답지 않게 분위기가 무거웠다.

"아까 티브이에 뭐시기, 동계올림픽? 고것이 평창에서 한다는 뉴스를 보드만 입들을 다물던디. 나한테 소리 좀 켜라 그러고."

카운터를 지켰던 이모가 그들의 회식 자리에서 뒤끝이 남았던 광경을 꺼냈다.

"대통령이 일 하나는 잘하신다네, 잘 뽑았다네, 서로 막 눈치 봐가믄서 수군수군 칭찬하고."

"니미……"

예상이 맞았다는 양 콧방귀를 꿰었지만 삼촌은 어쩐지 의기소침했다. 머릿속으로 뭔가를 되짚어보며 근심하는 얼굴이었다.

"뭔 말은 또 안 물어보든가?"

"여그 식당 언제부터 했냐고 물어봐서 한 십년 되었다고 했지라."

"꿍꿍이가 있는 것들이여. 내가 본께 해운 회사 한다 뭐 한다 하는디, 그것이 아니여. 아까침에 방 사장이라는 그 양반 있잖애……"

방 사장을 말하면서 삼촌은 맥주병을 들고 나에게 잔을 권했다.

"차 타러 나가믄서 고래고기는 안 하냐는 소리를 해."

맥주를 받던 나는 화들짝 손을 떨었다. 잔이 흔들려 거품이 부풀어 넘쳤다. 삼촌은 잠자코 내 잔을 고쳐 잡아 맥주를 마저 채웠다.

"고래고기?"

뜻밖의 얘기에 이모도 어안이 벙벙했다. 나를 살피고는 흘린 맥주를 닦으라며 휴지를 뽑아주었다. 요나의 본모습을 모르는 수진과 철우 오빠는 고래고기도 먹느냐고 묻고 사람이 못 먹는 게 어딨겠냐는 얘기를 주고받았다.

"지네가 최고로다가 모시는 브이아이피가 있다고, 고래고기를 잘 잡순다고 대접할라고 하는디 나더러 손질해줄 수 있냐는 거여. 그 양반이 고래 시느러미 요리를 별나게 밝힌다네. 참내. 고래고기는 불법이 이니 단가요, 하고 좋게좋게 인사해 보낼라고 하는디, 인왕산에 계신 브이아이피라고 속닥거리는 거여. 쳐놓은 그물에 지 발로 길러 죽은 고래인께, 고래고기 만들었다고 쇠고랑 찰 일은 없을 거라드만."

철우 오빠가 인왕산이 청와대를 말하는 거냐고 물었다. 삼촌은 까딱 고갯짓했다. 고래를 잡아서 갖다 바치는 모양이라고 말하며 잔을 들고 턱짓으로 소주를 가리켰다. 삼촌은 연거푸 소주잔을 비우고 블라인드를 내린 식당의 창문을 둘러보았다.

"해운 회사는 구라여. 그 자식들 아조 수상해. 오늘 보고 듣고 한 것들 어디 가서 얘기하지 말어. 뭔 이상한 것이 걸리믄 바로 나한테 얘기하고이."

삼촌은 내일 횟집을 임시로 쉬자고 제안했다. 이모도 철우 오빠와 수진도 그러는 게 좋겠다고 피곤한 얼굴로 동의했다. 토요일 매출의 다섯 배를 벌었거니와 오늘 받은 회식 자리의 뒤끝을 지울 겸 다들 집에서 쉬고 싶어했다.

건배사를 하기 전에 방 사장이라는 사람이 나를 쳐다봤던 눈길이 날 파리처럼 어슬렁거렸다. 그에게서 얻었던 불쾌감의 실체가 수면 위로 드러나고 있었다.

식당 뒷정리를 하는 중에 나는 삼촌을 찾아 조리실에 들어갔다. 집기를 가져다 놓는 삼촌의 옆모습이 위축되어 굼떴다. 삼촌에게 그들이 나라에서 부리는 경찰이나 군인 같지 않냐고 물었다. 내 입에서 떠나간 '경찰', '군인'이라는 낱말에 내가 으스스해서 오금이 떨렸다. 삼촌은 한일자로 다문 입을 풀었다.

"딱 정보 쪽 짬밥 냄새가 나."

"정보요?"

삼촌은 홀을 정리하는 손길을 둘러보고는 목소리를 낮춰 일러주었다.

"국정원 아니믄 기무사하고 노는 놈들 같어. 뉴스 봤제야? 요새 그 자식들이 뒤에서 수작 부리고 다니잖애. 다 알고 우리 식당을 찾은 모냥이여. 옛날부터 그랬제, 그놈들이. 능구렁이들이여."

그들이 알고 있다는 정도가 우리의 모든 것을, 요나의 모든 것을 알고 있다는 말로 들렸다.

"암만 생각해도야, 우리가 걸려분 거 같구만. 내일 니그 집에 가볼라니까. 간만에 형님 보믄서 같이 얘기 쪼까 해야쓰겄다.”

집으로 돌아가는 길에 나는 혼이 빠져 허둥댔다. 전철이 들어온다는 방송이 들려 둘러보니 플랫폼에 선 줄에 끼어 있었다. 사람들 틈에 몸을 욱여넣어 탔는데 반대편 방향으로 가는 전철이었다. 갈아탄 전철에서는 내리는 역에서 두 개의 역이나 지나쳐서야 정신을 차렸다. 올 것이 왔다는, 그동안의 삶을 송두리째 날리고 말리라는 선고를 받아 든 듯이 망연했다.

요나를 들키고 말았다, 요나를 잡으려 한다, 요나가 쫓기고 있다는 위급함이 드는데 무엇을 어떻게 해야 할지 궁리하지 못하고 깜깜해지는 거였다. 몰래 고래를 잡아 진상하는 이들이라고 외면하려 하지만 서릿발 같은 의식은 문제가 그게 아니지 않냐고, 똑바로 바라보라고 외쳤다. 삼촌더러 고래고기를 손질하라는 말이 요나를 잡는 데 협조하라고 다그치는 협박으로 들렸다.

아버지는 나를 한번 쳐다보고 텔레비전으로 눈길을 돌렸다. 밥을 먹었냐 물으니 허약한 고갯짓으로 요나의 방을 가리켰다. 아버지의 새하얀 머리카락이 개운하게 말라 있었다. 집에 돌아온 요나가 할아버지를 목욕시키고 둘이서 저녁을 먹은 후였다.

“운동은 하셨어요?”

“거실을 돌아다녔제. 디워갖고 옥상에는 나가질 못혀.”

숙제를 집에 놓고 왔다고 둘러대는 학생처럼 아버지는 말끝을 흐렸다. 나이가 들고 쇠약해지니까 어린아이 같아진다.

카우치 앞 탁자에 성경과 노트가 단정하게 놓였다. 노트에는 구약성경의 욥기 1장에서 3장까지 필사되었다. 아픈 몸으로 온종일 앉아서 성경을 옮겨 썼다. 요양 초기에는 붓글씨에 저녁하다가 몸이 안 좋아졌었다. 운동을 안 하면 펜글씨도 그만둘 거라는 잔소리를 하려다 말았다.

카우치에 나란히 앉아서 나는 아버지의 왼팔을 주물렀다. 노트에 필사된 욥기 3장의 마지막 절을 읽었다.

이제 탄식이 내 음식이 되고 신음이 물처럼 쏟아지는구나. 두려워 떨던 것이 나에게 닥치고 무서워하던 것이 나에게 들이쳐 나는 편치 않고 쉬지도 못하며 안식을 누리지도 못하고 혼란하기만 하구나.

사탄의 시험으로 가족과 모든 소유를 잃고 남긴 욥의 독백이 아버지의 한탄으로 들렸다. 나는 한숨을 내쉬었다.

"내일 준식 삼촌이 집에 온대요."

아버지는 그러려니 하고 고개를 끄덕끄덕했다. 나는 어깨를 틀어 요나의 방을 돌아보고서 간단치 않은 사태를 예고했다.

"일이 생겼어요. 누가 요나를 찾아다니고 있어요. 삼촌이 그것 때문에 아버지랑 상의해야 한대요."

요나의 방은 조용했다. 노크에 응답이 없어 문을 열어보니 요나는 헤드폰을 쓰고 침대에 누웠다. 오늘 듀엣으로 녹음한 곡을 듣고 있었다. 내가 방에 들어와 침대 옆에 서 있어도 인기척을 느끼지 못했다. 눈을 감은 얼굴이 달콤함에 빠져 웃고 있었다.

◆

첫 바다 여행을 떠났던 요나는 여름방학 개학식 전날에 돌아왔다. 새벽녘이었고 나는 깊은 바다에 잠겨 흘러가던 꿈을 꾸고서 깨어나 있었다. 바닷속에서 안전하게 안겼던 품이 고래의 널따란 가슴지느러미였음을 기억해냈다. 그 가슴지느러미가 다 자란 요나의 날개지느러미 같다고 되짚어볼 즈음에 초인종이 울렸다. 먼저 일어나 있던 아버지가 현관문을 열었다.

"할아버지."

요나의 목소리가 또랑또랑하게 들렸다. 이웃들은 아직 잠든 시간이기에 아버지는 소리를 낮춰 요나를 안으로 들여보냈다. 씻지 못해서 머리카락은 바닷물이 말라 푸석거렸으나 요나의 얼굴은 속앓이를 풀어 여유로워 보였다.

"엄마."

두 팔을 벌려 나에게 안긴 아이의 작은 어깨가 벌써 청년이 된 듯이 건장했다. 꿈속에서 나를 품었던 고래의 가슴지느러미처럼 장성한 요나가 나를 안아주는 미래의 어느날이 맑게 손짓했다. 감사해요, 감사합니다, 하며 알 수 없는 그 고래에게 나는 기도문을 읊조렸다.

자기 정체성을 자각한 요나는 바다와 고래를 인간의 언어로 배우고 싶어했다. 할아버지와 엄마에게 바다 여행을 이야기하고 싶은데 이름도 없는 망망한 바다라서 설명하지 못해 아쉬워했다. 나 역시 요나가 말하는 고래의 이름과 생김새를 알고 싶었다.

동네 서점으로 가서 세계전도와 고래에 관한 책을 찾았다. 서점을 몇 군데 돌아다녔지만 변변한 책이 없었다. 전집으로 나온 어린이용 『고래 시리즈』를 겨우 골랐다. 시내의 대형 서점도 마찬가지였다. 점심이 지난 시간에 들어갔다가 저녁이 되기 전까지 두리번거리다 자연과학 서가의 귀퉁이에 낀 『고래 도감』 번역서를 발견했다. 서점 직원도 찾지 못한 책이 내 눈에 들어온 거였다. 고래별로 사진과 설명이 상세하게 나온 책이어서 요나에게 빨리 보여주고 싶었다.

왠지 고래 책을 더 찾을 것 같아서 그 근처 골목길의 헌책방에 들어갔다. 혹시나 해서 물어보니, 주인 할아버지가 『한반도 고래 수탈사』라는 제목의 희귀한 책을 찾아주었다. 일제강점기 포경업을 중심으로 한반도에 서식했던 고래를 정리해놓은 책이었다.

"우리 백성[我民] 중에는 고래잡이[捕鯨]하는 자가 없다."
　　　고종 재위 시절 1887년 3월 4일 수군절도사水軍節度使의 답신서

첫 페이지에 덩그러니 적힌 이 글귀가 하느님의 언약으로 다가와 나는 전율을 느꼈다. 부산항의 무역을 감독하는 동래감리서東萊監理署가 바다에서 떠다니는 죽은 고래를 발견하여 보고하였고, 이에 수군水軍을 통제하는 수군절도사가 보낸 답신서를 발췌한 문장이었다. 동래감리서와 수군절도사가 죽은 고래를 발견한 사안을 두고 공식 문서로써 처리를 논의했던 거였다.

몽탄 이모가 들려줬던 흑산도 외할머니의 이야기와 같았다. 우리나라에서는 고래잡이를 하지 않았기에 일반 백성 사이에서 죽은 고래를 처리하는 풍습도 없었던 것이다. 오래전부터 우리는 고래를 지켜왔노라고 하는, 이 땅과 바다의 고백으로 들렸다.

"여기를 다녀왔어."

거실 바닥에 세계전도를 펴놓고 요나는 태평양의 북마리아나 제도諸島와 괌에 못 미친 바다를 가리켰다. 지도상 거리를 어림잡아도 한반도 서해에서 3천 킬로미터나 되는 먼 거리였다.

서해 바다에서 세 마리의 상괭이가 요나를 기다렸다고 했다. 『고래도감』을 뒤져 상괭이를 찾았다. 동글하고 뭉툭한 머리의 눈과 입이 사람처럼 미소 짓는 고래였다. 순하게 생겨서 요나를 살갑게 반겼을 인상

이었다.

"상괭이들이 나를 진짜 좋아했어. 내꺼 날개지느러미가 멋지대. 자기들 지느러미는 짧고 약한데 내꺼는 길고 넓적하댔어. 내가 사람 손이 있어서 부럽다고 자기 머리를 만져 달랬어."

소풍 사진을 받은마냥 요나는 『고래 도감』과 『고래 시리즈』에 나온 상괭이를 보고 방긋 웃었다. 『고래 도감』은 상괭이가 중국과 한반도의 황해에만 서식하는 돌고래라고 소개했고, 『고래 시리즈』는 한반도의 토종 돌고래라고 소개했다. 이따금 먹이를 잡으러 사람이 오가는 강을 거슬러오는 습성이 있었다. 덩치가 작은 데다 토종 돌고래여서 요나를 먼 바다로 데려가기는 힘들어 보였다.

"나한테는 손이 있다고, 자기네들이 그물에 걸리면 구해줄 수 있겠내. 다섯이서 뭉쳐 다녔는데 친구 둘이 그물에 걸려서 죽었어. 자기들은 손이 없어서 그물을 뗄 수 없었대."

첫 만남을 추억하던 요나의 눈이 말갛게 젖었다.

"이빨로 그물을 떼려다가 주둥이를 다쳤어. 숨을 쉬러 물 위로 올라갔다가 다시 내려왔는데 친구들이 죽어 있었대."

요나의 입술이 꼬물꼬물했다. 내가 성냥팔이 소녀 동화책을 읽어주었던 날처럼 울먹거렸다. 추운 겨울밤에 성냥을 켜서 꿈에 빠지던 소녀가 세상을 떠난 이야기를 들었을 때 요나는 서럽게 울었다. 유독 약하고 힘없는 존재에 동정심이 깊었다. 울음을 터뜨리면 잠들기까지 우는지라 나는 바다 여행기로 돌아가는 질문을 던졌다.

"상괭이들이 이곳까지 데려다준 거야?"

나는 손가락으로 북마리아나 제도와 괌 앞의 바다를 가리켰다.

"아니."

요나는 입술의 꼬물거림을 누르고 고개를 가로저었다.

서해 바다를 짚은 요나의 손가락이 아래로 내려가 제주도 남쪽 바다에서 멈췄다. 그곳에서 열한 마리의 남방큰돌고래가 요나를 기다렸다. 상괭이와 남방큰돌고래가 말이 통하지 않아 고래의 말을 모두 알아듣는 요나가 통역했다. 서로가 말하기를 '바다 아래 바다'의 고래가 고래들에게 꿈으로 나타나 고래인간이 올 거라며 알려줬다고 했다.

"바다 아래 바다의 고래?"

'바다 아래 바다'라는 말을 듣고 나는 오래전 꿈에서 보았던 해저 분화구의 고래를 떠올렸다.

"꿈에서 바다로 들어오라고 부른 것도 그 고래였어. 다른 고래들도 바다 아래 바다의 큰 고래는 못 봤어. 어렸을 때부터 어른 고래들한테 들어서 알았는데 자기네들 꿈에 똑같이 나타나서 놀랐대. 새로운 고래인간이 오니까 바다를 배우게 하랬어."

내 꿈에 나타난 분화구 속의 고래가 바다 아래 바다의 고래라고 확신했으나 나는 요나에게 그 얘기는 하지 않았다. 여태까지도 그 꿈 얘기는 들려주지 않았다.

◆

상괭이 무리는 서해 바다로 되돌아갔다. 요나는 남방큰돌고래 무리를 따라 동중국해를 향해 내려갔다.

머리에 돋은 혹이 혹등고래를 닮았다.
입속에 수염이 없다. 우리처럼 이빨이 있다.
가슴지느러미가 신기하다. 새 날개 같다.
새 날개는 아니다. 깃털이 없다.

남방큰돌고래 무리는 요나를 보고 수군수군했다. 혹등고래가 어떤 고래냐며, 그 혹등고래를 만나는 거냐고 요나가 물었다. 돌고래들은 그것도 모르느냐고 놀리고 키득키득 웃었다. 모두들 우두머리의 눈치를 보며 제대로 가르쳐주지 않았다. 상괭이 무리와 다르게 남방큰돌고래 무리는 활발했으나 다가가기 어려운 차가움이 있었다. 요나는 착실하게 우두머리가 정해준 대열에 자리를 잡았다.

남방큰돌고래는 바다에서 누가 빠른지 경쟁하기를 좋아해서 무리는 요나를 인도하기 시작하자마자 거침없이 바다를 헤엄쳐나갔다. 요나는 우두머리보다 더 빠르게, 더 오랫동안 헤엄쳤다. 꼬리지느러미로 추진하고 날개지느러미로 물살을 가르는 힘이 셌다. 수면 위로 껑충 뛰는 순간에는 날개지느러미를 펼쳐 멀찌감치 나아갔다. 낮에는 피부층이 햇빛에 쏘이기에 짤막하게 날았지만 밤에는 새총으로 쏜 돌멩이처럼 마음껏 공중을 가를 수 있었다.

너의 가슴지느러미는 혹등고래보다 크고 멋지다.
너는 과연 혹등고래의 몸을 물려받았다.

물고기를 사냥해 배를 채우는 중에 돌고래 하나가 요나에게 다가왔다. 돌고래가 꼬리지느러미를 살랑이며 요나의 코앞으로 미끄러져 오다 위로 올라가더니 요나의 뒤편으로 흘러 내려왔다.

너는 우리보다 바다 위로 높이 뛴다. 너는 민부리고래보다 숨을 오래 참는다. 너는 향유고래보다 더 깊은 바다로 들어간다. 너는 범고래보다 빠르다. 너는 대왕고래보다 더 오랫동안 헤엄친다.

바다의 고래를 말하며 칭찬하는 그 돌고래가 고마웠다. 요나는 날개 지느러미를 활짝 펼쳐 제자리에서 빙그르르 돌아 화답했다. 가까이 내민 돌고래의 입과 머리를 손으로 쓰다듬었다. 돌고래는 기다란 입을 다문 얼굴로 기분 좋은 눈웃음을 지었다. 돌고래가 학교 친구처럼 반가웠다.

"돌고래 중에 너가 제일 착해."

돌고래를 칭찬하다 요나는 우두머리의 눈치를 보았다. 우두머리는 요나가 깊은 곳에 들어가 잡아온 문어를 먹지 않고 다른 돌고래에게 양보했다. 우두머리는 자기 무리가 요나를 인도하라는 부름을 받은 것에 못마땅한 티를 내왔었다. 사람의 손으로 수월하게 사냥하는 요나를 마뜩잖은 눈길로 흘겨보곤 했었다.

우두머리와 눈을 마주친 요나는 돌고래에게서 손을 뗐다. 자기 무리의 돌고래와 친해지는 것을 우두머리는 달가워하지 않았다. 요나는 상냥하게 말을 걸어주는 돌고래가 밉보일까 걱정스러웠다. 그런데도 돌고래는 바싹 붙어 요나에게 귓속말을 건넸다.

네가 나를 착하게 봐주어서 기쁘다.

나는 북극고래보다 나이가 많다. 바다 아래 바다 고래가 나를 오래 살도록 만들었다. 나는 곧 죽을 것이다.

바다 아래 바다 고래가 나에게 죽음을 정했다.

비로소 요나는 돌고래의 어두침침한 피부와 눈망울의 흐린 빛을 보게 되었다.

"할머니시네요."

요나가 존댓말을 하자 돌고래는 기다란 입을 크게 벌려 쾌활하게 웃었다.

나는 완전한 돌고래가 된 이후로 새끼를 많이 낳았다. 우두머리 돌고래도 내 딸이다.

나는 너의 푸른 눈을 보고 안다.

너는 내가 마지막에 낳은 딸을 본다.

너는 능력이 있다.

할머니 돌고래는 마지막으로 낳은 돌고래 딸을 남겨두고 떠났던 사연을 들려주었다. 마지막 딸은 손톱달 모양으로 몸이 심하게 굽은 기형 돌고래였다. 우두머리의 명령으로 딸은 버려졌다. 무리의 빠른 헤엄치기에 방해가 되면 안 되었다. 할머니 돌고래는 딸이 향유고래 무리에게 맡겨졌다는 소식을 꿈속의 울음소리로 들었다. 바다를 여행하는 언젠가의 요나가 향유고래 무리에서 살아가는 돌고래 딸을 만날지도 모른다고 말했다. 보고픈 마음을 전해달라면서, 만나게 되면 요나의 손으로 돌고래 딸을 쓰다듬어달라고 부탁했다.

◆

우리는 여기까지다.

동중국해를 건너 오키나와 제도를 지나간 어느 바다에서 우두머리는 대열의 헤엄치기를 멈추게 했다. 기다리고 있을 거라던 혹등고래는 보이지 않았다. 혹등고래가 이곳으로 오느냐고 요나가 물었다. 요나의 물음을 무시한 채 우두머리는 무리를 돌아다니며 기다란 입을 갸웃갸웃했다. 대기하라고 명령했다. 할머니 돌고래가 요나 곁으로 다가왔다.

나는 너와 헤어진다. 나는 너를 다시는 볼 수 없다.
나는 너에게 나의 사람 이름 박경금을 알려준다.

할머니 돌고래가 사람 이름을 말하자 요나는 처음으로 자기 이름을 밝혔다. 이미 알고 있어서 할머니 돌고래는 흐뭇하게 웃으며 가슴지느러미를 살랑거렸다.

우두머리는 요나에게 소리쳐 자기를 따라오라고 지시했다. 멀어지는 요나를 지켜보기 위해 할머니 돌고래는 높이 떠올랐다. 돌고래 무리는 작은 물고기 떼가 되어 멀어졌다.

나는 여기까지라고 말한다. 너는 묻지 않는다.

우두머리는 쌓아둔 적개심을 내비쳤다. 우두머리가 화를 터뜨릴 것 같아 요나는 겁이 났다. 우두머리는 요나를 데려다주기 위해 며칠 동안 앞장서서 헤엄쳐왔던 터라 기진한 상태였다. 이따금 마주친 다른 고래들은 우두머리를 놀리거나 안타까워하며 부름을 받았냐고 묻곤 했었다. 우두머리는 묵묵부답으로 그들을 회피하고 길을 찾아갔다.

요나는 공손히 날개지느러미를 펼쳐 수직으로 몸을 세웠다. 돌아가는 길에는 어떻게 해야 하느냐고 차마 묻지 못했다.

고래인간은 고래도 인간도 아니다. 고래인간은 성가신 존재다.
나의 어머니로 충분하다. 나는 이제 고래인간을 돕지 않는다.

서슬 같은 우두머리의 울음소리에 요나는 움츠러들었다. 우두머리의 노려보는 눈이 요나를 안쓰럽게 뜯어보는 눈길로 바뀌자, 요나는 또다른 고래인간이 있느냐고 묻고 말았다.

　고래인간은 바다와 땅을 끊임없이 오간다. 고래인간은 끊임없이 바다의 일과 땅의 일에 간섭한다. 나는 바다 아래 바다 고래에게 약속을 받는다. 나는 이제 고래인간을 돕는 부름은 받지 않는다. 나는 어머니의 죽음을 준비한다.

　우두머리는 몸을 돌려 돌고래 무리를 찾아 돌아갔다. 요나는 미련 없이 떠나는 우두머리의 뒷모습을, 홀가분하게 흔드는 꼬리지느러미를 바라보았다. 무리가 수군수군하는 울음소리는 흔적 없이 사라졌으나 요나는 여전히 그 자리에 수직으로 서 있었다. 바닷속에 스며 퍼졌던 환한 푸르름이 옅어져 검게 물들어갔다. 까마득한 바다에 홀로 남겨져 요나는 외로웠다. 물속에서도 눈물이 흘러나왔다.
　요나는 이곳까지 헤엄쳐온 바닷길을 곰곰이 되새김질했다. 바닷속의 길과 지나쳐왔던 섬, 산호초 숲, 크고 작은 암초를 머릿속으로 또렷하게 거슬러 올라갔다. 요나는 되돌아가는 방향을 잡고 꼬리지느러미를 흔들어 나아갔다.
　남방큰돌고래 무리가 사는 제주도 남쪽 바다로 얼마든지 돌아갈 수 있었다. 그들을 제치고 서해 바다의 상괭이 친구들을 찾아갈 수 있었다. 헤엄치기에 추진이 붙어 꼬리지느러미를 힘차게 흔들었다. 상괭이 무리를 만나고 집으로 돌아가는 모습을 그렸다.
　엄마와 할아버지의 얼굴이 뒤미처 어른거리자 날개지느러미는 풀이 죽고 꼬리지느러미의 추진은 시들해졌다. 엄마와 할아버지에게 바다에서조차 왕따를 당했다는 이야기는 들려주기 싫었다. 머릿속이 복잡해졌다. 피곤함으로 꾸물꾸물 눈이 풀려갔다. 날개지느러미를 늘어뜨려 휑뎅그렁한 바닷속에서 잠을 잤다.

너는 나의 마지막 딸을 구한다.

할머니 돌고래의 울음소리가 따스하게 메아리쳤다. 눈을 떠 바다를 돌아보았으나 아무것도 없었다.

바닷속은 칠흑같이 어두웠다. 요나는 수면 위로 헤엄쳐 올라가 머리를 내밀었다. 사방의 바다는 가없이 잔잔하게 흘렀고 밤하늘에는 무수한 알갱이의 별 무리가 반짝였다. 어디선가 고래의 울음소리가 희미하게 들려왔다. 정신이 번쩍 들어 요나는 그 소리의 방향을 두리번거렸다. 검게 그늘져 우두커니 솟은 먼 곳의 바위섬을 향해 헤엄쳐갔다. 그곳의 언저리에서 수많은 나팔소리 같은 울음소리가 울려 퍼졌다.

나는 고래인간을 찾아온다.

남방큰돌고래가 알려준 혹등고래였다. 혹등고래가 요나의 이름을 부르며 찾아오고 있었다. 요나는 꼬리지느러미를 바쁘게 흔들어 추진했다. 수면 위로 뛰어올라 날개지느러미를 힘껏 펼쳐 날아갔다.

고래의 울음소리가 지진 같은 무거운 진동으로 가까워졌다. 순간에 거대한 고래가 수면을 뚫어 솟구쳐 올랐다. 배와 가슴의 여섯 지느러미를 기다랗게 늘어뜨린, 몸 전체가 빙산처럼 새하얀 혹등고래였다.

하얀 혹등고래는 공중에서 드러누워 바다에 떨어졌다. 큰 몸집으로 바닷물을 충격하여 일어난 소용돌이에 요나는 속절없이 빨려 들어갔다. 고래는 줄줄이 세로진 주름의 배와 널따란 턱을 보인 채 여섯 지느러미를 펼쳐 바닷속을 내려갔다. 위쪽 지느러미 한 쌍이 제일 길고, 중간의 한 쌍과 아래쪽 한 쌍의 지느러미가 차례로 작아지는 생김새였다. 어둑한 바다에서도 고래의 하얀 몸은 아지랑이 빛줄기를 자욱하게 퍼뜨렸다.

하얀 혹등고래의 느긋함과 달리 요나는 있는 힘을 다해 꼬리지느러미를 흔들어야 했다. 따라잡아 위쪽 지느러미에 이르자 하얀 혹등고래는 몸을 크게 돌려 뒤집었다. 주름진 눈시울의 동공이 온화한 푸른빛으로 반짝였다.

♦

너는 바다를 배운다. 너는 땅을 배운다.
너는 고래를 배운다. 너는 인간을 배운다.

요나는 깊은 바다로 들어갔다. 암흑의 물속에서 희미한 빛이 새어나왔다.

나는 바다 아래를 보여준다. 나의 고향을 보여준다.

하얀 혹등고래의 인도를 받아 요나는 바다 깊숙한 곳으로 들어갔다. 깊어질수록 어슴푸레하던 윤곽이 뚜렷해졌다. 물속을 볼 수 있도록 고래가 요나의 눈을 밝혀주었다. 땅의 광야처럼 황량한 심해저평원의 위를 헤엄쳐 날아다녔다. 깊게 갈라진 해저협곡, 해구와 대륙사면을 내려가고 올라갔다.

고요하고 고요한 해저였다. 어떠한 소리도 내면 안 될 엄중한 적막이 에워쌌다. 하얀 혹등고래는 아무 울음소리를 내지 않았다. 요나는 침묵하는 고래의 곁을 따라 헤엄쳤다.

시간을 잃어버렸다.

어딘가로부터 하염없이 떠나온 막막한 마음이었다. 사나흘이 지난 시간의 흐름인데도 이제까지 학교를 다녔던 시간만큼 하얀 혹등고래를 따라다녔다고 느꼈다. 다시는 엄마와 할아버지를 볼 수 없을지도 모른다는 생각에 요나는 무서웠다. 고래에게 그런 두려움을 털어놓아서는 안 되었다. 고래가 엄숙하게 인도하는 길에 방해가 되는 건 더 무서웠다.

저 멀리 바다 위에 해가 떠올랐다고 느낄 때면 요나의 날개지느러미는 힘이 빠져 축 늘어졌다. 그때마다 하얀 혹등고래는 몸을 뒤집어 배를 드러내 요나를 아래쪽 지느러미 안으로 안착하게 했다. 지느러미를 둥글게 말아 요나를 감쌌다.

잠에서 깨어난 요나는 해저 지형의 움푹 팬 곳곳을 내려다보았다. 땅이 갈라진 곳마다 밝은 연둣빛이 고였다. 요나가 연둣빛을 지켜보도록 하얀 혹등고래는 아래로 낮게 붙어 헤엄쳤다. 요나가 연둣빛을 응시하게 되면 그곳에서 사람의 말소리, 뛰노는 웃음소리, 노랫소리와 외치는 소리가 들려왔다.

연둣빛 틈새로 구름이 떠 있는 다른 세상이 엿보였다. 요나는 소리를 지를 뻔했다. 하얀 뭉게구름 사이로 하얀 혹등고래 무리가 날아다니고 있었다. 구름결 아래로 끝없는 황금빛 사막과 푸른 바다가 펼쳐졌다. 푸른빛의 사람 형상이 노란빛 띠를 늘어뜨리며 하나둘씩 그곳의 바다에 떨어졌다. 저 아래에 사람들이 사느냐고 고래에게 묻고 싶었다. 헤엄치기를 멈추고 연둣빛에 바짝 붙어 하얀 혹등고래 무리를 보고 사막과 바다를 내려다보고 싶었다. 고래는 그저 느껴보라고 권하듯이 앞만 바라보며 요나를 이끌었다. 지금은 바다 아래를 자세히 들여다볼 때가 아니라고 일러주는 묵계가 내려졌다.

요나는 바다 아래 세상의 소리를 들으며 잠들다가 깨어났다. 엄마와 할아버지를 향한 그리움은 묽게 희석되어 하얀 혹등고래와 한없이 바닷속을 순례해도 좋겠다고 순응할 때에, 요나는 깨달았다. 해저 지형은 단지 바다 아래 세상을 덮는 껍질에 불과한 것을. 언젠가 요나 자신이 그곳의 또다른 바다에서 헤엄칠 것을.

너는 바다로 올라간다.

어느 해저 지형의 끝에 다다랐다는 의식이 엷게 퍼져왔다. 이전부터 하얀 혹등고래와 그래왔다는 듯이, 요나는 햇살을 받아 푸르게 찬연한 바다를 나아가고 있었다. 곁에서 하얀 혹등고래가 보호해주기에 요나의 검푸른 피부층은 햇살을 받아낼 수 있었다.

하얀 혹등고래가 수면 위로 높게 치고 올라가 바다에 떨어지면 요나도 뒤따라 솟구쳐 날아올라 바다에 뛰어들었다. 열대 바다는 한가로웠다. 쏘다니는 물고기 떼와 물풀을 뜯어 먹는 푸른바다거북을 보고, 이따금 다른 혹등고래와 마주쳤다. 홀로 바다를 여행하는 청년 혹등고래. 육십년을 살아서 삶을 마감하려는 할아버지 혹등고래. 얼마 동안 같은 바닷길을 동행하는 세 마리의 혹등고래. 엄마와 헤엄치며 노래하는 새끼 혹등고래.

우리는 바다 아래의 고래를 본다.

하얀 혹등고래를 발견한 혹등고래들은 일제히 수직으로 서서 영접했다. 커다란 몸집을 위로 쳐들고서 가슴지느러미를 기다랗게 펼쳤다. 혹등고래의 주름진 눈들은 감격에 젖어 안온하게 빛났다. 하얀 혹등고래는 여섯 지느러미를 살랑여 나아가며 혹등고래들과 눈을 맞추었다. 그들과 무언의 대화를 주고받았다.

너도 혹등고래다.

새끼 혹등고래는 엄숙함에서 벗어났다. 요나에게 다가와 장난을 쳤다. 요나의 손길을 받으며 어디에 사는지 물었다.

나는 곧 독립한다. 너를 보러 갈 거다. 나는 너랑 놀 거다.

새끼 혹등고래는 한반도 바다로 놀러가겠다고 말했다. 약속을 들은 요나는 몸을 회전하며 즐거워했다. 자기보다 커다란 새끼 혹등고래의 배에 붙어서 바닷속을 빙글빙글 돌았다.

바다 아래 II

♦

『고래 도감』과『고래 시리즈』에서 혹등고래의 사진과 설명이 가장 많았다. 혹등고래는 대왕고래, 북극고래, 회색고래, 참고래, 긴수염고래, 밍크고래와 같은 수염고래에 속했다. 작은 물고기 떼를 크게 벌린 입에 가둔 다음, 입속에 감춰진 수염으로 물을 빼내 걸러서 삼킨다. 수염고래의 입속 수염은 사람 손톱의 탄성과 맞먹어서 머리 솔빗, 모자의 테, 외과 수술용 실, 낚싯줄, 채찍, 코르셋의 흉곽 틀 제작에 쓰였다.

혹등고래 성체의 무게는 30톤에서 40톤까지 육박하고, 몸체의 길이는 보통 11미터에서 16미터인데 큰 것은 20미터에 이른다. 큰 몸집으로 한 해에 2만 5천 킬로미터를 이동한다. 조류의 일부 철새를 제외하고, 지구상의 동물 중 육상과 바다를 통틀어 가장 먼 거리를 이동하지만 정확한 동기는 알 수 없다. 암컷 혹등고래의 경우 범고래나 백상아리를 피하면서 동시에 피부가 여약한 새끼가 아우하게 적응할 따뜻한 바다를 찾아 멀리 이동했다.

수면 위로 거대한 몸 전체를 도약해 떨어지는 놀이를 하는 고래가 모두 이 혹등고래였다. 수중에서 녹음한 다양한 울음소리를 음악 앨범으로 발매할 만큼 노래를 부르는 고래로도 유명했다.

혹등고래라는 이름은 입 끝에서 머리와 등까지 오돌토돌한 혹이 배열된 생김새 덕에 지어졌다. 대부분 등이 검고 배는 하얀데, 가슴지느러미는 모든 고래를 통틀어 제일 길어서 날개지느러미로 불리기도 했다.

『한반도 고래 수탈사』는 대왕고래, 긴수염고래, 회색고래, 밍크고래와 함께 혹등고래가 대표적인 한반도의 수염고래라고 소개했다. 조기 떼가 회유하는 경로를 따라 한반도와 중국 대륙 사이의 황해 바다에 수염고래가 대거 서식했고, 이 때문에 한반도의 혹등고래도 서해 바다에서 발견되었다. 물이 탁하지만 겨울에도 수온이 상온을 유지해 따뜻하고, 먹잇감이 풍부해서 혹등고래가 새끼를 낳고 가르치는 포육哺育 활동에 적합했던 것이다. 거기에다 개펄 바다인 서해와 다른 아열대 환경의 남해 바다로 쉽게 이동할 수 있었다.

일제강점기 포경 사업에서도 서해 바다에서 혹등고래를 포획한 기록이 남아 있었다. 일본의 동양포경주식회사의 1930년도 포경 실적에서, 황해도의 대청도와 전라도의 흑산도에서 혹등고래가 포획된 거였다. 그해에 동해 바다와 제주도의 포경 기지에서 혹등고래가 포획된 기록은 없었다.

몽탄 이모가 들려준, 평생을 흑산도에서 살았던 외할머니의 어린시절 이야기가 납득되었다. 배를 젓는 노처럼 기다란 지느러미를 늘어뜨려 물 위로 솟구쳐 뛰고, 아이들이 좋아하는 소리를 들려주면 몇 번이고 뛰어줄 커다란 고래는 혹등고래밖에 없었다.

바다의 수호천사 혹등고래

어린이용 『고래 시리즈』에서는 혹등고래를 '바다의 수호천사'로 소개했다. 바다의 최상위 포식자인 범고래와 맞서서 다른 동물을 보호하기 때문이었다. 생태계에서 포식자를 상대로 싸움을 거는 유일한 피식자였다.

♦

어린이용 『고래 시리즈』에서는 범고래를 바다의 왕이라고 소개했다. 범고래는 5미터에서 8미터의 크기로 헤엄치기의 순간 속력이 가장 빠른 고래였다. 무리를 지어 소통하며 작전을 짜고 서로가 알아낸 정보를 공유해 발전시킬 정도로 영리하다. 사냥을 위해 작은 무리를 나눠 신호를 주고받으며 대열의 차례도 짠다. 지방질이 많은 포유동물 사냥에 주력하는데 같은 고래에게도 예외가 없었다.

이빨고래로서 돌고래dolphin로 분류되었지만 고래를 잡아먹는 고래인 까닭에 범고래의 영어 이름은 '킬러 웨일killer whale'이었다. 허먼 멜빌의 『모비딕』에서 묘사된 고래의 잔인성이 범고래에게서 착안되었다. 외모도 귀엽고 인간의 말을 잘 들어서 부정적인 이미지가 연상되지 않는 '오르카orca'라는 이름도 널리 사용된다지만, 이 역시 로마신화에 나오는 서승의 신 '오르크누스Orcinus'에서 유래되었다. 바다의 최상위 포식자 반열에 동등하게 분류된 험상궂은 백상아리조차 멀리서 범고래의 울음소리만 들려도 혼비백산하여 도망친다. 범고래 무리의 사냥 작전에 걸리면 꼼짝없이 물어뜯겨서 영양분이 풍부한 간을 뺏기고 몸뚱이는 버려지기 때문이다.

『고래 도감』에 나온 범고래의 사냥 습성은 참혹했다.

범고래는 온순한 수염고래의 새끼를 끊임없이 사냥해왔다. 혹등고래에게도 마찬가지여서 무리를 지어 새끼를 어미에게서 떼어내 잡아먹는 사냥은 흔한 사례였다. 수십 마리의 범고래가 몇 시간에 걸쳐서 몸을 솟구쳐 들이받는 공격으로 어미와 새끼를 떨어뜨리는 방식이 주로 발견된다. 범고래 한 마리의 무게가 적게는 3톤이고 많게는 6톤에 육박해서, 솟구쳐 들이받는 충격은 정지한 트럭이 급발진으로 짧게 달려와 부딪치는 것과 비슷했다. 범고래가 장난을 친다며 슬쩍 들이받았다가, 크게 다쳐서 병원 신세를 진 사람도 있었다.

여러 마리의 범고래가 힘껏 솟구쳐 새끼 혹등고래를 줄기차게 들이받으면, 새끼는 몸이 부서지는 충격을 받아 피를 토한다. 범고래의 한쪽 무리는 어미가 새끼에게 접근하지 못하게 막고, 다른 한쪽 무리는 차례를 지어 새끼를 들이받고 물어뜯는다. 늑대가 순록을 사냥할 때 혀를 물어뜯어 과다 출혈로 죽음을 재촉하듯이, 범고래는 힘겨워서 입을 벌린 새끼 혹등고래의 입속에 머리를 처박고 혀를 물어뜯어 숨통을 끊는다. 배가 고프면 먹고 그렇지 않으면 새끼의 사체를 팽개쳐두고 떠난다. 어미는 형체를 알아볼 수 없는 시체로 둥둥 떠 있는 새끼를 오랫동안 맴돌다가 외롭게 바다를 헤엄쳐나간다.

범고래의 사냥 습성을 설명한 이 부분을 읽다가 나는 책에서 눈을 뗐다.

어미 혹등고래의 구슬픈 울음소리가 들려오는 것 같았다. 범고래가 그토록 잔인한 포식자라는 사실이 소름 끼쳤다. 대왕판다처럼 눈을 포함한 머리와 등은 검고, 옆머리 일부와 턱 아래부터 배는 하얀 데다, 둥그스름한 주둥이는 장난기 있는 미소를 띤 외모여서 마냥 귀여운 고래인 줄로만 알았다.

떼를 지어 달려들어 새끼를 어미에게서 떼어내 죽이고, 어미를 홀로 남겨 참혹한 고통에 빠지게 하는 사냥 습성이 이해되지 않았다. 생태계

야생의 섭리를 떠나 배를 채우는 목적에 더한 무언가가 있어 보였다. 범고래의 무리 생활은 인간의 사회성과 버금가기 때문이다. 범고래는 기형으로 태어난 새끼를 버리지 않고 마땅한 일원으로서 무리 생활을 하도록 끝까지 도와준다. 가슴지느러미가 없거나 알비노를 앓는 기형 범고래가 정상적으로 무리와 함께하는 사례가 드물지 않았다. 기형으로 태어난 새끼를 도태시키는 여타 돌고래와는 다르게 무리 안에서 약자를 돌보는 여유가 있었다.

그런 범고래가 새끼 물개를 무리 가운데로 끌어와서 죽도록 패대기 치고, 공놀이하듯 서로에게 힘껏 던져 주고받으며 즐거워한다. 생명이 고통받는 현장을 즐긴다고 할 수밖에 없었다.

새끼 혹등고래는 태어날 때부터 크기가 3미터에서 5미터에 달해 성체 범고래 크기와 비슷하다. 어미의 젖을 먹으며 하루에 수십 킬로그램씩 체중이 증가해서 한두 달이 지나면 성체 범고래의 덩치를 뛰어넘는다. 어미로부터 숨구멍으로 숨쉬기, 잠자기, 가슴지느러미 치기, 노래 부르기, 여행하며 사냥하기를 배우지만 어리기에 범고래의 공격에 맥없이 당한다.

지능과 정서의 수준이 높고 같은 포유동물이라서 새끼의 귀여움을 범고래는 충분히 인식할 터였다. 동종 포식과 다를 바 없는 고래 사냥에 열을 올리는 습성이 집단에서 살의를 공유하고 그 폭력성을 분출하는 실행으로 보였다. 심지어 범고래가 인간의 고래잡이에까지 협조한 습성이 세계 각지에서 발견되었다. 바닷길을 막아 포경 대상이 된 고래를 몰이하고, 고래가 작살에 맞으면 인간이 수습하기 좋게 물어뜯어 죽이는 거였다. 마치 자신들이 고래를 학살하는 심판자라는 듯이.

무리를 지어 다녀 집단성을 유지해야 하는 불안감을 동종 고래에게 해소하는 걸까. 그럼으로써 집단의 힘을 모두가 확인하고 정당성과 결

속력은 강화될 것이다. 바다에서 생존을 위협하는 존재가 없기에 넘치는 에너지를 폭력적으로 분출하는 행사 같기도 하고, 인간의 고대 야만 사회에서 갓난아이를 제물로 바쳤던 제의祭儀 같기도 했다.

정서를 교감하는 동물이라서 생존을 위한 사냥 외에 내적인 무언가를 충족하기 위한 활동이 필요하기 마련이다. 독립적으로 살아가는 혹등고래가 고래뛰기를 즐기고 다양한 노래를 부르며 먼 곳으로 여행을 다니는 것과, 무리를 지어 살아가는 범고래의 집단적 폭력성 분출이 동일 선상의 생태계 정서 활동으로 읽혔다.

그토록 온화한 혹등고래가 범고래에게는 과격했다. 장성한 혹등고래는 범고래 무리를 발견하면 큰 몸집으로 돌진해 선제공격했다. 범고래와 혹등고래의 충돌 사례 대부분이 혹등고래가 일으킨 거였다. 성체 혹등고래의 가슴지느러미 하나가 5미터에서 6미터에 이르러서, 내려치는 한번의 타격으로 범고래는 자칫 심각한 부상을 당한다. 게다가 대형 고래 중에서 유독 혹등고래는 고래뛰기 놀이를 즐길 만큼 역동적이기에, 수십 톤에 육박하는 몸집을 솟구쳐 떨어지는 것만으로도 범고래 무리는 막대한 타격을 받는다. 건물이 무너져 덮치는 위력과 비슷해서 범고래 무리는 새끼가 없는 성체 혹등고래가 싸움을 걸어오면 뒷걸음친다. 혹등고래의 공격성을 맞닥뜨리는 상황의 불리함은 귀신같이 읽어내고 발을 뺀다.

혹등고래는 이러한 이점을 이용해 범고래 무리의 사냥 작전에 훼방을 놓아 먹잇감으로 삼은 다른 동물을 보호했다. 범고래 무리가 어미 고래와 새끼 고래를 떼어내는 사냥이 벌어지면 혹등고래는 그곳에 뛰어들어 끝까지 돕는다. 그 틈에 범고래 무리가 들이받고 물어뜯어도 혹등고래는 포기하지 않는다. 외딴 유빙流氷에 갇혀 범고래에게 잡히려는 물개에게는 배를 뒤집어 가슴지느러미에 안착하게 해서 큰 몸집으로 보호해 안전한 곳으로 데려다준다. 기회가 주어지면 혹등고래는 수 킬로미터 떨어진 범고래 무리를 찾아가 평범한 군집도 와해시켰다. 혹등고래도 무리를 짓곤 하는데 그때 범고래 무리가 주위에서 발견되면 토끼몰이를 하듯 내내 쫓아다닌다. 범고래 무리가 다시 뭉치기까지 고생시키는 것이다.

혹등고래는 범고래 무리가 죽은 고래를 뜯어먹는 시체 청소도 허용하지 않았다. 고래의 시체를 훼손하면 안 된다고 꾸짖듯이 범고래 무리를 쫓아낸다. 마치 범고래를 응징하는 일이 자신의 사명이라는 듯이.

이와 같은 혹등고래의 습성을 두고서, 범고래가 새끼 혹등고래 사냥을 모의하지 못하도록 트라우마를 주는 행위라고 주장하는 설이 유력했다. 동물을 인간보다 하등한 존재로 두고 연구하는 수준에서, 인간이 편하게 이해하기 위한 설명으로 쉽게 정리하려 한다는 인상이 들었다.

범고래와 동일하게 바다의 최상위 포식자이며 새끼 혹등고래를 사냥하는 백상아리에게는 대응이 딴판이기 때문이다. 혹등고래는 백상아리의 기척을 듣고 쫓아가 선제공격하지 않는다. 백상아리가 새끼를 사냥하려는 경우를 제외하고, 혹등고래는 백상아리가 근처에 있어도 특별하게 반응하지 않는다. 백상아리 역시 근처에 혹등고래가 있다고 굳이 도망치지 않는다. 외려 새끼를 사냥할 수 있나 하고 혹등고래에게 접근해 어슬렁거린다. 혹등고래는 백상아리를 보고도 평범하게 지나친다. 백상아리는 본래 그런 존재라고 이해하듯이 말이다. 만약 혹등고래가 범고래 무리의 백상아리 사냥 현장을 본다면 그 역시 방해할 것 같다.

◆

"너는 범고래랑 만나지 않았어?"

"아직. 나중에 하얀 혹등고래가 사는 바다에 가면 볼 수 있대."

"하얀 혹등고래는 어디 사는데?"

"여기에 살아. 여기에서 내려왔어."

요나의 손가락이 세계전도 위쪽의 북극해를 짚었다.

하얀 혹등고래는 부름을 받아 요나를 찾아왔다고 했다. 북극해에서 보퍼트해와 추크치해, 베링해를 지나 태평양에 횅하게 자리한 북마리아나 제도와 괌 앞으로 이동해온 거였다. 겉잡아도 1만 킬로미터에 달하는 거리였다.

"하얀 혹등고래는 왜 날개지느러미가 여섯 개야?"

"그거는……"

요나는 세계전도의 태평양에서 눈을 떼지 않았다. 바닷속 묵계를 돌아보고 하얀 혹등고래의 정체를 있는 대로 말하기를 망설였다. 지도가 우리의 대화를 엿듣기라도 하는지 들릴락 말락 답했다.

"원래 우리 같은 사람이었어. 바다에 빠졌는데 바다 아래 바다 고래가 불러서 바다 아래로 내려갔대. 바다 아래 바다 고래가 하얀 혹등고래로 만들어준 거야. 바다 아래에서 살다가 바다 아래 바다 고래의 울음소리를 들었다고 했어. 나를 가르치라고 바다로 올려보낸 거래."

◆

하얀 혹등고래가 여섯 지느러미를 늘어뜨렸다는 요나의 이야기에서

부터, 내 머릿속에는 천사의 날개가 펼쳐져 있었다. 나를 찾아온 검은 천사의 여섯 날개로 덧씌워졌다.

그해 가을에 일어난 침몰사고에서 기이하게도 나는 수녀복을 입은 모습으로 구조되었다. 우리 가족이 출석하던 성당의 신부님이 주선해서 나는 엘리사벳이 원장 수녀로 있던 '마리아의 딸' 수녀원에 맡겨졌다.

여객선이 악천후를 피해 항로를 틀다가 전복된 침몰사고를, 여객선 한쪽이 침수되어 서서히 침몰해버린 다른 상황으로 나는 기억하고 있었다. 구선이 물이 차오르는 곳으로 스스로 떨어지기를 자청하고, 나는 객실의 창문을 빠져나와 헤엄쳤다. 물속에서 부드러운 손길이 나를 잡아끌었던 기억이 끝이었다.

수녀원의 '손님의 집'에 머물렀던 나는 밤마다 환상에 시달렸다. 어둑스레한 남자가 우두커니 서서 나를 지켜보고, 그에게 괴롭힘을 당하는 악몽을 꾸고, 먼 훗날의 내 모습을 마주하고, 환상에 빠져 서해 바다에 침몰해 잠긴 여객선으로 이끌려갔다. 급기야 대낮에 죽은 희경의 영혼까지 보고는 혼절해서 병원에 실려갔다.

병원을 퇴원한 날에 엘리사벳은 내가 동정녀의 몸으로 임신했다며 자신의 신앙고백을 절절하게 늘어놓았다. 내 뱃속에 들어온 요나의 존재가 최초로 발견되었던 것이다. 나는 길길이 날뛰며 엘리사벳의 말을 부정했다. 간곡하게 나를 설득하는 엘리사벳이 신비주의 신앙에 심취한 광신도 같아서 공포스러웠다.

충동적으로 수녀원에서 탈출을 감행하는데 언덕길에서 검은 천사가 걸어 올라오는 거였다. 거인의 큰 키에 두 날개는 하체를 덮어 가리고, 두 날개는 펼쳤고, 두 날개는 얼굴을 가렸다. 얼굴을 덮은 날개 아래로 드러난 그의 턱은 새하얬고 입술은 미소를 머금었다.

검은 천사가 수녀원 오르막길의 수풀을 통과하여 올라가고 나는 미친 듯이 그를 쫓아다녔다. '십자가의 길'을 둘러싼 외진 숲속에서 길을 잃었다. 짓다 만 오두막에 들어가 뜬눈으로 밤을 새웠다. 오두막에서 나를 닮은 어느 수녀의 초상화를 보고, 창문을 통해 보랏빛으로 반짝이는 검은 천사의 눈을 지켜봤다.

엘리사벳은 여섯 날개의 검은 천사가 성경의 이사야서에 나온 사랍 천사Seraph와 비슷하다며 경이로워했다. 불길에 휩싸인 형상이어서 치천사熾天使로도 일컫는 사랍은 가장 높은 서열의 천사였다. 주님의 보좌 바로 곁에서 노래를 부르며 수종을 든다고 했다. 예언자 이사야가 주님의 계시를 받는 환상에서도 사랍 천사들Seraphim은 저마다 두 날개로 발을 가리고 두 날개로 얼굴을 가린 채 나머지 두 날개로 날갯짓하며 노래를 불렀다.

내가 희경의 집으로 이끌려가 홀로 요나를 낳았던 눈 내리는 날에도 여섯 날개의 검은 천사가 찾아왔다. 하얀 눈으로 뒤덮인 세상에서 검은 천사는 감나무가 서 있는 담장 너머로 나를 건너다보았다. 병원에서 상상임신으로 판정받았던 현실을 깨부수어 본래의 뜻으로 나를 데려간다고 느꼈다.

검은 천사는 기진한 나와 요나를 날개로 감싸 품어서 집으로 옮겨주었다. 눈을 떠보니 하얀 성모님과 검은 천사가 좁은 내 방에 들어와 나를 내려다보고 있었다. 다시 눈을 떴을 때 그들은 사라지고 내 옆에는 포대기에 싸인 요나가 곤히 잠들어 있었다.

나는 요나에게 여섯 날개의 검은 천사를 말하지 않았다. 기억을 꺼냄으로써 묻혔던 고통스러운 과거를 들추고 싶지 않았다. 여섯 날개의 검은 천사를 말함으로써 내 입으로 요나의 근원과 앞날을 건드려 예견하리라고 두려워했다. 검은 전신에서 두 날개는 발을 가리고, 두 날개는

펼쳤고, 두 날개는 얼굴을 가려서 드러낸······ 검은 천사의 새하얀 턱과
미소를 머금은 입술이 범고래와 닮아 있었다.

배웅 I

★

시간을 들여 로우번 스타일로 뒷머리를 모아 묶고 핫팬츠와 블라우
스를 입었다. 서클 렌즈를 낀 눈이 도드라지게 마스카라를 칠하고 립스
틱으로 입술을 물들였다. 광대뼈 주위에 블러셔로 복숭아 빛깔을 먹이
고 눈에 띄는 오버사이즈 링 귀걸이를 찼다. 새로 얻은 휴대폰의 보조배
터리, 지갑, 선크림, 화장솜, 손거울, 이어폰, 필름을 감아놓은 토이카메
라, 선글라스를 토트백에 넣었다.

살구색 벙거지와 펑퍼짐한 조거 팬츠, 양말, 운동화, 크림색 티셔츠를
백팩 밑바닥에 깔고, 그 위에 토트백을 통째로 얹어 담고 있었다.

아빠가 불시에 우리 집을 찾아왔다. 엄마와 여사님이 집에 없는 사정
도 미리 알고 있었다. 대담하게도 대문의 초인종을 눌러 여전한 집주인
처럼 들여보내라고 했다. 구름이는 요나가 우리 집에 찾아온 줄 알고 앞
발로 인터폰을 켰다. 아빠의 목소리를 듣고는 웡웡 짖어 내가 해결하기
를 기다렸다.

당황스럽게도 아빠는 락 페스티벌 일정을 알은척했다.

"엄마한테는 네가 친구랑 인천에 놀러간다고 말해뒀다. 데려다주겠다고 하니까 그러라고 하더라."

화장해서 다른 사람이 된 나를 보고 아빠는 눈을 피해 구름이에게 손을 내밀었다. 구름이는 내 다리에 바싹 몸을 기대곤 아빠의 손을 피했다. 내가 아빠를 싫어해서 구름이도 아빠를 꺼렸다.

컬을 먹인 뒷머리는 염색되었고 회색 정장을 입었지만, 다문 입꼬리에는 쓸쓸함이 어렸다. 팔월의 바다에서 혜미를 기다렸던 아빠의 표정을 기억나게 했다. 내일이면 팔월이어서 혜미의 기일이 되어버린 광복절을 되돌아보나 했다.

그건 아닌 것 같았다. 방학 기간의 여유로움과 무더위, 괜한 지루함이 더해 적적해져서 주변을 낯설게 돌아보는 듯했다. 아마 어린 애인과 싸웠을 거다. 버릇을 고치지 못하고 또다시 몰래 폭행했을까.

아빠의 사생활에 잡음이 생겨 위축된 거라는 추측이 들자 마음이 놓였다. 나도 혜미처럼 될까 아빠가 걱정했다는 속사정을 확인하는 건 재미없는 드라마의 억지스러운 장면 같아서 견디기 어려울 거다. 나는 아빠의 적적함을 손톱만큼도 덜어주기 싫다.

"아빠 카드로 결제했다고 문자메시지가 날아왔던데. 우리 조교한테 물었더니 인천에서 하는 락 페스티벌이라고 하더라."

"언제는 맘대로 신용카드 쓰라며. 감시하려고 그랬던 거구나."

요나를 배웅하는 특별한 날의 시작을 망치고 싶지 않았다. 내 몸이 불편하다, 서울에서 인천으로 가는 교통편이 좋지 않다, 바래다주고 싶다, 하며 아빠는 그럴 수밖에 없다는 식의 듣기 싫은 합리화를 떠벌렸다. 내가 쌀쌀맞게 못 들은 척하니까 아빠는 타협했다는 투로 준비되면 나오라고 했다. 중대한 계획 실행에 아빠가 훼방꾼 노릇을 하고 있었다.

"아빠랑 못 가."

단호하게 거부하는 내 말에 아빠는 돌아서려다 멈칫했다.

"고속터미널에서 친구랑 가기로 했단 말이야. 락 페스티벌에 바로 가는 셔틀버스가 있어서 그게 더 편해."

"오, 그래!"

아빠는 과장스럽게 반색했다. 느닷없는 집착으로 그 친구도 데려가면 되겠다고 했다. 그전부터 내 친구를 만나보고 싶었다는 양 적극적이어서 나는 비웃고 말았다. 언제부터 내 친구 관계에 관심이 있었다고.

"싫어. 아빠꺼 신용카드 괜히 썼어."

계획이 틀어질까 조바심이 났지만 나는 나름 정중하게 거절했다. 거실의 창문으로 눈길을 돌리고는 아빠가 더이상 설득하지 못하도록 쐐기를 박아버렸다.

"미안한데, 친구한테 아빠가 있다고 말하기는 싫어."

아빠는 뒷머리를 거칠게 쓸어 올렸다. 필요한 협조를 해주지 않는다고, 그럴 의무가 나에게 있다고 항의하는 품새였다. 내가 원하지도 않았고 본인도 신경 끄면 될 일이었다. 왜 갑자기 대단한 행사를 치른다고 열심을 부려서 내가 싸늘해지도록 자초할까.

아빠는 고속터미널까지만이라도 데려다주게 해달라고 제안했다. 그 이상은 요구하지도 않겠고 그 이하는 거부하지 말아달라고 했다.

"알았어. 고속터미널까지야."

원래 쓰던 휴대폰으로 오늘 밤늦게 집에 돌아오겠다는 문자메시지를 써서 여사님에게 보냈다. 연락이 잘 안 될 거라고 예고했다. 휴대폰에 충전 케이블을 꽂아 침대 매트리스의 빈틈에 끼워 숨겼다. 구름이를 껴안아 여사님이 곧 온다는 말을 남기고 백팩을 챙겨 마당을 건너갔다.

조수석에 앉아 차문을 닫았는데도 아빠는 출발하지 않았다.

"안 가?"

"목이 마르네. 물 좀 마시자."

안경을 쓴 아빠의 눈이 퀭했다. 나는 다시 집으로 들어가서 먹는샘물 한 병을 꺼내왔다. 아빠는 먹는샘물의 뚜껑을 열더니 그 자리에서 물을 다 마셔버렸다.

―― 신세계백화점 정문 앞에 있을게.

새로 얻은 휴대폰을 아빠가 알아볼까 신경 쓰였다. 햇빛을 가릴 겸 왼손을 펴서 휴대폰에 비스듬히 올렸다. 오른손 엄지로만 문자메시지를 써서 답장했다.

―― 알겠어. 곧 갈게.

일요일 오후에도 고속터미널 주변은 북적였다. 저마다 여행을 마치고 돌아오는 사람들 같았다. 고속터미널 전철역 출구를 지나가자 차 앞유리 너머로 백화점 건물과 크게 붙은 '샤넬' 광고 포스터가 보였다. 아빠는 시내버스와 차들이 몰리는 곳을 피해 백화점 앞 광장을 지나쳐갔다. 별다른 인사 없이 나는 차에서 내렸고 아빠도 잘 다녀오라는 간단한 말조차 하지 않았다. 운전하는 도중에 아빠는 한숨을 푹푹 내쉬었다. 나는 조수석 창밖 풍경만 바라보았다.

주변의 소음 때문에 등 뒤의 아빠 차가 떠났는지 그대로인지 알 수 없었다. 나는 돌아보지 않고서 전화를 걸었다.

"여기, 백화점 정문 쪽. 거인 마네킹 있는 데."

그곳에 백팩을 메고 쇼핑백을 든 요나가 손을 높이 들어 흔들었다. 흰색 반팔 티셔츠에 반바지를 입은 그가 말끔하게 웃었다. 사람들이 바쁘게 지나가는 속에서도, 씽긋 드러난 그의 뻐드렁니를 알아볼 수 있었다. 굳었던 내 얼굴이 풀어져 방실방실 웃었다.

계획대로 나는 버스 승차홈에 혼자 들어가서 락 페스티벌 셔틀버스를 찾아갔다. 요나의 빈 쇼핑백을 들고 누군가를 기다리는 척했다. 나를 주시하는 수상한 낌새는 없었다. 셔틀버스에 올라타 아무 자리에 앉아 앞좌석의 등받이 그물망에 락 페스티벌 티켓 두 장을 꽂아 자리를 표시했다.

시간을 쟀다. 빈 쇼핑백과 티켓을 놔둔 채 나는 백팩을 메고 버스를 나갔다. 대합실에 들어가 절룩절룩하는 걸음을 노출하며 화장실을 찾아갔다.

백팩을 열어 토트백을 꺼내고 챙겨온 조거 팬츠와 크림색 티셔츠로 옷을 갈아입었다. 양말을 신고 운동화로 갈아 신고서 핫팬츠와 블라우스, 샌들을 백팩에 옮겨 담았다. 로우번으로 묶은 머리를 풀고 손빗으로 쓸어서 늘어뜨렸다. 귀걸이를 빼고 얼굴의 화장을 꼼꼼하게 지워 맨얼굴을 만들고서 선글라스를 썼다.

살구색 벙거지를 눌러쓰고 언니가 미리 끊어준 버스표를 꺼내 확인했다. 시간을 재다가 백팩은 버려두고 토트백을 챙겨 화장실을 나갔다. 이번에는 절룩이는 걸음을 보이지 않으려 노력했다. 오늘따라 걸음이 빨라질수록 덜 절름거려 움직임이 가벼웠다.

종종걸음으로 대합실을 가로질러 승차홈으로 나갔다. 속초행 우등 고속버스를 찾아 올라타서 중간 자리에 앉았다. 커튼을 쳐서 창문을 가렸다.

── 탑승 완료!

── 나갈게.

요나가 버스에 올라탔다. 검은색 긴팔 티셔츠와 주머니가 주렁주렁

달린 카고바지로 갈아입었다. 백팩 대신에 크로스백을 메고서 흰색 야구모자를 눌러썼다. 요나는 내 옆을 지나쳐 뒷자리에 앉았다. 각자 따로 앉도록 버스표를 예매했던 대로다.

버스 안은 승객들이 띄엄띄엄 앉아 한산했다. 일요일 오후에 우리처럼 속초로 여행을 가는 일정은 드물었다. 검표원이 버스표를 수거하고 나가자 버스 탑승구가 닫혔다.

터미널을 빠져나간 버스는 도로를 달리기 시작했다. 큰 과제를 해치워서 홀가분했다. 이제 속초에 도착할 일만 남았다. 커튼을 걷은 창문 너머의 화창한 여름 하늘이 바다의 풍경을 비추는 것 같아 신이 났다. 별다른 징후가 없다고 확신한 요나는 뒤에서 내 어깨를 건드렸다.

"저기요. 누구신지 모르지만 예쁘시네요."

나는 선글라스를 벗고 새치름한 눈으로 요나를 돌아보았다. 야구모자를 눌러쓴 그의 얼굴이 생글생글했다.

"아, 네. 많이 듣던 소리예요. 그닥 신선하지는 않네요."

나는 웃음을 참고 속삭여 답했다. 요나는 내 옆으로 자리를 옮겼다. 다리 사이에 크로스백을 놓고 지퍼를 열었다.

"그럼, 신선한 김밥은 어때요."

크로스백 속의 접이식 야전삽과 물먹는하마 틈에서 은박 도시락과 방울토마토를 싼 봉지를 꺼냈다.

"엄마가 버스 타면서 먹으래."

은박 도시락에는 밥알이 탱글탱글한 김밥이 가지런히 차 있었다. 햄이 들어간 평범한 김밥인데 초등학교 소풍날에 먹었던 옛날 맛이 났다.

"아침에 만드신 거야? 되게 맛있다."

연달아 김밥 두 개를 한입에 넣은 요나는 볼살을 씰룩대며 어깨를 으쓱했다. 엄마가 해준 김밥을 쉽게쉽게 먹어와서 무심한 척했다. 그저께

요 나

239

금요일에 요나네 집에서 잡채 요리를 먹는 자리에서도 그랬다. 늘 맛있는 음식을 먹었다고 젠체했었다.

"언니가 맨날 맛있는 거 먹여서 좋겠네."

봉긋하게 부푼 요나의 볼을 노크하듯 두드렸다.

"우리 엄마가 왜 너네 언니냐?"

"몰랐니? 언니라고 부르니까 좋아하는 거 너도 봤을 텐데. 우리는 복숭아까지 먹었거든."

나도 젠체하며 턱을 쳐들어 요나를 나무랐다.

"복숭아? 둘이서 언제 복숭아를 먹은 건데."

나는 혀를 차며 절레절레 머리를 흔들었다.

"도원결의를 모르다니. 우리가 의자매를 맺었다는 거야."

뒤통수를 얻어맞은 얼굴로 요나는 입을 뻥하게 벌렸다. 엄마를 뺏겨버렸다고 허망해하는 표정이 나를 웃게 만들었다. 버스가 조용해서 웃음소리를 죽이려고 나는 몸을 수그려 키득거렸다. 그렇게 되면 내가 이모가 되어버린다며 요나는 입꼬리를 부루퉁하게 내렸다.

"그래. 이제 주미 이모라고 불러."

나는 다시 볼록 튀어나온 요나의 볼을 톡톡 두드렸다.

"주미 이모, 주미 이모…… 음, 주모?"

이제부터는 주모라고 부르겠다며 요나는 킥킥 웃었다.

이렇게 소박한 애가 고래인간으로 변신해 슬퍼했다는 것이 동화 속의 이야기처럼 애잔했다. 오늘 해가 지면 언제 돌아올지 모르는 바다 여행을 떠난다는 것도.

요나가 우리 집에 놀러왔다가 돌아간 이후에 우리는 다음 듀엣곡을 골랐다. 요나가 모르는 노래들이 있었다. 전화통화 도중에 나는 피아노방에 들어가서 요나에게 노래를 들려주었다. 뮤지컬 「페임Fame」의 주제곡 「아웃 히어 온 마이 오운Out Here On My Own」을 원곡대로 직접 피아노를 치며 노래했다. 수화기 너머의 요나는 무척 좋아했다. 전화통화로 듣는 강수미 리사이틀이라며 또 불러달라고 보챘다.

"너는 안 불러줄 거야?"

"우리 집엔 피아노가 없잖아. 너네 집에 가서 불러줄게."

"진짜지?"

"응. 연습해서 꼭 불러줄게."

요나의 약속을 받고 마리오Mario의 「렛 미 러브 유Let Me Love You」를 피아노 발라드 버전으로 불러주었다. 원곡을 찾아 들은 요나는 어떻게 편곡한 거냐고 물으며 감탄했다.

다음날에 연락이 끊겼다.

돌아오는 주말에 우리 집에 와서 노래를 불러줄 거냐고 묻는 문자메시지를 보냈는데 시간이 지나도 응답이 없었다. 전화를 걸어보았지만 계속 부재중이었다.

학교에서 요나를 볼 수 없었다. 여름방학 동안의 여행 계획을 자랑하는 친구들 속에서 나는 굳은 얼굴로 앉아 있었다. 학교가 끝나면 절름발을 끌어 기웃했지만 누구 하나 음악실과 합주실에 들르지 않았다. 요나를 만나지 못할 거라는 불안감이 확신으로 굳어갔다. 나에게 어떤 거부감이 있어서 연락을 끊은 것 같지는 않다. 말하지 못할 일이 생겨 두절된 거라고 넘기려 했는데, 그 사정이 중대한 무엇이라는 느낌으로 번져갔다. 다윤에게 부탁할까 고민도 했다. 요나가 내 번호를 차단했다고 곱씹게 되면서 그러지 못했다. 자신의 모든 것을 나에게 말해줘야 할 의무가 요나에게는 없었다. 나는 그저 그의 좋은 친구 중 하나라는 현실을 무겁게 깨달았다. 그 깨달음이 나를 침울하게 만들었다.

내 모습이 동굴 속에 숨어 사는 원시인과 똑같다고 생각했다. 바깥의 빛줄기를 바라보고 그곳으로 나가 햇빛을 받으며 세상을 보고 싶다고 바라지만 한 발짝도 움직이지 않은 채로, 어쩌다 동굴 속에 사는 나를 발견하고 들어온 요나가 그대로 함께 갇히기를 바라는 꼴이었다. 바깥의 빛줄기를 그에게서 받기를 원하고, 그가 빛을 밝혀주기를 기대하면서, 동굴에서 떠나가지 않기를 바라는…… 그에게 내 마음을 열지 않으면서 그의 모든 것을 공유받기를 바라는 내가 가난해 보였다.

교실 창문 너머를 뒤덮은 여름 한낮의 하늘과 내 방의 발코니에서 바라보는 해질녘 하늘이 아리게 아름다웠던 탓이 컸다.

노래를 들으며 올려다보는 여름 하늘이 성대해서 울게 되었다. 구름 더미를 까맣게 흩트린 하늘이 붉게 물들어 저무는 풍경을 바라다보며, 묵혀왔던 마음을 한 조각씩 꺼내 떠나보냈다. 바다에 남은 그리운 혜미를, 안타깝게 멀어진 디셈 오빠를, 나를 괴롭히고 불구로 만든 사람들을, 나 자신을 미워하는 내 모습을, 언젠가 스스로 삶을 정리하겠다는 내 오래된 꿈을.

달빛이 환하던 그날도 그랬다. 학교에서 돌아와 해질녘의 하늘을 보고 울어서 눈 밑이 쓰라렸다. 커다랗게 밝았던 보름달의 위쪽이 어둠에 야금대며 작아진 모양을 바라보는데, 큰 짐을 덜어낸 것처럼 머릿속이 맑아지는 거다. 어떤 끝과 시작이 이뤄지고 있었다. 집에 돌아와서 우는 건 그날로 끝이 나 있었다. 나에게서 요나가 떨어져야 서로에게 도움이 되기에 깊어지기 전에 정리되어 다행이라고 생각했다. 락 페스티벌 예매를 취소하지 말고 나 혼자 가자고 마음을 정했다. 내가 혼자서 가지 못할 이유가 없었다.

며칠 사이에 내가 달라졌다고 느꼈다. 마음속에서 요나를 일단락하고 나니까 내가 무엇이든 할 수 있다고 돌아보게 되었다. 락 페스티벌이 끝나면 아야진해수욕장에도 가보고, 친구들이 국토대장정을 했다던 동해안 도로를 따라 바다를 구경하고 싶었다.

달을 그만 올려다보고 발코니에서 나가려던 때였다. 모과나무 너머의 낮은 밤하늘에서 날개를 커다랗게 펼친 새가 날아왔다. 아래에서 퍼져 오른, 도심 불빛에 비친 새의 움직임이 날렵해서 그 수리부엉이가 아닌 줄 알았다. 이쪽으로 날아올까 했던 새가 모과나무로 추락했다. 새는 아무 소음이 없이 순식간에 발코니로 날아와 난간에 착지했다. 요나의 수리부엉이라고 알아보면서도 나는 어깨를 떨며 뒷걸음질했다.

"안녕…… 부엉아."

부엉이는 똥그란 두 눈으로 나를 응시했다. 부리는 아무것도 물고 있지 않았다. 가까이 다가가 부엉이의 머리를 만지면서 빛이 드는 방향으로 몸을 틀어 살펴봐도 부리는 깨끗했다. 내가 부담스러워 요나가 연락을 끊은 것이 아님을 확인하게 되어 잠깐 기뻤다. 부엉이가 그냥 놀러 온 것일지도 몰랐다.

내 손길을 받기 좋게 부엉이는 난간을 잡은 두 발을 느긋이 떼어 움직였다. 부엉이가 순하게 반응해서 차츰 안심이 되었다. 내 방 앞에서 구름이가 문을 긁어 낑낑거릴 때까지 나는 난간에 기대어 서서 부엉이를 쓰다듬었다.

"찾아와줘서 고마워. 잘 있다고 요나에게 전해줘."

부엉이를 마지막으로 쓰다듬고 발코니를 나가려고 했다. 뒤에서 우후욱, 우후욱 하며 부엉이가 울음소리를 냈다. 나를 붙잡는 거다. 부엉이는 똥그란 두 눈을 한번 두번 꿈뻑였다. 급한 울음소리가 위기 상황을 알렸다. 저번처럼 쪽지를 달라는 게 아니었다.

"무슨 일이 있는 거야?"

부엉이에게 기다려달라고 말하고 나는 방으로 들어갔다. 휴대폰을 열어 요나에게 전화를 걸었다. 여전히 부재중이었다. 문을 열고 나가 구름이를 피해 아래층으로 내려갔다. 거실의 유선 전화기를 들고 요나의 휴대폰 번호를 눌렀다. 다른 번호로 전화를 걸었다가 요나의 목소리를 듣게 되면 충격을 받을까봐서 차마 시도하지 못한 방법이었다. 신호음이 울리더니 전화를 받을 수 없다는 똑같은 안내 멘트가 나왔다. 요나의 휴대폰이 아예 끊긴 게 맞았다.

내가 바쁘게 문을 열고 나간 사이에 구름이는 발코니로 들어갔다. 구름이는 얌전히 앉아서 부엉이를 우러러봤다. 방에 들어온 나를 부엉이가 건너다보았다. 내가 상황을 파악했다고 알아본 부엉이는 머리를 갸웃갸웃하며 구름이를 내려다보았다. 뒤를 넘겨보고는 소리 없이 날개를 퍼덕여 밤하늘로 날아갔다.

그 밤에 나는 궁리 끝에 고모에게 전화를 걸었다. 학교에서 교무실을 찾아가는 건 사람들의 주목을 끌기에 고모에게도 부담스러웠다. 늦은 밤에도 고모는 다정한 목소리로 전화를 받았다. 나는 어색함을 무릅쓰고 고모가 담임을 맡았던 최요나의 집 주소를 알려달라고 부탁했다.

"요나네 담임선생님이 어머님과 통화했어. 아파서 누워 있대."

집 주소를 어디에 쓰려느냐고 물으면 어떤 핑계를 대야 할지 몰라 깜깜했는데 고모는 의문스러워하지 않았다. 요나와 친해질 사이였다는 듯이 어떻게 친구가 되었는지도 묻지 않았다.

한편으로는 요나가 친구들에게 비슷한 관심을 받아와서 익숙해 보이기도 했다. 1학년 때도 요나가 자주 결석했다는 얘기를 들려주며 고모는 문병을 가보라고 권했다. 전화통화가 끝나고 조금 후에 고모는 문자 메시지를 보냈다. 요나의 집 주소와 함께 요나네 엄마 번호도 필요할 거라며 '최요나_학부모 최구희'로 등록된 휴대폰 번호를 공유해주었다.

── 고마워요. 좋은 밤 되셔요.

──그래. 무슨 일이 생기면 연락 주렴.

★

학교를 마치고 나는 교문 앞에서 택시를 잡아탔다. 요나의 집 주소를 말하자 기사님은 무슨 일로 학생이 혼자 가느냐고 물었다. 누구라도 들어가기 힘든 금지된 구역을 찾아간다는 식으로 들렸다가, 고등학생 손님을 받아 던진 일상적인 질문으로 알아들었다. 친구를 보러 간다고 얼버무렸다.

"씨, 사람을 바보로 아나. 경제 효과는 무슨."

정작 기사님은 내 대답을 듣지 않았다. 라디오에서 평창 동계올림픽 유치에 따른 경제 효과를 전하는 뉴스와 대통령 목소리가 나왔다.

"학생. 정신 바짝 차려야 해."

서해 바다에서 해군이 침몰한 뉴스를 봤느냐, 용산 철거 현장에서 사람들이 불타 죽는 거 봤느냐, 또 무슨 수작을 벌일지 모른다, 하는 사회 불만을 흥청망청 쏟아냈다. 잊었던 그들을 의식하게 만들어 택시 안이 산만했다. 뒷좌석에 누군가가 있는 게 중요할 뿐 굳이 경청할 필요는 없어서 나는 이어폰을 끼고 노래를 들었다.

고가차도를 내려간 택시는 갈라진 도로로 들어서 숲을 낀 빌라촌을 지나갔다. 골목길 좌우에 수택이 빌십한, 한강을 북쪽으로 내려다보는 언덕길에서 멈춰 섰다. 내 다리가 불편한 걸 모르는 기사님은 창문 밖을 가리키며 건물 사잇길로 들어가 올라가라고 했다. 그 길로 걸어가야 택시 요금이 덜 나온다고 했다.

주택과 주택 사이로 들어갔다. 골목 언덕길 정점에 자리한 건물이 요나네 집이었다. 2층으로 지은 건물인데 다른 건물들과 떨어진 데다 높은 지대에 있어서 4층이 넘는 건물처럼 보였다. 건물 출입문 옆에 부착된 번지수 판이 요나의 집 주소와 같았다. 주변 다가구주택의 공동 출입문은 모두 유리문인데, 요나네 집 건물의 출입문은 검은 철문이었다. 나는 초인종을 누르지 못하고 멀리서 흘러가는 한강을 바라보았다. 오늘도 석양이 붉게 드리우려는지 햇살에서 오렌지 향이 감돌았다. 돌아갈까 하는 딴생각이 들었다. 건너의 건물에서 좁다란 평상에 앉아 부채질하는 할머니들과 눈을 마주쳤다. 웬 학생이 저 집 앞에 서 있나 하고 구경하는 눈초리를 보고는 나는 엉겁결에 초인종을 눌러버렸다.

"누구세요."

인터폰에서 낭랑한 여자 목소리가 들려 뜨끔했다. 집을 잘못 찾아왔나 싶었다. 목소리의 맑은 톤이 노래하는 사람 같아서 아무래도 요나네 가족인 듯했다.

"요나네 집이라고 해서 찾아왔어요."

인터폰 목소리는 말이 없었다. 잠시 집 안의 사정을 돌아보고는 조심스럽게 말했다.

"네, 누군데요."

"학교 친구예요. 요나가 아프다고 해서 문병 왔어요."

"……요나는 지금 집에 없네요."

서늘하게 사양했다. 그동안 요나를 찾아온 사람들이 많았는지 피곤해 보였다. 허탈해서 나는 아, 하는 탄식을 흘렸다. 인터폰 목소리가 마지막 기회를 건네듯이 물었다.

"친구 이름이 어떻게 되는데요."

"주미예요. 강주미."

"주미?"

언니는 이미 내 얘기를 들어 알고 있었다. 요나가 우리의 듀엣곡을 들려주었던 거다. 언니가 부탁한 대로 나는 휴대폰의 전원을 껐다. 비밀스러운 조치여서 골목길 주위를 살폈다. 평상에 앉아 나를 구경하는 할머니들뿐이었다.

검은 철문이 열리고 안쪽에서 센서등이 켜졌다. 건물 내부는 방음 스펀지로 빈틈없이 덮였고 검은 철문 안쪽도 마찬가지였다. 머리를 빼서 위를 올려다보는데 건물의 꼭대기 천장도 방음 스펀지로 덮였다. 요나가 노래하고 일렉기타를 연주한다지만 방음이 지나치게 철저했다.

검은 철문 안쪽에 접힌 휠체어가 놓였고 그 옆으로 내려가는 계단에 아래층이 있었다. 땅 밑에 절반이 잠긴 지하층이었다. 방범용 쇠창살 문이 그곳을 막았다. 계단을 내려가서 보니 쇠창살 문 뒤에 또다른 검은 철문이 있었다. 철문 옆 공간에 '천일염'이라고 적힌 피둥피둥한 포대자루가 벽에 기대어 일렬로 늘어섰고, 그 위 벽에 조그만 전광판이 달렸다. 전광판에 표시된 '-2℃'가 검은 철문 안쪽의 온도일까 했다. 위층 출입문이 열리는 소리가 들려서 나는 계단을 올라갔다.

그 안이 냉동창고로 개조되어 한겨울처럼 춥고 대형 냉동고에서 얼음이 만들어질 거라고는 누구도 짐작조차 못할 거다. 여러 사람이 들어갈 만한 풀장이 있어서 고래인간으로 변신한 요나가 그곳에 잠겼으리라는 것도.

위층 출입문은 열려서 실내의 에어컨 바람을 쐬어냈다. 나는 바로 들어가지 못하고 거실 벽에 걸린 가족사진을 건너다보았다. 요나네는 세 식구가 맞았다. 할아버지를 가운데에 두고 오른편에 요나가 앉았으면, 왼편에 앉은 사람은 엄마여야 할 텐데 나이 차가 많은 누나 같았다. 인터폰 목소리가 저 사진 속의 언니이고 요나의 엄마라는 사실이 조금 혼란스러웠다.

부엌에서 나온 언니가 들어오라고 손짓했다. 나는 허리를 숙여 인사하고 신발을 벗었다. 내 다리가 불편하다는 얘기도 들었는지 언니가 성큼 다가와 내 신발을 들어 신발장에 넣고 문을 닫았다. 그제야 간단한 문병 선물도 챙겨 오지 못한 것을 돌아보고 아차 했다.

카우치에 앉아 텔레비전을 보던 할아버지가 얼굴을 들었다. 눈썹을 올린 눈으로 나를 뚫어지게 쳐다보았다. 떠났다가 돌아온 누군가를 재회해 감격하는 표정이었다. 할아버지 앞의 테이블에는 가죽 장정의 큰 성경과 노트가 놓였고 머리 위 벽에는 유리 액자가 매달렸다. 액자 속에는 붓글씨로 쓴 성경 구절이 담겼다.

누가 우리 하느님이신 주님과 같으랴
드높은 곳에 앉으신 당신, 하늘과 땅을 굽어보시는 당신
먼지 폭풍에 억눌린 사람을 일으켜 세우시고
거름 더미에 파묻힌 사람을 들어 올리시는 당신

시편 113:5-7

성경 구절을 읽느라 한눈을 파는 어물쩍한 자세로 나는 할아버지에게 인사했다.

"안녕하세요."

"희경이가 왔구먼."

할아버지는 발음이 새는 말로 나를 다른 이름으로 불렀다. 옆에 선 언니가 움찔하며 제지했다. 옛날의 희경이 아니라, 요나 친구 주미라고 강조했다. 내가 올라오기 전에 이름을 말해주었는데 할아버지가 금세 잊어버린 상황 같았다. 할아버지의 얼굴은 언니에게로 향했지만 눈길은 허공의 어딘가를 더듬었다. 실제 이름은 중요하지 않다, 라고 무언으로

답하고 있었다. 중학교 시절의 친구였던 희경과 내가 닮아서 몸이 아픈 할아버지가 혼동하는 거라고, 언니는 빠른 말로 설명했다. 예정에 없던 문병을 받아 언니가 분주해 보여서 나는 네, 네 하며 씩씩하게 반응했다.

속으로는 요나의 중학교 친구 이름으로 넘겨싶었다. 요나가 이선 여자친구를 닮은 나를 찾았구나 했지만 나는 진심으로 괜찮았다. 할아버지가 그 이름으로 나를 부르며 짓는 함박웃음이 더없이 푸근했다.

언니는 요나의 방으로 나를 들여보내고 다과 쟁반에 쿠키와 감귤주스를 올려 대접했다. 거실에서 할아버지와 상의하며 누군가에게 전화를 걸었다. 할아버지가 희경이, 희경이 하며 나를 두고 얘기하는 어눌한 말소리가 들렸다.

창문 아래에 요나의 레스폴 일렉기타가 세워졌다. 그 옆에 앰프가 놓였고 헤드폰과 일렉기타 케이블이 벽에 박은 나사에 걸려 정돈되었다. 책상에는 축구공 크기의 지구본이 떠 있고, 방문 벽에서 침대 머리맡 벽까지 대형 세계전도가 붙었다.

일요일에도 흔쾌하게 우리 집에 놀러왔던 요나에게 종교가 있을 거라고는 생각지 못했다. 세계전도 옆에 매달린 유리 액자 속에 또다른 성경 구절이 작은 붓글씨로 빼곡하게 채워졌다.

디잇의 승전기

하느님은 나의 견고한 요새이며 나의 길을 온전하게 놓아줍니다. 내 발을 암사슴처럼 가볍게 하여 높은 곳에 나를 세웠으며 내 손을 가르쳐 싸우게 하여 내 팔이 놋쇠 활을 당기게 합니다.

당신은 나에게 구원의 방패를 주고 나를 손수 보살펴서 크게 만들었습니다. 내 발걸음이 닿는 땅을 다스려주어 내 발이 절룩거리지 않았습니다.

나는 내 원수들을 뒤쫓아 멸망시키고 그들을 무찌르기 전에는 돌아오지 않았습니다. 내가 그들을 무찌르고 내리치자 그들은 일어서지 못하고 내 발아래에 쓰러졌습니다. 당신은 나에게 싸울 힘을 모아주어 나에게 맞서 일어선 자들을 무릎 꿇게 하였습니다.

내 원수들을 달아나게 하고 나를 미워하는 자들을 내가 멸망시키게 하였습니다. 그들을 도와주는 이가 없었고 그들이 당신에게 도움을 청하였으나 당신은 그들에게 침묵하였습니다. 나는 그들을 땅의 먼지처럼 갈아 부수고 길거리의 쓰레기처럼 부수고 짓밟았습니다.

사무엘기 하권 22:33-43

내 발걸음이 닿는 땅을 다스려주어 내 발이 절룩거리지 않았습니다…… 그 구절이 와닿아 곱씹다가 나는 세계전도로 눈길을 돌렸다.

지도의 하늘색 바다에는 연필로 그은 선이 큰 줄기와 작은 줄기로 구분되어 서로 얽혔다. 작은 줄기의 선은 우리나라 서해안과 동해안에서 오밀조밀한 시작점을 찍었다. 간혹 남해안과 제주도에서도 시작되었다. 작은 줄기 선이 아치형을 그려가다 큰 줄기 선으로 흡수되어 뻗어 갔다. 북극과 남극의 바다, 태평양의 중앙과 동쪽 어딘가에 종착했다.

요나가 바다를 여행했던 경로인데, 우습게도 나는 그가 세계지리 과목을 좋아한 나머지 우리나라 바다가 흘러가는 해류의 움직임을 그려놓은 거라고 생각했다. 그중에 검정 사인펜으로 뚜렷하게 그어진 선이,

강원도 동해안에서 출발하여 러시아의 사할린과 일본의 홋카이도 사이를 통과해 북극해에 종착하는 걸 보고 신기해하기까지 했다. 동해안 바닷물이 멀리 북극까지 흘러간다면서, 바다에도 사람 몸속의 혈관 같은 물줄기가 있다면서 날이나. 요나가 북극해로 여행하는 최단 경로라는 것 역시 알 길이 없었다.

지도의 하얀 그린란드 대륙에 햇빛이 커터 칼날 조각 모양으로 맺혔다. 커튼을 빼꼼히 걷어 창문 바깥을 바라보았다. 건너편은 나무가 빽빽하게 들어찬 동산으로 둘러싸였다. 수리부엉이가 살아가는 숲이었다.

내려가면 돼.

먼 산에서 부르는 희미한 메아리였다. 나무숲에서 산책하는 사람들의 움직임을 분간할 즈음에 방문이 열렸다.

"주미야, 됐다. 내려가면 돼."

언니의 목소리는 침착하게 낭랑했지만 한여름에 겨울 패딩을 권하는 손은 희미하게 주저했다. 나를 요나에게 데려가도 괜찮은지 확신이 서지 않았던 거다. 쇠창살 문이 막아선 지하층으로 내려간다는 것을 언니가 말하기 전에 직감했다. 요나의 비밀을 마주한다는 임박감에 떨렸다. 어찌하든 요나를 만나게 되어 무서움이 아닌 설렘으로 가슴이 두근거렸다.

배웅 Ⅱ

★

김밥을 먹은 우리는 각자의 이어폰을 와이자형 케이블 분배기에 꽂아 노래를 들었다. 요나는 시디플레이어에 우리의 듀엣곡과 락 페스티벌 라인업에 들어간 아티스트의 노래를 담아 왔다. 녹음실에서 모니터링을 한다며 듣고 또 듣고 결점을 찾아내는 후유증을 앓아와서, 같은 노래를 반복해 듣기를 힘들어했었다. 우리가 부른 「함께 웃을 그날을」 듀엣은 아무리 들어도 질리지 않았다. 피아노의 잔잔한 여음이 물러가면 나는 뒤로가기를 눌러 다시 들었다. 요나는 또 듣고 싶냐고 묻는 눈으로 쳐다보았다. 노래가 끝나면 내가 처음으로 돌리고 또 돌리자 요나는 못 말리겠다는 듯이 킥킥 웃었다.

"이번 한번만 더 들을 거야."

나는 검지손가락을 세워 보였다.

"네가 들어도 네 목소리가 좋아서 그렇지?"

애틋한 목소리로 노래하는 내 솔로 파트를 요나도 좋아했다. 정식으로 녹음해서 디지털 싱글로 발매해도 좋을 텐데 곡의 해상도가 높아지면 풍미가 덜할 듯했다. 이 녹음파일을 로파이 스타일로 발매하는 편이 괜찮았다. 그렇게 되면 언제라도 찾아 들을 수 있을 거다.

요니는 건너편 빈 좌석의 창기를 바라보며 노래를 들었다. 요나의 옆얼굴을 남기고 싶어서 토트백을 열어 토이카메라를 꺼내려고 했다. 안쪽 주머니에 처음 보는 아이섀도 팔레트가 꽂혀 있었다. 오래전에 담아두고 깜빡한 건가 하는데 그럴 만한 외출 자체가 없었다.

빼내 보니 폴더 휴대폰이었다. 액정도 커지고 배터리도 완충이었다. 배경화면에 '문자 확인'이라고 적힌 메모대로 나는 문자메시지 앱을 켰다.

—— 아빠다. 무슨 일 생기면 이 휴대폰을 써서 이 문자메시지 발신번호로 전화해라. 부탁이다. 나중에 얘기하자.

다른 안쪽 주머니에 충전기와 여유분의 탈착식 보조배터리가 담겼다. 요나는 건너편 좌석 창가의 풍경에 빠져서 내가 곤란한 문제를 받아든 것을 알지 못했다. 아빠가 우리 집을 찾아와서 어수선을 부렸던 이유가 이거였다. 나를 염려하는 건데, 요나와 내가 쓰던 휴대폰을 놔두고 언니가 구해온 대포폰을 쓰게 된 사정과 비슷해 보였다.

내 친구도 데려가면 되겠다고 과장스럽게 반색했던 아빠의 얼굴이 뭔가에 쫓기는 인상으로 되새거졌다. 요나에게는 아빠의 은밀한 부탁을 얘기하지 않았다. 짧막한 여행에서 보이지 않는 그들의 움직임을 놓고 고민하는 시간을 만들고 싶지 않았다. 대중교통을 이용하고 인파에 속해 있으면 함부로 나서지 못한다는 그들의 움직임만 의식하면 되었다. 나는 아빠가 숨겨둔 휴대폰의 전원을 꺼서 토트백에 도로 넣었다.

★

언니가 준 패딩을 껴입을 때만 해도 내가 요나를 배웅하리라고는 예상하지 못했다. 요나를 잡으려는 그들을 피해 락 페스티벌에 놀러가는 척하면서 말이다.

지하실로 내려가는 계단에서는 요나를 만날 수 있다는 것만으로 떨리는 마음이었다. 나는 언니 뒤에 서서 쇠창살 문의 잠금쇠가 풀리고 그 안의 검은 철문이 열리는 과정을 지켜보았다. 컴컴한 지하실에서 찬 공기가 쏟아져 나왔다. 언니는 내 손을 잡아 안으로 들어오게 했다. 문을 닫자 지하실은 다른 세상이 되어 어두워졌다. 냉각기 팬이 돌아가는 소음 속에서 물이 찰랑찰랑 넘치는 소리가 들렸다. 언니가 벽을 더듬어 백열등을 켜자 음음한 지하실 내부가 드러났다. 모든 벽은 회색 판넬로 덮여 열을 차단했다. 대중목욕탕 대리석 바닥에 큼직한 얼음덩이들이 이곳저곳에 널브러졌다.

옆벽에 직사각형의 풀장이 있었다. 수영장에서 개인 영법 연습으로 쓰는 소형 풀장의 높이로 물이 가득 채워졌다. 앞쪽 벽에는 횟집에서 볼 법한 큰 수족관이 놓였고 그 속에서 물고기들이 돌아다녔다. 그 옆으로 얼음덩이를 만드는 대형 냉동고가 들어찼다.

"요나야. 주미가 왔어."

나는 언니의 손을 잡고 대리석 바닥에 깔린 얼음덩이 사이를 지나갔다. 풀장에 잠긴 요나를 보고 놀라지 말라는 당부를 들었다. 그럼에도 *삐우우— 끄르르—* 하는 울음소리가 들리자 중심을 잃고 언니의 팔을 붙잡았다. 용케도 나는 어떤 소리도 내지 않았다.

얼음덩이를 띄운 풀장은 백열등 빛을 받아 타일 바닥까지 깨끗하게 보여주었다. 상체의 날개지느러미와 하체의 꼬리지느러미를 늘어뜨린,

거인 같은 고래인간이 바닥에 납작 붙어 잠겼다. 온몸은 검푸른 피부층을 둘렀고, 머리에서 등까지 동글한 혹을 촘촘히 달았다. 누군가는 충분히 얘기를 들었어도 요나가 아니라며 부정했을 테지만 나는 단번에 그가 바로 요나임을 알아보았다. 쑥스러워서 저렇게 바닥에 붙어 있는 거라는, 그의 속마음도 들여다볼 수 있었다.

요나는 풀장 바닥에서 떠올랐다. 떠다니는 얼음덩이들을 헤쳐서 우리 앞으로 미끄러져 왔다. 날개뼈 사이의 숨구멍으로 굵은 숨을 짤막하게 내뿜었다.

물이 튀지 않도록 조심하고 있었다. 요나는 기다란 날개지느러미를 흐느적흐느적 저어 몸을 틀고는 손을 뻗어 풀장의 물막이 벽을 잡았다. 기타를 치던 곧은 손가락인데 손끝은 검푸른 피부로 덮여 손톱이 없었다. 혹을 돋운 머리를 들었다. 넓적한 꼬리지느러미를 물 위로 붕긋하게 올려 인사를 건넸다.

나를 올려다보는 푸른 눈이 검은자위에 맺혀 반짝였다. 귀는 배꼽 무늬로 함몰되고 머리에 동글동글한 혹들을 달았지만 그의 얼굴이 고스란히 남았다. 고래의 피부층을 옷으로 입어 변장한 것처럼 머쓱해하는데 기운이 없었다. 언니가 물막이 벽에 올려진 요나의 손을 잡았다.

"주미가 너 힘내라고 문병 왔어."

언니는 자신의 팔을 붙든 나를 돌아보았다. 요나를 만져도 괜찮다며 고개를 끄덕였다. 검푸른 그의 손등에 내 손을 살포시 얹었다. 그의 푸른 눈이 잔잔히게 떨렸다. 손바닥으로 치갑고 미끈힌 고래의 피부를 느끼자 눈물이 고여 올랐다.

"…… 걱정했잖아."

어둡고 추운 곳에 숨어서 고래로 변신해왔던 그의 외로움이 내 외로움으로 와닿았다. 나를 믿고 비밀을 보여줘서 고마웠다.

밤을 새우며 언니와 나는 요나의 방에서 이야기를 나누었다. 꺼놓은 휴대폰에 여사님의 부재중 전화가 쌓였겠지만 요나를 바다로 보내는 문제가 중대했다.

이야기를 듣던 내가 언니, 언니 하며 부르자 언니는 흐뭇하게 웃었다. 요나가 보름달이 뜬 날에만 고래인간으로 변신해왔냐고, 물에 들어가면 변신하지 않느냐고 묻고 나서야 좀전부터 줄곧 언니라고 불렀음을 의식했다. 그러면서 나는 "죄송해요. 언니"라고 하며 또 말실수해버렸다. 얼굴이 붉어져 안절부절못하자 언니는 편하게 부르라고 허락했다. 어머님이라 듣는 건 부담스럽고, 이모가 어울릴 텐데 식당에서 매일 듣는 말이라 달갑지 않다고 했다. 언니라고 불러줘서 학창 시절로 돌아간 기분이라고 했다.

언니는 진지한 중에도 뭉클하게 들떴다. 고래인간이 된 요나를 보고 기겁하지도 않은 채 돕고 싶다고 자청하는 나를 언니는 기특해했다.

신문기사를 오려 모은 서류철, 수집한 고래에 관한 책과 사진집—영어와 일본어로 된 책이 많았다—을 펼쳐 보이며, 언니는 요나가 어떤 존재인지 열을 올려 설명했다. 간간이 흥분하지 않으려고 애썼다. 나를 잘 알지 못하는 현실을 헤아리느라 말을 끊고 침묵했다. 말을 고르는 언니의 머뭇거림에서 아무도 이해하지 못할 속앓이로 힘들어했던 내 모습을 보게 되었다.

"요나 때문에 많이 힘드셨을 것 같아요."

언니는 맑게 미소 지었다. 벽에 붙은 성경 구절과 세계전도를 바라보며 눈물을 글썽였다. 한번도 들어보지 못한 위로의 말에 그동안의 삶을 돌아보고 있었다.

언니는 토로하지 못했던 마음을 한꺼풀씩 벗겨냈다. 나를 집안 사정을 공유해야 할 당연한 가족으로 여겼다. 나에게서 벌써 큰 도움을 받았

다고 고마움을 표시했다. 마땅한 일원으로 대우받아 뿌듯했지만 내가
그 이상의 일에는 끼지 못할까 걱정스러웠다.

"요나를 가르치는 선생님 고래가 있어. 몸 전체가 하얀 혹등고래야."

요나가 바다로 나가면 희얀 혹등고래가 길잡이가 되어주었다. 북극
해의 빙산 아래에 살다가 태평양으로 내려와서 요나를 데리고 여행했
다. 요나는 그 경로를 지도에 그려 기록해왔던 거다.

큰 글씨로 『Humpback Whales』라는 제목이 적힌 혹등고래 사진
집을 펼쳐 보여줄 때의 언니는 애정이 넘쳤다. 혹등고래의 엄마가 된 듯
이, 머나먼 바다를 여행하며 노래를 부르고 육중한 몸을 물 위로 뛰어오
르는 놀이를 즐기는 고래라고 소개했다.

바다의 최상위 포식자인 범고래를 물리쳐 위험에 처한 다른 동물을
보호하는 고래였다. 이 혹등고래의 몸과 성정을 요나가 닮았다며 언니
는 자랑스러워했다. 언니는 혹등고래가 우리나라 수염고래였고 옛날에
는 서해 바다에서 많이 살았다고 강조했다. 왜인지 언니의 눈이 촉촉한
물기로 번들거렸다. 긴히 말하지 못할 어떤 기억을 더듬는 눈빛이었다.

혹등고래는 엄마가 홀로 새끼를 양육하고 가르친다면서 보여준 사진
이 인상 깊었다. 한가로운 바닷속에서 새끼 혹등고래가 수직으로 서서
입 끝으로 엄마 혹등고래의 널찍한 턱 아래를 맞대었다. 엄마 혹등고래
는 기다란 가슴지느러미를 펼쳤고, 포즈를 취하듯이 온화한 눈으로 카
메라를 바라보았다. 엄마가 아기를 품고 예뻐하는 모습이었다. 언니가
아기 요나와 함께 찍은 가족사진 같았다.

하얀 혹등고래가 수백 마리의 범고래에게 물어뜯겨서 요나는 고래

인간에 머물렀다.

　칠월의 보름달이 뜰 무렵에 요나는 지하실의 풀장에 들어가 고래인간으로 변신했다. 동이 터서 인간으로 돌아와 위층으로 올라와야 하는데 무소식이었다. 언니는 지하층으로 내려갔고 고래인간에서 돌아오지 못한 요나를 보게 되었다. 대대적으로 합세한 범고래 무리의 공격을 받는 바람에 하얀 혹등고래는 요나와 대화를 중단했다. 아침 해가 떠올랐지만 요나는 상실감에서 빠져나오지 못했다.

　"정신적으로 견디기 힘들어지면 해가 뜬 아침에도 고래인간으로 변신해버려. 아주 가끔씩 그랬는데. 동해 바다에서 혹등고래가 그물에 걸려 죽었던 날에도 그랬어."

　언니는 서류철을 펴서 스크랩한 신문기사를 보여주었다. 사진 속에서 죽은 혹등고래가 크레인 줄에 묶여 옮겨지고 있었다. 고통스럽게 눈을 감고 힘없이 입을 벌린 몰골로 몸을 축 늘어뜨렸다.

　9m 혹등고래 동해안서 잡혀

[포항: 2003-09-14]

　동해안에서 보기 힘든 혹등고래가 잡혔다. 포항해양경찰서는 지난 13일 오전 3시께 정치망 조업차 죽변항을 출항한 중량호(9.77t·정치망·죽변선적·승선원 7명)가 죽변 연안에 쳐놓은 정치망(定置網)이 찢어진 것을 확인한 후 어장 그물 교체 작업 중 그물에 꼬리지느러미가 감겨 있는 혹등고래 1마리를 발견했다. (……) 이 고래의 길이는 9.6m, 몸둘레 5.3m, 무게 7.3t으로 (……) 혹등고래는 죽변수협위판장에서 5,940만 원에 포항 중매인에게 위판됐다.

"죽은 고래를 팔면 어떻게 돼요?"

언니는 서류철을 넘겨 에이포 용지에 오려 붙인 사진을 펼쳤다. 사진 위 여백에 '고래 해체'라고 손글씨로 쓴 제목이 달렸다. 칼을 든 아저씨들이 얼음을 깔아둔 바닥에 혹등고래를 놓고서 지느러미를 잘라내고 몸뚱이를 각진 고깃덩이로 나누었다. 혹등고래의 머리와 몸이 비누 덩이처럼 얌전히 잘려나갔다.

"식당에 되팔려서 고래고기가 돼. 우리나라는 고래잡이를 안 해서 고래고기도 안 먹었는데 일제강점기부터 먹기 시작했어. 덕분에 세계에서 고래고기를 요리해 먹는 나라는 일본과 한국 둘뿐이야."

요나가 바다 여행을 시작하고 나서 고래인간을 보고 싶어하는 혹등고래들이 우리나라 바다에 놀러왔다. 이제 막 엄마로부터 독립한 청소년기의 혹등고래였고 새끼 때에 요나를 만났다. 신문기사에 나온 혹등고래는 요나가 꿈에서 만난 인연으로 우리나라 바다를 찾아왔다.

그때는 요나가 군산에서 살던 시절이었다. 요나는 학교를 다녔고 할아버지와 언니는 포장마차에서 일하느라 바쁜 와중이었다. 바다에 들어가도록 도와달라고 요나는 말하지 못했다. 혹등고래 친구와 놀아야 한다는 구실로 가족 모두가 기민하게 움직여서 해수욕장에 잠복하는 일이 만만치 않았다. 학교를 다니면서 요나는 혹등고래가 부르는 울음소리를 들었다. 고민 끝에 바다로 들어가지 못한다고 혹등고래에게 알렸다. 요나의 목소리를 들은 혹등고래는 서해 바다를 벗어나 남해 바다를 돌아다녔다. 동해 바다로 넘어갔고 그곳에서 정치망에 걸려 죽었다. 요나는 혹등고래가 죽는 순간에 낸 울음소리를 들고 괴로워했다. 자기 때문에 혹등고래 친구가 죽었다며 며칠 동안 고래인간으로 변신해 욕조에 갇혀 지냈다.

"하얀 혹등고래와 대화를 나누고 그가 주는 묵계를 받아서 살아왔어.

범고래한테 공격을 당하고 있다는 그의 얘기를 듣던 중에 대화가 끊겨 충격을 받은 거야."

『고래 도감』에 나온 범고래 설명과 『Killer Whales』 사진집을 펼치며 언니는 입술을 앙다물었다. 둥글둥글한 판다 곰을 닮은 귀여운 고래인데 언니는 잔인한 사진이 많다고 미리 경고했다. 무리를 이루어 동종 고래를 사냥하면서 연약한 새끼를 고통스럽게 죽이는 습성이 섬뜩하게 들렸다.

"수염고래 중에서 회색고래가 많이 희생돼. 회색고래는 귀신고래, 쇠고래라는 이름으로도 불려. 혹등고래처럼 덩치가 크고 멀리 이동하지만 가슴지느러미가 짧아 위협적이지 않고 유유자적하길 좋아해서 역동적이지 못해. 그런데다가 범고래를 보면 겁에 질리는 습성이 있어. 범고래한테 맥을 못 추고 새끼를 빼앗겨버려."

미국 캘리포니아의 몬트레이만灣에서 찍은 범고래 무리의 회색고래 사냥 사진을 넘겼다. 첫 페이지부터 혐오스러웠다. 검푸른 바다에 하얀 내장 더미와 회색고래의 찢긴 피부층이 덩그러니 떠다녔다.

다음 장의 사진에서 범고래 무리는 엄마와 새끼 회색고래를 뒤쫓아갔다. 회색고래는 바윗덩이 빛깔의 큰 몸에 하얀 버짐과 따개비를 피운 대형 수염고래여서, 사진 속의 회색고래와 바다 암초가 한눈에 구별이 안 되었다.

엄마와 새끼 회색고래는 오도 가도 못했다. 범고래가 여러 무리로 분산되어 바닷길을 막았다. 엄마 회색고래가 범고래를 막아보려고 새끼를 자기 등에 태웠다. 범고래가 차례를 지어 몸을 솟구쳐 새끼 회색고래를 들이받아 떨쳐냈다. 붉은 피가 하얀 물보라를 적시는 바다 한가운데서 새끼 회색고래가 몸을 회전하며 몸부림쳤다. 범고래의 공격을 받은 새끼가 울부짖으며 입을 벌리자, 범고래 하나가 새끼의 입속에 자기 머리를 집어넣었다. 새끼는 꼬리지느러미를 격렬하게 파닥이며 몸을 뒤틀었다. 범고래가 새끼 회색고래의 혀를 노려 물어뜯는 사진이었다.

사진 아래에는 범고래 무리가 두 시간에 걸쳐서 엄마를 떼어내고 새끼를 들이받아 사냥에 성공했다고 쓰여 있었다. 부상당한 엄마는 참혹하게 물어뜯긴 죽은 새끼를 오랫동안 맴돌다가 북쪽의 바다를 향해 쓸쓸하게 헤엄쳐나갔다. 언니는 『Killer Whales』 사진집을 더는 보여주기 싫어했다. 멀어져가는 엄마 회색고래를 상공에서 찍은 사진을 끝으로 책을 덮어버렸다.

요나가 범고래를 찾아다니며 살해했다는 얘기에 소름이 돋았다. 혹등고래는 이빨이 없는 수염고래라서 범고래를 응징하더라도 큰 몸집으로 돌진해 무리를 해산시킬 뿐이지만 요나는 범고래를 잡아 죽인다는 거다.

"보다시피 요나가 고래인간으로 변신하면 거인같이 몸이 커지고 힘이 굉장해져. 바닷속에 쳐놓은 그물을 맨손으로 쥐어뜯어 끊을 정도야. 어른 혹등고래가 죽을힘을 다해 발버둥쳐도 빠져나오지 못하는 그물을 요나가 모조리 끊어서 구조하기도 했어."

그러한 힘으로 요나는 자기보다 큰 범고래를, 그 수십 마리의 무리와 싸웠다. 특히 무리의 리더를 표적으로 삼아 죽었다.

요나가 어떻게 범고래를 죽이는지는 자세하게 말해주지 않았다. 요나에게는 두 손이 있다면서 범고래와 맞먹는 방식으로 갚아준다고 했다.

요나의 범고래 사냥이 지속되어 북극해에서 범고래 무리가 규합해 일어나 복수하는 큰 사건이 벌어졌던 거다. 수십 마리의 범고래 무리가, 또다른 수십 마리의 무리와 합세해 하얀 혹등고래를 들이받고 물어뜯어 요나는 실의에 빠져버렸다. 하얀 혹등고래가 살았는지 죽었는지 알 수 없어서 빨리 바다로 들어가야 하는데 요나는 사람의 몸으로 돌아오지 못했다.

"문제는 이것만이 아니야."

언니는 천장의 형광등을 올려다보고 손에 든 『Killer Whales』 사진집 표지를 내려다보았다. 더 절박한 문제가 숨어 있었다. 나는 창문 아래에 세워진 요나의 일렉기타를 바라보며 마음의 준비를 했다. 결심이 선 언니는 내 어깨 옆으로 몸을 수그렸다.

"수상한 사람들이 요나를 잡으려 하고 있어. 요나가 고래라서 고래고기를 얻으려는 거 같아."

눈이 부릅뜨였다. 인간이 인간을 잡아먹으려 한다는 말로 들렸다. 정체가 불분명한 그들이 윗사람들에게 아첨하려고 고래고기를 갖다 바친다고 했다.

"위험한 시기야. 그들이 당장 우리 집을 쳐들어오면 꼼짝없이 고래인간을 보고 잡아가려 할 테니까."

우리나라는 고래고기를 먹지 않았다고 하며 언니는 분노했다. 천주교에 귀의했다는 죄목으로 흑산도에서 유배 생활을 했던 정약전을 말하며 서류철을 들춰 『자산어보玆山魚譜』를 발췌한 페이지를 찾았다.

"언니 집은 종교가 천주교예요?"

"그랬긴 했는데……"

천주교가 나와서 던진 내 질문에 언니는 모호하게 답했다. 세계전도 옆에 달린 유리 액자의 성경 구절을 바라보더니 아무튼, 하고 말을 이어갔다.

정약전은 『자산어보』를 통해 고래에서 기름을 얻고 수염과 뼈를 가공해 도구로 사용한다는 기록을 남겼다. 고래를 잡은 후의 활용 방법을 우리나라에서도 익히 알았다는 증거였다. 그럼에도 고래가 흔했던 흑산도에서도, 우리나라 역사시대를 통틀어서도 고래잡이 어업은 없었다. 세종대왕 같은 특별한 왕에게 진상하려고 일회성으로 고래를 잡았을 뿐 백성의 어로 활동에 고래잡이는 존재하지 않았다.

일제강점기에 일본의 포경 회사들이 우리나라에서 고래잡이를 하면서 고래고기를 먹기 시작했다. 품삯으로 고래고기를 받아서 쌀로 바꾸려 내다팔고, 고래고기가 차곡차곡 모이자 처리하는 식당이 생겨나고, 그 영향으로 오늘날에도 고래고기를 먹었다.

고래고기를 먹는 건 야생에서 범고래들이나 할 짓이라고 말하며 언니는 눈살을 모았다. 고래잡이 역사가 깊은 유럽에서조차 전세계적으로 포경업을 금지하면서 고래고기를 먹지 않았다. 그린란드의 이누이트 같은 오지의 원주민이 고래를 사냥해 먹는 사례를 빼면, 고래고기를 정식으로 사고팔고 먹는 나라는 일본과 한국뿐이었다.

"포경선이 바다 곳곳에 꽤 있어. 우리나라 바다에도. 불법인데도 말이야. 요나가 그 포경선을 공격하기도 했어."

언니는 아랫입술을 깨물어 말을 아꼈다. 뜻없이 서류철의 『자산어보』를 발췌한 페이지를 넘기다 스크랩한 사진과 신문기사를 들췄다. 요나가 범고래를 잡는 방식과 비슷한 무언가가 걸러서 말하기를 꺼렸다.

그에 더해 밤이 깊어 이야기를 중단해야 할지 짚어보고 있었다. 거실 카우치에서 잠이 든 할아버지의 숨소리가 들려왔다.

언니와 나는 동시에 할아버지의 숨소리에 귀를 쫑긋했던 걸로 기억한다. 이야기의 열기가 급격하게 수그러들어 나는 가물가물 눈을 깜빡였다. 괜스레 언니를 따라서 바닥에 널브러진 고래 책들을 떠들어 본다. 집에 어떻게 돌아갈까, 하는 풀어갈 의지가 없는 문제를 뒤늦게 고민했다.

…… 내 손을 가르쳐 싸우게 하여 내 팔이 놋쇠 활을 당기게 합니다.

스쳐본 성경 구절이 떠올라 세계전도 옆의 유리 액자를 바라보았다. 눈앞이 흐릿해 뿌옜지만 작은 붓글씨 속에서 그 구절을 찾아 읽을 수 있었다. 왠지 할아버지가 손수 성경 구절을 골라 써준 듯했다. 아무에게도 알려서는 안 될 요나의 투쟁을 몸이 불편한 할아버지도 응원하는 거라고 생각했다.

성경 구절에서 눈길을 뗐을 때 언니는 벽을 올려다보고 있었다. 언니의 시선이 머문 곳에서 벽시계가 직각을 세웠다. 언니가 무슨 얘기를 했는지 기억나지 않는다. 깊은 밤에 나를 집으로 돌려보내는 건 걱정스럽다 했고 나도 동의했던 것 같다. 그랬기에 나는 언니의 부축을 받아 요나의 침대에 누웠다.

언니가 내어준 잠옷을 놔두고 교복 차림으로 이불을 덮었다. 이불에 밴 요나의 체취를 찾으며 지하층의 풀장에 잠긴 고래인간을 떠올렸다. 자기 침대에 내가 누웠다는 걸 이미 알았을 거다. 아침에 일어나면 고래인간을 다시 보겠다는 기대감으로 나는 잠들었다.

★

버스는 휴게소에 들어가 정차했다. 승객들은 모두 내려갔지만 우리는 그 자리에서 움직이지 않았다. 나는 웅크려 누워서 요나의 허벅지에 옆머리를 벴다. 잠에서 깨어나지 않은 척했다. 화장실에 들르지 못하는 그를 의식하면서도 나는 단순한 배려도 베풀지 않았다.

한 시간 뒤면 속초에 도착한다. 그를 배웅하고 나면 나 혼자 돌아가야 한다. 하얀 혹등고래를 찾고 범고래 무리의 리더들을 제거한 다음에 돌아온다고 하는데 그때가 언제일지 요나도 모른다고 했다.

무단결석 누적으로 학교에서 정학을 당할지도 모르고, 실종신고로써 우리나라에서 존재하지 않는 사람이 될 수 있다고도 했다. 요나를 어릴 적부터 독립시킬 준비를 해와서 언니는 떠나보내는 데에 아쉬움이 없었다. 오히려 요나를 잡으려는 그들을 피해 한동안 잠적하겠다며 언니는 다행스러워했다. 언니의 눈빛에서 나는 확신을 엿보았다. 바다에 들어가면 요나는 결코 잡히지 않을 것이며, 언제라도 돌아오리라는 것을.

요나의 침대에서 잠을 자고 깨어난 아침에 그는 인간으로 되돌아왔다. 언니도 할아버지도 내가 찾아와서 회복되었다며 고마워했다. 나도 느꼈다. 요나가 나 때문에 기운을 차렸다는 것을.

요나를 바다로 들여보낼 계획을 세울 때 나도 배웅하는 데 따라가도 되겠냐고 언니에게 물었다. 요나가 단독으로 불시에 움직이는 편이 안전하다며 언니는 나를 다독였다. 자칫 나에게 불똥이 튀어 위험해질까 염려했다. 작은할아버지가 함께한 가족회의를 하고 나서 요나와 단둘이 움직여도 괜찮겠냐며 언니는 조심스레 되물었다. 왜 그렇게 뿌듯했던 걸까. 데뷔조 선발보다 언니의 긴밀한 제안이 나를 설레게 했다.

할아버지와 작은할아버지는 고속터미널에서 락 페스티벌 셔틀버스 운행 일정을 듣고 나를 복덩이라고 부르며 추켜세웠다. '사귀는 사이로 보이는' 내가 요니와 락 페스티벌에 가는 척하면서 예상치 못하게 동해 바다로 이동하면 좋겠다고 했다. 내가 찾아오고 나서 이튿날 아침에 요나가 인간으로 돌아왔다는 사실이 무엇보다 내가 요나와 함께해야 하는 이유라면서.

"나는 내 원수들을 뒤쫓아 멸망시키고……"

눈을 감은 채로 요나의 방에서 본 성경 구절을 읊었다. 내 목소리를 들은 요나가 몸을 뒤척여 반응했다.

"그들을 무찌르기 전에는 돌아오지 않았습니다⋯⋯"

내가 잠꼬대를 하나 싶어 요나가 살펴보는 것 같았다. 요나의 골똘한 시선을 느낀 나는 심드렁하게 말했다.

"모조리 무찌르기 전에는 돌아오지 않을 거잖아."

요나는 엉성한 웃음소리를 흘렸다. 두 손으로 내 머리를 받쳐들고 다리를 꼬아 자세를 바꾸었다. 나는 손을 들어 그의 손을 더듬어 잡았다. 내 손의 악력을 느낀 그의 손에서 힘이 빠져나갔다. 나는 옆으로 누운 몸을 틀어 무릎을 세웠다. 눈을 떠서 나를 내려다보는 요나를 물끄러미 올려다보았다. 그의 윗입술에서 뻐드렁니 끝이 슬쩍 삐져나왔다.

"너네 집에서 잤을 때 내가 무슨 꿈을 꾸었는지 알아?"

"어떤 꿈인데."

"우리가 음악실에서 만나기 전에 꾸었던 꿈이랑 비슷해. 네가 아침에 멀쩡하게 사람으로 돌아와서 깨우는 바람에 그 꿈이 날아갔는데⋯⋯"

구름이를 보는 듯이 요나의 눈이 생글생글했다. 그의 손에 내 손을 깍지 끼었다. 깍지를 풀어 그의 손이 내 뺨을 감싸게 하고 그 위에 내 손을 포개어 감쌌다. 무슨 꿈을 꾸었는지 들려주기를 기다릴 뿐 내 뺨과 손에서 어떤 감촉도 느끼지 못하고 있었다.

김이 새버려서 나는 몸을 일으켜 앉았다. 요나는 휴대폰을 꺼내 들고 자리에서 일어났다. 엄마와 통화하고 오겠다며 버스 밖으로 나갔다.

계획이 순조롭게 진행되어 어떤 방해도 위험의 기미도 없는 편안한 상태여서일까. 짐이 된다는 걸 알면서도 나는 어두워지는 마음으로 끌려갔다. 속초터미널에 도착할 무렵에 나는 벙거지를 눌러쓰고서 창문에 머리를 댔다. 요나는 이따금 돌아보며 내 옆얼굴을 살폈다. 말을 붙여보려고 기척을 보냈지만 나는 창밖의 풍경을 바라보기만 했다. 감정을 다스린다면서 걷잡을 수 없는 감정을 키워갔다. 기다려왔던 날에 변덕을 부리는 내 자신이 미웠다.

요나를 데리고 아야진해수욕장으로 가려고 했었다. 고래의 등줄기 형상으로 뻗은 바다 바위를 타고 가서 푸른 바다를 바라보고, 지나가는 누군가에게 부탁해서 우리의 모습을 카메라에 담고, 짐을 풀을 땅을 찾고, 바다에 들어가는 요나의 뒷모습을 지켜보고 싶었다. 언니에게 소식을 전해서 같이 기뻐하고 싶었다. 요나와 다녀온 짧은 여행을 구름이에게 자랑하고 싶었다.

버스에서 내린 우리는 묵묵히 대합실로 들어갔다. 대합실 출입문 바깥에 시원하게 펼쳐진 푸른 하늘을 보자 가슴이 냉랭해졌다. 그토록 보고 싶었던 바다였는데 걸어가는 길이 까마득하게 보였다. 긴장이 풀려서 오른다리도 부쩍 절름거렸다. 나는 요나의 팔을 잡아 멈춰 세웠다. 생각지도 않았던 계획 변경을 선언해버렸다.

"너 혼자 가는 게 좋겠어. 서울로 돌아갈게. 다리가 아파."

벙거지의 짤막한 챙 아래로 드러난 그의 입술이 책망받는 듯이 다물렸다. 내 다리가 불편해서 움직이기가 힘들어졌다고, 미안하다고 말했다. 요나는 내 마음이 어떤지 알면서도 건드리지 않으려고 노력했다. 여기까지 배웅해준 것만으로도 고맙다며 서울행 버스표를 끊어주었다.

"…… 이. 버스에서 힘들었기든. 비닷기 숲에 띠리기는 건 무리어서 주미는 서울로 먼저 보내고 나 혼자 가려고. 이따가 자리 잡으면 전화할세. 작은할아버지한테는 좌표로 보낼 거야."

전화를 넘겨줄까 하고 요나는 나를 돌아보았다. 나는 승차홈을 드나드는 버스를 바라보았다.

"화장실에 가 있어서…… 어, 엄마랑 의자매를 맺었다더데…… 도착하면 연락해줄 거야."

그렇게·우리는 대합실 의자에 앉아 있었다. 지금쯤이면 바다도 실컷 구경하고 사진도 찍었겠지만 나는 아쉽지 않았다.

승차홈으로 서울행 버스가 들어왔다. 토트백을 챙겨 일어서는데, 감감했던 통증이 무릎에서 골반으로 짜릿거렸다. 나는 멈칫 서서 이를 악물었다. 이 모든 상황이 엉망진창으로 비쳐 울컥했다. 몸의 중심이 기우뚱하자 요나는 내 오른팔을 붙잡아 자기 허리를 둘러 안게 했다. 나를 부축해서 버스 안까지 들어왔다.

"작은할아버지가 엄마더러 일찍 퇴근하랬대. 고속터미널로 오라고 할까?"

"괜찮아. 나 혼자 집에 갈게."

버스는 후진하여 승차홈을 벗어났다. 창문 바깥에서 요나가 손을 흔들었다. 나는 뻣뻣하게 손을 들어 답했다.

오른다리 허벅지의 경련을 느낄 뿐 머릿속은 진공 상태로 멍했다. 아무도 없는 고요한 우주의 어딘가로 떨어져 한없이 멀어지는 마음이었다. 건너편 좌석 창가의 햇빛이 내 옆얼굴에 쏟아질 즈음에 버스는 휴게소로 들어가 정차했다. 화장실에 들어가 거울을 보니 눈 주위가 울긋불긋했다. 얼굴을 씻고 나서 휴대폰을 켰다.

——무사히 땅을 파고 가방을 묻으려고 해. 이제 연락은 못하겠지. 다른 음악 시디를 네 가방에 넣었는데 들었는지 모르겠다. 돌아오면 연락할게. 안녕.

토트백에 요나의 시디플레이어가 담겼다. 전원을 켜자 2곡이 들어 있다는 표시가 본체 액정에 떴다. 시디플레이어를 무릎 사이에 올려놓았다. 저물어가는 창밖의 풍경이 물렁한 물빛으로 고여올랐다.

　　　　　　　　　　　　　　　　　　　　　제 2 부

차선이 넓어져 멀리에서 서울로 들어가는 톨게이트가 다가왔다. 귀에 이어폰을 끼우고 시디플레이어의 재생 버튼을 눌렀다.

"……녹음으로 말하려니까 어색하다. 네가 찾아와줘서 내가 사람으로 바로 돌아왔어. 고마워. 이렇게 음악실에서 노래를 녹음하는데 이 피아노가……"

녹음으로 남긴 음성 편지가 시작되었다. 말투는 요나인데 낮고 진중해서 어른 남자의 목소리로 들렸다.

"……사실 오래전에 네 얘기를 들었어. 네가 어떤 사람인지 궁금했었고. 그런 네가 케이팝 루키에 나온 거야. 그때 너는 그냥 밤하늘에 떠있는 별 같았어. 반짝여서 눈으로 볼 수 있지만 내가 날아가서 도착할 수 없는 우주의 별처럼 말이야.

나는 고래인간이야.

고래면서 인간이지만, 고래도 아니면서 인간도 아니야. 바다도 땅도 집이면서 바다도 땅도 내 집이 아니야. 내가 변함없이 믿을 사람은 우리 엄마와 할아버지라고 생각해왔어. 고래인간으로 살아가는 나를 어떤 누구도 이해하지 못할 거라고 믿어왔어. 어떤 친구에게도 마음을 털어놓지 않았어. 음악을 듣고 기타를 치면서 언젠가 이곳을 떠나야 한다는 막연한 생각으로 살았어. 그렇다고 외롭지는 않았어. 다른 고래들이 부러워힐 만큼 사람들과 노래를 부르고 학교를 다녀서 즐거웠어.

너를 만나기 전에 하얀 혹등고래가 이상한 말을 들려줬어. 할아버지가 읊어주는 성경 구절처럼.

내가 사람을 사랑하게 되면 고래를 위해 싸우듯이 그 사람을 위해 싸워야 한다고 했어. 우리 엄마와 할아버지를 두고 말하는 걸까 했지. 더이상 사람을 위해 싸우는 복잡한 일을 일으키면 안 되다고, 작별을 준비해야 한다는 말인 줄 알았어.

음악실에서 너를 만난 날 얼마나 떨었는지 몰라. 우리 학교에 전학을 왔다는 소식은 들었지만 학교 어디에서도 너를 볼 수 없었거든.

설마 너와의 만남을 두고 하얀 혹등고래가 예언해준 걸까 기대했던 거야. 네 집에 찾아간 나를 보고 나가라고 했을 때는 좀 울적했지. 하마터면 내 방에서 변신할 뻔했어. 내가 안쓰러워 보였나봐. 수리부엉이가 몰래 내 기타 피크를 너에게 가져다주고. 밤중에 창문을 두드리는 소리에 일어나 보니까, 부엉이가 네 쪽지를 물어다주고.

네 손이 내 고래 피부를 따뜻하게 만져서 깨닫게 된 거야. 내가 지켜야 할 사람이 너라고, 나도 모르는 사이에 그 밤하늘의 별에 날아와 나는 도착했다고……"

창밖은 터널 속의 어둠으로 덮였다. 어둑한 창문에 비친 내 얼굴을 바라보던 나는 휴대폰을 켜 전화를 걸었다. 요나의 휴대폰은 꺼졌다. 나는 얼굴을 감싸 쥐고 요나의 목소리를 들었다.

"……네가 피아노를 치며 노래를 불렀던 밤이 아직도 꿈만 같아. 세상에서 네 목소리가 제일 멋지다고 생각할 만큼. 진심이야. 바닷속에서 바위 동굴에 들어가 숨었던 아늑한 느낌과 비슷했어. 그날 밤에 네 노래가 계속 맴돌고 너를 만나게 되어 정말 행복하다고 생각했어. 네 노래를 녹음해두지 못해서 얼마나 아쉬웠는지 몰라. 어차피 바다에 들어가면 듣지 못할 테지만.

고래들이 네 목소리를 들으면 나처럼 좋아할 텐데. 사람이 고래 울음소리를 경이로워하잖아. 고래에게도 사람의 노랫소리가 황홀하게 들려. 내가 흥얼흥얼 노래하면 고래들은 관객이 되어서 지켜봐줘.

혹등고래들은 노래를 좋아해서 유행가를 만들어 널리 부르고 다녀. 내가 흥얼거렸던 노래를 따라서 부르고 다니기도 했어. 바닷속에 들어가면 네 노랫소리를 떠올려서 고래들에게 들려주려고. 주미라는 사람

친구가 불러준 노래라고 말할 거야.

약속대로 노래를 들려줄게.

피아노에 어울리는 솔로곡을 잘 알지 못해서 고르느라 애먹었어. 우리 집이 서울로 이사 가던 날에 차 안에서 들었던 노래가 떠오른 거야. 내가 불러준 노래 중에서 이 노래를 고래들이 제일 좋아한 건데⋯⋯"

뮤Mew의 「시메트리Symmetry」라고 노래 제목을 알렸다. 돌아오면 듀엣을 부르자고 하는 인사말로 음성 편지는 끝났다. 시디 트랙이 넘어가는 공백 끝에서 피아노 건반이 부드럽게 울렸다. 손가락이 잔잔히 누르는 건반마다 비눗방울이 피어났다.

Did I really see you or was it a dream (당신을 정말 본 걸까요, 꿈이었을까요)

Dreaming that it was seamless (어떤 어긋남도 없는 꿈을 꾸고 있었어요)

Not a trace of wrong⋯⋯ (잘못된 흔적이 아닌⋯⋯)

요나의 노래가 비눗방울 무리 속으로 담담하게 들어왔다. 그의 목소리가 맑은 물빛으로 퍼져갔다.

But ironically you will always be belle of the ball at least to me (아이러니하게도 나에게서 당신은 언제나 가장 아름다운 사람인걸요)

나는 머리를 무릎에 대고 웅크렸다. 얼굴을 감싸 쥔 두 손에서 눈물이 샜다. 그의 침대에서 잠을 자고 깨어난 아침에, 인간으로 돌아온 그가 나를 내려다보며 웃음 지었던 얼굴이 어른거렸다.

가라앉았던 그의 목소리가 느릿하게 떠올라 피아노의 멜로디를 만

지며 날아갔다. 그의 목소리가 날개지느러미를 한들거리는 혹등고래를
그려주었다. 온화한 그 품이 나를 안고서 눈부신 바닷속을 날아올랐다.

제 3 부

고래인간

왕이 명하기를

고래를 산 채로 잡아들이라 하였다.

──『조선왕조실록』 연산군 6년(1500년) 3월 11일

넓적한 꼬리지느러미를 흔들었다. 기다란 날개지느러미를 펼쳤다. 요나의 푸른 눈은 먼바다를 내다보았다.

어두운 바다 건너의 또다른 바다를 바라보았다. 햇빛이 물결에 부서지는 풍경을. 폭풍우가 뒤흔드는 바다를. 사방에 어떤 물고기도 고래도 없는 광막한 바닷속을.

그 가운데서 북극해를 찾았다. 수백 마리의 범고래가 바닷속을 헤집어 빙산을 포위했다. 빙산이 솟은 바다 아래에 하얀 혹등고래가 숨었다. 묻힌 목소리가 소식을 전했다.

나는 살아있다.

요나는 수면으로 몸을 솟구쳐 날개지느러미를 펼쳤다. 바다 위의 공중은 또다른 바다가 되어 요나의 몸은 완만한 아치를 이어 그려 날아갔다.

주미의 훌쩍이는 울음소리, 하옹하옹 우는 구름이
땅의 삶을 걱정하는 엄마의 한숨 소리
나긋이 암송되는 할아버지의 성경 구절

그리워하는 소리가 귓가에 내려앉아 요나의 마음은 서글펐다. 공중을 가르던 날개지느러미에서 힘이 빠져나갔다. 몸의 감각이 사라져 축늘어졌다.

바다에 떨어지면 안 된다. 요나는 날개지느러미를 펼치려 애를 썼다. 헤엄치기로 북극해까지 가려면 시간이 지체된다. 별빛이 뜬 밤에 부지런히 공중을 날아가야 했다.

날개지느러미는 딱딱하게 굳어버렸다. 이런 적이 없었다. 하얀 혹등고래의 목소리는 아득한 별빛으로 멎었다. 지저귀는 밤바다의 바람 줄기만이 요나의 귓가를 퍼덕여 스쳐갔다.

사람들의 목소리가 요나의 꼬리지느러미를 붙잡아 끌어내렸다. 바다 아래의 바다에서 살아가는 영혼들이 요나의 이름을 불렀다. 요나에게 할 말이 있어서 잠시 머무르기를 바랐다. 중력에 무너지는 포물선을 그리며 요나는 밤바다에 추락했다.

미제 사건

♦

　두 남자의 얼굴이 한 장의 사진으로 붙어 편집되었다. 왼편의 남자는 젖은 머리카락을 귀 뒤로 넘겨 해골 문양의 귀걸이를 드러냈다. 오른편의 남자는 짧은 머리에 콧수염을 기르고 목줄기에 문신을 새겼다. 도심의 유흥가를 활기차게 돌아다닐 법한 이십대 남자들이었다.

　사진 속의 두 남자는 똑같이 입을 벌리고 허공을 향해 눈을 부릅떴다. 무서운 것을 지켜보았던, 임박한 죽음에 대한 두려움과 혼이 빠져나간다고 깨달은 허망함이 그들의 뻣뻣한 표정을 덮었다.

　한국계 미국인인 두 남자는 인천공항으로 입국해서 서울 이태원에 머물렀다가 광복절 당일에 아침 일찍 출발하여 포항의 이 해변으로 피서를 왔다. 밤새 술을 마시며 바닷가를 돌아다녔다. 다음날이 된 새벽에 죽음을 맞이한 몰골로 다른 피서객에게 발견되었다.

　서류철의 사진을 넘기자 두 남자의 시체가 갯바위에 놓여 있었다. 나는 눈을 질끈 감고 고개를 돌렸다. 몸의 형체가 알아볼 수 없이 참혹했다. 하체는 벗겨져 담요로 덮였는데 다리가 나와야 할 부분이 비어서 헐렁하게 처졌고, 부러진 뼈가 튀어나오거나 골반 아래가 뜯겨져 없었다. 상체의 반팔 티셔츠는 너덜거렸고 어깻죽지부터 팔은 모두 뜯겼다. 능지처참陵遲處斬 형벌을 받은 몸뚱어리였다.

사진 서류철을 더이상 넘기지 않고서 덮어버렸다. 앞머리를 손끝으로 지압하며 책상에 세워진 녹취 마이크를 응시했다. 고개를 돌려 옆벽에 달린 널따란 거울을 쳐다보았다. 몇 분이 지나서 앞문이 열리고 예고한 대로 중년의 남자 검사가 들어왔다.

"다 본 거죠?"

일이 바빠서 밤늦은 시각에 나를 출석시켰다는 인사를 던지고 그는 내 오른편 대각선 자리에 앉았다. 학생들에게 소리치고 손찌검했던 학창 시절의 선생님들을 닮아서 인상부터 거북스러웠다.

"이런 사진은 저도 보기 힘들더군요. 사안의 심각성을 최구희 씨도 알아야 해서요."

그 선생님들과 다르게 검사는 존댓말을 썼지만 손찌검으로 끝나지 않을 삼엄함이 역력했다. 경황이 없는 내 심경을 들여다보고 즐기는지 검사는 대뜸 물증이 확실하다고 단언했다.

"해골 귀걸이를 찬 남자의 떨어진 팔에는 권총이, 반삭 머리 남자의 떨어진 팔에는 주머니칼이 쥐어져 있었지요. 당시 수사관의 말로는 피 묻은 부러진 칼이 햇빛을 받더니 저절로 그슬리면서 연기를 피웠다더군요. 그늘로 옮기니까 괜찮아지고요.

국과수에서 감식했고 부러진 칼끝에서 혈액과 지방 덩어리가 검출되었지요. 최초에 포유류 동물의 피 같다고 했더군요. 지방 덩어리가 고래의 블러버 같다며, 고래의 피로 약하게 추정한다더니 흐지부지되었어요. 고래 디엔에이 대조 자료가 없거든요.

최근에 다시 정밀 분석을 하니까 사람의 피로 또렷하게 나왔어요. 이례적인 재발견이라 저희 디엔에이 감정실에서 굉장한 연구 이슈가 되었다네요. 당장 저녁 뉴스에 나올 만하지요."

검사는 입술을 굼실대며 흐뭇하게 웃었다. 물건에 얼마의 값을 매기면 좋을지 흥정을 가늠하는 장물아비 같았다. 사람의 운명을 자기 손에서 결정지어왔노라고 과시하듯이 입을 뗐다.

"디엔에이 분석 결과가 최요나의 것과 일치해요."

검사의 얼굴에서 검푸른 고래인간이 돋아났다. 그가 두 남자의 팔과 다리를 맨손으로 잡아 쥐어뜯는다. 나는 눈에 힘을 주어 고래인간의 잔상을 지웠다.

"제 아들의 뭐가 일치한다는 건데요."

"최요나의 디엔에이와 일치한다고요."

요나가 검찰청에 들렀다 가기라도 한 것처럼 말했다.

"제 아들의 디엔에이는 어떻게 알아냈는데요."

"머리털 한 가닥만 있으면 돼요. 어디서 얻어왔겠지요."

검사는 대놓고 거드름을 피웠다.

"뭐라고요?"

나는 언성을 높이고 말했다. 사람의 모발을 함부로 채취하고 분석했다는 사실을 숨길 생각도 없거니와, 그러한 불법 행태를 내가 알아봤자 별수 없다고 무시하고 있었다.

나는 검사를 노려보았다.

"왜 이 사건을 다시 수사하게 된 건데요."

그는 내 눈을 피해 컴퓨터 모니터를 바라보았다. 참고인의 날이 선 눈빛을 보고 언짢아했다.

"상부에서 미제 사건을 점검하라는 지시가 내려와서 티에프가 출범

된 거죠. 이 사건만이 아니라 다른 사건들 재수사도 검토해요. 왜요?"

"상부 어디요. 어디에서 시키길래 왜 저한테 이 밤에 출석하라고 통지서를 보내고, 검사님이 사건을 다시 보고 그러나요."

역으로 내가 추궁하자 검사는 콧방귀를 뀌었다. 귀찮게 하네, 라고 나직하게 뇌까리더니 턱을 쳐들어 눈을 가라떴다.

"우리 최구희 씨가요, 구체적인 지시 경로까지 알 필요가 있을까요."

내처 두 발을 꼬아 책상에 올릴 거만한 태도로써 더는 질문하지 말라고 찍어 눌렀다. 불쾌해진 내 표정에서 의도한 모멸감을 심었음을 확인한 그는 교묘하게 자상한 어조로 바꾸었다.

"수사기관이 하는 일이 그렇지요. 저도 자세하게는 몰라요."

책잡힐 말을 하지 않으려고 했다. 그럼에도 억울감이 치밀어 사정을 늘어놓아버렸다. 당시에 우리 아이는 중학교 2학년생이었다. 광복절은 내 생일이다. 중학생 아이가 엄마 생일날에 혼자 서울에서 포항 바다로 가고, 그곳에서 장정 두 명을, 그것도 총과 칼을 든 사람들을 죽인다는 게 말이 되느냐고.

"최구희 씨. 여기서 흥분하면 안 돼요. 이런 미스터리투성이 사건을 재수사하라고 해서 우리도 정신이 없어요. 티에프를 꾸리는 것만도 피곤하다고요. 정밀 분석 결과가 최요나의 디엔에이로 밝혀져서 절차대로 재수사하는 거죠. 최요나와 같이 포항으로 내려가 조사받아보라고 하는 거예요. 그쪽에서 바로 최요나를 부르면 당황하니까, 재수사를 지휘하는 우리 쪽에서 사전조사 겸으로 설명하는 거죠."

검사는 자리에서 일어나 별도의 서류철을 나에게 건넸다. 재수사 티에프를 상대로 약속하는 서약서와 개인정보 열람 동의서였다. 서약서에는 재수사의 취지를 충분히 숙기해서 성신하게 협조하겠다는 문구가 실렸다. 개인정보 열람 동의서는 세밀하게 구분되어서, 내 명의의 은행 계좌 거래내역뿐만 아니라 통신기기의 기록 전부 조회 동의를 받아내는 항목도 있었다.

이런 문서를 작성한다는 얘기는 들어본 적이 없었다. 내가 눈썹을 찌푸린 얼굴로 문서를 읽고 있자 빨리 서명이나 하라며 검사는 직접 볼펜과 인주를 내밀었다.

"최구희 씨. 제가 여기에서 어떤 사람인지 소개하면 위협이 될까 유하게 가려고 하는데요. 저는 직접 참고인 조사 같은 건 안 하고, 서명을 받는 이따위 푸닥거리도 안 해요. 지시를 받아 특별 대우하는 거라고요. 어떻게 돌아가는지 좀 알아먹으시라고요. 피서 간다 치고 포항 바다에 한번 가보는 것도 나쁘지 않잖아요. 최요나가 해외여행에서 돌아오면 시간이 남을 거잖아요."

요나가 집에 없는 사정을 들먹였다. 이 검사는 다 알고 있다.

"이 문서들에 서명하지 않으면 어떤 사태가 일어날지 굳이 설명해드려야 할까요?"

내가 빤히 쳐다보자 검사는 허허 참, 하며 혀를 찼다.

"뭘 믿고 당돌한 건지…… 영장 발부받고 싶다면 어쩔 수 없지요. 그게 저희도 편해요. 최구희 씨 집에 우리 수사관들 집들이하러 오게 해서 물건들 모조리 꺼내 보여주시고, 주변 지인분들 소환해서 조사받게 하시고요."

집들이한단다. 조폭이냐고, 멀쩡한 사람을 겁박하는 거냐고 언성을 높이려 했다. 맞받아치려는 내 기색을 읽은 검사는 말의 고삐를 쥐듯 다음 카드를 꺼냈다.

"체포 영장, 구속 영장 진짜 받고 싶어요? 디엔에이 물증이 확실하잖아요. 촉법소년도 아니에요. 최요나가 구십사년 일월생이니까 이천팔년 팔월은 만으로 열네살이 넘어서 형사 처벌이 가능해요. 우리가 영장을 치면 그것만으로도 변호사를 선임하느라 골치가 아플걸요."

나는 어이가 없어서 코웃음을 쳤다. 검사는 손바닥을 펴고 손가락을 하나씩 구부려 셌다.

"아버지 최성찬. 아버지가 몸이 편찮다고 하시요? 위도 횟집 사장네 가족 김준식, 이미옥. 김철우, 전수진. 주변 지인 소환에는 최구희 씨와 관계되는 사람 전부가 될 수 있지요."

나 같은 부류를 넘치도록 상대해왔다는마냥 검사는 노련하게 몰아붙였다. 남의 가족사를 어떻게 알았냐고 따지지 못하도록, 숨도 못 쉬고 납작 엎드리는 꼬락서니를 봐야겠다는 의욕을 내비쳤다. 머리가 지끈했다. 눈길을 떨어뜨려 녹취 마이크를 내려다보았다.

"특히 강주미가 이 사건을 안다면 충격을 받겠지요. 최요나의 여자 친구 아닌가요. 이 사건 발생 현장에서 동생 강혜미가 실종됐던데요."

나는 눈길을 들지도 않고 입을 열지도 않았다. 강주미도 소환되면 난 감하지 않을까요, 라고 말하며 검사는 자판을 두드렸다.

검사는 결재판으로 바지춤을 탁탁 때려 털고 자리에서 일어났다. 조사실 앞문을 열다가 무슨 생각이 나서 나를 돌아보았다. 줄곧 모욕을 주고 협박하고서는 무람없이 떠보는 질문을 던졌다.

"군산 호수공원 살인사건도 아시죠?"

덜컥 심장이 뛰었다. 웬 뚱딴지같은 질문이냐고 되묻는 눈으로 그를 쳐다보았다.

"이 사건과 유사해서 물어본 거예요. 이천사년 일월 군산 나운동 호수공원에서요. 근처에서 포장마차를 했잖아요."

나는 피곤한 티를 내며 반응하지 않았다. 시치미 떼는 것 봐라, 라고 아유 히 듯이 그는 입꼬리를 씩 올려 비웃었다. 사진 서류철을 전달했던 젊은 검사가 들어와 오른편 대각선 자리에 앉았다. 서명을 안 할 시에 받게 될 불이익을 고지했다. 영장 발부 절차에 돌입할 수밖에 없다는 말로 압박했다.

◆

해가 뜨고 나서도 김종현 변호사를 검색한 창을 내리지 못했다. 프로필 사진의 얼굴에는 방송부 시절에 봤던 곱상한 인상이 여전했다. 학력에 기재된 고등학교를 확인하지 않아도 방송부 출신이라면 이름과 얼굴만으로 종현 오빠라고 알아볼 거였다. 법조 경력에는 의정부지방검찰청, 수원지방검찰청, 대검찰청이 나열되었다.

메모지에 오빠의 사무소 전화번호를 적었다. 업무 시작 시간에 맞춰 전화하겠다고 다짐했으나 마음이 동하지 않았다. 몸이 느른한 것이 먼저 잠을 자라고 신호를 보내고 있었다. 무한정 책상에 앉아서 화면에 띄운 오빠의 얼굴을 말똥하게 지켜보았다.

검찰청 출석 통지서를 받고 오빠를 떠올렸다가 왜 이제서야 도움을 구하냐는 자책감이 들었다. 검찰 측이 들이민 문서에 서명하지 않고 버텨도 되었는데 혼자 처리하려다 망쳐놓고서 도움을 구하는 꼴이었다.

고향인 군산에 내려온 오빠가 호수공원의 포장마차에 들렀던 기억은 씁쓸하기만 하다. 주문한다며 나를 부르고, 우리가 해후하여 반가워하다가, 전화번호도 교환하지 않고 헤어졌다. 나에게 피치 못할 사연이 있음을 알고 오빠는 조심스러워했다. 과거뿐만이 아니라 그곳에서 포장마차를 꾸리던 현재도 궁금해하지 않았다. 대신에 오빠는 약혼했다고 하며 옆에 앉은 여자친구를 소개했다. 사법연수원을 다니는 자신의 안부를 짤막하게 전했다.

서른다섯의 내가 열여덟 먹은 아들의 범죄 혐의로 참고인 조사를 받았다고 말하게 되면, 뒤이어 묻혔던 과거를 꺼내야 할 외길로 들어가야 한다. 그 시절에 오빠의 편지를 받고서 답장을 썼는데 전하지 못했고, 침몰사고 이후 수녀원에서 요양했으며, 라디오 프로그램에서 나를 찾는 오빠의 사연을 들었으나 아이를 출산하는 바람에 차마 연락하지 못했다는······

그 아이가 미제 살인사건의 용의자가 되었다고, 단순한 법적인 문제는 아니라고, 누군가들이 아이의 정체를 알고서 잡으려 한다고······ 사실은 아이가 사람을 죽인 것은 맞다고······

어떻게 이런 이야기를 밝힐 수 있을까. 어디부터 감추고 털어내야 할지 까마득해서 혼자 헤쳐나가고 싶은데, 아이의 존재가 세상에 까발려지는 현실이 코앞에 닥쳐오고 있었다.

♦

포항 해수욕장에서 일어난 살인사건은 나는 정말 모른다. 해수욕장에서 두 남자가 참혹하게 살해당했다는 뉴스를 듣지도 못했다. 주미는 또 무슨 얘기인가. 그 아이의 동생이 그 현장에서 실종되었다니.

소름 끼치게도 조사실에서 참혹한 시체 사진을 본 찰나에 나는 요나가 저질렀을 가능성을 생각했다. 검사가 떠본 대로 군산 호수공원에서 일어난 사건과 똑같았다.

바다 여행을 다녀오면 요나는 불법으로 고래삽이하는 배를 망가뜨리고, 고래가 가는 길에 쳐놓은 정치망을 모조리 뜯어 찢어버린 얘기를 들려주었다. 바다에서 표류하다 실신한 사람을 건져 구하고, 떠다니는 시체를 비닷가로 끌어가 발견되도록 도와준 얘기도 들려주었다. 그런 요나가 기특했다. 세상에서 고래인간밖에 할 수 없는 일을 어린 요나는 피하지 않고 받아들였던 것이다.

바다 여행을 마치고 돌아온 요나에게서 또다른 사람을 죽였다는 징후를 느낀 적이 없었다. 서울로 이사를 온 후부터 요나는 우무묵 같은 맑은 새살이 돋은 몸으로 여름날의 바다 여행에서 돌아왔다. 범고래 무리와 싸우다가 물려 뜯긴 흔적이었다. 한번은 가슴팍에 큼직한 맑은 새살이 돋은 채로 돌아왔다. 포경선이 쏜 작살을 맞았다고 했다. 그때가 중학교 2학년 여름인지 뚜렷하게 기억나지 않는다. 나는 여느 여름날처럼 요나가 무사히 집으로 돌아와 안도했을 것이다. 키가 커가고 벌어지는 어깨를 보며 든든해하느라 바빴을 것이다.

사람을 함부로 죽이는 고래인간으로 오해하지 않으리라는 걸 알았을 텐데 요나는 포항의 사건을 말해주지 않았다. 할아버지가 뇌경색으로 반신불수가 되고, 행패를 당했던 지난날을 엄마가 기억하고 근심할까봐 말하지 않았던 모양이다. 요나는 언제나 바다를 지키려 했으니까. 위험에 처한 사람 또한 기꺼이 도왔으니까. 무슨 이유가 있었을 것이다.

그때도 그랬다.

할아버지를 지키고 엄마를 지키려다 요나는 그들을 죽였다. 눈이 많이 내리는 깊은 밤이어서 사람을 해체하는 광경을 자세히 목도하지는 못했다. 그들을 범고래처럼 다루고 있다고 짐작했다. 할아버지가 협박을 당하고 머리끄덩이를 잡혀 뺨을 얻어맞는 엄마를 보고서 어느 아들이 가만히 있을까. 이제 열한살이 되는 아이일지라도 말이다.

◆

그전의 지역 조폭이 제시한 대로 아버지와 나는 차용증을 쓰고 상납금 분할액과 이자, 일일 자릿세를 합쳐 일주일마다 110만원씩 현금으로 갖다 바쳤다. 돌아온 여름에 상납금 분할액과 이자를 모두 정산했다. 앞으로는 일일 자릿세 5만원만 내면 되었다.

가끔 돈이 없다고 하며 한번만 봐달라고 애걸하는 궁상스러운 처지를 보여줘야 했던 걸까. 아주머니를 더 구하지 말고 이전 매출에 만족하며 욕심을 부리지 말아야 했던 걸까.

"장사가 잘되잖아. 누구 덕에 돈을 벌었는데. 우리가 안 막아주면은 시청에서 당장 철거하라고 닦달하고, 식당 사장들이 와서 손님 뺏어간다고 지랄이나 할걸."

상납금을 정산하자 그들은 말을 바꾸어 일일 자릿세를 10만원으로 올려버렸다. 그들이 약속을 지킬 거라고 본 아버지와 내가 물정을 모르고 지혜가 없었다. 그들에게 기한을 맞추는 성실함을 보여주기보다 가난에 찌든 불신용을 떠벌리는 편이 나았다. 자릿세와 상납금을 내라고 들이밀었던 애초에 재빨리 포기하고 다른 곳으로 자리를 옮겨야 했었다.

아버지와 나는 그들의 인상안을 들고 고심하다가 일단 수용했다. 장사는 더 커져 일은 바빠지는데, 아주머니 두 명을 쓰는 인건비에다 일일 자릿세까지 인상되어 수중에 들어오는 돈은 그대로였다.

가을이 깊어 추워지던 날에 낯선 이들이 우리 포장마차에 들이닥쳤다. 자기네가 새롭게 이 구역을 접수했다면서 상납금 5천만원을 내라고 했다. 기존의 일일 자릿세 10만원은 유지하겠다고 생색내면서.

상납금 3천만원을 힘들게 모아 이자까지 쳐서 일년 동안 바쳤는데, 이번엔 5천만원을 내라고 하니까 아버지는 화를 터뜨렸다. 얼마든지 주먹다짐이라도 할 기세로 아버지는 역정을 내며 나더러 돈이 없다고만 말하라고 단속했다. 아버지가 깊게 분노하는 모습을 보여준 건 그때가 마지막이었다. 그들이 수금한다고 포장마차에 찾아오면 아버지는 그들을 호수공원으로 데려가 무슨 얘기를 하고 돌아왔다.

"저것들이 악질이구먼."

조만간 해결될 거라고 하는데 눈은 다른 근심에 흘려 포장마차 용마루의 백열등을 올려다보았다.

"지들끼리 힘자랑허느라고 칼부림허고 난리여. 언제 다시 이 구역을 뺏길지 모르니께는 우리헌테 자릿세를 양껏 올려다가 한방에 처먹을라는 거니께. 아직꺼지는 자리를 못 잡아서 지들도 어떻게 헐지를 몰라. 근께, 저것들이 돈 이야기허믄 아부지헌테 물어보라 허고, 니는 그냥 나헌테 떠넘기믄 되겄다."

대출로 자금을 보태 상가 임대차를 구해볼 수 있었지만 나는 아버지를 말리지 않았다. 일이 석연치 않게 돌아가는데도 아버지에게 포장마차를 접자고 하소연하지 않았다. 포장마차를 절대 포기하지 않겠다는 아버지의 의지가 완고했기 때문이다. 공수부대에서 퇴출당하고 이십년이 넘도록 숱한 실패만 쌓아왔던 아버지였다. 이 포장마차에서 남은 희망을 키웠기에 아버지를 전적으로 지지하는 것이 자식의 도리라고 생각했다.

내가 틀렸다. 아버지가 왜 '신체 포기 각서'를 써주었는지 지금도 의문이다. 그럴 만큼 절박하지 않았는데도 연말까지 상납금 일부를 갚지 못하면 신장을 떼겠다고 각서를 써준 거였다. 우리가 돈을 모으는 족족 붓고 있던 3년짜리 적금의 만기를 채우고 싶었던 걸까. 호수공원 일대를 새롭게 접수한 그들이 얼마 가지 못해 자리를 뜰 거라고 확신해서 그랬던 걸까. 아니면, 자기 몸을 내걸 정도로 그들에게 분노했기 때문인 걸까.

새해를 맞이한 첫날에 아버지는 응급실로 실려갔다. 뇌경색이었다. 고혈압이 있는 상태에서 추위에 장시간 노출되어 발병한 거였다. 의사는 몇 시간만 일찍 왔으면 중증으로 가지 않았을 거라며 안타까워했다. 왼손과 왼발을 전처럼 쓰지 못하더라도, 재활치료에 집중하면 일상생활은 가능할 거라는 소견으로 애써 위로해주었다.

연말연시 장사를 마쳐가는 간밤에 그늘이 찾아왔고 아버지는 나를 먼저 집으로 보냈다. 추운 날에 호수공원에 끌려가서 그들의 독촉과 협박을 들었다. 몸의 이상을 느끼고서도 아버지는 혼자 술을 마셨다. 새벽에 집에 돌아와서는 바로 침대에 누워버린 거였다. 나를 깨워서 아프다고, 나 아프다고 한마디만 하면 되었던 것을.

요나를 데리고 병실에 들어가면 아버지는 아이처럼 엉엉 울었다. 아내와 아들을 떠나보냈을 때조차 묵묵히 눈물만 훔쳤던 분이 딸과 손자 앞에서 오열했다. 자신의 모든 삶을 실패로 규정하고 놓아버린 탓이었다. 인생이 왜 그토록 비참한지 스스로가 돌아봐도 억울했을 것이다. 발음이 새는 말로 미안허다, 미안허다, 하며 우느라고 아버지는 내가 떠먹이는 미음도 먹지 못했다.

옆에서 요나는 잠잠했다. 동화책의 불쌍한 주인공과 상괭이 친구들의 애환에 눈물을 보이던 아이였다. 할아버지를 애달파하며 엄마가 따라 울어도 요나는 덤덤하게 할아버지의 왼팔을 주물렀다. 아이가 딴마음을 품었다는 징후 같은 건 찾을 수도 없었다.

아버지를 일반 병실로 옮길 때까지만 아주머니들에게 포장마차를 맡기려 했으나 그들의 방해로 휴업했다. 다른 곳에 일자리를 구해야겠다며 아주머니들은 포장마차 일을 그만두었다. 신체 포기 각서를 써준 사람이 많다며 그들이 으스댄다고, 아버지의 신장을 빨리 떼야겠다고 지껄인다는 뒷얘기를 전했다. 신장뿐만 아니라 혈액, 안구, 간 따위도 취급한다고 했다. 그것든은 한쪽이 없거나 일부를 떼어내도 괜찮다며 아주머니들에게 위세를 부렸단다.

"아버지, 우리 포장마차 그만해요."

아버지는 울먹이는 얼굴로 고개를 끄덕였다.

♦

해질녘에 폭설이 내리기 시작해서 저녁부터 거리에 눈이 쌓이던 날이었다. 밤이 고요해서 갈팡질팡하던 나는 두툼한 옷을 입고 장바구니를 챙겼다. 처분을 위해 오늘 포장마차의 물품을 정리하지 않았다가는 그들을 피해 다른 날을 기다리다 한없이 연기될 것 같았다.

가로등과 아파트 단지의 불빛이 밤을 밝힐 뿐 호수공원 주변에는 사람도 차도 다니지 않았다. 포장마차에 들어가서 난로를 켜고 나는 서둘러 가재도구와 접이식 테이블을 정리했다. 열쇠로 돈통을 열어 거스름돈으로 쓰는 현금을 챙겼다. 중고품으로 내다팔 요량으로 냉장고와 수족관을 행주로 닦고 나서 활어 몇 마리를 비닐팩에 담아가려고 했다.

멀리서 시끄럽게 웃는 소리가 들렸다. 낄낄대는 웃음소리가 포장마차에 가까워지더니 출입 천막을 들추었다.

아버지를 찾아왔던 그들 세 명이 눈을 털며 들어오고 롱코트를 걸쳐도 삐쩍 마른 몸이 확연한 낯선 남자가 들어왔다.

"이 밤에 장사를 하네."

차를 타지 못해 뚤레뚤레 배회하다가 불이 켜진 포장마차를 보고 들어온 것이다. 삐쩍 마른 남자를 가리켜 자기네들이 형님으로 모시는 보스라며 인사를 시켰다.

"우리 같은 깍두기가 아니시다."

다들 술에 취해 인사불성이었다. 부하들은 보스가 잘 나갔던 외과의사 출신이라며 궁금하지도 않은 나에게 자랑했다. 중국으로 돌아가야 하는 바쁜 분이라고 하더니 대뜸 의자에 앉아 술과 회를 차리라고 했다. 내가 그들의 몸종이라도 되었나 보다. 나는 대꾸하지 않고 비닐팩을 도로 수납장 안에 넣어 비품을 정리했다.

쌀쌀맞은 정적이 지나가자 부하들이 쌍욕을 주워섬겼다. 아버지의 콩팥 두 개를 다 떼어내도 상납금 충당에 모자란다는 둥 내 몸으로 때우라는 둥 희롱을 쏟아내며 윽박지르자 나는 나가라고 소리쳤다. 그들 중 하나가 성큼 다가와 내 어깨를 붙잡았다. 억지로 보스에게 끌고 가려고 했다. 악에 받쳐 날이 섰던 나는 그의 손가락을 깨물고 말았다.

나는 밀쳐져서 구석으로 나동그라져버렸다. 자기 손에서 피가 난다며 내 배를 걷어차고 내 머리채를 그러잡아 들더니 뺨을 후려쳤다. 목이 제멋대로 돌아가고 눈앞에 희멀건 섬광이 터졌다. 정신을 잃을 여유가 없었다. 다른 하나가 수족관을 발로 차 깨부숴서 물이 쏟아진 바닥에 활어가 나뒹굴었다.

불현듯 악! 하고 보스가 소리를 질렀다. 일제히 그쪽을 돌아보았다. 출입 천막 안으로 요나가 들어와 있었다. 이 추운 날에 실오라기 하나 걸치지 않은 알몸이었다.

"이런 미친 것들이 있나."

찡그린 얼굴로 보스는 뒤통수를 매만졌다. 그가 주머니에서 손수건을 꺼내자 요나는 재빨리 팔을 힘껏 휘저었다. 나를 때렸던 이가 악! 하고 얼굴을 가려 몸을 구푸렸다. 그 앞에 골프공 같은 것이 툭 떨구어졌다. 눈을 뭉쳐 짜서 만든 얼음덩이였다.

"뭐해! 저 새끼 잡아!"

나를 지키려고 요나가 주의를 끌어 유인했다. 요나에게 빨리 도망가라고 소리치려는데 내 입은 우물대기만 했다. 찢어져 부어오른 입속에서 침이 섞인 피가 대신 뱉어졌다. 부하들은 요나를 뒤쫓아 우르르 달려나갔다. 보스는 손수건으로 뒤통수를 문지르며 산보 걸음으로 뒤따랐다.

눈길에 찍힌 발자국에 눈이 덮쌓여갔다. 가로등 사이의 어둠에 발가벗은 요나의 뒷모습이 삼켜 들어가고 뒤따른 그들도 먹혀 들어갔다. 나도 달리려는데 갈비뼈 부위가 욱신거려 주저앉고 말았다.

"아들이 기증을 아나봐. 옷도 벗고 왔네."

등 뒤의 나를 힐끔하더니 보스는 손을 뻗어서 내리는 함박눈을 받았다. 속주머니에서 길쭉한 것을 꺼내 보란 듯이 손수건으로 닦았다. 가로등 빛에 예리한 칼날이 반짝였다.

"이런 날에는 야외에서 기증해도 표시가 안 나. 너도 기증하고 싶으면 거기서 기다리고 있든지. 어린애들은 눈알밖에 못 주니까 간단하게 하나만 도려낼 거야. 집까지 찾아오게 하고 싶으면 경찰 부르면 돼."

눈길에 난 발자국을 따라 보스는 터덜터덜 걸어갔다. 휑하게 켜진 가로등 빛 너머로 사라지는 그를 무기력하게 지켜봤다.

요나가 호수에 뛰어들어 고래인간으로 변신해 숨으려는 줄 알았다. 어서 빨리 숨기를 바라다가 나는 일어서려고 끙끙거렸다. 요나를 뒤쫓는 부하들의 달리는 모양을 봐서는 고래인간을 목격할 것만 같았다. 그랬다가는 더 큰일이 난다며, 내가 그들을 유인해야 한다는 절박감으로 몸을 일으켰다.

비척대는 걸음으로 가로등 아래를 지나 불빛이 어스레해지는 경계를 넘어갔다. 비명소리가 들리고 풍덩, 풍덩, 풍덩…… 물소리가 들렸다. 나는 발소리를 죽여 호수를 에워싼 으스스한 기운에 다가갔다. 허공을 깜깜하게 수놓은 함박눈이 얼어가는 호수에 낙하하고 있었다.

호수의 저편에서 고래의 꼬리지느러미가 수면 위로 펼쳐졌다가 물속으로 잠겼다. 그곳에 살얼음도 아닌 어둑한 덩어리들이 한곳으로 모아

놓은 페스티로폼처럼 둥둥 떠다녔다.

　어딘가에서 앓는 소리가 들렸다. 눈밭에서 그들 중 하나가 힘겹게 일어서고 있었다. 호숫가를 빠져나가는 길을 찾아 내가 서 있는 곳으로 휘청휘청 걸어왔다. 삐쩍 마른 그 보스였다. 왼손으로 오른쪽 어깻죽지를 부여잡은 그가 염불 같은 말을 외었다.

　"내 팔…… 내 팔……"

　제풀에 털썩 고꾸라지는 그를 건너다보던 때였다. 근처의 물가에서 시커먼 것이 매섭게 솟구쳐 튀어나와 날개지느러미를 퍼덕였다.

　눈밭을 덮쳐 요나가 착지하자 그가 발악했다. 요나가 그를 죽이려 한다.

　"요나야!"

　반사적으로 나는 날카롭게 소리쳤다. 외침을 들은 요나가 나를 돌아보았다. 파랗게 빛나는 두 눈이 엄마를 알아보고는 평온하게 외면했다. 한 손으로 보스의 멱살을 움켜쥐었다. 꼬리지느러미로 땅을 내려쳐 몸을 들썩임과 동시에 날개지느러미를 펼쳐 물속으로 뛰어들었다.

　함박눈이 쏟아져 부딪치는 호수의 움직임을 망연하게 바라보았다. 수면의 살얼음을 잔잔히 가르며 잔물결이 호수를 나아갔다. 덩어리들이 모인 한곳에 다른 덩어리가 하나, 둘, 셋…… 떠올라 물컹하게 일렁였다.

◆

폭력조직 조직원 변사체 4구 호수에서 발견

[군산: 2004-05-14]

……지난 10일 오전 6시 23분께 인근 거주 주민이 나운동 호숫가에서 해당 변사체를 발견해 경찰에 신고했다. 토막난 사체가 모두 통발에 담겼던 관계로 4구 시신 전체를 수습했으며 (……) 경찰은 소지품을 확보하여 지난 1월경에 종적을 감췄던 폭력조직 조직원으로 신원을 파악했다고 밝혔다. 특히 이들 중에는 장기 밀매 혐의로 인터폴 적색수배 중인 폭력조직 두목 B씨(45)의 시신이 있음을 추가로 확인하여……

요나가 중학교 졸업을 앞둔 일월에 그들의 시체를 발견했다는 기사를 뒤늦게 읽었다. 요나가 입학하는 고등학교의 홈페이지를 찾다가 문득 생각나 신문기사를 검색해본 거였다. 그들의 시체가 어떻게 되었는지는 알고 싶지 않아 부러 잊고 있었다.

그들의 신원을 파악했다고는 하는데 후속 보도는 없었다. 지역 폭력조직 간의 세력 다툼에서 벌어진 사건으로 탐문했을 테고, 경쟁 폭력조직에게 심증을 품지만 시신을 해체하고 물속 깊은 곳에 은폐시킨 과정은 밝힐 수 없었을 것이다.

엄마 먼저 돌아가.

그 호수에서 나는 요나의 목소리를 들었다. 보스가 고꾸라지고 요나가 덮쳤던 눈밭을 바라보았다. 움푹 팬 그 자리에 눈이 쌓여 모든 흔적을 덮어갔다.

한곳에 모인 덩어리들이 꿈틀거리다 잠기는 광경을 지켜봤다. 모든 덩어리가 물속으로 들어가 사라지자 나는 포장마차로 돌아갔다.

포장마차 출입 천막에 요나가 입고 왔던 겨울옷이 끼어 있었다. 질긴 생명력을 가져서 깨진 수족관에서 팽개쳐진 숭어 한 마리는 그때까지도 입을 뻐끔거렸다. 요나가 던졌던 얼음덩이는 물컵을 엎지른 흔적으로 녹았다. 엉망이 된 바닥을 치우고 닦았다. 앞치마를 모아둔 수납장을 열어 타월을 꺼내고 요나를 기다렸다.

호수에서 빠져나온 요나의 몸에는 상흔이 남아 있었다. 사람의 알몸으로 돌아온 요나를 타월로 닦다가 명치 아래쪽으로 돋아난 우무묵 빛깔의 새살을 보게 되었다. 부러진 칼날이 박혀서 묽은 새살의 가운데가 볼록 튀어나왔다. 새살이 칼날을 서서히 뱉어내고 있었다.

"아프지 않아?"

"하나도 안 아파."

타월을 머리에 두른 채로 요나는 고개를 흔들었다. 엄마를 안심시키려고 의연해 보이려는 게 아니라 진심으로 아프지 않은 거였다. 고래인간으로서 얻은 고통이 인간의 고통으로 되살아나지 않았다.

다음날 아침이 되자 걷어차였던 내 배는 아무런 통증이 없었다. 부어오른 얼굴도 말끔했다. 기이했다. 요나와 손을 잡고 집에 돌아왔을 때만 해도 갈비뼈 부위의 통증이 심했고 입술과 뺨은 부풀어 볼썽사나웠었다. 제때 병원을 찾지 않아 뇌경색을 얻은 아버지를 따라서 자고 일어나면 나도 병원에 실려가리라고 두려워했는데, 아무 일이 없었다는 양 회복되었다.

전날처럼 점심시간에 맞춰 요나를 데리고 병원에 갔다. 병실에 들어서자 비로소 요나는 할아버지, 할아버지 하며 시럽게 울었다. 그날부터 아버지는 울지 않고 슬퍼하는 요나를 토닥여 달랬다. 아버지가 이전의 현실감을 되찾은 줄로만 알았다.

흰죽을 먹고 낮잠이 든 아버지의 얼굴이 급격하게 늙어 있었다. 희망도 한스러움도 없는, 서늘하게 쇠약한 낯빛이었다. 간밤의 사건을 알고 삶을 놔버린 것 같아 덜컥 겁이 났다. 곁에서 왼팔을 주무르며 아버지가 깨어나길 기다렸다. 요나와 무슨 얘기를 나누었냐고 물어보려고 했다.

애타는 내 기척을 듣고 아버지는 가만히 깨어났다. 지켜보는 내 눈길을 의식하면서도 아버지는 허공의 무언가를 초연하게 헤아렸다. 모든 미련을 털어서 여한이 없을 따름이라고, 걱정을 놓으라고 말하는 눈이었다. 그러고는 다시 나긋이 눈을 감았다. 항명 사건으로 공수부대에서 쫓겨났던 옛날처럼 아버지가 자신의 운명을 받아들이기로 마음먹었다고 느꼈다.

또다른 그들이 찾아오면 어떡할지, 시체가 발견되면 어떡할지를 염려했다. 발각된다면 내가 그들을 죽였다고 자백하리라는 극단적인 상황까지 염두에 두었다.

무슨 일이 있었냐고 되묻는 듯이 요나는 평온했다. 깊은 밤마다 포장마차에 가는 길을 졸졸 따라와서 엄마를 도왔다. 호수에 다시 들어갈 기회를 찾나 했지만 그러는 것도 아니었다. 물속에 시체를 어떻게 감추었느냐는 암울한 질문은 꺼낼 엄두조차 내지 못했다.

요나의 일손 덕분에 포장마차 내부 정리는 사흘 만에 끝났다. 그 다음주의 설 명절 연휴 중에 포장마차의 모든 물품과 아버지의 용달차를 처분했다. 요나는 집에 남아서 점심마다 병원에 있는 할아버지를 찾아갔다. 요나의 열한번째 생일을 챙기지 못한 채 나는 서울로 올라갔다.

준식 삼촌과 몽탄 이모가 동행한 발품으로 집을 구했다. 새집의 내부 공사를 마치고, 아버지를 서울의 요양병원으로 옮긴 이월 하순에 요나와 나는 지금의 집으로 이사를 갔다.

◆

　새로운 초등학교에서 요나는 전보다 밝아졌다. 친구들이 요나를 따르는지 이따금 우리 집에 전화를 걸어와 피시방에 가자고 불렀다. 요나는 할아버지를 보러 요양병원에 가야 한다는 핑계를 대고 나가지 않았다. 왕따 걱정 대신에 친구들과 거리를 두는 방법을 고민했다.

　그 무렵에 고래들에게 들려준다며 요나는 흥얼흥얼 노래를 불렀다. 유재하의 노래를 즐겨 불렀던 구선의 목소리를 닮아 있었다. 반주 없이도 듣는 이에게 박자와 멜로디를 느끼게 해주는 음감이었다.

　바이올린도 가르쳐준다는 피아노학원을 다니게 했다. 둘째달 학원비를 낸 날에 원장님이 직접 전화를 걸어와서 요나 같은 원생이 없다며 칭찬을 늘어놓았다. 아이가 음악을 좋아하고 즐겨서 가르쳐주지 않아도 터득한다고 했다. 개인 연습실에 들어가 피아노를 치면 세상에서 그렇게 잘하는 아이가 없는데, 자기 앞에서는 일부러 음을 틀리고 성의 없게 연주한다며 섭섭해했다. 피아니스트로 성공할 인재라고 하더니 올가을에 요나를 콩쿠르에 출전시켜보자고 제안했다. 별도 레슨비는 받지 않겠다고, 학원에서 콩쿠르 출전자를 배출하면 그것으로 충분하다고 설득했다. 정중하게 사양하느라 진땀을 뺐다.

　이후에도 원장님은 요나에게 과한 열성을 부렸다. 관심은 있었지만 요나도 콩쿠르 출전은 피하고 싶었다. 엄마가 주저하는 이유와 다르게 요나는 인간 사회의 성공궤도에 들어가기를 원하지 않았다. 결국 설령 설령 운영하는 다른 학원을 찾아 옮겼다.

　따뜻해진 봄날에 아버지는 요양병원을 퇴원해 집으로 돌아왔다. 요나는 할아버지의 몸이 온전히 회복된 것처럼 기뻐했다. 아버지는 재활치료센터를 오가며 군인 시절에 즐겼던 서예와 성경 읽기를 소일 삼아 집에서 요양했다. 요나는 몸이 불편한 할아버지를 도와 서예 도구를 챙겨 벼루에 먹을 갈고 화선지를 펴주었다. 화선지 앞에 강아지처럼 앉아서 성경을 옮겨 쓰는 할아버지의 붓글씨를 구경했다.

보름달이 뜨기 전날이면 요나는 지하층 풀장으로 내려갔다. 해가 지기 전에 내려갔다가 아침 일찍 현관문을 열고 들어왔다. 내가 피곤해서 일어나지 못하면 할아버지와 아침을 챙겨 먹고 학교에 갔다.

"학교 다녀오겠습니다!"

잠결에 아이가 할아버지에게 인사하고 문을 닫는 소리를 들으며 다른 세계의 고래인간이라고 되뇌었다.

인간 사회에서 비롯된 인간의 마음을 돌아보는 것이다. 요나를 제지하려 했던 내 모습은 인간 습성의 단편에 지나지 않았다.

호수공원 현장에서 나는 더이상 죽이면 안 된다고 외치려 했었다. 그들이 아버지의 신장과 요나의 안구를 적출하려고 하든, 앞으로도 사람의 장기를 밀매하든, 그저 죽이지 말아야 한다고 즉각적으로 반응하는…… 법의 잣대와 사회의 비난에 무방비하게 노출되기에, 이후의 처벌과 범죄자 낙인을 두려워하는 인간 사회의 보통 습성으로서.

요나가 보스의 멱살을 움켜잡기 직전까지만 그랬다. 파랗게 빛나는 고래인간의 눈과 마주치고서, 나는 동떨어진 생태계에서 벌어지는 사냥을 보듯 관망했다. 머리 양옆으로 눈이 달린 혹등고래처럼 어디를 바라보는지 모를 푸른 눈이었다. 야수의 포악함도 광기도 없이 엄마처럼 울분도 품지 않고서, 그 눈은 바다의 안온한 빛을 띠었다.

다른 누군가가 그랬다면 당연한 습성으로 제지해야 했지만 요나에게는, 고래인간에게는 아니었다.

엄마의 늦된 깨달음과 무관하게 요나는 자신의 습성을 찾아갔다. 고래이면서 인간이고, 고래가 아니면서 인간이 아닌 요나는 바다와 땅의 두 세계를 자신만의 습성대로 정렬시키고 있었다. 고래를 대하듯 인간을 대하고, 인간을 대하듯 고래를 대하며, 땅의 습성으로 바다를 살아가고, 바다의 습성으로 땅을 살아가는…… 별개의 고래인간이 되어 있었다.

케이지

★

혜미의 노랫소리가 물결의 아지랑이를 퍼뜨렸다. 소절마다 목소리는 물소리로 일그러지고, 혜미의 음색에 다른 음색이 허밍으로 들어왔다. 바다 아래를 푸른 눈으로 밝히는 그가 혜미와 듀엣을 불렀다. 바닷속은 소용돌이를 일으켜 나를 흘려보냈다.

휘도는 물결과 물결 사이의 어딘가로 도망쳤다. 창문 바깥의 으슥함에서 우두커니 선 사람들의 실루엣은 그 자리에 머물러 나를 지켜봤다.

요나의 뻐드렁니가 내 등을 깊게 뚫었다.

오랫동안 물속에 잠길 수 있을 거라고, 새로운 날개지느러미를 펼칠 거라고, 나도 날개지느러미를 흐느적거리며 바다를 헤엄쳐간다고, 그래야 혜미를 만난다고……

언니야.

물속에서 빠져나온 혜미가 숨을 몰아쉬었다. 방바닥에 물방울이 흘러내렸다. 젖은 머리카락을 쓸어 넘긴 혜미의 얼굴이 드러났다. 혀를 물어뜬긴 새끼 회색고래처럼 코 아래는 우묵한 핏덩이였다.

하옹, 하옹.

침대 언저리에 까만 눈과 까만 코가 빼꼼히 올라왔다.

커튼을 적신 노을이 구름이의 하얀 털을 귤빛으로 물들였다. 까만 두 눈이 나를 걱정했다. 내가 내미는 손을 보고 구름이는 앞발로 침대 모서리를 짚었다. 손을 뻗어 구름이의 턱을 어루만졌다.

"그냥. 요나 오빠가 꿈에 나와서."

하옹, 하옹. 거짓말하지 마. 또 악몽을 꾼 거잖아. 둘러대는 말이라는 걸 알아챘다. 구름이는 시무룩한 표정을 풀지 않았다.

심야 영화 상영관은 더위를 피해 찾아온 사람들로 북적였다. 「미드나잇 인 파리_Midnight In Paris_」를 봤다. 파리의 밤거리를 배회하던 주인공이 종소리에 맞춰 나타난 차를 타고 시간을 거슬러 여행했다. 주인공이 동경했던 역사 속의 화가와 소설가를 만나서 수다를 떠는 장면이 나오면 다윤은 특유의 탄성을 흘렸다. 내가 고른 영화를 다윤이 좋아해줘서 고마웠다. 혼자 왔다면 더 허전했을 거다.

영화 속의 인물들이 재치 있는 대화를 주고받으면 나도 웃었지만, 그러고 나면 버릇처럼 고래인간이 된 요나가 눈앞을 떠돌았다. 사할린과 홋카이도 사이의 바다를 잘 통과했을까, 베링해를 지나가고 있을까, 북극해에 도착해 하얀 혹등고래를 만났을까…… 다음주면 여름방학이 끝나는데 아무 소식이 없었나. 언제 돌아올지 모르는 여행을 떠났기에 지금은 이르다고 하지만 마음에 모래주머니가 채워져서 다른 무엇을 느끼는 데에 감각이 둔했다.

그저께 언니와 연락이 끊기면서 구토감이 어슬렁거렸다. 구역질하지 않으려고 집중해서 참으면 가라앉기는 했다. 예전처럼 불시에 화장실에 뛰어갈까봐 신경 쓰였다. 바다에 들어가면 요나는 결코 잡히지 않을 거라고 했던 언니의 확신이 틀려버린 걸까 싶었다. 요나와 연관된 무슨 문제가 생겨 우리의 대포폰을 꺼버렸다는 이유밖에 떠오르지 않았다.

스크린을 향한 내 눈은 영화의 흐름을 이해하지 못한 채 따라갔다. 영화가 끝날 즈음의 짤막한 에피소드에서 관람객 모두가 폭소했다. 주인공을 미행해 과거로 따라갔던 사립탐정이 먼 옛날의 베르사유궁전으로 잘못 들어간 장면이었다.

왕과 왕비, 사립탐정이 일제히 당황했다. 왕은 눈을 홉뜬 얼굴로 저놈의 목을 베어라, 라고 외쳤다. 다윤이 내 어깨를 두드리며 즐거워해서 나도 빙긋 웃었다.

일본에 있었을 때 나도 즐겨 먹었는걸. 고래고기는 오래전부터 인류가 먹어왔어.

머릿속의 한편에서는 고모의 이야기를 되새김질했다. 고래고기를 먹었던 추억을 회상하는 고모의 얼굴에는 미소가 번져 있었다. 시간이 지날수록 고모의 그 미소가 싸늘한 잔상으로 굳어갔다.

혜미가 떠난 날이라고 딱히 정해진 가족 모임은 없지만 올해의 광복절에는 고모가 우리 집을 찾아왔었다. 부산에서 공연 중인 엄마가 전화를 걸어와 고모가 온다고 알렸다. 나이 많은 검사 남편을 두어 적적할 거라며 놀아주라고 했었다.

뒤에서 아빠가 수를 부린 냄새가 났다. 내 토트백에 대포폰을 숨겨놓은 일을 내가 꼬치꼬치 따질까봐 고모를 대신 우리 집에 보냈다.

"이번에 이학기가 끝나면 고삼이 되잖아. 네가 엔터테인먼트 업계 경험자니까, 경영을 전공해서 그 분야로 가면 어울리겠는데."

고모는 『입시 가이드북』에 나온 대학별 경영학과의 특성을 보여주며 전망을 설명했다. 아이돌 출신 이력을 바탕으로 수시모집에서 장애인 전형에 지원할 수 있다고 했다. 입학사정관제 도입으로 대학들이 고등학교별 등급을 암암리에 매겼고, 그 순위에 우리 학교가 상위권에 있어서 충분하다고 했다.

또다른 오디션을 준비하는 건 내키지 않았다. 솔직히 대학 생각이 없었다. 『입시 가이드북』을 보다가 조심스레 고모의 말을 끊었다.

"차라리 다른 공부를 할래요."

다른 공부라는 말이 내 입에서 나오자 언니가 들려줬던 고래잡이 역사를 돌이켰다.

"고모처럼 역사를 공부하는 게 더 좋겠어요."

"어머, 그래?"

고모는 손뼉을 마주쳤다. 어떤 계기로 군인이었다가 하루아침에 국사 선생님이 되었냐고 묻기 전에, 언니에게서 들은 고래잡이 역사를 물었다. 우리나라에서 고래잡이 역사가 없는 게 맞냐고, 세계에서 일본과 한국 두 나라만이 고래고기를 사고판다는 얘기를 늘었다고 말했나.

고모의 얼굴에서 해사한 웃음이 피어났다. 그 속에서 미끼를 문 물고기를 발견한 서두름이 번득였다.

"역사가 있냐 없냐는 단순하게 보면 기록이 있냐 없냐의 문제지. 울산의 반구대 암각화는 세계에서 가장 오래된 고래잡이 역사를 기록한 선사시대 유석이야. 고래를 풍류별도 새기기도 하고, 고래잡이하는 광경을 새기기도 했어. 그 때문에 반구대 암각화는 포경 암각화로도 불려. 우리나라에서도 오래전부터 고래잡이를 했고 고래고기도 먹었다고 봐야지. 한반도의 문명 전파 경로가 그렇듯이 그 풍습이 일본에 전해졌을 거야."

한반도에서 고래잡이가 일절 없었다는 주장은 무리하다고 손쉽게 정리했다. 철없는 아이의 질문을 다루는 모양새여서 고모는 고래고기를 먹는 것에 별다른 거리낌이 없었다. 군사교류 파병으로 일본에 반년 동안 체류했던 시절에 고래고기를 먹었던 경험을 꺼내더니, 수염고래인 참고래의 고기가 제일 맛있고 밍크고래의 고기는 맛이 덜하다고 말했다. 고래고기의 향에 익숙해진다면 누구라도 즐길 수 있다면서.

"음식 문화는 적응의 산물이야. 먹지 않았던 거라면 낯설지만 먹게 되면 맛을 알게 되고 물려주는 공동체가 생겨나기 마련이지. 우리나라가 오래전부터 개고기를 먹어왔던 것처럼. 그건 고유한 토착 식문화라서 규제로 해결할 수 없는 성질이거든."

내심 고모가 내 얘기를 현명하게 공감해줄 거라고 기대했었다. 서른두살의 고모가 학교에서 지나치는 늙수그레한 선생님과 다를 바 없이 동떨어져 있었다. 내 과거를 날조한 이야기로 마케팅 효과를 봤다고 평가했던 회사의 어른들처럼 내 고민을 가볍게 털어냈다.

고래잡이는 전세계에서 불법이고 인간은 고래고기를 먹지 말아야 한다는 얘기는 바랄 수 없었다. 어업 활동으로서 고래잡이 기록은 없지 않느냐는 반문은 쓸데없어 보여 입을 다물었다.

"삼국사기에서 왕에게 고래의 눈을 진상한 기록을 읽었던 걸 기억해. 고래의 눈에 발광체가 있는지 깜깜한 밤에도 스스로 빛나더래. 여러 왕의 기록에서 중복적으로 말이지. 연산군 같은 폭군이 고래를 잡아들이라고 직접 명령했던 기록도 조선왕조실록에 나오는데……"

고모는 근거를 밝히며 역사 지식을 말했지만 무미건조했다. 근처에 고래고기를 파는 식당이 있다면 나를 데려갈 태세였다. 앞으로 어떤 고민도 털어놓지 말아야겠다는 마음의 벽이 세워졌다. 그러나 나는 겉보기에 예의 바른 태도로 경청했다. 잠깐의 역사 수업이 보람되었는지 고모가 다정하게 제안했다.

"방학이 끝나기 전에 같이 울산에 가볼래? 암각화박물관에도 가보고 동해 바다도 보고."

나는 고마움을 표했다. 고모의 제안을 거절했다.

배웅했던 날의 살구색 벙거지를 다시 쓴 마음탓이라 하기엔 주변이 선명했다. 상영관을 빠져나가는 통로에서 사람들은 절룩이는 나를 힐 끔대며 지나갔다. 휴대폰 카메라로 사진 찍는 소리가 들린 쪽을 눈으로 더듬었다. 뒤에 떨어진 일행이 나를 곁눈질하며 서로 속삭이고 있었다.

"뭐라구?"

옆에서 통화하며 걷던 다윤이 화들짝 걸음을 멈춰 나를 돌아보았다. 오빠에게 심야 영화를 보고 야식을 먹으러 간다고 알리던 중이었다. 놀란 눈으로 나를 쳐다보던 다윤은 내 손을 잡고 라운지로 이끌었다.

"우리 학교 친구 주니가, 그 주니가 맞긴 해…… 알았어…… 집에 가서 이야기해. 알았으니까…… 빨리 보내줘 봐."

아무 관계가 없는 다윤의 오빠에게서 내 소식을 들었다.

"우리 오빠가 인터넷 갤러리에 들어갔다가 네 사진을 봤대. 너가 남자랑 여행을 가고 담배를 피웠다고……"

휴대폰을 켜자 아빠와 고모가 남긴 부재중 통화기록과 문자메시지가 떴다.

——일이 생겼어. 아빠한테 빨리 전화 주렴.

미리보기로 뜬 문자메시지를 화면에서 지웠다. 다윤이 오빠에게서 받은 링크를 공유해주었다. 라운지 의자에 앉아 우리는 각자의 휴대폰에 게시물을 띄웠다. 두 시간 전에 익명 글쓴이가 '케이팝 루키 우승자 강주미 근황'이라는 제목으로 게시물을 올렸다.

내가 요나를 배웅했던 날이 수십 장의 사진으로 정리되었다. 발을 헛디뎌 추락하는 것처럼 아찔했다. 나는 토이카메라로 요나의 옆모습을 고작 한 장밖에 찍지 못했다. 필름도 꺼내지 않았다.

"뭐야, 진짜네. 너가 우리 학교에 다니는 것까지 적어놨잖아."

로우번으로 머리를 묶고 블라우스와 핫팬츠를 입은 내가 아빠 차에서 내렸다. 백화점 앞 광장으로 걸어갔다. 내 뒷모습이 얼굴을 뿌옇게 가린 남자를 향해 손을 흔들었다. 멀리서 망원 렌즈로 포커스를 당겨 찍은 사진이었다.

"에? 애는……"

다윤은 사진 속의 남자를 알은척하려다 말끝을 어물거렸다.

버스 안에서 찍은 사진으로 넘어갔다. 요나는 건너편 좌석의 창문을 바라보며 노래를 듣거나 나를 돌아보았다. 나는 살구색 벙거지를 눌러 쓰고 머리를 창문에 기댔다. 버스가 휴게소에 들른 이후였다. 휴게소에 도착하기 이전에 우리가 사이좋게 김밥을 먹고 노래를 듣는 모습은 없었다. 누군가 뒷자리의 어딘가에서 몰래 우리의 모습을 찍었다.

요나의 부축을 받아 서울행 버스를 타고, 버스에서 요나의 노래를 들으며 웅크려서 울고, 편의점에서 담배와 라이터를 사고, 터미널 건물의 후미진 모퉁이에 숨어 담배를 피우고……

게시물에는 익명의 댓글과 대댓글이 줄줄이 달렸고, 달리고 있었다.

── 아이돌 그만두더니 골초가 되었네.

── 소름이다. 애를 어떻게 따라간 거냐.

── 남자친구랑 여행을 갔다가 망친 분위기로군.

── 남자는 누구냐? 디셈이냐?

── 알고 싶지도 않은 사생활 공개 그만해라. 뉴스거리 만들려다 불구가 된 애다.

── 열사 납셨네.

휴대폰 화면은 사진을 밀어내서 발신자 이름 '문정이 고모'를 띄웠다. 나는 휴대폰의 진동을 끄고 고개를 들었다. 팝콘 판매대에서 나를 훔쳐보며 수군대는 직원들을 뚫어지게 바라보았다.

★

다윤과 24시간 맥도날드에 가기로 한 약속을 취소하고 택시를 잡아 탔다. 줄기차게 울리는 휴대폰 진동음에 택시 기사님은 룸미러로 나를 흘겨보았다. 휴대폰을 켰다.

── 주미야. 너와 관련된 일로 학교에 민원이 들어왔다. 학교 홈페이지 학부모회 게시판에 네 사진을 올리고 성화를 부리고 있어. 빨리 연락 주렴. 일단 네 얘기를 들어봐야 해명 자료를 만들 수 있겠다.

누군가에게 삼시낭하고 스토킹을 낭하는 입상은 고보노 식시하지 않았다. 또다시 나를 먹잇감으로 삼아 조리돌림하는 행태에 자그마한 안타까움도 없었다. 바둑을 두는 냉철한 침착성만 띠었다.

나를 이 학교로 전학시킨 고모가 기이한 사람으로 비쳤다. 전학생을 받는 데에 까다로웠던 자율형 사립학교였다. 특기생도 아니고 내세울

학교 성적도 없는데 고모가 힘을 썼다고 했다. 무슨 힘을?

나처럼 고모는 한국기원 연구생이었다. 여자연구생제도가 없던 시절에 남자 연구생들과 겨루며 프로기사 입단을 준비했다. 집안의 간섭에서 벗어나려고 육군사관학교에 들어갔고 군인이 되어 군사교류 파병을 다녔다. 내가 케이팝 루키 출전자로 확정되었던 겨울에 이 학교의 장교사로 채용되었다. 갑자기 군인을 그만두고 진로를 바꾼 거다. 고모가 능력자여서, 한편으로는 엘리트 군인에게 주어지는 모종의 혜택이 있어서 선생님이 되었나 했다. 자기 뜻대로 인생을 살아가는 고모가 자유로워 보여 동경까지 했다. 내가 알 수 없는 무엇이 있다지만, 신참 교사가 하루아침에 나를 전학시키고 정상적으로 1학년 2학기를 이수하도록 처리했다. 재활치료를 받느라 학교를 매일 결석했는데도.

전학이 확정되고부터 아빠는 나를 챙겼다. 케이팝 루키에 나올 때, 걸그룹으로 활동할 때, 루머가 나돌 때, 아빠는 나에게 아무 연락도 하지 않았다. 내 루머에 엮여 자신의 외도 사실과 가정폭력이 탄로나는 바람에 텔레비전 토론 방송에서 하차했다. 정부를 비판했다는 이유로 블랙리스트에 올라 대학에서 쫓겨날 거라는 소문이 돌았다. 내가 이 학교로 학적을 이동하고 나서 전처럼 교수로 활동했다. 맘대로 쓰라며 신용카드를 보내주더니 아빠 행세를 했다. 정부에 대한 어떠한 입장도 밝히지 않는 온건함 속에서, 어린 애인과 인생의 제2막을 살면서 말이다.

그래. 네가 문병을 가주면 좋겠다.

고모는 요나와 친해진 나를 응원했다. 주소를 알려줘서 그의 집을 찾아가도록 도왔다.

요나는 이제까지 자기 집에 친구를 초대한 적이 없었다. 고래인간으로 변신했다가 인간으로 돌아오지 못해 결석했고, 언니는 요나를 찾아오는 사람들을 돌려보냈다. 마치 친구들이 자주 찾아갔다는 듯이 고모는 나도 요나를 문병하면 좋겠다고 권했다.

수련회 마지막 행사에 참석해 디바인 핸즈 공연을 보게 한 것도 고모가 엄마를 설득해서였다. 학생부 기록을 빌미로 고모가 적극 나서지 않았다면 나는 재활치료를 한다며 집에 있었을 거다.

소름이 끼쳤다. 집에 돌아가면 짐을 꾸려서 도망쳐야 했다. 언니의 집에 찾아가야 한다. 은밀한 사정에 방해가 될까봐 언니 집에 전화도 못했다. 오랫동안 잠적해버려서 학교에서 퇴학당했으면 좋겠다고, 숨을 곳을 찾기 전까지 도와달라고 요청하고 싶다. 요나를 배웅했던 내가 까발려지는 사태를 듣는다면 언니는 발 벗고 나설 거다. 아빠와 고모에게 이용당하고 있다는 망상 같은 얘기도 언니는 진지하게 들어줄 거다.

택시는 언덕길을 올라가 우리 집 앞에 멈춰 섰다. 대문은 양쪽 모두 활짝 열렸고, 한밤에 파티라도 열 것처럼 집 내부와 마당의 모든 불이 켜졌다.

구름이의 낑낑대는 울음소리가 들렸다. 현관문도 열려서 그 안에 아빠가 서 있었다. 허락도 없이 이 밤에 누군가를 데려왔다. 나는 씩씩대는 걸음으로 마당을 건넜다. 나를 건너다본 아빠는 도둑질하다 들킨 듯이 쭈뼛했다.

"어, 문정이랑 통화했니?"

아빠 옆으로 경호원 같은 건장한 체구의 아저씨가 나가섰다. 선글라스를 쓴 얼굴을 내밀어 나를 바라보았다. 보잉 선글라스인데 거울을 안경렌즈로 가공했는지 마당의 불빛을 고스란히 반사했다. 그 아저씨 앞의 케이지에 구름이를 가두었다. 싫어하는 입마개까지 채웠다. 케이지에 다가가던 나는 몸서리쳐 소리 질렀다.

"뭐 하는 거야!"

억지웃음을 짓던 아빠는 현관문을 나와 누군가를 불렀다.

"어이, 이봐."

누군가 내 뒤를 와락 덮쳐 팔뚝으로 목을 감았다. 숨이 턱 막혀 그의 팔을 떼려고 내 몸을 뒤틀었다. 그의 팔뚝을 할퀴려는 순간, 손수건이 내 코와 입을 덮어 막았다.

"내가 신호 보내면 하기로 했잖아."

아빠는 어정어정 걸어오고 내 목을 감은 팔뚝은 풀렸다. 할퀴려던 팔뚝을 이제는 넘어지지 않으려고 붙잡았다. 내 눈은 멋대로 감기고, 내 다리는 파도가 덮친 모래성처럼 허물어졌다. 누군가의 두 팔이 내 등과 오금을 받쳐 끌어안아 올렸다. 아빠의 말소리가 왜곡된 메아리가 되어 흩어졌다.

아빠가 도와줄 거야.

아니야…… 아빠도 한패야.

★

바닷속 밑바닥에 새하얀 빛덩이가 고였다.

또다른 하늘이었다. 가득한 뭉게구름을 내려다보았다. 고개를 들어 보면 내가 내려왔던 바다는 아직도 깜깜했다.

뭉게구름 밑에서 고래의 울음소리가 들렸다. 구름의 바로 아래편은 또다른 바다였다. 가까워지던 울음소리의 진동이 멎었다.

머리 위로 물결치는 검은 바다와 아래의 푸른 하늘이 맞닿은 끝자락을 바라보았다.

어디선가 구름이가 낑낑 울었다. 구름이가 뭉게구름에 묻혔다. 가늘게 뜬 눈으로 울음소리가 들리는 곳을 둘러보았다.

고요함이 자욱해지는 그때, 하얀 혹등고래가 뭉게구름을 뚫고 날아올랐다. 바다에서처럼 고래뛰기로 공중으로 솟구쳤다. 큰 몸을 휘어 기다란 날개지느러미를 늘어뜨렸다. 뭉게구름에 풍덩 몸을 던져서 널따란 꼬리지느러미를 세워 빠져나갔다.

멀어진 구름 아래에 황금빛 땅이 느리웠다. 내가 살어샀던 사막이었다. 어딘가에 서 있을 허수아비를 찾았다. 무리를 지은 하얀 혹등고래가 구름의 틈을 가려 지나갔다.

제일 커다란 하얀 혹등고래 곁에서 검푸른 요나가 날고 있었다. 요나도 날개지느러미로 날아다니기에 이미 머나먼 북극해를 다녀왔다. 구름 속으로 빠지면 요나가 받아줄 거다.

구름이가 휘파람 소리로 울었다. 온통 하얀 벽으로 둘러싸인 방이었다. 머리맡에 수납장이 있고 그 위에 유선 전화기가 놓였다. 건너에는 반투명 유리의 샤워부스, 새까만 가죽 소파, 작은 냉장고가 옆벽에 붙었다. 소파 앞 테이블에는 바둑판과 바둑통, 바둑책이 놓였다.

몸을 일으켜 앉았다. 동시에 검정 반팔 티셔츠를 입은 내 모습이 정면에서 일어나 앉았다. 피곤한 내 얼굴이 널찍한 거울에 비쳤다. 정면의 벽면 전체가 빈틈없이 거울로 들어찼다. 헝클어진 머리카락을 넘기다 낑낑하는 울음소리에 정신이 들었다. 침대의 발치 아래에 케이지와 배변패드, 그릇이 놓았다. 내가 잠든 동인에도 구름이를 케이지에 가두었다.

케이지를 열어 구름이의 입마개를 풀었다. 나한테 안겨서 구름이는 볼멘소리로 히익, 히익 울었다. 무서워. 나 무서워서 혼났어.

구름이를 안고 맞은편 옆벽을 바라보았다. 에어컨과 작은 창문이 높은 곳에 달렸다. 창문 바깥은 방범 창살로 막혔다. 창문 아래 하얀 벽은 주립되어 미세한 금이 세루루 ㄱ어졌다. 문손잡이가 없어서 출입문임 줄은 몰랐다. 노크 소리가 들리고 하얀 벽이었던 그곳이 철문으로 열려

방 안으로 접혔다.

검은 정장을 입은 여자가 손잡이가 달린 플라스틱 용기를 들었다. 겨드랑이에 파일철을 끼우고 문을 닫았다. 우리 집에 침입했던 아저씨처럼 거울 렌즈 선글라스를 썼다. 왼쪽 귀에서부터 목덜미로 투명한 이어 마이크 줄이 밀착해 매달렸다.

입가에 빙긋한 웃음을 피웠다. 봉긋한 이마를 드러내 넘긴 머리는 볼륨을 죽여서 승무원 같은 쪽머리가 되었다. 구름이가 내 가슴에 얼굴을 묻어 숨었다.

"벌써 꺼냈구나."

구름이의 사료라고 하면서 고모는 플라스틱 용기를 케이지 뒤편에 내려놓았다. 선 채로 나를 내려다보았다. 무표정한 내 얼굴을 비치던 거울 선글라스가 널찍한 벽면 거울로 돌려졌다. 옆얼굴의 렌즈가 뜨인 틈에서 고모의 속눈썹이 깜빡거렸다.

"이건 이 방에서는 거울이지만 저쪽에서는 유리창이야. 감시카메라도 천장 구석에 박혀 있어."

고모는 능숙하게 이 방을 안내했다. 샤워부스로 다가가서 그곳이 화장실 겸용이라 하고, 환풍구가 안에 있으니 부스 문은 열어두어야 한다고 했다. 구름이의 배변 패드는 스테인리스 휴지통에 버리라 하고서, 유선 전화기가 놓인 수납장을 열어 가지런히 쌓인 수건과 옷가지를 보여주었다.

"뭐 하는 거예요."

적개심을 담은 내 물음에 고모는 수납장을 닫고 허리를 폈다. 거울 선글라스 너머의 두 눈이 나를 노려보고 있었다. 어떤 대국에서도 한번도 짓지 않았을 표정이었다. 어울리지 않게도 스트레스를 받아 심기가 예민하다고 티를 냈다.

이 현장을 지켜보는 시선을 의식했다. 우리가 친척 사이라고 아는 그들 앞에서 조카에게 밀리는 모습은 노출하고 싶지 않았다.

"너와 네 아빠를 위해서야."

고모는 짐짓 성색하는 목소리로 말했다. 떠드는 학생들을 통제하는 선생님 흉내를 냈지만 과열되는 소란에서는 손을 놔버릴 형식적인 권위였다.

"뭘요. 뭘 위하는 건데요."

이곳을 엉망으로 만들고픈 충동을 누르고 나는 말을 뇌까렸다. 구름이에게 함부로 입마개를 채운 것만으로도 머리꼭지에 열기가 충분히 응축되었다. 내 공격적인 상태를 본 고모는 다시 벽면 거울로 고개를 돌렸다. 이어마이크 줄을 잡고 거울 너머의 이들이 하는 말을 들었다. 쏘지 말고 대기해……라고 낮게 깐 목소리로 답했다.

"또한 혜미를 위해서야."

혜미를 들먹였다. 집에 틀어박혀 죽을 뻔한 나를 구했던 과거를 상기시키려는 수작이었다.

"헛소리하지 말구요. 제 동생까지 끌어들이지는 말아요."

고모는 토막 숨을 내쉬었다. 나라는 사람이 어떤 식으로 폭주할지를 계산 중이었다. 판을 뒤흔드는 무리수 같은 광기가 고모에게는 약점이었다. 여기기 이디이고, 고모와 아빠가 무슨 일을 꾸미는지 물은 다음에 당장 나를 내보내라고 화를 터뜨릴 타이밍을 쟀다. 지금부터는 고모가 아닌 '강문징 씨'라고 부르겠다면서.

"그리고, 요나를 위해서지."

구름이가 머리를 들었다. 요나를 말했냐고 묻는 눈으로 물끄러미 고모를 올려다보았다. 고모가 상냥하게 미소 짓자 거울 선글라스가 구름이의 얼굴을 반사했다.

"그래, 구름아. 요나를 위해서야. 요나 오빠가 곧 이곳으로 올 거야."

구름이는 끼응, 끼응 꿍얼댔다. 머리를 돌려 정말이냐고 묻는 얼굴로 나를 쳐다보았다. 나는 구름이를 마주보지 않았다. 믿지 마, 구름아. 이 사람 말은 믿지 마.

"약속할게. 구름아. 내가 특별하게 돌봐줄 거야."

왜 이곳에 와 있는지 깨달아가는 내 눈치를 즐기며 고모는 구름이의 기대감을 자극했다. 실상 나에게 넌지시 말하는 거면서.

"다른 사람들이 선수 치지 않게 하려고 내가 얼마나 노력했는지 아니? 이 고모가 직접 맡기로 한 거야. 내가 어떤 일을 하는지를 직접 노출하면서까지. 나는 목숨을 건 셈이야. 너와 주미 언니를 지키려고."

구름이를 되비춘 거울 선글라스가 서슬이 오른 칼날같이 빛났다. 고모는 겨드랑이에 끼웠던 파일철을 들어 구름이에게 표지를 보여주었다.

재수사 미제사건 자료집

파일철 제목 위에 '대외비'라는 큰 글씨가 써 있었다.

"구름이 넌 이거 보면 안 돼. 주미 언니가 봐야 하는 거니까. 네가 모르는 혜미 언니 이야기가 있어. 음, 사실 요나 오빠는 무서운 사람이거든. 네가 알면 충격 먹을 거야."

고모는 파일철을 침대에 내려놓았다. 출입문에서 노크 소리가 들렸다.

"네."

고모는 문밖으로 손을 내밀어 도시락을 받았다. 문을 빵긋 열어두고 나를 지나쳐 소파 앞 테이블에 도시락을 내려놓았다. 출입문으로 되돌아가더니 그대로 방을 나갔다. 철문은 닫혀 하얀 벽이 되어버렸다.

구름이는 내 품을 벗어나 방을 돌아다녔다. 뒤따라 나가고 싶어서 벽이 된 하얀 철문에 코를 들고 킁킁거렸다. 잠시 후에 수납장의 전화기가 울렸다. 내가 계속 받지 않자 구름이는 풀이 죽은 눈으로 나를 바라보았다.

나는 플라스틱 용기에 담긴 사료 팩을 까서 구름이의 밥그릇을 채웠다. 냉장고에서 먹는샘물을 꺼내 물그릇을 채웠다. 소파에 앉아 사료를 오독오독 씹어 먹는 구름이를 구경했다.

전화기는 울렸다가 끊기고, 울렸다가 끊기고…… 내가 굴복해서 받을 때까지 전화를 걸어왔다. 미쳐버리기까지, 죽기까지 전화를 받지 않기로 나는 결심했다.

얼마 버티지 못하고 중단했다. 밥을 다 먹은 구름이가 전화벨 소리를 따라 호우우, 하며 구슬프게 울었다. 납치를 당한 우리의 처지를 벽면 거울의 이들에게 호소하고 있었다. 이런 목적으로 함께 데려왔다.

"식사를 합니다."

수화기에서 변조된 목소리가 들렸다.

"식사하지 않으면 최요나를 만나지 못합니다."

나는 벽면 거울을 곁눈질했다. 거울 너머의 인기척을 감지한 구름이가 그곳을 향해 우렁우렁 짖었다. 수화기의 목소리 주인이 저 거울을 통해 나를 감시하고 있었다.

"그다음, 대외비 문서를 읽습니다."

그러고는 전화를 끊어버렸다. 변조된 목소리가 나이든 여자 같은데 왠지 여사님의 말투로 맴돌았다.

구름이는 낑낑대는 울음을 그쳤다. 거울 너머의 사람을 발견했는지 천천히 벽면 거울의 오른편으로 이동하다가 멈췄다. 거울에 비친 자기 모습을 보고 머리를 갸웃했다. 거울에 코를 올려 킁킁대다 얌전히 앞다리를 세워 앉아 혀를 내밀었다. 간식을 받아먹기 전에 대기하는 자세였다. 하얀 철문처럼 거울의 일부가 열리려나 했다.

거울의 한 조각이 모니터 화면으로 켜졌다. 폐쇄회로 카메라가 건물 내부를 비추었다. 카메라는 느릿한 수평 이동으로 내부를 둘러보았다. 널따란 관중석 계단이 가로로 늘어섰다.

화면의 포커스가 공중으로 떠올라 멀어져서 건물 내부 전체를 내려다보았다. 폐허가 된 실내 수영장이었다. 군데군데 깨진 하늘색 타일 바닥으로 배수관이 물을 토해내고 있었다.

천장의 한곳은 무너져 뻥 뚫렸다. 철근이 가닥가닥 삐져나온 흉물스러운 테두리와 다르게 그 안에는 푸른 하늘과 맞닿은 푸른 바다가 트였다. 바다의 가장자리에서 원자력발전소의 둥근 돔 지붕이 솟아올랐다. 자세히 보려고 걸음을 떼자 화면이 꺼져 거울을 이루었다.

정치망

♦

　종현 오빠의 사무소를 방문했던 그날에, 그 밤까지는 큰 시름을 덜어내고 있었다.

　자초지종을 꺼내지 않았음에도 오빠는 검사로서 근무한 경험으로 사안을 파악했다. 특별 티에프가 출범되었다지만, 참고인을 두고 포항지방검찰청에 출석하기 전에 서울중앙지방검찰청에 사전 출석하도록 통지하는 절차는 극히 이례적이었다.

　요나의 모발을 몰래 채취해 디엔에이를 분석하고, 주변인 소환 조사를 운운하는 협박과 참고인의 개인정보 제공을 강요한 행태를 문제 삼을 수 있었다. 미제 사건 재수사 시행에 관련한 정보공개를 청구하면서 언론 제보를 통한 공개화로 제동을 거는 절차를 논의했다.

　요새 검찰이 정보기관과 손발을 맞추고, 자기들의 입맛대로 수사하느라 교도소 등지를 들아다니며 죄수까지 포섭힌다고 했다. 인론에시는 검찰의 비위 사실 수집에 열심이었다. 오빠는 요나가 걸린 재수사 건에서도 냄새가 난다고 말했다.

언론 제보는 하지 않았으면 좋겠다고 부탁했다. 보통의 평온함을 지키려 한 것으로 들은 오빠는 이유를 묻지 않고 수용했다.

"그 검사 이름은 알아?"

"아니, 몰라."

나는 그의 얼굴 인상이 우리가 다녔던 고등학교의 교련 과목 선생님을 닮아서 보자마자 불쾌했다고 말했다. 누구인지 단번에 알아챈 오빠는 쓴웃음을 지었다.

"그분이 직접 들어왔다는 거지?"

얼마 전에 그가 재혼한다고 청첩장을 보냈는데 오빠는 친한 동기들과 함께 일부러 참석하지 않았다. 오빠가 꺼리는 선배였다. 그가 어떤 검사인지 말하는 대신에 오빠는 대검찰청에서 경력을 끝낸 자신의 과거를 귀띔했다. 휴직해서 급성백혈병으로 투병하는 아내를 돌보는 중에, 자신의 조직에서 수사를 받던 전직 대통령이 투신 사망한 사건을 보고 사직서를 던진 거였다.

"유사한 사건을 의뢰받던 게 있어서. 문서를 슬쩍 수정하면 되는 일이니까. 나머지 필요한 서류는 뒷조사해보고 알릴게. 포항지검 출석은 신경 쓰지 않아도 돼."

영장 발부가 호락호락하지 않다면서 이 건은 온통 엉터리인지라 집에 틀어박혀 삐져도 괜찮다고 안심시켰다. 비용을 물으니 사건 위임계약서 작성은 하지 않아도 된다고 했다. 다른 사건을 보러 법원에 가야 하는 바쁜 일정을 대며 오빠는 내 사양을 피했다. 재수사 티에프를 수소문하고 연락하겠다면서 엘리베이터 앞까지 배웅했다.

──오빠를 안 찾았으면 큰일날 뻔했어. 수임료를 안 받아서 조금 부담스럽기도 해. 여름이 가기 전에 수현이랑 우리 횟집에 꼭 와. 횟집 메

뉴에는 광어물회가 없지만, 우리 삼촌한테 얘기해서 특별하게 준비해 둘게.

돌아가는 길에 문자메시지와 함께 '위도 횟집' 소개 링크를 보냈다. 때마침 오빠는 나를 보고 나서 아내와 같이 호수공원에서 먹었던 광어 물회가 생각났다고 했다. 팔월이 끝나기 전에 딸을 데리고 우리 횟집을 찾아가겠다고 답장했다.

오빠의 업무책상에 세워진 가족사진이 맴돌았다. 외동딸 수현을 데리고 생전의 아내와 함께했던 단란한 모습이었다. 이년 전에 아내와 사별하고 오빠는 홀로 유치원생 딸을 키우고 있었다. 반가움과는 결이 다른 여운을 밤새 곱씹었다. 서로가 홀로 자식을 키우는 삶을 말없이 동정했던 것이다.

장롱 깊숙한 곳에 감춰둔 상자를 꺼내 오빠가 보내줬던 편지를 읽고 내가 전해주지 못한 편지를 읽었다. 요나의 본모습도, 우리가 그 시절에 나눈 풋풋함의 실마리도 건드리지 않도록 노력해야 했다. 방송부의 추억밖에 나누지 못할 것이라 섭섭했다. 그럼에도 이렇게라도 재회해서 오래 살고 볼 일이라고 생각했다.

그 시절에는 곱상하게 잘생긴 선배였는데 지금은 강단 있게 맞서는 사람이 되었다. 하긴, 방송부에서도 오빠는 남들이 지나쳐왔던 문제를 공개석으로 표출하고 대표로서 책임지려고 앞장섰다. 방송부의 묵은 전통을 걷어내는 데에 적극적이어서 으레 2학년생이 물려받았던 메인 앵커 자리를 1학년 새내기인 내가 맡도록 주도했다. 방송부 회칙을 새로 만들어서 낭독 테스트와 투표로 메인 앵커를 선출하게 한 거였다.

오빠와 사귀게 되면 하고 싶었던 일들을 새록새록 꺼냈다. 함께했던 짧막한 고등학교 시절을 애틋하게 돌이보니 감들었다.

다음날 새벽에 수진이 전화를 걸어왔다.

◆

"구희야. 우리 이제 어떡해. 식당이 다 불탔어."

횟집이 엉망이 되어서 이제 일을 못 한다고 하는 것이다. 부리나케 옷을 갈아입고 횟집으로 달려갔다. 여러 대의 소방차가 몰려와 진화를 마친 후였다. 준식 삼촌은 소방관과 함께 건물 내부를 들여다보고 철우 오빠는 경찰관을 끼고 무언가를 바쁘게 설명했다. 보도블록의 턱에 앉아 수진은 아직도 울고 있었다. 몽탄 이모는 황망한 얼굴로 나를 맞이했다. 이모도 울어서 젖은 눈이었다.

"불도 빨리 꺼불고 다친 사람은 없은께야. 그라믄 됐제."

도심에서 우리 횟집만 정확하게 포격을 당한 듯했다. 창문은 다 깨지고 식당 내부는 모조리 검은 잔해가 되어버렸다.

건물주와 삼촌이 따로 들어놓은 보험이 있어서 피해 보상에 큰 문제는 없다고 했다. 내가 염려할까봐 삼촌은 기존대로 다달이 월급을 주겠다고 약속했다. 외려 내가 위로금을 드려야 할 입장이라서 만류했다. 횟집을 일으키는 데에 전념하자고, 상가를 알아보는 길에 나도 동행하게 해달라고 부탁했다.

"경찰들이 수사하고 보험 처리도 시간이 걸린단께야. 일단 푹 쉬자. 형님한티는 우리 식당 얘기는 하지 말아라이. 몸할라 안 좋은 양반이 쓰잘데없이 걱정하고 속이 상해분께. 엉뚱한 일도 당하고 살아야 인생 좀 사는갑다 하제. 횟집이 잘될라고 액땜을 바가지로다가 했다 치자고."

가스 폭발이 원인이었다. 식당 마감 후에 누군가가 침입해 바깥의 엘피지 가스통을 안으로 끌고 와서 주방과 홀에 나눠 배치하고 휘발유를 뿌렸다. 가스통 밸브를 틀어놓고 곧바로 도망쳤다.

고의의 방화라기보다 테러였고 경고였다. 나를 겨냥해서, 변호사를 찾아간 움직임을 두고서, 자신들의 제안을 거부하면 어떻게 되는지를.

　내가 식당을 폭파한 주범이 된 것 같아 제 발이 저렸다. 검찰청에 출석하는 문제를 삼촌과 상의하지 않아 천만다행이었다. 더구나 호수공원 사건은 삼촌과 이모도 모르는 우리 가족만의 비밀이었다.

　이 식당에서 크고 작은 잡음이 모두 나에게서 비롯되었다. 의가 상할까 나에게 뒷사정이 있는지 묻지 않았지만 삼촌은 심증을 톺아보았을 거였다. 식당이 테러당할 정도의 빌미가 될 만한 일이 무엇인지를…… 비밀리에 요나를 통해 바다로 보내려고 동참했던 것을. 자신이 직접 대포폰을 구해서 요나와 주미, 나에게 전달했던 것을.

　아무리 정이 깊다고 해도 당사자의 고질적인 불행은 누구도 구제할 수는 없었다. 구레네 사람 시몬이 예수의 십자가를 같이 짊어지는 고생에 떠밀렸듯이 갑절의 불행을 초래하기 마련이다. 삼촌과 이모, 철우 오빠와 수진을 다시 볼 자신이 없었다. 내가 없었다면 자잘한 시비도 없었고 식당도 처참하게 망가지지 않았으리라는 가정은 확연한 진단으로 선명해졌다. 식당에 내가 붙어 있을 필요는 원래부터 없었다. 나만 없으면 되는 일이었다. 나만 없으면.

　고민을 끌수록 또다른 고통이 뒤따랐다. 피해가 번지지 않으려면 입 나물고 그들이 시키는 대로 하면 되었다.

　재수사 티에프에 전화를 걸었다. 내 이름을 듣더니 담당자의 내선 번호로 넘겼다. 아들이 일정을 취소하고 돌아오기 힘들어서 나 혼자라도 빨리 참고인 조사를 받으면 안 되겠냐고 문의했다. 이러한 상황을 가정한 매뉴얼이 있는지 포항지검의 담당자라며 사무실 전화번호를 전달했다. 지금 전화하라면서.

"예. 그러면 아드님 없이 어머님이라도 내려오세요."

중앙지검의 삼엄함과 달리 포항지검은 여유로웠고 신속했다. 케이티엑스 열차를 타고 오라, 내리면 택시를 타고 오라, 검찰청 후문으로 들어오라, 하며 여비를 받을 계좌번호를 불러달라고 했다. 내일 새벽 열차를 타고 가도 되냐고 물으니 점심 전에 마쳐서 더 좋다는 것이다. 도착해서 전화만 주면 된다며 따로 휴대폰 번호도 알려주었다.

─지난번에 내 사건을 맡아준다고 해서 고마웠어. 학교 후배라는 학연밖에 없는데도 오빠가 자기 일처럼 맡아줘서 얼마나 든든했는지 몰라.

개인적인 사정이 생겼어. 자세하게 말하지 못해서 미안해. 오빠가 말한 절차 진행은 모두 취소해주면 좋겠어.

오빠의 명함에 적힌 이메일로 메시지를 보내 사건 의뢰를 취소했다. 같은 반복의 어긋남이었다. 오래 살고 볼 일이라고 감사하던 마음은 증발해버렸다. 살아보았자 오해의 타래를 이어가고, 쌓고, 풀 수 없이 얽히는 거였다.

얼마 지나지 않아 오빠가 전화를 걸어왔다. 나는 받지 않았다.

─구희야. 네가 일하는 식당 상호가 위도 횟집 맞지? 가스 폭발사고 뉴스를 봤어. 메시지 확인하는 대로 전화해줘. 사건 관련해서 몇 가지를 알아냈는데 이 사람들 움직임이 심상치 않아.

문자메시지에서 애타는 속내가 엿보였다. 티끌만큼도 민폐를 끼치고 싶지 않았다. 오빠의 사무소 전화번호와 휴대폰 번호를 수신 거부로 지

정해 차단해버렸다.

그때도 이처럼 연락이 두절된 덕에 오빠는 자신의 삶을 살아갔다. 만약 그 시절의 내 사연을 알았다면 오빠는 성격상 나를 도우려고 무리했을 것이다. 그럴수록 오빠는 위태로워졌을 것이고…… 오빠를 위해 내가 할 수 있는 건 오빠에게서 멀어지는 것이었다. 나는 짧은 추억의 언저리마저도 기웃하지 말아야 했다.

한스러워서 울었다. 요나의 갓난아이 시절 이후로 전혀 들지 않았던 자살 충동이 덮쳤다. 한참을 울고 방에서 나오는데 문 앞에서 아버지가 지팡이를 짚고 서 있었다. 어떻게 위로해야 할지 몰라서 쩔쩔매는 거였다. 어려움을 겪는 딸에게 도움을 주지 못하는 스스로를 돌아보고 있었다. 움츠린 아버지를 보자 가라앉았던 울음기가 왈칵 솟구쳤다. 절대 죽으면 안 된다고 생각하며 아랫입술을 깨물었다. 내가 없으면 더 불쌍해질 아버지였다. 식당에서 불필요해진 내 자신을 한탄하더라도 아버지는 자신을 그러한 존재로 의식해서는 안 되었다.

"아버지. 내일 포항에 다녀올게요."

하루면 된다고, 새벽부터 나가니 내일 아침부터 점심까지는 혼자 식사하셔야 한다고…… 오후에 도착하는데 일이 생기면 저녁도 혼자 챙겨 드실 수도 있다고…… 울먹임을 누르며 꾸역꾸역 말하다 나는 엎드러서 통곡했디.

◆

알고는 있었다.

그들이 쳐놓은 그물에 내가 자진해서 걸려들었음을.

새벽에 케이티엑스를 타고 아침 일곱시 반에 포항역에 내렸다. 검찰청에 도착한 아침 여덟시부터 수사관들이 나를 마중했다. 미심쩍었지만 사건의 자료를 들이대고 겁박하는 상황을 예상하느라 정신이 없었다. 매를 맞는 심정으로 압박감을 감수하자고 마음먹었다. 일찍 출석하면 점심 전에 끝난다는 예고를 철석같이 믿었다.

멀쩡한 수사기관에서 참고인이 납치당할 것을 어느 누가 대비할 수 있었을까. 약을 탄 커피를 마시게 해 버젓이 기절시켜서 말이다. 침대에서 깨어났을 때 나는 검정 추리닝을 입었고, 내 왼팔에는 주삿바늘 자국이 남아 있었다.

"식사하세요."

수화기의 변조된 목소리가 다시 한번 지시했다.

"여기가 뭐 하는 곳인지 말해요."

자기 임무가 그것만인지 전화를 끊었다.

나는 스테인리스 휴지통을 들고 벽면 거울 앞에 섰다. 볶음밥과 새우튀김이 든 도시락을 보여주고 비닐 포장을 뜯어 휴지통에 쏟아버렸다. 유선 전화기를 뽑아 그 거울에 던졌다. 자동차 보닛처럼 둔탁하게 울리고는 아무 흠집도 남기지 않았다.

"우리 아버지! 우리 아버지한테 가야 한다고!"

돌연 하얀 벽의 일부가 철문이 되어 열렸다. 새로운 도시락을 놓고 문을 닫아버렸다. 도시락 근처에도 가지 않고서 꺼내달라고 바락바락 소리를 질렀다. 몇 시간 동안 목이 쉬도록 울부짖다 나는 제풀에 쓰러졌다.

스르륵 눈을 떠 깨어나면 나는 침대에 누웠고 눈앞의 천장에 링거가 매달려 있었다. 병원인가 하고 둘러봤지만 나를 가둔 하얀 방이었다. 유선 전화기는 새것으로 다시 설치되었다. 땀에 젖어 찝찝한 추리닝 속에 기저귀가 채워졌다. 누가 내 옷을 맘대로 벗기고 입히느냐고 중얼거리다가 잠들었다. 내가 소란을 피우지 못하게 하려고 링거액에 약을 탄 것 같았다.

며칠이 지났는지 알 수 없었다. 어느 때에 눈을 뜨면 하얀 벽의 높은 창문은 어두웠다가 어느 때에 창문은 환한 대낮을 밝혔다. 기저귀가 눅눅해진 불쾌감을 느끼면서도 나는 일어나지 못했다. 집에 홀로 있을 아버지가 걱정돼 훌쩍이다가 다시 잠들었다.

♦

하얀 혹등고래가 아버지의 모습으로 변신했다고 생각했다. 하얀 두루마기를 걸친 아버지가 거실 바닥에 꿇어앉았다.

어린 요나가 강아지처럼 앉아 벼루에 먹을 갈았다. 벌거벗었고 호수에서 빠져나왔기에 물에 젖었다. 젖은 머리카락에서 물방울이 줄줄 흘러내려 붓글씨로 채워지는 화선지를 적셨다.

요나야. 몸을 닦아야지.

수건으로 요나의 몸을 닦았다. 물기를 닦아도 닦이지 않았다. 아이의 등을 닦을 때마다 날개뼈에서 핏물이 흘러나왔다. 내 손에 이물감이 잡혀 손길을 멈추었다. 나병에 걸려 요나의 등 피부가 문드러졌다.

아버지는 정성을 들여 성경 구절을 붓글씨로 옮겼다. 요나의 병을 치유하기 위해서라도 붓글씨를 완성해야 한다는 듯이.

요나의 물기는 거실 바닥으로 흘러내렸다. 화선지는 물에 젖어 너덜거렸으나 붓글씨는 어느 하나 번지지 않았다. 금속판에 돋을새김한 활자의 단단한 용기로 굳어졌다. 화선지가 물을 흡수할수록 붓글씨는 쇳덩이가 되어 빛났다.

꼼짝 않고 누워만 있었는데 몸이 가벼웠다. 눈을 감고서도 천장에 링거가 매달리지 않았음을 알 수 있었다. 기저귀는 채워지지 않았다. 새로 갈아입혔는지 추리닝과 속옷의 촉감이 보드라웠다. 여기서 어떻게 빠져나갈지 궁리했다.

내가 깨어났음을 알았던 건가.

하얀 벽의 철문이 열리려고 했다. 나는 퍼뜩 침대에서 일어나 그곳으로 뛰쳐나갔다. 벌어진 문틈을 잡고 확 열어젖혔다. 방으로 들어오려는 검은 정장의 사람을 힘껏 밀쳤다. 거울 선글라스를 썼는데 머리가 희끗한 늙은 여자였다. 그녀가 엇, 하고 문 바깥의 통로로 물러나자 나는 철문을 빠져나갔다. 들고 온 도시락을 떨어뜨리지 않은 것으로 만족한 그녀는 나를 뒤쫓지 않았다.

벽면 거울 너머의 현장으로 넘어갔다. 이쪽에서는 커다란 유리창이 되어 내가 감금된 방을 고스란히 감시하고 있었다. 유리창으로 넓게 붙은 책상에 거울 선글라스를 쓴 남자가 앉았다. 수화기로 들은 변조된 목소리의 주인이었다.

앞쪽의 통로 출입문이 열리고 다른 남자가 들어섰다. 나는 그 문이 닫히기 전에 빠져나가려 내달렸다. 문 앞에서 그가 여유롭게 웃었다. 나와 실랑이하기를 피하려고 닫으려던 문을 오히려 활짝 열었다. 웨이터처럼 정중하게 편 손으로 문 바깥을 향해 내밀었다. 어디에선가 그를 봤다는 기시감이 스친 순간에 나는 넓은 수영장 앞에 섰다.

폐장된 지 오래된 실내 수영장이었다. 깨끗한 물이 채워졌으나 물속의 하늘색 타일은 군데군데 깨졌고, 틈새에서 피어난 파릇한 잡초는 물에 잠겨 수초가 되었다. 관중석 위의 천장은 한곳이 무너져 있었다. 철근이 얼기설기 엉킨 뚫린 공간으로 여름 한낮의 뙤약볕이 쏟아졌다.

나갈 만한 문을 찾았다. 무너진 천장을 제외하고 창문이며 출입구며 모두 검은 철판으로 막혔다.

통로 출입문을 열어준 남자는 팔짱을 끼고 벽에 기대어 나를 지켜봤다. 이어마이크 줄을 잡고 누군가와 교신하고 있음을 알아볼 즈음에 팡, 하는 폭음이 터졌다. 내 앞의 수영장 물이 튀었다. 설마 총일까 하는데 다시 폭음이 터지고 아까보다 가까워진 지점에서 물이 튀었다.

"고무탄이야. 이제 진짜 쏜다!"

그가 신이 난 목소리로 외쳤다. 그에게서 눈길을 떼자 팡, 하는 폭음이 달려들었다. 나는 나가떨어져 배를 움켜잡았다. 눈알이 튀어나올 압력이 치밀어 버둥거리지도 못했다. 뱃속의 것들을 게워내고서야 숨이 트였다.

"비싼 영양제를 실컷 맞았더니 기력이 넘치네. 왜 흥분하고 그러시나. 여기는 우리도 허락받고 나가."

저벅저벅 다가온 그가 거울 선글라스를 벗고 나를 내려다보았다. 횟집에 단체 손님을 몰고 왔던 방 사장이었다.

"엄마가 고통을 당해야 아들이 찾아올 거라던데. 연습 사격을 하려고 했거든. 맞춰서 잘 나와줬어. 효과를 볼지는 모르겠지만."

그가 내 머리카락을 그러쥐어 고개를 구부리게 했다. 내 목덜미에 주삿바늘을 꽂았다.

"아들놈의 여자친구도 왔고 노인네도 도착하니까. 한두 시간만 더 누워 있어."

◆

부옇게 뜬 하얀 방에서 내 모습이 일어났다. 방 사장은 소파에 앉아 휴대폰을 들여다봤다. 내가 깨어난 걸 알면서도 그는 휴대폰을 붙잡고 낄낄 웃었다.

내가 멀거니 쳐다보자 그가 일어나 벽면 거울에 다가섰다. 거울 선글라스를 고쳐 쓰고 입을 벌려 앞니와 입속을 보이고는 껄껄 웃었다.

"정신이 드나."

거울에서 돌아선 그가 침대 발치에 옆모습으로 걸터앉았다. 거울 선글라스에 비친 내 얼굴이 또렷해졌다.

"협상을 해야겠는데. 아들이 고래 괴물로 변한다지?"

나는 숨을 들이마시고 슬근히 내쉬었다. 요나를 잡기 위해 내가 인질로 잡혔다.

"저번에 우리 횟집에 왔었죠. 당신이 우리 횟집을 폭파했지요."

"그러게 아들을 왜 인천 공연장으로 안 보내고 속초로 보냈어. 그것 때문에 우리가 얼마나 손해를 봤는데."

천진하게 고개를 끄덕인 그가 목젖을 떨며 웃었다.

"폭파 같은 건 관심 없어. 나랏일 하는 사람들이 시키던걸. 당장 망가뜨리라고. 왜 니가 피해당한 척하고 있냐? 니 아들이 우리 형을 뜯어 죽인 것에 비하면 어이없게 약소하지."

나는 눈을 감았다.

"사업을 잘하던 똑똑한 형이었는데, 참 안타까워. 의사보다 장기팔이가 적성이구나 했었지. 형 밑에서 원무과장 하다가 나도 장기 팔러 배를 타고 다녔거든. 연락이 끊긴 거야. 군산에 있는 애들과 같이. 봄이 되니까 거기 호수공원에서 시체로 발견되었다는 거잖아."

거울 선글라스가 반사하는 내 얼굴을 피해 나는 옆벽의 소파로 고개를 돌렸다. 그사이에 그는 네, 하며 이어마이크 줄을 잡고 교신했다. 한 삼분 정도 걸리겠는데요…… 네…… 하고는 내 옆얼굴을 보며 말했다.

"나랏일 하는 분들이 주는 심부름을 하느라 험악하게 죽을 사람도 아니고, 사지를 뜯길 만큼 원한을 산 것도 없어서 이상하다 했지. 근데, 니 아들이 우리 형이랑 애들을 죽였던 영상을 보여준 거야."

영상을 보여줬다니…… 그는 손가락으로 선글라스 테를 톡톡 두드렸다.

"우리가 이 선글라스를 왜 쓰는지 알아? 니 아들이 눈으로 우리 형을 죽인 현장을 머릿속에 주입했다고 들었거든. 다른 깍두기 애들이 볼링장에서 니 아들하고 눈을 마주친 일이 전설로 남았어. 고래 괴물한테 능지처참을 당한다네, 호수에 빠져 죽게 된다네, 하는 헛소리를 주절대더래. 누워만 있으니까 단체로 탈퇴하려고 용쓰는 줄 알았다는 거야. 웬걸. 병원에 가니까 루게릭 증상이라네."

뭐가 재밌는지 그는 듣기 싫게 낄낄 웃었다.

"세 명이 동시에 말이야. 카아, 진짜 대단해. 산송장이 된 깍두기들을 예수쟁이로 만들어줬어. 걔들 두목이 그러더라고. 병신이 된 것보다 예수쟁이가 된 게 식겁해서 그냥 탈퇴시켜줬다네. 진짜 할렐루야. 걔들 머릿속에 심은 죽은 사람이 우리 형이고 고래 괴물이 니 아들이라니."

그의 웃음소리가 냄비 바닥을 긁는 숟가락같이 거슬렸다. 나는 무슨 소리인지 몰라 불쾌하다는 투로 밀쳤다.

"본론부터 말해요. 뭘 협상하자는 건데요."

대답 대신에 그는 이어마이크 줄을 잡더니 시작할까요…… 라고 말했다. 벽면 거울의 일부가 모니터 화면으로 켜져 실내 수영장을 조망했다. 수영장 외곽에 검은 정장의 남자 두 명이 서 있었다. 다른 한 명이 휠체어를 밀어 다가왔다.

　서서히 당겨지는 화면으로 휠체어에 탄 아버지가 잡혔다. 무덤덤한 옆모습이었다. 내 눈에는 두려워 떠는 속내가 확연했다.

　"지금 뭐 하는 거예요."

　이어마이크 줄에 입을 대고 그가 오케이…… 라고 말했다.

　"오는 길에 노인네가 오줌을 지렸거든. 씻겨야지."

　수영장을 바라보는 방향으로 휠체어를 틀었다. 나는 침대에서 일어났다. 도움닫기로 휠체어를 밀어버렸다.

　휠체어에 탄 채로 아버지는 수영장에 빠졌다. 나는 비명을 질렀다. 물 위로 머리를 내밀려고 아버지는 오른팔을 휘저었다. 검은 정장의 남자들은 두 손을 모은 정자세로 우두커니 섰다. 지시를 받기까지 그들은 부동자세를 유지했다.

미끼

★

파일철의 첫 페이지에 신상 명세가 정리되었다. 혜미의 사진이 왼편 귀퉁이에 붙었다. 빨간 리본핀을 꽂고 앞머리를 눈썹까지 내린 얼굴에 브이자 손가락을 올렸다. 그해 봄에 모과나무 아래서 나랑 어깨동무하고 찍은 사진을 잘라 편집했다. 사진 옆 칸으로 생년월일, 키, 체중, 혈액형, 종교, 거주지, 가족, 학교가 기록되었다. 상공에서 찍은 지도 사진에 해수욕장, 우리 가족이 묵었던 펜션, 혜미의 실종 장소로 추정되는 갯바위가 빨간 섬으로 찍혔다. 각 점에서 점까지의 거리와 도보 이동 시의 소요 시간이 표기되었다.

뒷장에 실종 당시의 유품 사진이 나왔다. 우리 가족이 썼던 돗자리에 놓인 시디플레이어, 휴대폰, 다이어리가 한 장의 사진으로 담겼다. 그 아래 사진에 운동화 한짝이 붙었다. 며칠 동안 수색한 끝에 남쪽으로 내려간 울산의 해변에서 찾은 신발이었다.

혜미가 입었던 옷 사진도 나왔다. 모래흙에 더럽혀진 반바지와 속옷을 갯바위에서 수습하는 현장이었다…… 옷을 발견했다는 얘기는 듣지 못했다. 커플룩으로 맞춰서 엄마가 내 옷과 똑같이 사주었던 혜미의 여름옷이 맞았다.

옆쪽 전체는 갯바위에 말라붙은 핏자국과 종이에 올려진 머리카락 샘플 사진이었다. 국과수 감식 결과 혜미의 머리카락과 혈액으로 판명되었다는 요약 설명이 적혔다. 핏자국은 두개골 골절에 따른 출혈로 추정되고, 그 충격이 높은 곳에서 떨어져 부딪쳤을 때의 사례와 유사하다고 했다. 누군가 모래사장에서 갯바위까지 혜미를 억지로 끌고 가서 밀쳐버렸다는 거다.

갯바위에 올려진 남자들의 시신 사진으로 넘어갔다. 나는 윽, 하고 눈을 감았다. 시신의 팔다리가 모두 뜯겼다. 침대 밑에서 구름이가 머리를 들어 나를 올려다보았다. 까만 두 눈에 사방의 소리를 쫑긋했던 예민함이 서렸다.

"고모가 준 문서를 읽고 있어."

구름이는 경계심을 풀지 않아서 혀를 내밀지 않았다. 나는 손을 뻗어 구름이의 북실한 머리를 쓰다듬었다. 구름이는 느적느적 일어나 앞다리를 세워 앉았다. 입을 크게 벌려 마른 하품을 했다.

뜯겨서 분리된 두 팔과 두 다리를 세로로 늘어놓은 사진 속에서 경찰들은 원래 몸에 팔다리를 찾아 맞추었다. 소지품을 찍은 사진 속에 권총과 칼날이 부러진 주머니칼이 놓였다. 권총에서 실탄이 발사되었고 주머니칼에서 다른 혈흔이 발견되었다고 쓰였다.

……국립과학수사연구원 대구과학수사연구소 감정 결과 주머니칼 혈흔의 유전자 추출 분석 건은 동물 혈액으로 판명함. (……) 해당 동물 혈액의 유전자 염기서열 분석 결과 미상의 포유류 동물(고래)로 추

정함. (……) 고래 DNA 대조 자료 없음.

그다음으로 '재수사 미제 사건: 포항 해수욕장 토막 살인(2008. 8. 16.)'이라는 제목으로 별개의 문서가 첨부되었다.

…… 대검찰청 DNA 감정실 재감정 결과 '포항 해수욕장 토막 살인' 건에서 채취·보관한 혈액 샘플의 DNA를 사람의 DNA로 변경 판명함.

디엔에이가 일치하는 유력 용의자라고 하며 '최요나(당시 만 14세)' 라고 적힌 증명사진이 나왔다. 하얀 와이셔츠에 니트 조끼를 입은 중학생 때의 요나였다. 단정하게 다문 입매와 정면을 응시한 눈매가 지금보다 순해 보였다. 요나가 이 두 남자를 죽였고, 유사한 방식으로 혜미를 죽여 바다에 시신을 유기했다고 추정하는 의견을 읽었다.

뒷장의 '재수사 미제 사건: 군산 호수공원 토막 살인(2004. 1.경.)'으로 넘어갔다. 또다른 토막 시신의 사진들을 보고 건성으로 페이지를 넘기다 파일철을 덮어버렸다. 모두 참혹한 현장을 담은 사진이었고 요나가 사건의 유력한 용의자라고 추정했다.

벽면 거울을 물끄러미 쳐다보는 내 얼굴과 하얗게 웅크린 구름이 너머로 혜미의 방을 바라보았던 요나의 얼굴이 떠올랐다.

우리 집에서 요나는 혜미의 방에 눈길을 멈추고 락 페스티벌 얘기를 꺼냈다. 혜미의 곁에 요나가 있었던 것이며 혜미의 마지막을 간직했기에 나를 만났던 거라고, 혜미를 죽였을 리가 없다고 부정하면서도, 이 두 남자는 죽였을 거라는 의심이 들었다.

요나는 손이 있어서 범고래를 죽일 수 있어. 범고래가 다른 고래들을 죽이는 것과 비슷하게.

그 의심이 꿈에서 보았던 혜미의 처참한 얼굴을 되새겼다. 범고래가 새끼 고래의 혀를 물어뜯어 출혈을 재촉한 것처럼 입과 턱이 핏덩이가 된 모습의 혜미였다. 어째서…… 요나가 왜 혜미를 죽여…… 나는 다시 문서의 첫 페이지를 넘겨 해수욕장 살인사건을 훑어보았다.

구름이가 꿍얼거렸다. 하얀 벽의 철문이 열리고 고모가 들어왔다. 같은 거울 선글라스를 쓴 아빠가 뒤따라 들어왔다.

★

"요나는 맹수로 변하는 특이체질자야. 혜미에게 같은 식으로 대했다고 봐야 해. 모두가 그렇게 혐의를 보고 있어. 그래서 너를 이곳에 데려온 거야. 누구보다 혜미의 마지막을 궁금해할 사람이니까."

고모는 침대 귀퉁이에 앉았다. 아빠는 샤워부스 안을 구경하고 괜히 헛기침한 다음에 소파에 앉았다. 머리는 차갑게 서늘해지는데 가슴의 심장은 날뛰었다.

"나는 누구보다 오랫동안 요나를 관찰해왔어. 그 아이가 자기 안의 맹수 본성을 누르느라 스스로 힘들어하는 모습을 봤었지."

"언제부터요."

곤두선 내 목소리에 구름이가 돌아보았다. 자기 옆구리의 털을 혀로 핥아 들척였다.

"혜미가 죽기 전부터지."

"당신이 뭔데 그래요. 혜미가 죽었다고 함부로 단정하지 마세요."

고모는 다문 입술에 힘주었다. 내가 누군지 보여줄게, 라고 되받아

치는 표정이었다. 공격적인 내 태도에 슬슬 앙금을 터뜨리고 있었다. 자리가 불편해져서 구름이는 침대에서 떨어졌다. 고모와 내가 마주하는 모습이 담긴 벽면 거울에 코를 대고 쿵쿵댔다. 지켜보던 아빠가 끼어들었다.

"고모는 극비의 일을 다루는 사람이야. 이렇게 나서는 건 흔치 않아. 우리 가족 모두가 걸린 문제니까, 말 끊지 말고 잘 듣자. 고모가 오랫동안 힘들여서 따낸 작전이야. 고모 덕분에 아빠도 도움을 많이 받았다."

가족이라고 들먹이는 아빠의 참견에 울분이 폭발하려고 했다. 끓어오르는 감정을 누르는데, 아빠가 토트백에 몰래 넣었던 대포폰이 떠올라 헛웃음이 나왔다. 위치 추적 용도였다. 그들이 어떻게 속초행 버스를 뒤따라왔는지 이제야 알겠다. 걱정하는 걸까 하고 잠깐 헤아렸던 내가 머저리였다.

"당신이 뭐라고 훈수질이세요?"

아빠는 스읍, 하는 스침소리로 호통을 치려 했다. 단단히 막아둔 맨홀 뚜껑 같은 것이 열렸다.

"강진호 씨는요. 그냥 조용히나 계세요. 착각하고 있는데요. 당신은 내 아빠가 아니라니까요. 당신이 어디에서 죽든 말든 나는 상관도 안 한다고. 아빠 행세하니까 내가 이 모양 이 꼴이야. 뭐 하는 거야? 고모랑 편먹고 납치나 하잖아. 돌아가면 경찰에 신고할 거야."

"경찰에 신고해도 소용없어."

고모는 냉철함을 지키는 목소리로 타일렀다.

"너는 합법적인 기밀작전에 합류된 상태야."

자신의 신분이 여전히 군인이라고 말했다. 곧 개학하게 되면 자신은 내 성적을 조작한 시 ʃ 로 처리되고, 나는 시위적 물의를 일으킨 사유로 퇴학 처분을 받을 거라고 예고했다.

"너는 요나의 특이체질 정보를 직접 습득한 증인이 돼버렸어. 요나의 엄마, 할아버지, 작은할아버지까지 접촉한 정보 요원이야. 너 또한 기밀 공유자이고 협력자니까 인지시키는 거야. 그래야 너도 정보 요원 요건을 충족하게 돼. 아빠처럼 우리의 보호 지원을 받을 수 있어. 혜미를 어떻게 했는지 요나의 자백을 받으면 네 마음도 정리할 수 있겠지."

나를 협력자로 보고했다며 자신이 이 작전을 담당하는 팀장이라고 밝혔다. 정보기관과 얽힌 범죄 사건을 뒷조사하는 비밀 요원이었다. 군인이 되었을 때부터라는 말을 듣고 나는 눈을 찌푸려 감았다. 자기 뜻대로 자유롭게 살아갔던 고모가, 내가 동경했던 고모의 모든 삶이, 거짓이었다.

"파일철을 봤겠지만, 네가 초등학생이었을 때 군산 호수공원에서 살인사건이 일어났어. 겨울에 사람의 사지를 토막내고 통발에 담아 호수 밑바닥에 은폐한 것을 봄에 발견한 거야. 사망자 중에 중국에서 첩보를 캐내는 우리 협력자가 있었어. 여러 사건 속에서 그 사건의 진상을 파악하는 임무를 내가 이어받은 거지. 우리 움직임이 노출되어 경고하는 것인지를 분별해야 대응할 수 있으니까."

혜미가 실종되기 전 초여름에 볼링장 일화를 수집하면서 고모는 본격적으로 요나를 겨냥해 뒷조사했다. 요나가 조직폭력배와 눈을 마주쳤고 그들 사이에서 호수공원 사건의 이야기가 퍼졌던 거다. 요나의 눈을 통해 당시의 현장을 봤다며 그들은 고래 괴물을 말하고 다녔다.

"가슴이 아팠어. 내가 맡았던 사건의 용의자가, 내 조카가 죽은 또다른 사건의 용의자로 밝혀졌다는 것이. 요나가 수중 생물체로 변신하는 특이체질자라는 가설이 공식적으로 받아들여지는 데만 이년이 걸렸어. 내가 그 가설을 제기하고 모두가 난색을 표하던 초기에 혜미가 죽은 거야. 내가 생산한 기밀문서를 새로운 윗사람들도 지나쳤다면 완전히 묻혔겠지."

기억을 돌아보며 고모는 말끝을 흐렸다. 나는 얼굴을 감싸고 고개를 숙였다. 내 귀밑에서 뛰는 맥박 소리를 듣는데 훗, 하는 웃음소리가 들렸다. 오싹해져서 얼굴을 감싼 손을 풀어 고모를 쳐다보았다. 입꼬리를 씩 올려 미소 짓고 있었다.

"내가 학교 담임선생님으로 들어가고 나서, 우리가 어떻게 요나를 생포해야 할지 작전계획을 수립하던 중이었어. 요나가 음반매장에 들러서 네가 나온 브로마이드와 앨범을 사는 거야. 아, 이 아이가 내 조카 주미를 좋아하는구나 했지. 펑크데이지 디셈처럼 요나도 음악을 잘하니까 네가 충분히 좋아하리라 예상했어. 둘이 잘 어울려 보였던걸. 실제로도 그랬어."

위험한 생포 작전을 실행하기 전에 나를 통해 요나의 사전 정보를 세밀하게 얻을 거라고 봤다. 연예 활동으로 바쁜 나에게 따로 접근하기는 어려웠다. 더군다나 그때의 나는 협력자가 되기 전의 아빠와 엮여 다른 곳에서 따로 감시받았다는 거다. 처음부터 끝까지 나를 이용한 것을 나를 위했다고 포장하고 있었다. 나는 거의 실성해서 웃는데 고모는 자기 말만 했다.

"일이 끝나면 요나의 특이체질을 정리하는 데에 너는 협력 요원으로서 조사받을 거야. 어렵게 생각하지 말고, 네가 직접 목격한 대로……"

"내가 장난감으로 보이죠."

눈을 부릅뜬 내 얼굴이 선글라스에 비쳤다. 고모는 건조하게 말을 이었다.

"목격한 대로 얘기하면 넌 자유로워져."

"내 말 안 들려?"

내 손이 이불을 움켜잡자 고모는 걸터앉은 침대에서 일어났다. 소파에서 일어선 아빠를 바라보며 이어마이크 줄을 잡았다. 투입해……라고 지시를 내렸다.

"명백하게 사람을 죽였던 데다, 스스로 맹수 본성을 이기지 못하는 요나 그 아이를 위해서라도, 혜미의 마지막을 어떻게 했는지 알아내기 위해서라도, 어쩔 수 없어. 안타까워, 주미야. 그때 내가 지휘했다면 네가 오른다리를 다치지 않았을 텐데. 요나를 만나도록 너를 이끈 계기가 되었지만…… 그건 작전 중의 실수였어. 디셈이 타깃이었지, 너를 장애인으로 만들 계획은 없었어. 하지만 이곳은 달라. 너를 어떻게든 지키려고 아빠와 내가 돕고 있으니까."

아빠는 내 머리를 만져 어르려고 했다. 나는 신경질적으로 머리를 흔들고 아빠의 팔을 쳐냈다. 아빠는 쯧쯧 혀를 차며 나를 내려다보았다. 선글라스 너머의 두 눈이 같잖다고 경멸하고 있었다. 우리 몰래 엄마를 때렸을 때 보였을 표정이었다. 저런 쓴웃음을 지으며 앞니가 부러져 피를 흘리는 엄마를 내려보았을 거다.

아빠 또한 포장된 삶으로 살았다. 지식인인 척, 진보적인 척하면서 자기가 손해를 보고 위기에 몰리면 모든 것을 방패막이로 삼았던 모리배였다. 가족을 이용해 자신의 허울을 지켜왔다. 엄마의 인기와 헌신을, 혜미의 죽음을, 내가 연구생이 된 것도, 내가 오른다리를 다친 것도, 하나부터 열까지 모두 자신을 위해서였다.

하얀 벽의 철문이 열리고 검은 정장의 요원들이 들어왔다. 한 사람은 대형견 입마개와 헤드기어를 들고, 한 사람은 무전기와 수갑 뭉치를 들고 있었다. 고모는 건네받은 무전기를 켜서 입바람을 후후 불었다. 무전기의 상대가 똑같이 입바람을 후후 불어 응답했다.

"요나를 유인하기 위해 실시해야 할 실험이 있어. 예정대로 너희가락 페스티벌에 갔다면 하지 않았을 실험인데, 힘들 거야. 조금만 참아."

실험이라는 말이 잔인스러운 암시를 남겼다. 아빠는 손바닥을 내밀어 구름이에게 다가갔다. 구름이의 앞다리 죽지를 부주의하게 잡아 불끈 들었다. 구름이를 뺏기지 않으려 나는 발버둥쳤다. 요원들이 나를 붙잡고 침대에 눕혔다. 고모가 구름이의 머리에 입마개를 채웠다. 요원들은 내 팔을 뒤로 꺾고 그 위에 발목을 모으게 했다. 손목과 발목에 수갑을 채웠다. 아빠는 구름이를 들고, 고모는 파일철을 들고 방을 나갔다.

수갑을 채운 손과 발을 뒤로 꺾어 모아서 체인으로 묶었다. 권투선수가 쓰는 헤드기어를 머리에 씌우고 입에 재갈을 물렸다. 실험 중에 다치지 않게 한다며 내 몸을 새우꺾기로 묶어버렸다. 내 얼굴이 벽면 거울을 향하도록 침대에 버려두고 모두 방을 나갔다. 침대에 가슴과 배를 대고 벽면 거울을 쳐다볼 수밖에 없었다.

내 오른다리도 억지로 꺾어 묶는 바람에 골반과 허벅지의 신경이 찌릿찌릿했다. 근육들이 경련하는 고통이 올라오자 나는 물린 재갈을 악물었다. 이대로 놔두면 오른다리가 완전히 망가질 것 같았다.

거울 너머의 감시자가 이런 내 모습을 관찰하고 있었다. 갈기갈기 찢기는 듯이 수치스러웠다. 다리가 아프다는 하소연은 죽어도 하기 싫었다. 눈물을 짓는 내 얼굴을 보여주기도 싫었다. 이불에 얼굴을 파묻었다.

벽면 거울의 화면이 켜지는 전파 소음이 들렸다. 나는 머리를 들지 않았다. 테이블에 놓인 무전기에서 입바람을 부는 소리가 들렸다. 고모의 목소리가 아빠와 구름이가 할 말이 있다고 알렸다.

"그렇게 있으면 인 돼. 개를 봐아 애."

아빠는 짜증을 내는 목소리로 다그쳤다. 문득 영영 오른다리를 못 쓰는 중증 장애인이 돼도 좋겠다고 생각했다. 죽으면 된다고 생각했다.

무전기에서 구름이는 부산하게 낑낑거렸다. 아빠에게 안긴 것을 무서워했다. 개가 수영장에 들어가니까 알아서 해라…… 하는 말소리가 들리다 무전기는 끊겼다. 구름이를 더러운 수영장으로 데려가고 있다. 내 오른다리가 망가지든 말든 새우꺾기로 결박한 것처럼 구름이에게 비슷한 일을 벌이려 한다.

이불에 얼굴을 비벼 눈물을 닦고 머리를 들었다.

벽면 거울의 화면이 불이 켜진 관중석을 비추었다. 위쪽의 무너진 천장으로 밤하늘이 드리웠다. 너머에서 원자력발전소의 돔 지붕이 거뭇하게 자리하고, 바다를 운행하는 배들의 불빛이 깜빡였다.

화면이 멀어져 수영장 전체를 내려다보았다. 검은 정장의 요원들이 서 있고 그들의 사이에 사람이 누워 있었다. 화면이 당겨져 그가 누구인지 보게 했다.

할아버지가 기침을 하며 몸을 떨었다. 요나를 잡으려고 몸이 불편한 할아버지까지 고문했다. 다시 화면이 멀어져 수영장 전체를 잡았다.

구름이를 안은 아빠가 화면으로 들어왔다. 입마개를 쓴 구름이는 이리저리 머리를 돌려 두리번거렸다. 위험을 감지해 떨고 있었다. 아빠는 할아버지가 누운 곳을 건너다보는 맞은편 외곽에 섰다. 옆에 선 요원과 구름이를 맞붙잡아 들고 서로의 팔을 흔들어 그네를 태웠다. 구름이를 허공으로 높이 올려 수영장에 던져버렸다. 아빠 옆에 선 요원과, 맞은편의 할아버지 앞에 선 요원이 타일 바닥에 엎드렸다. 바닥에 거치된 기다란 총을 잡고 겨누었다.

총을 쐈다. 허우적대는 구름이의 주위에서 물이 튀었다. 구름이를 죽이려고 한다.

나는 몸을 비틀어 발악했다. 그것밖에 할 수 있는 게 없었다. 눈물이 시야를 이지러뜨려 이불에 얼굴을 묻었다. 눈을 닦고 머리를 쳐들었다.
구름이는 수영장 중앙으로 첨벙첨벙 나아갔다.

사립 천사

♦

여자친구라고 실험을 당하는 거야. 개는 처음 보는데. 아들놈 여자친구도 왔다고는 했지. 그 집에서 키우는 애완견인가봐. 이분들 가족이니 내가 관여할 바는 아니니까. 개를 괴롭히면 여자친구도 괴로울 테니. 그러길래, 애들을 인천으로 안 보내고 왜 속초로 보냈어. 계획대로 잡혔으면 이런 실랑이는 없었잖아.

티브이 그만 보고 여기 봐. 그러니까, 군산에 들른 우리 형이 애들이랑 포장마차에 들어갔다가, 니가 애들한테 얻어맞고, 아들이 빡쳐서 고래 괴물로 변했다는 건가.

야. 듣기 싫으니까 그만 징징거려. 노인네한테 고무탄 쏴줄까.

그래. 이렇게 말을 잘 들으면 서로가 얼마나 편해.

이건 애들 장난 약과라고. 노인네 물에 빠뜨리고 개한테 고무탄 쏜다고 질질 짜네. 누가 죽었나. 누가 다쳤나. 참 내, 수준이 안 맞아. 우리가 단독으로 처리하면 말이야. 너 같은 반반한 년은 이미 약 먹고 돌림빵당했어. 그다음에 팔다리를 자르고 콩팥, 간, 안구를 죄다 뽑아서 가죽만 남겨야 하는 건데. 우리 형의 사지를 뜯어 죽인 대가로 하면 그게 맞지.

운이 참 좋아. 나랏일 하는 사람들이 관리하고 있으니 고통받는 흉내만 내고 말이야.

한국 양키놈들 패거리도 니 아들 소식 듣고 잡으려고 했던걸. 그걸 이분들이 미국까지 가서 손써서 입막음했거든. 토막나 죽었다지만, 그놈들이 마약 밀매하고 해수욕장에서 여자애를 강간했던 증거를 빼도 박도 못하니까. 외교 마찰이 생긴다고 미국 나리들도 나서서 도와줬어. 광우병 소고기로 그 양반들도 학을 떼서 말이야.

나보다 배운 사람들이고 고객님이라 시키는 대로 따라야지. 니 아들이 우리 형을 죽였을 때 나는 아무렇지도 않았는데. 나는 인간이라 그런가. 토끼 새끼를 잠수함에 태우고 괴롭히면, 수천 킬로미터에 떨어진 토끼 어미가 똑같이 고통스러워한다나.

여기 사람들이 내기를 했거든. 니 아들이 수영장으로 바로 찾아오느냐, 도망쳤던 속초로 오느냐, 아니면 니네 집이나 다른 장소에 출몰하느냐에. 나는 어디에 걸었을까.

자, 아주 간단해.

아들이 오면 피 뽑게 하고, 지느러미를 잘라주도록 협조하면 돼.

이분들 브이아이피가 지나가는 소리로 고래고기를 먹고 싶다 했거든. 가끔씩 고래고기를 찾는데, 이번엔 일본에서 먹었던 고래 지느러미 수프가 생각난다네. 먹는 거는 가리지 않고 잘 먹어치워서 그런가 입맛이 별난 냉삼생이야. 고래 지느러미 수프는 난생처음 들어봐. 무신장 못 사는 일본 사람한테 얻어먹었던 음식인가.

별의별 변태 고객을 봤지만 진짜 별나. 뭐, 그 양반의 식성이 아니었으면 이분들이 나를 찾지도 않았겠고, 니 아들이 우리 형을 죽였다는 것도 알지 못했겠지.

우리도 여객선하고 화물선 보냈다가 고래를 잡아오거든. 불법이라서 일부러 잡으려 하지는 않아. 그놈들이 우리 선박에 와서 부딪혀. 멍청하게 얕은 물에서 잠자다가 지나가는 스크류에 쓸려서 죽어. 그놈들을 건져서 바로 식당에 팔아먹는 수입이 꽤 쏠쏠해.

근데 말이야. 요즘에 잡히는 고래는 중금속 폐기물급이라 깨끗한 고래고기를 찾기 힘들어. 오죽 더러우면 외국에서는 죽어서 떠밀려온 고래를 바다에 안 버리고 쓰레기장에 갖다 버리더라고. 우리 회사 선장이 화물선을 몰고 호주로 갔다가 해변에서 크레인에 끌려가는 고래를 봤거든. 어디로 끌고 가냐 물으니까, 쓰레기장에 간다는 거야. 왜 안 먹고 버리냐고 물으니까, 그 사람들이 이걸 왜 먹냐고 하면서 한심하게 쳐다봤다더라고. 일본에서 왔냐 하면서. 해변에 떠밀려온 고래는 내장에 쓰레기가 가득 들어차서 죽으러 온 거라던데. 중금속에 절인 쓰레기더미라 육지에서 소각해버려야 바다 환경에 도움이 된다나. 그 말 듣고 그 양반이 고래고기를 끊었어. 그 바람에 우리 회사 전체가 슬슬 고래고기를 안 먹어.

뭘 좀 아는 일본 애들은 고래고기에 입을 대지도 않아. 그게 다 뭐야. 인간이 만든 쓰레기고 인간이 흘려보낸 중금속이잖아. 그러고 보면 인간은 참 쓸모가 없어. 살아봤자 자연에 민폐만 끼치는 존재야. 그러지 않아? 필요한 사람에게 장기나 떼고 죽어야지.

브이아이피가 먹을 몫을 떼어주면 나머지는 나라에서 운영하는 연구소에 보낼 거야. 아들은 안 죽여.

하지만 아들이 난동을 부리면 실탄을 쏴. 특이체질자를 상대하는 거

라 방탄복을 뚫는 철갑탄도 준비했다던데. 이 지역 군부대하고 경찰한
테는 아프가니스탄 파병부대 훈련한다고 가짜 공문까지 보내뒀어. 폐
장 수영장에서 총소리가 들리든 차들이 요란하게 왔다 갔다 하든 신고
가 들어와도 신경 끄라고. 살인해도 된다고 허가된 곳이니 뭔들 못하
겠어.

아들이 말을 안 들으면 우리 회사의 과실이라 내가 덤탱이 쓰고 책임
져야 돼. 안 그래도 니가 요리조리 잘도 피해서 아들놈을 속초로 보내
는 바람에 골치가 아팠거든. 인천 공연장에 닥터헬기도 불러다 대기시
켜놓고 아주 개망신을 당했어. 하루씩 일정이 밀릴 때마다 수당이 얼마
나 깎였는지 알아? 아들이 말을 안 들어서 우리 과실로 책임지면 너하
고 노인네 몸뚱이에 어떤 사태가 벌어질지 잘 생각해.

그러니까, 이제 발광은 그만하고. 협약서에 서명하고 지장이나 찍
어둬.

◆

흰둥이는 물에 빠뜨린 이불솜 뭉치처럼 떠다녔다. 머리에서 피를 흘
려보내는데 곤히 잠자듯이 더는 허우적이지 않았다.

수영장에 내동댕이쳐져서 저격수들이 난사하는 고무탄을 맞았다. 범
고래 무리가 새끼 수염고래를 사냥하는 현장이었다. 어디로 가야 할지
모른 채 흰둥이는 수영장을 헤엄쳤다. 몇 발의 고무탄을 맞더니 채운 입
마개에서 피를 토했다. 방향을 바꾸어가다 맞고 또 맞고, 힘없이 첨벙
대다 다시 맞았다.

입속이 바짝 말랐다. 주인에게 사랑을 받아와서 물에 젖어도 하얀 털
은 고운 빛깔이었다. 주미도 사격 현장을 지켜보았을 거였다. 아무도 사

체를 수습하지 않는 지금의 중계 화면도 볼 것이고, 요나와 엮여서 아끼는 흰둥이가 죽어서 애통해할 것이고……

아버지는 아직도 수영장 외곽의 타일 바닥에 누워서 숨을 헐떡이고 기침했다. 그들이 내민 기다란 각목을 오른손으로만 잡고서 끌어올려지느라 기력을 다 써버렸다. 내가 협약서에 서명하기 전까지 저대로 놔두기로 작정했다.

나는 방바닥에 던져진 결재판과 인주 앞에 주저앉았다. 결재판에 '특이체질 연구 협약서'가 묶였다. 방 사장이 운영하는 '(주)해랑해운' 회사가 체결 당사자였다. 협약서에 눈물이 떨구어져 나는 머리를 들어 눈 주위를 훔쳐 닦았다.

특이체질자의 혈액과 피부 샘플, 신체 정보를 매달마다 연구 목적으로 제공한다는 내용으로 시작되었다. 5년 동안 계약이 유지되고 특별한 사유가 없을 시 만료일에 같은 기간이 연장되었다. 그 대가로 특이체질자의 관련 정보를 일급 기밀로 보호하고, 그가 일으킨 민형사상의 모든 책임을 면제하겠다는 문구로 구슬리고 있었다.

알 수 없는 조직이 우리를 영구적으로 감시하겠으며, 문제가 생기면 방 사장과 알아서 협의하라는 요지였다.

오지 마, 요나야. 오지 마…… 오지 말라고 되뇌지만 속엣말이 되려 발걸음을 재촉시킬 것이다. 그들의 눈앞에서 내 아들을 고래인간으로 변신하게 해서 채혈하고 지느러미를 잘라주도록 보조해야 했다. 고래인간의 지느러미를 어떻게, 얼마만큼 자를지도 모른다.

고래인간의 습성으로 살아가는 요나를 설득시킬 자신도 없다. 말을 듣지 않으면 할아버지와 엄마가 위험해진다는 실마리가 요나의 이해할 수 없는 습성을 자극할 것만 같았다.

그렇게 우물대며 화면을 지켜보고 있었다. 멜빵으로 소총을 두른 남자가 화면에 들어섰다.

풀렸던 내 시선이 번쩍 뜨였다. 그가 이어마이크를 낀 귀에 손을 대고 교신을 듣더니 개머리판을 어깻죽지에 밀착했다. 아버지의 얼굴에 총을 겨누었다. 나는 얼른 유선 전화기의 수화기를 들었다.

"쏘지 마세요, 쏘지 마세요. 서명하니까요."

수화기 너머의 상대방은 간단하게 전화를 끊었다. 무방비하게 누워서 아버지는 총구를 피하려 하지도 않았다. 그 자리에서 죽어도 괜찮다는 허망한 얼굴이었다. 자기가 짐이 될 앞날을 내다보고 있었다.

소총을 든 그의 몸이 움찔 반동했다. 탕, 하는 총소리가 터졌다. 쇠꼬챙이를 땅속 깊숙이 박는 총격의 진동이 방바닥을 울렸다. 아버지의 발밑 아래로 한 걸음 떨어진 지점에서 타일의 파편이 튀었다. 고무탄은 폭죽 소리였다고 돌아보게 할 만큼 가공할 총성이었다.

저 총으로 사람을 쏘면 신체를 터뜨려 산산이 날려버릴 거였다. 저들의 머릿속에는 요나가 찾아오기까지 나만 살려두면 된다는 계산이 떨어졌다. 얼마든지 아버지를 죽일 수 있다고 과시하고 있었다.

결재판에 끼워진 볼펜을 빼냈다. 부들들 떠는 손으로 내 이름과 주민등록번호, 전화번호, 주소를 적었다. 화면을 돌아보니 소총을 든 남자의 몸이 다시 움찔했다. 아버지 옆구리의 타일 바닥이 깨져 튀고 총소리가 터졌다. 또 하나의 쇠꼬챙이가 박혀 땅속을 울렸다. 나는 화면을 향해 악을 썼다.

"쏘지 말라고! 미친놈들아!"

인주를 먹인 엄지손가락을 내 이름 옆에 눌러 찍었다. 협약서를 벽면 거울에 들이밀었다. 그들이 못 보고 있을까봐 주먹으로 거울을 두들겨 주의를 끌었다.

하얀 벽의 철문이 열렸다.

검은 정장의 요원이 결재판을 가져오라고 손짓했다. 결재판을 받은 요원이 물러가고 다른 요원이 문틈으로 얼굴을 내밀었다. 머리가 희끗한 그 여자 요원이었다.

"최구희 씨가 대신 물에 잠기는 게 낫겠지요."

싸늘한 그녀의 제안에 나는 고개를 주억거렸다.

♦

내 머리에 헤드기어를 씌웠다. 여자 요원이 내디디는 단화의 뒷굽을 내려다보며 죄수처럼 뒤따라갔다. 수영장 주위에 요원들이 늘어섰다. 하나같이 검은 정장을 입고 거울 선글라스를 썼다.

"여기에 섭니다."

흰둥이를 던졌던 수영장 외곽에 서게 했다. 내가 나온 통로를 마주보는 반대편 통로에서 요원들이 나왔다. 그중 한 명이 어깨에 주미를 짊어지고 걸어왔다. 헤드기어를 쓰고 입에 재갈을 문 채 주미는 의식이 없었다. 흰둥이의 죽음을 보고 기절해버렸다. 이쪽으로 다가오던 요원은 발길을 틀어 대각선 뒤편의 계단에 주미를 눕혔다.

건너편 외곽에서 방 사장은 팔짱을 끼고 어슬렁거렸다. 그곳에 누운 아버지가 고개를 돌려 나를 건너다보았다. 이곳에 잡혀 온 주미와 나를 알아보았다. 뒤에서 목소리가 들렸다.

"수영장에 들어갑니다. 구름이를 끌고 데려옵니다."

구름이…… 흰둥이를 구름이라고 불렀다. 사체를 꺼내오라 하는 목소리가 흰둥이를 가여워했다. 내가 돌아보자 그녀는 정색했다.

"수영장에 들어갑니다."

횟집에서 일손을 맞출 법한 목소리로 명령했다. 나도 물에 빠져서 고무탄을 맞아야 했다.

"최구희 씨가 쓰러지면 강주미 씨가 투입됩니다."

주미에게 폐를 끼치지 말라고 하며 흰둥이를 반드시 데려오라고 압박했다.

수영장에 들어가 바닥에 발을 딛고 섰다. 목 아래로 물이 차오르는 깊이였다. 아버지 근처에서 저격수가 엎드려쏴 자세로 고무탄총을 잡았다. 마찬가지로 내 뒤에서 저격수가 엎드려 누워 사격 준비를 했다. 수영장 주위의 다른 요원들은 뒤편으로 멀찍이 물러났다.

두 손을 뻗어 물을 가르며 수영장 바닥을 걸어갔다. 팡, 하는 폭음과 함께 내 오른편에서 물이 튀었다. 빗나간 고무탄은 등 뒤의 안쪽 타일을 때렸다. 수면에 비스듬히 쏘아서 고무탄은 물 표면에 미끄러져 튕겼다. 얼굴을 가리라고 경고하는 시범 사격이었다. 나는 숨을 크게 들이마시고 물에 잠겼다.

잠긴 내 머리가 떠오르기만을 기다리고 있었다. 물속에서 흰둥이의 위치를 확인하고 대여섯 걸음을 나아갔다. 곧장 숨이 찼다. 두 손으로 얼굴을 가려 머리를 내밀었다. 짧게 숨을 뱉고 마시는 틈에 앞뒤에서 고무탄이 날아왔다. 모두 빗나갔다.

나는 무릎과 허리를 굽혀 잠겨서 방금보다 두세 걸음을 더 나아갔다. 금방 숨이 찼다. 저격수의 사격 타이밍을 뺏을까 좀더 잠다가 두 손으로 얼굴을 가리고 순간적으로 머리를 내밀었다.

조용했다. 고무탄을 쏘지 않았다. 다음에도, 그다음에도, 흰둥이에게 거의 다가가는데 총소리가 들리지 않았다.

긴장을 풀게 한 다음에 난사하리라고 되뇌며 흰둥이 곁에 도착했다. 물속에서 흰둥이와 뚫린 천장의 밤하늘을 올려다보았다. 흰둥이의 물먹은 뒷다리가 내 손아귀에 연약하게 잡혔다.

머리를 내밀어 두 손을 벌린 틈으로 둘러본 수영장은 삼엄함이 풀려 있었다. 요원들은 옹기종기 모여 담배를 피웠다. 나는 흰둥이를 앞으로 끌어와 밀었다. 물에 잠겼다가 솟구치며 내가 출발했던 외곽을 향해 나아갔다.

◆

흰둥이를 끌어왔지만 아무도 도와주지 않았다. 저격수들은 고무탄총을 놔두고 어딘가로 가버렸다. 건너편 타일 바닥에 누웠던 아버지는 들것에 실려 그쪽 관중석의 높은 자리로 옮겨졌다. 방 사장이 터덜터덜 걸어왔다. 나를 주시하며 귀에 손을 대고 교신을 받았다.

다시 한번 숨을 크게 들이마시고 잠수했다. 물속에 잠겨서 흰둥이의 배를 두 손으로 떠받쳤다. 뛰어오르는 힘으로 불끈 밀어서 가까스로 타일 바닥으로 올렸다. 나도 물에서 빠져나와 흰둥이 앞에 주저앉았다. 이쪽에 누웠던 주미도 관중석의 높은 자리로 옮겨졌다. 헤드기어를 벗었는데 두 손은 두 다리에 묶여서 몸을 수그렸다.

나에게 명령했던 늙은 여자 요원은 뒷머리를 기른 남자 요원과 함께 주미에게 무슨 얘기를 했다. 옆에 서서 휴대폰으로 통화하는 젊은 여자 요원이 나를 내려다보았다. 멀리서 나와 눈을 마주친 그녀는 자기 머리를 가리켜 모자를 벗는 시늉을 보여주었다. 내가 헤드기어를 벗자 그녀가 손가락으로 오케이 사인을 보냈다. 나는 한숨을 내쉬었다. 요나의 1학년반 담임이었던 강문정이었다.

어머니. 요나가 사라졌어요…… 동해안 국토대장정 중에 요나가 사라졌을 때 그녀는 침착하게 상황을 알렸다.

알겠어요, 어머니. 국토대장정은 완주했다고 처리할 거예요. 몸이 나으면 저에게 전화 한번 하라고 말씀 전해주세요…… 몸이 아파서 요나가 집에 와버렸다는 거짓 해명을 듣고도 그녀는 살갑게 위로해주었다. 관심을 차단하려고 나는 부러 정나미가 떨어지는 말투로 상대했다. 담임으로서 입장이 난처할 텐데도 그녀는 요나가 단정한 모범생이라고 칭찬했다. 미혼모 가정에서 자란 요나를 각별히 챙기나 했었다. 주미의 막내고모라는 얘기를 듣고 뜻깊은 인연이라고 생각했다. 주미가 우리 집에 찾아오게끔 도와줘서 빚진 마음이었는데, 이제 보니 무서운 사람이었다.

입마개에 핏물이 밴 채로 흰둥이는 온순하게 눈을 감았다. 포실했던 털이 물을 먹어 졸아들어서 하얀 물범이 되었다. 속눈썹도 곱게 하얀 빛깔이었다. 실컷 물놀이하고서 맘대로 누워 잠투정하는 듯했다. 추리닝 겉옷을 벗어 흰둥이를 덮었다. 기장이 넉넉하지 못해 하얀 뒷다리와 꼬리가 애처롭게 벗어났다.

요원들은 고무탄총과 거치대를 들고 계단 사이의 통로로 들어갔다. 그곳에 넓은 공간이 있어서 여러 대의 군용 승합차와 지프차, 트럭이 주차되어 있었다. 탄약을 땋은 벨트를 둘러멘 요원들이 트럭 뒤에서 빠져나와 관중석으로 올라갔다. 또다른 요원들은 작은 철가방과 기다란 총열을 어깨에 걸머졌다. 관중석의 불빛이 닿지 않는 으슥한 곳곳에 기관총이 배치되었다. 멜빵을 둘러 소총을 멘 요원들이 하나둘씩 수영장 주변으로 들어와 각자에게 할당된 관중석으로 올라갔다.

"효과가 있나 보네. 아들이 지 발로 찾아왔어."

내기에서 돈을 땄다며 방 사장은 싱글벙글했다. 방 사장을 따라온 요원이 내 두 손에 수갑을 채우고 관중석의 높은 자리로 끌고 갔다. 수영장의 출발점을 바로 아래로 내려다보면서, 왼편의 아버지와 오른편의 주미를 바라보는 자리였다. 그곳에도 기관총이 놓였고 소총을 멘 요원들이 서성였다. 벽에 붙어 앉게 하고는 내 발목에도 수갑을 채웠다. 체인으로 손과 발의 수갑을 연결해 자물쇠를 달았다.

"아들놈이 진짜 고래 괴물인가봐. 맨몸으로 바다에서 나왔다던데."

태극기로 하반신을 가린 알몸으로 이곳을 찾아왔다고 했다. 광복절 행사로 길마다 게양되었던 태극기를 뽑아 뜯은 거였다. 바다에서 빠져나와 사람으로 돌아왔으나 옷을 구하지도 못하고 서둘러 찾아왔다.

아래편의 관중석에서 요원이 무선마이크를 들고 올라왔다. 마이크를 입에 대고 소리를 냈다.

"마이크 테스트 하나, 둘, 셋…… 하나, 둘, 셋……"

수영장 전체에 그의 목소리가 울렸다. 그는 내가 붙어 앉은 맨 위쪽으로 올라와서 이리저리 오가며 목소리를 냈다. 방 사장에게 마이크를 건네면서 전원을 끄고 켜는 방법을 알렸다. 방 사장은 마이크에 입을 대고 혀를 똘똘 차는 소리를 냈다.

"마이크 스탠드는 없겠습니까?"

방 사장이 존댓말로 물었다.

"없어."

잰걸음으로 내려가던 요원은 툭 내뱉어 일축했다. 씨바 새끼 나더러 들고 하라는 거네, 하며 방 사장은 투덜댔다. 주위의 다른 요원들에게 뭘 봐 새끼들아, 라고 소리쳤다. 소총이 없는 요원들이 방 사장의 부하들이었다. 방 사장은 표정을 싹 바꿔 호객꾼 웃음을 지었다.

"아들이 오면 니가 말해."

요나가 수영장에 들어오면 내가 공개적으로 부탁해야 했다. 할아버지와 엄마, 주미를 위해서 수영장에 들어가 고래인간으로 변신하라고 말하라는 것이다.

"이 사람들이 피 뽑고, 지느러미를 자르게 협조하면 돼."

요나가 들어갈 수영장을 내려다보았다. 외곽에는 흰둥이의 사체가 방치되었다. 바다에서 돌아오는 중에 요나는 흰둥이의 죽음을 느껴 아파했을 것이다. 검정 추리닝 겉옷에 덮여 뒷다리와 꼬리를 하얗게 내놓은, 저 흰둥이를 옮겨야 한다고, 요나가 저것을 직접 보게 되면은……

"야, 내 말 듣고 있냐."

그의 손가락이 내 옆머리를 짚어 밀었다. 나는 벙벙한 눈으로 가까이 숙인 거울 선글라스를 올려다보았다.

"내가 뭐라고 말했지?"

"피를 뽑게 하고, 지느러미를 자르게 하라고요."

내가 답하자 그는 귀에 손을 대고 교신을 들었다. 내 왼편 멀리에서 요원들이 아버지를 둘러쌌다.

"노인네한테 재갈 물렸다고 전해달래. 왼손 왼발 못 쓰잖아. 말을 안 들으면 손가락 발가락 하나씩 자를 거야. 아들한테 말하든지 말든지 니가 알아서 해."

봉합 수술을 대비해 절단한 손발가락을 아이스박스에 보관할 것이고 빨리 일을 끝내면 병원으로 데려다주겠단다. 어떻게든 요나가 겁을 먹도록 밀어붙여서 성과를 내겠다는 속셈뿐이었다.

오른편 멀리에서 강문정은 이어마이크 줄을 잡고 교신을 주고받았다. 늙은 여자 요원은 뒷짐을 지고 섰다. 뒷머리를 기른 남자 요원은 수영장을 내려다보며 어기적어기적 돌아다녔다. 그쪽의 벽에 기대앉은 주미가 나를 건너다보았다. 수갑에 묶여 수그린 윗몸이 부들부들 떨었다. 우는 것 같았다. 이제 요나가 고통받는 현장을 보게 되어 절망하고 있었다.

◆

요원들이 무기를 꺼냈던 통로에서 요나가 걸어 나왔다. 안대를 써서 눈을 가렸다. 태극기로 하반신을 가렸고 수갑에 묶인 두 손을 등허리에 모았다. 소총을 든 요원들이 요나의 등을 총구로 밀어 수영장으로 몰았다. 한 발만 내디디면 수영장에 빠질 타일 바닥의 끄트머리에 섰다.

요나의 얼굴이 정면 위를 향했다. 맞은편 관중석의 할아버지를 바라보는 것 같았다.

"말해. 물에 들어가서 괴물로 변하라고."

방 사장이 내 입에 무선마이크를 들이댔다.

"괴물로 변해도 수갑하고 안대는 차고 있으라 해."

마침내 희귀한 현장을 목전에 두어 그는 말을 더듬었다.

"요나야……"

내 목소리가 수영장 전체를 울렸다. 엄마 목소리를 듣고도 특별한 반응이 없었다. 열중쉬어 자세로 할아버지가 있는 관중석을 향했다. 벌거벗은 알몸으로 포장마차에 들어왔던 그때와 같았다. 눈물이 흘러나와 나는 코를 훌쩍이고 말았다. 침착하게 말하려고 노력했다.

"수영장에 들어가서 고래로 변신하면 돼. 아저씨들이 주사기로 네 피를 뽑고…… 지느러미를……"

울컥 울음이 치밀어 나는 마이크에서 입을 떼고 고개를 돌렸다. 방 사장이 속삭이는 말로 윽박질렀다. 야. 울지 마. 노인네 손가락 자르라고 할까.

삭막한 정적이 흘러가고 나는 울음을 욱여넣으려 애썼다. 사무치는 감정을 자제하려는데 오른편 멀리에서 주미가 외마디를 질렀다. 왼편 멀리에서 아버지의 신음소리가 들렸다. 죽을힘을 다해 자기 신음을 억

누르고 있었다. 방 사장은 이어마이크 줄을 잡고 교신을 주고받았다. 그쪽에서 요원이 무언가를 집은 손을 높이 들었다.

"새끼손가락만 잘랐어. 지혈은 안 해."

화를 참는 목소리로 그가 속삭였다. 요나의 얼굴이 손을 높이 든 요원을 향했다. 나는 어금니를 악물고 고개를 세웠다. 방 사장이 무선마이크를 입에 들이밀자 나는 말했다.

"요나야. 할아버지가 다쳤어. 병원에 가면 수술받을 수 있어. 물에 들어가서 고래로 변신하면 돼. 피를 뽑게 하고, 지느러미를……"

또다시 울컥하는 울음이 목구멍에 엉겨 올라왔다. 나는 목이 멘 목소리로 서둘러 말했다.

"……지느러미를 잘라주게 하면 돼. 안대랑 수갑은 차고 있어야 돼."

요나는 내가 있는 관중석을 돌아보았다. 옆에 누운 흰둥이에게로 고개를 내렸다. 안대에 가려진 눈이 흰둥이를 내려다보고 있었다. 어깨를 틀어 주미가 있는 등 뒤의 관중석을 올려다보았다.

요나는 열중쉬어 자세로 허리를 숙였다. 그대로 몸을 기울여 수영장에 빠졌다. 하늘색 타일이 비친 수영장 물이 일렁일렁 퍼졌다. 바닥에 깊게 가라앉아서 요나는 물결의 흐름대로 잔잔히 나아갔다. 하반신을 둘렀던 태극기가 풀려 수면으로 떠올랐다. 다리를 붙여 모은 두 발이 넓적한 꼬리지느러미로 변했다. 우수수 넘어지는 도미노처럼 다리부터 머리까지 검푸른 피부층이 돋아났다. 몸이 커져 거인이 되었다. 관중석 어디선가에서 나직한 탄성이 샜다.

날개뼈에서 날개지느러미가 뻗어 나와 기다랗게 펼쳐졌다. 요나는 물속에서 추진했다. 수족관에 갇힌 돌고래처럼 꼬리지느러미를 한들한들 살랑이며 수영장을 노닐었다. 넋을 잃고 바라보던 방 사장이 지시했다.

"이제 나오라고 해."

그가 마이크를 내밀었다. 요나는 전신에 아치를 그려 꼬리지느러미를 흔들었다. 날개지느러미 사이 숨구멍에서 뿜어진 숨이 옅은 아지랑이가 되어 잠시 드리워졌다. 속력을 붙여 헤엄쳤다. 수갑을 끊어버리고 안대를 벗어 두 팔을 앞으로 뻗었다. 서서히 빨라졌다.

"야, 쟤 왜 저래!"

운동장의 트랙을 돌 듯이 수영장에 원을 그려 헤엄쳤다. 요나는 숨구멍으로 숨을 쏘아 내뿜고 직진으로 물속을 갈랐다. 할아버지가 있는 관중석으로 빠르게 다가가는 것이다. 공포스러운 조짐을 모두가 느꼈다.

"사격 개시!"

오른편 관중석에서 강문정이 외쳤다.

"쏴! 쏘라고!"

그녀가 목이 터져라 고함쳤다. 기관총들이 고막을 찢는 총소리를 터뜨렸다. 수영장 주변의 요원들도 소총을 쐈다. 번갈아 한 발씩 쏘더니 이내 연발로 난사하는 총소리가 터졌다.

요나는 깊숙이 가라앉았다. 총격을 피해 지그재그로 방향을 꺾어가며 수영장을 돌았다. 붉은 핏물이 물길에 비행운을 그어 퍼졌다. 헤엄치는 추진력이 눈에 띄게 느려졌다.

숨구멍으로 핏물을 뿜었다. 쏟아지는 총탄을 맞으며 요나는 할아버지가 있는 관중석으로 흘러갔다. 외곽에 이르러 힘겹게 솟구쳐 올랐다. 요원들은 놓치지 않고 집중사격했다. 요나는 날개지느러미를 펼쳐 머리를 가렸다. 관중석 근처에도 이르지 못한 채 외곽 타일 바닥에 떨어져 고꾸라졌다.

무수한 총탄을 맞아 피부층은 문드러져 만신창이가 되었다. 타일 바닥에 핏물이 흐르고 검푸른 살점은 아스팔트 찌꺼기처럼 흩뿌려졌다.

여기저기에서 빈 탄창을 떨구고 일사불란하게 새 탄창을 장착했다. 두꺼운 방열 장갑을 착용한 요원이 기관총 총열을 분리해 새것으로 갈아끼웠다. 저 기관총의 쇳덩이가 달구어지도록 내 아들에게 총을 쐈다.

총소리로 먹먹해진 귓속에 바늘 같은 이명이 들어섰다.

강문정이 이어마이크 줄을 잡고 지시했다. 모두들 귀에 손을 대고 그녀의 교신을 받았다. 세 명의 요원이 무릎을 굽힌 낮은 자세로 요나에게 접근했다. 확인 사살하라는 명령을 받았다. 한 명씩 총을 쐈다.

총을 맞을 때마다 요나는 몸을 들썩여 숨구멍에 고인 핏물을 내뿜었다. 꼬리지느러미는 살랑이지 않았다. 머리를 가렸던 날개지느러미는 풀이 죽어 늘어져 배꼽 무늬의 귀를 드러냈다.

모두가 숨죽인 정적 속에서 강문정과 뒷머리를 기른 남자 요원이 관중석을 내려갔다.

선봉에 선 요원이 신중하게 걸음을 뗐다. 겨냥한 총구를 유지하고서 발끝으로 꼬리지느러미를 툭툭 차서 건드렸다. 요나는 반응하지 않았다.

"이런, 좆같은. 씨바!"

두 귀를 손바닥으로 막고 있던 방 사장이 욕을 내질렀다. 선글라스를 벗어 바닥에 내던지고 가래를 끌어모아 뱉었다. 나를 흘겨보더니 요나에게 접근하는 강문정에게 소리쳤다.

"팀장님, 우리는 장기 꺼내면 되나요!"

배알이 꼬여 신경질을 부리는 외침이었다. 강문정이 이어마이크 줄을 잡고 교신을 보내자, 방 사장은 귀에 손을 대고 낄낄 웃었다. 네……네…… 너무 성급하셨지 않나요…… 수고는 무슨요. 저희 책임이니까요…… 네…… 이것들 장기 팔아서 돈을 모아야죠. 서희 같은 심부름꾼은 원래부터 푼돈을 먹고 살았는데요……

방 사장은 애먼 부하의 멱살을 잡아 흔들고 정강이를 걷어찼다.

"니가 노인네 눈알 파서 당장 가져와! 니 손가락으로 쑤셔서 도려와. 뛰어! 뛰어가, 개새끼야."

부하는 꾸벅 허리를 숙이고 아버지가 있는 곳으로 뛰어갔다. 아버지의 안구를 맨손에 들고 돌아오는 부하의 모습이 무감각하게 그려졌다.

기관총들은 신속하게 분리되었다. 바닥에 늘어놓은 탄약 벨트를 말아 접었다. 작은 철가방에 방열 장갑과 도구를 담았다. 소총을 든 요원들은 탄창을 제거하고 허공으로 총구를 쳐들었다. 방아쇠를 딸깍거리며 약실이 빈 상태를 점검했다.

요나는 검푸르게 엎드렸다.

강문정은 직접 날개지느러미를 들어 무게를 가늠했다. 날개지느러미가 뻗어 나온 날개뼈 부근을 손가락으로 가리켜 지시를 내렸다. 요나는 눈을 감지 못했다. 푸른빛이 꺼져버린 검은 눈망울이었다.

뒷머리를 기른 남자는 요나의 머리맡에 쭈그려 앉아 구경했다. 곁으로 다가온 캠코더가 현장을 녹화했다. 칼과 톱, 아이스박스 따위의 해체 도구를 실은 카트가 요나가 있는 곳으로 굴러갔다. 아버지의 신음소리와 방 사장이 화를 내는 말소리가 귓속의 이명에 비껴졌다.

몇 개를 가져오냐니 멍청한 새끼야…… 눈알이 두 개지, 한 개냐……

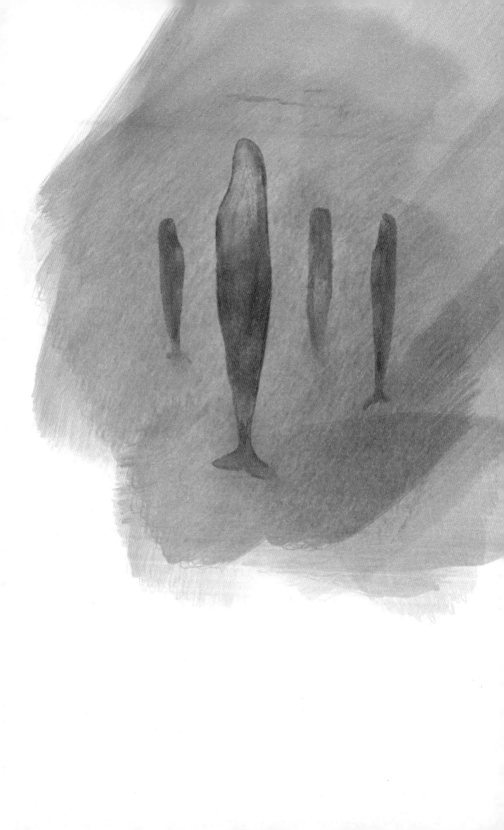

날개지느러미는 굳어버렸다.
꼬리지느러미와 두 팔도 움직이지 못했다.

북극해로 가는 바닷길은 까마득한데 요나는 하얀 혹등고래의 울음소리를 들으며 깊은 바다로 끌려갔다.

푸른 눈을 떴지만 바닷속은 깜깜했다. 꼬륵거리는 물길의 자취에서 일렁이는 희미한 소리를 들었다. 사람들의 환호성 소리. 바라보며 까르륵 웃는 아이들의 웃음소리. 감탄하는 어른들의 말소리.

바다에서 목숨을 잃어 요나가 영혼을 거두어간 이들이었다. 자신들이 새롭게 살아가는 바다 아래 바다를 들려주려고 요나를 끌어내렸다.

그 속에서 익숙한 울음소리가 들려왔다.

나는 너의 푸른 눈을 보고 안다.
너는 내가 마지막에 낳은 딸을 본다.
너는 능력이 있다.

할머니 돌고래의 울음소리가 물소리에 섞여들었다. 울음소리는 흩어져 바다 아래로 가라앉았다. 요나의 푸른 눈이 서서히 밝아졌다.

떨어진 높은 바다에 기둥들이 떠 있었다. 수직으로 몸을 세운 향유고래 무리였다. 고래들이 잠을 자는 바다의 침실이었다.

짧달막한 가슴지느러미는 그마저도 몸에 붙었다. 뭉툭한 머리와 꼬리지느러미를 드러낸 윤곽으로 모두들 꿈을 꾸었다.

그 무리 안에서 손톱달 모양으로 몸체가 굽은 돌고래가 덩그러니 떠서 잠을 잤다. 기형으로 태어나 버려진 남방큰돌고래였다. 향유고래 무리가 돌고래를 받아주어 같이 살아갔다.

물길의 흐름에 맡겨서 요나는 조용하게 나아갔다.

돌고래가 눈을 떴다. 멀리서 다가오는 고래인간을 단번에 알아보았다. 돌고래는 뒤뚱뒤뚱 몸을 흔들어 향유고래 무리에서 빠져나왔다.

요나는 제주도 남쪽 바다의 남방큰돌고래 무리를 말했다. 돌고래는 태어난 고향 바다를 듣게 되어 반기었다. 잠이 덜 깼어도 손톱달로 굽은 몸을 회전하며 기쁨을 표시했다.

돌고래는 항상 도망쳐 다닌다. 나는 돌고래의 짐이 된다. 향유고래가 나를 받아주었다. 향유고래는 범고래를 들이받는다. 나를 지켜준다. 나에게 물고기를 먹여준다.

나는 어머니를 미워하지 않는다. 어머니는 바다 아래 바다로 내려갔다. 꿈에 나타났다. 고래인간이 찾아온다고 했다. 손으로 나를 만져준다고 했다.

할머니 돌고래를 닮은 얼굴로 돌고래는 기분 좋은 눈웃음을 지었다. 기다란 입을 내밀었다.

요나의 검푸른 손이 돌고래의 머리를 매만졌다. 손톱달 모양의 굽은
몸체를 쓰다듬어 내렸다. 꼬리지느러미에서 손길을 거두었다.

굽은 몸이 펴지기 시작했다.

수영장의 뚫린 천장으로 새벽 어스름이 밀려왔다.

방 사장의 부하가 뛰어왔다. 와이셔츠 칼라와 얼굴에 핏물을 묻히고, 두 손에 안구를 들고서.

예리한 칼날이 검푸른 날개지느러미를 잘라냈다. 지느러미는 날개뼈의 뿌리부터 잘려나갔다.

조금만 기다려.

요나의 목소리가 들렸다.

내 발 앞으로 두 개의 안구가 데굴데굴 굴러왔다. 수영장 전체의 불빛이 파닥파닥 떨었다. 요원들이 웅성웅성했다.

"총! 총 챙겨!"

요원들이 뒷걸음질쳤다. 그들이 물러난 곳의 아이스박스에 해체된 두 개의 날개지느러미가 담겼다.

요나의 손에 발목을 잡혀 강문정이 넘어졌다. 요원들은 재빠르게 선글라스를 쓰고 소총을 챙겨 들어 탄창을 장착했다. 강문정이 날카로운 외침으로 명령했다.

"쏘지 마, 쏘지 마!"

요나는 꼬리지느러미를 굽힌 탄력으로 거인의 몸을 세웠다. 총에 맞아 문드러진 피부층이 새하얀 빛깔로 돋아났다. 요나는 강문정의 발목을 한 손으로 잡고 끌어올렸다. 푸르게 빛나는 눈이 거꾸로 매달린 그녀를 내려다보았다.

"진정해. 강문정 선생님이야. 강무……"

침착하게 타이르던 그녀가 입을 다물었다. 요나의 등에서 새까만 먹빛 날개들이 뻗어 나왔다. 한 쌍은 타일 바닥으로 늘어뜨리고, 한 쌍은 수평으로 펼쳤다. 나머지 한 쌍은 머리 위에서 구부려져 얼굴의 푸른 눈을 가렸다.

요나는 강문정의 발목을 잡고 수영장 가운데로 던져버렸다. 모두들 수영장에 빠진 그녀를 바라보았다. 물속을 첨벙대던 그녀가 수영장 바닥을 딛고 물 밖으로 목을 뺐다. 경이로운 것에 홀려 현장에서 벗어난 딴사람이 되었다. 얼이 빠져서 뚫린 천장의 하늘을 올려다보는 것이다.

그녀의 시선을 따라 요원들도 고개를 쳐들어 위를 올려다보았다. 새벽 어스름이 스민 뚫린 천장으로 수리부엉이가 들어왔다. 소리 없이 날개를 퍼덕여 공중을 맴돌다 흰둥이의 머리맡에 착지했다. 동그랗게 뜬 눈으로 머리를 기웃기웃 돌려 자기를 지켜보는 시선들을 둘러보았다.

"아악!"

요나의 아래편 검은 날개가 누군가의 다리를 휘감아 넘어뜨렸다. 강문정을 따라다녔던 뒷머리를 기른 남자였다.

"팀장님!"

요원들은 발포 명령을 요청했다. 그들의 외침을 듣지 못하고 그녀는 밤하늘만 올려다보았다.

"이봐, 나 주미 아빠야! 주미 아빠라고, 주미 아빠."

거꾸로 매달린 그가 다급하게 신분을 밝혔다. 검은 날개로 눈을 가린 요나의 얼굴에서 입이 미소를 머금었다. 나를 찾아왔던 여섯 날개의 검은 천사처럼, 범고래처럼, 웃었다.

한 손으로 그의 골반을 잡고 다른 한 손으로 다리의 무릎을 잡았다. 결합된 기계장치를 분리하듯이 다리를 비틀었다. 뜯어버렸다. 피가 뿜어지고 그는 괴성을 질렀다. 뜯은 다리를 바닥에 떨구었다. 몸뚱이를 강문정의 근처로 던졌다. 비명소리와 함께 그는 물속에 잠겼다. 붉은 핏물이 물속에서 끓어올라 퍼졌다. 흰둥이 곁의 수리부엉이가 날개를 펼쳤다. 흰둥이에게 물이 튀지 않도록 막았다. 강문정은 아직도 천장의 뚫린 하늘을 쳐다보았다.

무수하게 쏟아지는 총탄을 맞으면서도 요나는 엄청난 속도로 요원과 요원을 차례대로 붙잡았다. 그들의 몸을 쥐어뜯었다. 머리가 잡히면 머리를, 팔이 잡히면 팔을, 다리가 잡히면 다리를…… 피를 뿜는 그들의 몸뚱이를 수영장으로 내던졌다. 총소리가 잦아들고 비명소리가 늘어갔다.

요나는 할아버지가 있는 관중석으로 훌쩍 날아 올라갔다. 주위에서 걸린 요원들의 팔다리를 뜯고 몸뚱이를 던져버렸다. 아래의 검은 날개 한쪽이 할아버지를 받쳐 말아서 올렸다. 다른 쪽의 검은 날개가 할아버지를 맞붙잡아 요나의 등 뒤로 올려 감쌌다. 요나는 관중석으로 흩어지는 이들을 하나하나 잡아서 쥐어뜯었다. 곧바로 나에게로 날아왔다.

망연하게 서 있는 방 사장의 목을 움켜잡았다. 그의 목을 비틀어 뜯었다. 머리통이 척추 줄기와 함께 뽑혀버렸다. 사슬이 끊어진 철퇴처럼 대롱거리며 머리는 수영장으로 날아가 떨어졌다. 피를 내뿜는 몸뚱이를 보고 주변의 부하들은 달아났다. 그들을 잡아 팔다리를 뜯어 몸뚱이를 수영장으로 날렸다.

마른 나뭇가지를 부러뜨리듯 내 손발의 수갑을 끊어내고 한 손으로 나를 품어 껴안았다. 요나의 품에서 고래의 온화한 울음소리가 울렸다.

오른편 관중석으로 날아가 나를 내려놓았다. 기절해 누운 주미의 수갑을 끊어 풀었다. 늙은 요원은 도망치지 못해 뻣뻣하게 서서 굳었다. 요나는 그녀의 거울 선글라스를 벗겼다. 얼굴을 가린 검은 날개를 슬며시 벌려 그녀와 눈을 마주쳤다. 고개를 주억거리고 그녀는 관중석을 내려갔다.

요나는 그녀의 머리 위로 날아가 수영장 외곽에 착지했다. 수리부엉이가 흰둥이의 곁에서 비켜나자, 아래편 검은 날개를 풀어서 할아버지를 나란히 뉘었다.

곳곳에 숨은 요원들을 찾아다녔다. 한 지점과 한 지점을 날아다니면 총소리와 비명소리가 터지고, 피를 뿜는 몸뚱이가 휑한 포물선을 그리며 수영장에 빠졌다. 내가 갇혔던 방에서 마지막으로 단말마의 비명이 들렸다. 던져진 몸뚱이가 수영장에 빠지고서야 사방이 잠잠해졌다.

수영장은 핏물 웅덩이가 되어 검은 정장의 몸뚱이들이 떠다녔다. 강문정은 고요한 시체 더미를 헤쳐 느릿느릿 나아갔다. 핏물을 뱉어내고 콜록콜록 기침했다. 수영장 외곽 타일 바닥에 손을 뻗었지만 힘이 없어 올라오지 못했다. 관중석을 내려간 요원이 그녀의 손을 잡고 끌어올렸다. 주저앉아 헐떡이는 그녀에게 요원이 말했다.

"팀장님. 바깥에 사람들이 찾아왔어요."

강문정은 고개를 끄덕이고 요원이 내민 손을 잡고 일어섰다. 그녀들은 관중석 바로 아래의 통로로 들어갔다. 뚫린 천장으로 연푸르게 떠 있는 구름을 쳐다보고 있을 무렵에 또박또박 보고하는 목소리가 들렸다.

"…… 소령 강문정입니다. 사령관님께 비상문 개방 임시 비번을 직접 요청드립니다…… 죄송합니다…… 네…… 저희 대원의 개인 휴대폰입니다. 작전 중에 암호 기기와 제 휴대폰을 물에 빠뜨렸습니다. 부득이하게 암기하고 있는 사령관님 번호로 걸었습니다……

지원 요청은 착오로 잘못 전달되었습니다. 특이체질자의 저항으로 실탄을 사용한 건 맞습니다. 바로 진압되었습니다……

네, 유선망은 현재 철거 중에 있습니다. 특이체질자의 건강 상태는 양호하며 현재 마취되어 수면 중입니다. 브이아이피의 목표물은 획득했습니다. 팀원 스물두 명, 협력팀 열한 명, 특이체질자 유인조 세 명, 총원 삼십육 명은 이상 없이 작전 현장에 대기 중입니다. 네…… 알겠습니다…… 감사합니다. 비상문 앞에서 대기하겠습니다. 충성.”

수영장 건너편 외곽의, 요나가 쓰러졌던 곳에서 아지랑이가 피어올랐다. 팔과 다리가 널브러진 사이의 아이스박스에서였다. 뚫린 천장의 하늘에 아침노을이 번졌다. 그 안에 담긴 요나의 날개지느러미가 햇빛을 받아 녹아내리고 있었다.

나는 안고 있던 주미를 바닥에 뉘었다. 요나를 찾아 관중석을 내려가려던 참이었다. 방에서 빠져나온 요나가 홀연히 수영장으로 걸어왔다. 핏물이 튄 침대 시트로 허리를 묶어 하반신을 가렸다. 흰둥이와 할아버지를 지키는 수리부엉이와 눈을 마주치고 우리가 있는 관중석으로 올라왔다.

온몸에 우무묵 빛깔의 묽은 새살이 돋았다. 돋은 새살마다 총환이 무수하게 맺혀 볼록했다. 엄마가 부르는 목소리에 요나는 선선히 머리를 들었다. 머리카락은 그대로인데 얼굴도 온통 묽은 새살과 총환으로 덮였다. 두 눈은 충혈되었다.

요나는 의식을 차리지 못한 주미를 두 팔로 껴안아 들었다. 코를 훌쩍이며 관중석을 내려가 맨 아래 계단에 주미를 눕혔다. 내 무릎에 주미의 머리를 올려 베게 하고 손을 잡아 주물렀다.

요나는 흰둥이와 할아버지 곁으로 가서 수영장을 등지고 무릎을 꿇었다. 수리부엉이는 나긋나긋 발을 옮겨 요나의 옆자리에 섰다.

추리닝 겉옷을 걷어서 흰둥이를 들어 안았다. 축 늘어진 흰둥이의 몸에 뺨을 비비더니 흐느껴 울었다. 흰둥이를 무릎에 올려 눕히고 몸을 구푸려 손을 뻗었다. 할아버지의 창백한 얼굴을 매만졌다. 죄송해요, 할아버지…… 텅 빈 눈에 손을 얹고 어깨와 팔을 쓸어내렸다. 손가락이 잘린 왼손에 이마를 대고 엎드렸다.

철문이 개방되는 진동이 울렸다.

강문정과 요원이 수영장 외곽으로 들어섰다. 준식 삼촌과 종현 오빠가 뒤따라왔다. 눈을 휘둥그렇게 뜬 얼굴로 두 사람은 수영장을 둘러보았다. 한곳에 모인 우리를 발견했다. 내 이름을 부르며 종현 오빠가 다가왔다.

바다 아래 바다

★

지하층 풀장으로 내려갔다. 대리석 바닥은 말라 우둘투둘한 표면을 드러냈다. 수족관의 유리에는 버짐 같은 마른 물때가 얼룩졌다.

창살을 세운 창문으로 오후의 나른한 햇살이 들어와 풀장을 내리비추었다. 없었던 창문이었다. 집을 잘못 찾아왔나 싶었다. 요나의 집을 찾아왔던 길을 돌이켰다. 내가 어떤 길을 지나쳐왔는지 기억나지 않았다.

오래전에 물을 비워냈기에 풀장도 말라버렸다. 요나의 가족은 집에서 이사를 나갔다. 나에게 말도 하지 않고 떠났다.

집에는 아무도 없었다.

성경 구절을 담은 액자가 덩그러니 벽에 걸렸다. 액자 속의 글자는 검게 빛나지만 나는 읽을 수 없었다. 할아버지가 고래의 언어로 써놓았다. 요나만이 읽을 수 있는 붓글씨였다.

요나의 방을 열었다. 옆벽에는 여행 경로를 그린 세계전도가 붙었는데 나머지 벽과 창문은 사라져 광활한 모래사장으로 뚫렸다. 문손잡이를 잡고서 나는 거실을 돌아보았다. 요나의 집은 지평선을 드리운 모래사장으로 변했다. 지평선 먼 곳에 새 옷을 입은 허수아비가 등지고 서 있었다.

내가 걸어갔던 사막이었다.

하옹, 하옹.

세계전도 너머에서 구름이의 울음소리가 들렸다. 벽의 모퉁이를 돌아서 넘어갔다. 숨바꼭질이라며 구름이는 하옹, 하옹 나를 불렀다. 오른다리 종아리에 뽀송뽀송한 털이 스쳐 뒤를 돌아보았다. 구름이가 앞다리를 세워 앉았다. 자기가 숨바꼭질에서 이겼다고 혀를 내민 얼굴로 즐거워했다.

온몸의 털이 요나의 뻐드렁니처럼 새하얬다. 어딘가에서 목욕을 하고 왔다. 머리에는 혜미가 썼던 빨간 리본핀이 달렸다. 저번보다 훨씬 예뻐졌다. 자기 미모를 안다는 듯이 구름이는 까만 코를 의젓하게 들었다.

더위를 힘들어했기에 덥지 않냐고 물으려다 나는 멈칫했다. 계절을 알 수 없는 곳이었다. 사방은 햇살을 머금은 모래사장이었지만 내 맨발이 밟은 모래의 고운 감촉에는 열기가 없었다.

사뿐사뿐 걷는 구름이를 따라 반짝이는 모래밭을 건너갔다. 구름이는 물놀이하며 놀았던 비다를 자랑하고 싶어했다.

사막의 지평선이 푸른 바다로 넘실거렸다. 오래전부터 사막의 멀리에서 바라보았던 바나였다. 혜미가 살아가는 바다로 나를 이끌었다.

너, 혜미 언니가 목욕시킨 거야?

망망한 푸른 바다 앞에 섰다. 먼바다의 뭉게구름 속에서 하얀 혹등고래 무리가 떠다녔다. 기다란 날개지느러미를 늘어뜨리고 꼬리지느러미를 흔들어 하늘을 날았다. 검푸른 그를 찾을까 나는 이마에 손을 대고 하늘과 구름을 응시했다.

내 오른다리에 구름이의 털이 스쳐 돌아보았다. 구름이는 저 멀리로 뛰어가서 하얀 점으로 멀어졌다. 그곳의 해변에서 희미한 누군가들이 다가왔다. 바다에서 나온 건지 들어가려는지 알 수 없는 그들을 지켜보았다.

문득 깨달아 나는 오른다리를 내려다보았다. 이곳으로 걸어오면서 나는 절름거리지 않았다.

내 오른다리를 손으로 더듬었다. 얇은 면옷에 털이 스쳐간 보송보송한 실감이 남았다.

머리 위에 매달린 링거를 아득하게 쳐다보았다. 오른편 벽에 달린 디지털 시계가 오늘의 날짜와 오후 일곱시를 밝혔다. 그 아래에 빈 침대가 있었다. 누군가를 눕히려는지 이불을 단정하게 펴놓았다.

왼편은 커튼을 걸은 널따란 유리문이었다. 너머의 바다가 저물어가는 햇빛에 눈부시게 일렁였다. 옆벽에서 냉장고를 열고 들여다보는 뒷모습이 낯익었다.

"여기가 어디예요."

앓는 소리를 듣고 여사님이 돌아보았다. 고무탄을 맞아 죽은 구름이와 건너편 관중석에서 할아버지에게 칼을 들이댔던 요원들이 기억났다. 고막을 찢는 총소리가 들려 어렴풋이 요나가 죽는다고 생각했다.

"강릉에 왔어."

여사님의 눈망울이 촉촉하게 맑았다. 선글라스를 쓴 요원으로 변해 요나가 혜미를 죽였다고 주입했던 모습이 간밤의 악몽이 되어 가물거렸다. 다른 사람으로 바뀐 낯섦인데 어쩐지 가까워진 기분이었다.

"사람들은요."

내 말소리에서 얼마간 되찾은 의식이 빠져나갔다. 여사님의 얼굴이 부옇게 자욱해졌다.

"땅거미가 내리면 고래인간이 바다에 들어가야 해서 모두들 이 근처에 있어. 구름이하고 할아버지를 데려간대. 혜미가 있는 곳으로. 바다 아래에 있는 바다로 간다고 전해달래."

"저도요. 저도 가서 배웅할래요."

배웅한다면서 나는 눈을 감았다. 내 귀는 여사님에게 쫑긋했지만 눈앞은 내가 도착한 사막 끝의 해변이었다.

"고래인간도 그곳에 내려가는 건가요."

"살아있어서 들어가지 못한대."

"다행이에요. 살아있어서……"

힘없는 내 말소리가 메아리가 되어 눈앞의 해변에 울려 퍼졌다. 머리 위의 하늘에서 푸른빛 인어들이 노란빛 띠를 늘어뜨렸다. 하늘의 풍경에 별똥별을 그어내려 줄줄이 바다에 떨어졌다.

하얀 점으로 멀어진 구름이가 사람들에게 달려가 안겼다. 그들의 얼굴을 핥고는 품에서 펄쩍 내려왔다. 월월 짖으며 그들의 주위를 빙빙 돌았다. 주미 언니가 왔다고, 같이 보러 가자고 보챘다. 구름이의 이야기를 들은 그들이 나를 바라보았다. 오랜만이라며 손을 높이 들어 흔들었다.

구름이가 내달려왔다.

하얀 구름덩이처럼. 힘차게 뛰느라 두 귀를 젖히고 혀를 내밀고서. 리본핀을 꽂은 포실한 얼굴이 가까워지고 있었다.

★

급하게 겨울 여행을 간다고 저는 루나를 맡겨드렸는데 언니는 목도리를 선물해주었어요. 요나를 낳았던 날에 언니가 썼던 거라 해서 놀랐어요. 선물로 드릴 돌김도 챙겨주었네요.

하와이 여행을 다녀와서 밀린 일이 많았을 텐데 형부도 공항으로 배웅을 나오고 용돈을 두둑하게 주고요. 이번에도 수능 시험은 보고 원서를 안 써서 미안한 마음이에요. 로스쿨 입학에 유리한 자유전공학부에 들어가라고 컨설팅 학원까지 알아봐줬는데. 저는 변호사 같은 직업에 어울리지 않는 사람이라고 다시 한번 얘기해야겠어요.

우리의 사건을 수습했던 그때는 마냥 냉철했잖아요. 언니도 고등학교 시절에 우상 같은 선배였다고 말했고요. 지금은 영락없는 동네 오빠예요.

수현이는 만날 때마다 키가 쑥쑥 자라 있어요. 언니를 닮아가서 더 예뻐졌구요. 언니는 수현이가 아빠를 닮았다고 하지만 형부도 그러던데요. 수현이네 초등학교에 들르면 선생님들도 딸이 엄마를 닮았다고 말한다면서요. 신기해요. 오래전부터 가족이 될 인연이었나 봐요.

결혼기념 여행에서 언니가 저를 생각하며 손편지를 써준 것처럼 저도 정성스럽게 손글씨로 편지를 쓰고 싶었어요. 하와이에서 전화를 걸어와 여행 준비를 하라고 했듯이 저도 전화를 해볼까 고민도 했어요. 제가 아직 시할린에 머무를 때 언니가 글로 읽어보면 좋겠어요. 보고 듣고 느꼈던 마음을 이렇게 이메일로 드려요.

당부한 대로 사할린에 도착해서 언니의 편지를 읽었어요. 유즈노사할린스크 공항에서 짐을 찾자마자 편지봉투를 뜯었어요. 러시아 서쪽의 소치와는 지구의 반대편처럼 떨어진 극동의 외딴섬인데도, 다음달이면 자국에서 동계올림픽이 열린다고 공항의 전광판마다 광고가 나왔어요.

하얀 눈이 펄펄 내리더라구요. 비행기를 타고 오는 동안 늦여름날 강릉에서 들은 언니의 옛날이야기에 사로잡혔어요.

언니의 목도리를 제가 두르고 있어서겠지요. 언니 집에서 사진으로 봤던 희경의 얼굴이 선명하게 떠올랐어요. 저와 비슷한 눈매와 눈빛의 얼굴을 보고서, 할아버지가 왜 저를 보고 희경이라고 불렀는지 이해되었구요.

짤막했지만 신비한 체험이었어요. 낯선 나라에서 기억으로 남은 사진 속의 얼굴과 이야기가 눈앞에 새롭게 그려지는 거예요. 희경의 활짝 웃는 얼굴이 스쳤어요. 언니처럼 삼십대의 얼굴로요. 마치 시간이 흐른 후의 제 모습을 엿보는 느낌이었어요. 기다리고 있으면 언니가 된 희경이 저를 마중하러 성큼성큼 걸어올 것만 같았어요.

낯선 나라로 혼자 떨어져 나왔는데도 마음이 평온한 거예요. 멍하니 눈 내리는 풍경을 보는데 율리아 할머니가 전화를 걸어왔어요. 그제야 유즈노사할린스크에 도착했다고 알렸어요.

공항을 빠져나와 할머니가 보낸 픽업 택시를 찾았어요. 이제는 다리를 절룩이지도 않고 날렵한 보더콜리 루나와 온종일 한강변을 돌아다닐 만큼 튼튼하니까요. 할머니가 알려준 택시를 눈대중으로 찾아놓고 둘레둘레 돌아다니며 공항 주변을 구경했어요. 해가 지기 전에 눈 내리는 풍경을 더 보고 싶었어요.

영하 10도를 웃도는 날씨라지만 따뜻하게 옷을 입고 와서 그렇게 춥지는 않았어요. 코르사코프로 가는 택시 안에서 앙상한 자작나무들이 들어선 하얀 풍경을 바라보았어요. 히터 바람에 실린 낯선 체취를 맡으며 노래를 듣는데 뭉클해지는 거 있죠. 저의 이십대 시절을 빛나게 해줄 여행이 되리라고 예감했어요.

★

율리아 할머니를 보고 좀 놀랐어요. 발레단 출신이어선지 저보다 큰 키에 몸은 군살이 하나도 없이 건강했어요. 하얀 곱슬머리를 길게 늘어뜨린 얼굴인데 눈은 회색빛이었구요. 여느 러시아인 할머니의 입에서 "주미. 어서 들어와"라고 하는 한국말이 자연스럽게 나오는 거예요.

칠십을 바라보는 할머니라고 알고는 있었지만 전화통화 때도 목소리는 젊기만 해서 우리 엄마와 비슷한 나이대로 새겨졌나 봐요. 긴 목과 얼굴에 자잘한 주름을 둘렀어도 할머니가 오십대 중년으로 보였어요.

거실 벽에는 사진 액자들이 걸려 있었어요. 발레리나였던 할머니의 젊은 시절이었어요. 그중에 백조의 호수 발레 공연에서 백조 오데트를 연기한 모습의 사진이 제일 커다랬어요. 저의 상반신만한 크기의 액자로요. 허얀 발레복을 입고 날개 형상의 하얀 머리띠를 두른 발레리나가 너무나 우아한 거예요. 높은 곳을 바라보며 한 손을 높이 뻗은 연기가 간질해 보였어요.

벽의 선반마다 화분과 함께 곰, 개, 부엉이, 고양이 목각인형이 진열되었어요. 책장에는 러시아 책과 함께 한국어 책이 꽂혀 있더라구요. 책장 한편의 세로줄은 클래식 앨범과 디브이디로 빼곡하게 채워졌어요.

소파에 웅크린 하얀 고양이가 나른하게 뜬 연푸른 눈으로 저를 맞이했어요. '마리나'라는 이름의 시베리안 포레스트예요. 구름이와 같이 하얀 털이 수북했는데 고양이라서 털이 사자의 갈기처럼 멋져요. 다리와 꼬리에는 연갈색 줄무늬를 둘렀구요. 머리와 턱 아래를 쓰다듬으니까 가르랑가르랑했어요.

익숙한 음식 냄새가 풍겼어요. 요나의 한국인 친구가 찾아온다고 빵과 수프에 쌀밥, 연어된장조림과 돼지불고기, 상추, 문어숙회로 저녁상을 차렸어요. 문어숙회에는 초장이 있구요. 고사리나물 무침에 참이슬소주도요. 사할린 사람들은 어릴 적부터 한국 음식을 먹으며 성장해서 익숙하대요.

옛날에는 내다버린 문어나 갑오징어를 집으로 가져가는 한국인을 보면 침을 뱉고 조롱했었다고 해요. 일본이 사할린을 침탈하기 전까지 죄수들을 쫓아 보냈던 외딴섬으로 고립되어온 덕에 두족류 요리를 몰랐던 것 같대요. 한국인이 오면서부터 차츰 먹기 시작했고 지금은 없어서 못 먹는대요. 긴 겨울이 끝나는 오월이면 누구라도 할 것 없이 산에 올라가 고사리를 캐느라 바쁘고요. 고사리를 보고 '빠빠르닉'이라 부르면서요.

할머니가 연어된장조림을 직접 요리하고 나머지는 한인 식당에서 사온 거라고 했는데 하나도 빼놓지 않고 맛있었어요. 문어숙회까지 남김없이 먹으면서 둘이 참이슬을 세 병이나 마신 거 있죠. 요나가 저를 술꾼이라고 소개했나 봐요. 냉장고 아래칸에는 참이슬 소주가 일곱 병이나 남았어요. 저는 술이 올랐는데 할머니는 얼굴색 하나 변하지 않았어요. 러시아를 통틀어 술을 제일 많이 마시는 지역이 사할린이래요. 모스크바 사람이 보드카 한 병을 다 마셔갈 즈음에, 사할린 사람은 다 비운 보드카 세 병을 쓰레기통에 버린대요.

삶은 토마토를 안주 삼아서 오렌지주스를 섞은 보드카를 마시며 담배를 피웠어요. 러시아말이 섞인 한국말이었지만 할머니의 이야기를 모두 알아들을 수 있었어요.

우리의 대화가 즐거워지니까 마리나가 할머니 옆의 소파 팔걸이로 소리 없이 뛰어올랐어요. 다소곳이 앉아서는 저를 유심히 지켜보다가 자기 털을 그루밍하더라구요. 친해지고 싶은데 어떻게 접근해야 할지 모르겠다는 눈치였어요. 마리나를 안아도 되냐고 물었거든요. 한 손에 담배를 든 할머니가 다른 한 손으로 마리나의 목덜미를 움켜잡고는 번쩍 들어서 넘겨줬어요. 마리나는 공중에 떠서 야옹야옹하고요. 박력이 넘쳐서 웃음이 나왔어요. 마리나는 제 배에 안겨서 얌전하게 웅크렸어요.

할머니의 어머니는 경북 성주 출신이었어요. 어머니가 시집을 갔더니 남편이 일본군에게 잡혀서 사할린 탄광 노역에 강제징용되었대요. 어머니는 남편을 찾아서 사할린까지 건너온 거예요. 우리나라가 해방되기 직전에 갱도 매몰 사고로 남편은 사망했어요. 남편을 잃은 어머니는 사할린의 공업 시설을 감독하러 나온 소련 중앙당 간부의 집에서 살다가 할머니를 낳았어요. 할머니의 말로는 어머니는 운이 좋은 편이라고 해요. 중앙당 간부 덕분에 따로 좋은 집을 얻고 생선을 가공하는 공상에서 한국인을 관리하는 자리도 얻고요.

어머니가 체념했기에 정착할 수 있었대요. 다시는 고향으로 돌아가지 못할 것을 이미 알고 있었대요.

나라는 해방이 되었는데 사할린에 강제징용된 한국인을 아무도 신경쓰지 않았어요. 이곳 코르사코프 항구에 한국인들이 매일같이 모여서 자신들을 데려갈 배를 기다렸다고 해요. 향수병에 못 이겨서 아무 배를 잡아타다가 바다에 빠져 죽기도 했고요.

중앙당 간부였던 아버지는 증손주까지 보면서 지금도 살아있고 상트페테르부르크에서 요양 중이래요. 아버지를 만나러 어머니와 함께 고급 레스토랑에 갔던 할머니의 어린시절 이야기를 들었어요. 아버지가 발령을 받아서 본래의 가족을 데리고 멀리 동베를린으로 떠난다는 소식을 던지자, 그 자리에서 눈물을 닦았던 어머니의 모습을 또렷하게 기억한대요. 어린 마음에 울지 않고 눈물을 닦는 어머니가 신기하다고 생각하면서요.

어머니가 교육열이 무척 강한 분이었나 봐요. 일곱살이 된 딸이 백조의 호수 포스터에 나온 발레리나의 자세를 따라하는 모습을 보고, 딸에게 소질이 있다고 알아봤대요. 모스크바로 유학을 보내자고 결심한 거예요. 동베를린에 있는 아버지에게 몇 날 며칠 전보를 부쳐서 힘을 써달라고 끈덕지게 요구하면서, 딸에게는 발레학교에 들어가게 해달라고 애걸하는 편지를 쓰게 하고요.

딸이 자신과 단둘이 살다가는 소련인도 한인도 아닌 취급을 받을까 두려워했던 거래요. 발레를 구실 삼아 모스크바에서 교육을 받게 하면서 힘이 있는 아버지가 돌보게 한 거라고요.

여름날에 어머니와 함께 모스크바로 갔어요. 육로로는 9천 킬로미터나 떨어진 어마어마하게 먼 거리였어요. 배를 타고 블라디보스토크에 도착해서 시베리아 횡단 열차를 타고 열흘 넘게 이동했대요. 아버지가 알려준 중앙당 간부의 집을 찾아가서 딸과 하룻밤을 묵은 어머니는 이튿날 아침에 사할린으로 돌아갔어요.

처음엔 어머니가 아버지를 만나러 나간 줄 알았대요. 혼자 남겨졌다는 걸 깨닫고 실어증을 앓았어요. 사할린으로 돌아가고 싶다는 말을 꺼내면 안 된다는 중압감 때문이었어요. 그때의 자신은 무의식적으로 어머니를 흉내내며 생존하려고 했던 것 같대요. 고향으로 돌아가고 싶다는 말을 일절 내뱉지 않았던 어머니의 모습을요.

아버지가 뒤에서 힘을 써준 덕에 신체검사만 받고 볼쇼이발레학교에 들어갔어요. 열여섯살에 정식 단원으로 선발되었어요. 열아홉살에 백조의 호수 백조 오데트와 흑조 오딜 1인 2역을 연기하는 프리마 발레리나가 되었어요. 볼쇼이의 대표 얼굴이 된 거예요. 1960년대는 볼쇼이 발레단이 최전성기로 들어가는 시기였어요. 할머니는 그 길목에서 정상에 올라섰어요. 소련의 각 지역 지도자들이 관람하는 공연에 등장했어요. 소련중앙방송국에서 공연 실황을 방영했고 전국적으로 발레리나의 이름 '율리아 바실리예브나 라자레바'를 알렸고요.

할머니가 책장의 디브이디 칸에 꽂힌 「러시아 발레의 위대한 스타들」을 꺼내서 보여줬어요. 볼쇼이극장과 마린스키극장에서 선보인 발레 공연을 시대별로 나눠서 영상을 추려 편집한 디브이디 전집이었어요. 두번째 디브이디에 율리아 라자레바 이름으로 백조의 호수 제2막의 오데트 바리에이션 영상이 담겼어요. 컬러 화질로 복원되어서요.

무대 좌우에 조연 백조들이 열을 맞춰 서고 그 가운데로 오데트가 발끝을 세운 우아한 걸음으로 등장했어요. 몸의 선 자체에서 빛이 났어요. 다리를 쭉 뻗어 옆머리에 붙여 치켜올리고, 높이 뻗은 두 팔을 뒤로 넘겨 유연하게 날갯짓했어요. 차이콥스키의 선율을 몸짓으로 지휘하듯이요. 화질이 깨끗하지 않았지만 할머니의 젊은 시절을 본다는 것만으로도 흥분되었어요. 사뿐히 몸을 회전하며 무대를 가로지르고, 점프하고, 착지해서 상체를 뒤로 꺾어 활짝 젖히는데 발끝에서 목과 머리, 손가락까지 살아있는 선이 느껴지는 거예요. 뻗은 팔을 안쪽에서 바깥쪽으로 휙 돌리는 단순한 동작에도 매듭감이 전달되었어요.

이 영상의 공연이 마지막 무대가 될 줄 몰랐다는 할머니의 얘기를 들는데 눈물이 났어요. 안타까운 과거를 담담하게 말해서요. 너무나 아름다웠어요. 너무나 우아했구요. 할머니에게 말했어요. 제가 러시아 사람으로 태어나서 율리아 라자레바의 공연을 봤다면 발레학교 오디션을 찾아다녔을 거라고요.

모스크바에서 두 번의 결혼과 이혼을 하면서 아이들을 낳았어요. 볼쇼이발레단의 프리마 발레리나가 이혼을 두 차례나 감행했던 이력이 삶 전체를 어둡게 만들었어요.

소련 사회에서 이혼은 특별하지 않았대요. 당사자끼리 이혼했다고 관공서에 편지 한 통을 보내면 끝이었는데 이혼법이 공포되면서 재판소를 통해 이혼 절차를 진행해야 했어요. 누가 누구와 이혼한 사실이 가십거리가 되어 퍼지는 거예요. 합의 이혼에 실패하면 이혼을 주장하는 당사자가 당시 일반 노동자의 연봉과 비슷한 금액의 벌금을 내야 했어요. 신분증명 서류에는 이혼 이력이 기록되었대요. 두 번의 이혼으로 아버지와 남편들이 친분을 맺은 소비에트 엘리트들 사이에서 평판이 안 좋게 퍼졌구요. 양육권을 주장하는 다툼은 엄두가 나지 않았어요. 부유한 남편 쪽에서 아이들을 키우는 편이 더 나았어요. 발레를 그만두게 하려는 남편들과 싸우느라 소리 지르고 물건을 집어던지는 모습만 보여줘서 아이들과 정이 돈독하지도 못했어요.

불화에 못 이겨 자해하는 소동까지 일으켰어요. 소련의 유력 지도자들이 관람하는 중요한 공연에 무단으로 불참하는 바람에 모든 공연에서 제외되었어요. 안무가로 전향해 혼자가 되어 사는 중에 어머니의 임종 소식을 듣고 사할린으로 귀향한 거예요.

그때에 비로소 딸은 어머니의 한국 땅을 돌아보았어요. 사할린이 아닌 경북 성주 땅에 어머니를 묻어드려야 하는데 그러지 못해 슬펐대요. 한번도 가보지 못한 어머니의 고향을 그리워하는 향수병을 앓았어요.

무기 생산 기지를 관리하는 엘리트와 첫 결혼식에서 한국인 어머니를 소개하기 싫어했던 기억을 말했어요. 본부인을 데려와 상견례를 하고 결혼식을 도와준 아버지를 고맙게 여겼던 과거가 가슴이 사무치도록 아프대요. 아버지가 도와준 건 발레학교 입학과 결혼식밖에 없었어요. 발레를 포기하도록 압박당하고 일상을 감시당하는 딸의 불행한 결혼 생활을 알고도 아버지는 방관만 했어요.

딸이 프리마 발레리나가 되면서부터 어머니는 연락하지 않았어요. 딸이 어머니를 부끄러워하고 부담스러워한다는 걸 알았어요. 어머니가 가끔 편지를 써서 보내주면 딸은 근황을 알리는 짧은 답장만 보냈어요. 어머니가 찾아오면 어쩔 수 없이 만나야 해서 공연에 초대하지 않았어요. 결혼 생활이 순탄하지 않았던 터라 어머니가 보고 싶어했던 손주들의 사진도 보내주지 않았어요.

어머니의 유품을 정리하다가 나무상자에 보관된 편지 뭉치와 신문기사를 발견했어요. 생전의 어머니가 차곡차곡 모아두었던 딸의 소식이었어요. 장례식을 치르면서 사할린 사람들이 어머니에게 외동딸이 있고, 그 딸이 소련중앙방송국에 나온 볼쇼이의 발레리나였던 사실을 처음 접했대요. 아무에게도 딸 이야기를 하지 않고 가슴속에 담아둔 거예요.

어머니의 출신지만 알고 있을 뿐 그 밖의 이야기를 듣지 못해 얻은 마음의 병이 있었어요.

소련과 편을 먹었다고 낙인이 찍힌 한인 사회에서 어머니는 외톨이였던 데다, 딸은 일찍부터 사할린을 떠나 살았기에 이곳의 한국인 후손과 향수병을 나눌 수 없었어요. 사할린의 한인은 자신들을 고려인과 구분하는 정체성이 있어서, 본토 러시아인 같은 할머니가 한국을 말하면 윗대에 카레이스키가 있나 보다 하는 정도로 반응한대요. 다민족 사회여서 다른 민족의 혈통이 섞인 내력이 그리 특별하지 않기도 하고요.

언니가 편지로 알려주었듯이 할머니의 막내아들은 배를 탔다가 사고를 당했어요. 요나가 실종된 막내아들을 바다 아래 바다로 데려다주고 유품을 전해주었다면서 아직도 고마워해요.

혜미도, 할아버지와 구름이도 막내아들이 있는 곳에 내려갔다고 얘기했어요. 할머니는 활짝 웃었는데 취한 거 같다며 훌쩍였어요. 아들아 세상 어디를 떠돌더라도 늦지 않게 집으로 돌아오거라, 라는 러시아 속담을 들려주면서요. 막내아들이 어디에서 살아가는지 알 수 있어서 다행이라 했어요.

막내아들은 수송선을 타고 캄차카반도를 다녀오다가 오호츠크해에서 사고를 당했어요. 어머니를 보내드리고 세번째 남편으로 만난 사할린 한인 2세 사이에서 낳은 아들이었어요. 회색빛 눈을 제대로 살펴보지 않으면 평범한 한인 3세로 보였대요.

아들은 사할린대학교에 다니던 시절에 서태지 공연을 보면서부터 한국에 관심을 가졌어요. 블라디보스토크에서 서태지가 대규모 단독 공연을 열었다는 얘기가 생소했어요. 사할린에서 블라디보스토크까지 가려면 배를 타야 하거든요. 블라디보스토크에 겨우 도착했는데 공연이 열리는 경기장에 사람들이 밀물처럼 몰려서 경찰들이 바리케이드까지 쳐서 막았다고 해요. 아들은 그걸 뚫고 무대의 바로 앞에서 공연을 관람했다고 자랑했어요. 그 당시에 나온 서태지의 앨범 수록곡에서 「0(Zero)」를 제일 좋아했대요. 친구들이랑 서울에 여행을 다녀오기도 하고, 항해사가 된 후에는 수송선을 타고 부산항을 자주 드나들었어요.

아들과 함께 한국으로 귀화하는 날을 꿈꾸었네요. 아들이 한국의 해운 회사로 이직하려고 한국어시험을 준비하고 할머니와 한국말로 대화도 많이 나누었구요. 둘이 여객선을 타고 속초항에 들어와서 강원도와

서울을 여행하기도 했어요.

수송선을 타는 일정마다 아들은 책과 음악 시디를 잔뜩 챙겼고 거기에는 인제니 한국 가수의 앨범이 끼어 있었대요. 땅에서 삶을 조금만 이어갔더라면 아들은 제가 나온 방송도 챙겨봤을 거래요.

사막 끝의 바다 풍경을 할머니도 똑같이 봤어요. 푸른 하늘에서 별똥별로 떨어지는 푸른빛 인어들도요. 요나가 찾아오기 전부터 할머니도 어렴풋이 깨달았던 거예요. 막내아들이 살아가는 세상에 잠시 들어갔다는 것을요. 어머니가 앓았던 것처럼 할머니는 당뇨병 합병증 때문에 왼쪽 눈이 실명 상태까지 갔었대요. 요나가 찾아오고 나서 두 눈으로 먼 바다를 바라보게 되었어요.

그리움이 살아가는 이유라고 말했어요. 일흔을 바라보는 황혼이지만 그럼에도 살아가는 이유가 찾아가지 못할 어머니의 고향 성주 땅과 만나지 못할 막내아들을 오늘의 삶에서 그리워하기 위함이라고요.

그리움이 남은 삶의 자기 일이라고 말했어요. 다시 만날 사람들에게 부끄럽지 않기 위해 삶을 하루하루 쌓아간다면서요.

숙취 때문에 느지막이 일어났어요. 희뿌연 서리가 창문을 덮었지만 바다에 눈이 쏟아지는 풍경을 볼 수 있었어요. 침대에서 부스스 몸을 일으켜 앉는데 낯익은 노랫소리가 들리는 거예요.

몽롱한 상태로 제가 케이팝 루키에서 부른 「게릴라 라디오」랑 비슷하다고 생각했어요. 가만히 듣는데 제 노래가 맞아서 정신이 번쩍 들었어요. 문을 열고 나가 보니 할머니는 가스레인지 앞에 서서 냄비의 요리를 국자로 떠서 간을 봤어요. 식탁에 놓인 할머니의 휴대폰에서 케이팝 루키의 마지막 라운드 영상이 나오는 거예요. 식탁 의자에는 마리나가 눈을 감고 웅크려 앉았어요. 시끄럽지만 이제는 익숙해졌다는 하는 표정으로요.

눈잣나무 열매를 넣은 카샤와 연어 우하, 배추김치를 먹었어요. 눈잣나무 카샤는 우리나라의 죽이랑 비슷해서 잣죽을 먹는 맛이었어요. 연어 우하는 우리나라의 생선탕과 비슷했는데 연어 육수가 진해서 국물이 시원했어요. 딱 해장용이에요. 세번째 남편이 술을 많이 마신 다음날이면 카샤와 우하를 만들어 먹었다고 해요. 할머니는 남편에게 잣을 넣은 카샤를 배웠고 막내아들에게 자주 먹였대요.

언니가 선물로 전달한 돌김을 꺼냈거든요. 한입에 먹기 좋게 김을 잘라서 수저로 뜬 카샤에 얹어 먹었어요. 할머니가 카샤에 김을 얹어 먹을 생각은 해본 적이 없었대요. 바삭한 김이 걸쭉한 카샤에 녹아드는 식감이 좋대요. 언니에게 잘 먹겠다고 말씀 전해달래요.

명절날에 할머니 댁을 찾아갔다가 사육당하는 손녀가 된 것 같았어요. 한 그릇을 비웠는데 제가 잘 먹어서 좋다고 국자로 카샤를 듬뿍 퍼서 또 먹이려는 걸 간신히 막았어요.

같이 설거지하면서도 할머니는 제 노래를 앞으로 돌려서 계속 들더라구요. 제가 집에 와서 노래의 흥이 깊어진다면서요. 케이팝 루키의 제 영상을 휴대폰 배터리가 닳도록 봤다고 해서 얼굴이 화끈거렸어요. 저의 무대를 보고 있으면 리듬을 끌어오는 몸의 움직임이 이입되어서 힘이 난대요. 발레 무용수의 감각이 되살아난다는 말은 누구에게서도 듣지 못할 소감이었어요.

제가 따로 준비해온 책 선물을 드렸네요. 작년에 별세했다는 뉴스를 보고 알게 된 최민식의 『HUMAN』이에요. 한국 사진작가의 사진집이라고 소개했더니 할머니는 진귀한 보물을 받은 양 좋아했어요. 사진집을 들고 표지를 마리나에게 보여주면서요. 저한테 안겨 있던 마리나는 할머니를 심심하게 바라보았어요.

옛날의 서울 도심과 부산의 자갈치시장을 담은 흑백사진을 넘겨봤어요. 러시아의 사진작가 블라디미르 쇼민과 비슷한 분위기라며 반가워했어요. 사람들의 소박한 삶을 담은 흑백사진이 숭고한 감상을 준대요. 신문지에 문어를 숨겨서 집으로 돌아왔던 어머니와 수송선을 타고 부산항을 드나들었던 막내아들을 위한 사진집이라고 했어요.

할머니의 옛날 사진이 담긴 앨범을 보며 보드카를 홀짝이다가 한인 식당을 찾아갔어요. 추운데도 식사하러 온 손님들로 북적였어요. 순두부찌개, 된장찌개, 제육덮밥, 순대, 족발, 젓갈, 김치를 파는 식당인데 손님의 대부분이 가족끼리 찾아온 러시아 본토 사람이었어요. 우리는 챙겨온 반찬통에 순대와 족발을 담아 포장했어요.

카운터를 보는 한인 아주머니가 니트 벙거지를 눌러쓴 저를 힐끔힐끔 쳐다보더라구요. 할머니에게 러시아말로 무슨 질문을 했어요. 한국에서 온 손녀냐고 물어서 할머니가 그렇다고 둘러댔대요. 손녀임을 알아맞혔다며 아주머니가 으쓱하더라는 뒷얘기를 하면서 할머니는 소녀처럼 즐거워했어요. 아주머니의 표정과 말이 맴돌았나 봐요. 돌아오는 길에 할머니가 자꾸만 클클 웃어서 저도 따라서 깔깔 웃었어요.

순대와 족발을 덥혀서 저녁식사를 준비하던 중에 문을 두드리는 소리가 났어요. 창문의 커튼을 걷어 살펴보는데 땅거미가 내린 바깥에서 웬 남자가 덜덜 떨고 있는 거예요. 요란하게 머리카락을 기른 몽골에다, 포도와 키위 그림이 새겨진 현수막으로 몸을 둘러 가리고서요. 이번엔 과일 가게에 붙은 광고 현수막을 뜯었나 봐요. 뜬금없이 귀여웠어요. 사람으로 돌아오면 똑같이 약해지는 모습이요.

제가 문을 열어주었어요. 이제는 푸른 눈을 대놓고 반짝여요. 더벅머리까지 오들오들 떠는 중에도 빙긋이 웃는 걸 보고 장난을 쳤어요. "어머, 남자가 옷 벗고 뭐 하는 거예요"라고요. 이를 딱딱 부딪쳐 떨면서 "이즈비니쩨, 이즈비니쩨"라고 양해를 구하더니 거실에 들어왔어요. 할머니가 높은 목소리로 러시아말을 쏟아내며 반가워했어요. 할머니와 볼을 번갈아 맞대는 인사를 나누고는 욕실에 들어갔어요.

언니. 미성년자에게 주류 판매를 금지하는 우리나라 법에 새삼 감사하게 되었어요. 고래 중에서 술고래로 성장할 줄은 몰랐어요. 할머니가 왜 참이슬을 무더기로 사왔는지 이유를 알게 되었어요. 혼자서 참이슬 일곱 병을 다 마시고 보드카를 끊임없이 마시더라구요. 자기가 술을 사 줄 것도 아니면서요. 할머니는 괜찮다고 했지만 제가 그만 마시게 했어요. 혹등고래가 술맛을 알면 이렇게 마시겠구나 했어요.

딴생각까지 들더라구요. 술을 많이 마시는 사람을 보고 우리나라에서는 왜 하필 고래를 끌어들여 '술고래'라고 불렀는지를요. 술에 고래를 연관시켜서 별명으로 부르는 나라는 우리나라가 유일한 것 같아요. 술을 진탕 마셨던 옛적의 고래인간을 저처럼 목격하고서 유래된 말인가 싶어요.

담배를 피운다는 소식은 언니한테 말하지 말아달래요. 언니와 형부, 수현이를 만나러 하와이를 찾아갔던 날에 담배를 참느라 혼이 났대요. 웃겨요. 저녁때부터 줄담배를 피우더라구요. 할머니와 러시아말로 막 얘기하면서요. 마리나는 저한테만 안겼구요. 저 오빠 때문에 집이 시끄럽다고 궁시렁대는 눈치였어요.

알래스카에서 밀렵꾼들을 잡았대요. 쇠파이프로 물범을 때려잡는 행태를 듣더니 할머니가 러시아말로 욕을 하며 노발대발했어요. 그들의 배를 못 쓰게 만들고는 알래스카 남쪽 바다 멀리로 끌고 가서 조난시켜 버렸대요. 예인선이 그들을 찾아오려면 며칠이 걸릴 거래요.

지금은 제가 있는 방의 침대에서 곯아떨어졌어요. 인간으로 돌아오면, 인간의 몸에 적응하기 위해 잠을 많이 자야 한다나요. 거짓말 같아요. 폭식하고 과음한 데다 줄담배를 피운 탓인데 말이죠. 이불을 덮고 누웠으면서도 제가 언니한테 어떤 이메일을 쓰는지 느끼고 있을걸요.

"그렇지?" 하고 방금 제가 불쑥 물었거든요. 머리까지 이불을 덮고서 "아닌데"라고 답하네요. 아니라고 답했다면, 제가 품은 의문의 내용을 미리 알고 부정하는 거잖아요. 얘는 갈수록 능글맞아요.

이제 셋째날로 넘어갔어요. 사할린은 밤 두시니까 한국은 자정이 되어 새날이 되었겠지요.

잠을 자고 일어나면 서리가 낀 창문으로 눈 내리는 풍경을 볼 거예요. 할머니가 저희 둘이서 사할린을 둘러보라고 했어요. 날이 밝으면 눈이 내리더라도 택시를 불러서 '망향의 언덕'에도 가보고 유즈노사할린스크 시내로 가보래요. 할머니는 집에 있겠다고 해요. 극장에 갈지 스키장에 갈지는 아침의 날씨를 보고 얘기하기로 했어요.

할머니가 한국에 여행을 오면 좋겠다는 생각이 들었어요. 제가 동행해드리고 싶다고, 한국에 오라고 말씀드렸거든요. 우리 집에 묵으면서 한국의 발레단 공연도 보고 콘서트장에도 가고요. 할머니는 손사래를 치면서 사양했어요. 오늘날의 건강이 사할린에서만 유지되는 거라고 해요. 한국을 여행하고 돌아오면 어머니의 향수병에 시달릴 거래요. 막내아들과 한국을 여행하고 돌아왔던 예전에도 후유증으로 몸이 많이 아팠대요. 제가 한국으로 돌아가면 마리나와 함께 적적해할 모습이어서 미리부터 아쉬워요.

언니가 사할린으로 찾아오기를 기다리겠다고 전해달래요. 할머니는 언니를 존경스러운 사람이라고 생각한대요. 고래인간을 낳고 오랜 시간을 버티며 지켰던 언니의 이야기가 한국인 어머니를 떠올리게 한대요. 머리를 식힐 겸 여행을 떠나고 싶으면 언제라도 사할린으로 오라고 했어요.

저희 둘이 놀러 나가면 할머니는 마리나와 집에 남아서 언니에게 부칠 편지를 쓸 거예요. 언니에게 전할 답례 선물도 준비한다고 해요. 저는 다음주에 한국으로 돌아가려구요. 그때 언니에게 할머니의 편지와 선물을 전할게요.

사할린에서 찍은 사진들을 첨부해드려요. 코르사코프 바다에 눈 내리는 풍경 사진이 멋져요. 마리나의 연푸른 눈은 구슬처럼 예뻐요. 하얀 곱슬머리를 늘어뜨린 율리아 할머니는 해맑은 소녀 같구요. 발레리나 시절의 사진은 옛날 흑백영화의 주인공처럼 아름다워요.

이메일과 사진에서 사할린의 아늑함이 느껴지기를 바라네요. 귀국하기 전에 연락드릴게요.

(추신: 머리카락을 더부룩하게 기른 요나는 좀 거슬려요. 빅토르 초이의 머리 스타일을 닮았다며 할머니는 맘에 든다고 하는데 제 눈에는 그냥 한국 촌뜨기예요.)

★

"촌뜨기라니."

요나의 목소리가 등 뒤에서 들렸다.

갓등의 불빛을 받은 창문에 그의 모습이 어렸다. 창문 너머로 송이송이 떨어지는 함박눈을 보며 나는 이메일 전송 버튼을 클릭했다. 기지개를 켜면서 스윽 몸을 틀어 그를 돌아보았다. 노트북의 화면빛과 갓등의 불빛으로 채워진 어스레한 방에서 그의 벗은 윗몸이 침대 가운데에 우두커니 솟았다.

"옷은 왜 벗었어. 안 추워?"

데면데면하게 던진 물음에 요나는 어색하게 뻐드렁니를 드러냈다. 당황스러운지 고개를 갸웃했다. 어물쩍 되물었다.

"삐졌어?"

나는 답하지 않고 노트북을 껐다. 의자에서 느릿하게 일어나 침대에 걸터앉았다. 어스레함 속에서 깊어진 그의 푸른 눈과 더부룩하게 기른 머리를 찬찬히 뜯어보았다. 속으로 귀엽다고 생각했지만 내 표정이 떨떠름했나 보다. 자기 잘못을 빠르게 찾아내 반성하고 있었다. 침대 아래로 손을 뻗어 주섬주섬 티셔츠를 주워서 다시 입는 거다. 참으려고 했는데…… 나는 고개를 떨구어 웃었다.

"왜 웃어."

"다 알고 있잖아. 바보야."

나는 고개를 숙인 채 말했다.

"뭐?"

"너, 바보라구."

나는 무릎으로 침대에 올라가 그의 티셔츠 옷깃을 잡아당겼다. 허리를 곧추세워 그의 얼굴을 두 손으로 감쌌다.

그를 내려다보며 말했다.

"이 술고래야."

찡긋 눈을 감고 정말 바보같이 웃었다. 나는 말없이 그의 푸른 눈을 마주보았다. 눈에서 웃음기가 빠져나갔다. 더부룩한 그의 머리카락을 쓸어 넘겼다. 만지작거렸던 그의 귓불이 따끈해졌다. 내 얼굴이 가까워지자 그는 순순히 눈을 감았다. 내 입술로 그의 아랫입술을 더듬어 아물었다. 그의 뻐드렁니가 내 윗입술을 간지럽혔다. 무릎을 세운 그가 내 머리 위로 올라섰다. 티셔츠를 홀렁 벗어 맨몸을 뽐냈다.

창밖의 눈은 세찬 줄기를 내리그어 쏟아졌다. 갓등의 불빛을 모은 창문이 우리의 모습을 머금었다.

선곡 목록

「Weird Fishes/Arpeggi」(Radiohead, 2007)

「You And I」(2NE1, 2010)

「함께 웃을 그날을」(김명주, 2004, 미발매)

「Part Of Your World」(Jodi Benson, 1989)

「The Taste Of Ink」, 「Buried Myself Alive」(The Used, 2002)

「Hysteria」(Muse, 2003)

「Blurry」(Puddle of Mudd, 2001)

「Chasing Cars」(Snow Patrol, 2006)

「We Walk」(The Ting Tings, 2008)

「Phantom 환영(幻影)」(동방신기, 2006)

「삐에로는 우릴 보고 웃지」(김완선, 1990, 2001년 발매, Soul Take 리메이크 버전)

「Fake Plastic Trees」(Radiohead, 1995)

「Tell Me」(원더걸스, 2007)

「Virtual Insanity」(Jamiroquai, 1996)

「흐린 기억 속의 그대」(현진영, 1992)

「Guerrilla Radio」(Rage Against The Machine, 1999)

「아무 말도 아무것도」(박정현, 2000)

「거위의 꿈」(카니발, 1997)

「Empire State Of Mind」(JAY-Z, 2009)

「내가 제일 잘 나가」(2NE1, 2011)

「오후」(브라운아이즈, 2002)

「난 알아요」(서태지, 2004, Live Tour Zero 04)

「너와 함께한 시간 속에서」(서태지, 2010, 2009 Seotaiji Band Live Tour)

「Lost & Found」(Lianne La Havas, 2012)

「Out Here On My Own」(Irene Cara, 1980)

「Let Me Love You」(Mario, 2004, 2016년 BBC Radio1, Jorja Smith 라이브 버전)

「Symmetry」(Mew, 2003)

「0 (Zero)」(서태지, 2004)

참고 자료

1. 참고 문헌

이주빈, 『일제강점기 '대흑산도 포경근거지' 연구』, 목포대학교, 2017.

김백영, 「한말~일제하 동해의 포경업과 한반도 포경기지 변천사」, 『도서
문화 41』, 목포대학교 도서문화연구원, 2013.

리베카 긱스, 『고래가 가는 곳—바닷속 우리의 동족 고래가 품은 지구의
비밀』, 배동근 옮김, 바다출판사, 2021.

2. 영상 자료

혹등고래

"Humpback Whale Birth of a Giant" (https://youtu.be/O8WztPXnAG0)

"FROM HAWAII TO ALASKA" (https://youtu.be/Pe95KMzkzcU)

"Giant Whale Jumps Out Of Nowhere" (https://youtu.be/oXn1XxuAZEA)

"새끼를 보호하기 위해 부르는 어미 혹등고래의 노랫소리" (https://youtu.be/cEKO-Xaz3sE)

범고래

"Full Killer Whale Attack" (https://youtu.be/ZPjkHFD3bpA)

"살인 고래라 불리는 범고래의 사냥" (https://youtu.be/AJBc2_p-hsI)

혹등고래와 범고래

"Humpback whales' attempt to stop killer whale attack" (https://youtu.be/-lw8_SAtX8o)

"Humpback Survives Killer Whale Attack in Bremer Canyon" (https://youtu.be/cQik2kZJvhY)

"Killer whales hunting a Humpback whale calf and eating its tongue" (https://youtu.be/XK_m_3ZQN8Q)

"Killer Whales feed on carcass with Humpback Whales chasing them" (https://youtu.be/OoeAGM8SxrO)

"Humpbacks Whales Interfere With Killer Whales Feeding" (https://youtu.be/yBvzlTk8rGc)

"Humpback Whales Saving Seals" (https://youtu.be/6fGodmRLt2c)

향유고래

"장애를 지닌 돌고래를 돌봐준 향유고래들" (https://youtu.be/a9HUG4vE120)

"Sperm Whales Sleeping Vertically" (https://youtu.be/cEJjVHFzNHs)

"Orcas vs. Sperm Whales" (https://youtu.be/EJhyJuqNKCs)

백상아리

"[실험] 고래의 울음소리를 들은 백상아리의 반응은?" (https://youtu.be/imu OruN23iE)

고래 해체

"무게 2.5톤, 길이 5미터 대형 밍크고래 해체작업" (https://youtu.be/CocQjz UbmeE)

불법 포경

「씨스피라시Seaspiracy」(알리 타브리지, 2021, 넷플릭스)

"지금도 계속되고 있는 일본의 잔혹한 고래잡이" (https://youtu.be/rwiZfNm Q038)

3. 뉴스

「9m 혹등고래 동해안서 잡혀」, ⓒ 뉴시스, 2004년 9월 14일자.
(https://news.naver.com/main/read.naver?mode=LSD&mid=sec&sid1=001&oid=003& aid=0000084766)

「그물에 걸린 희귀한 혹등고래」, 한겨레, 2005년 2월 18일자.
(https://news.naver.com/main/read.naver?mode=LSD&mid=sec&sid1=001&oid=028&aid=0000099324)

「대형 혹등고래 인양······3500만원 횡재」, 영남일보, 2010년 2월 1일자.
(https://www.yeongnam.com/web/view.php?key=20100201.010070731350001)

「울진 앞바다서 8.5m 멸종위기 혹등고래 잡혀」, 동아일보, 2019년 12월 10일자.
(https://www.donga.com/news/Society/article/all/20191210/98739478/1)

심사평

제12회 혼불문학상에 응모한 작품은 총 348편이었다. 예년에 비해 응모 편수가 줄어든 감이 있으나 딱히 유의미한 감소로 보이지는 않았다. 본심에 올라온 8편의 작품들은 전반적으로 소재가 다양하고 안정된 수준을 보여주었다.

각 소설의 장점과 단점을 자유롭게 논하는 가운데 비교적 쉽게 『전옥주는 전진한다』 『이 세계의 끝』 『검푸른 고래 요나』 세 작품으로 의견이 좁혀졌다.

최종심 후보는 아니지만 본심에 오른 『일 미터는 없어』라는 작품에 대해 간단히 언급하고 싶다. 소설은 도량형에 집착하는 한 인물을 통해, 측량이 가지는 필연적인 오차와 모순을 보여줌으로써 우리의 삶이란 것이 실은 얼마나 많은 불확정성에 의지하는지를 역설한다. 매력적인 장면과 에피소드가 많은 작품이었으나 이야기의 얼개가 헐거웠다. 작가가 인물의 일상성에 좀더 관심을 가지고 장면을 세부화하고 구체화한다면 보다 의미 있는 확장이 가능하리라 생각한다.

『전옥주는 전진한다』는 한 젊은 영화감독의 성장기를 다룬 작품이다. 가독성 있는 문장으로 주인공의 성장과 실패를 일대기적으로 보여준다. 영화 제작 산업 전반을 둘러싼 디테일이 인상적이지만, '전옥주'

라는 인물의 서사적 매력이 희미하고 그녀가 영화감독에 이르는 과정이 지나치게 수월하여 작가가 말하는 성장이란 무엇인지, 전옥주 개인의 성취가 어떻게 세대론으로 확대될 것인지에 대해 의문을 남겼다.

당선을 두고 『이 세계의 끝』과 『검푸른 고래 요나』에 대한 논의가 이어졌다. 이 두 작품은 상이한 매력을 지닌 작품이었다. 한쪽이 서정시처럼 잔잔하고 고요하다면 다른 한 편은 영웅서사처럼 웅장하고 활달했다.

『이 세계의 끝』은 가상의 바이러스에 잠식된 도시를 배경으로 한다. 정체불명의 바이러스는 인물들을 고립시키고, 이는 현재의 팬데믹 상황을 연상시킨다. 사라진 동거인을 찾아 나선 주인공은 폐허의 도시를 통과하게 되는데 그 과정에서 그간 시스템이 묵인해온 온갖 혐오를 목격한다. 이 부분이 소설의 핵심이면서 동시에 한계로 지적되기도 했다. 폐허가 된 세계를 면밀히 묘사하고 감정을 정제히여 서술하는 힘은 빼어나지만, 익숙하고 진부한 상상에 많은 것을 의존하고 있다는 점과 그간 대중문화에서 보여준 재난 서사의 이미지들이 쉽게 연상된다는 점이 아쉬웠다. 재난의 풍경 너머, 재난 이후의 세계에 대한 작가만의 질문과 상상이 궁금해졌다.

올해의 당선작은 『검푸른 고래 요나』이다. 이 작품은 고래인간이라는 환상적인 소재를 통해 환경 및 기후에 관한 강렬한 문제의식을 담고 있다. 다양한 대중문화의 상상력을 적극 활용하고 이를 소설의 중요한 장치로 설정하여 독자의 흥미를 자극하고, 이야기의 퍼즐을 맞춰나가는 미스터리한 구성으로 가독성을 높였다. 여느 응모작과 비교할 수 없는 방대한 원고량에도 불구하고 구어 위주의 생생한 문장으로 거침없이 스토리텔링을 구사하는 점도 인상적이었다.

이 소설의 장점은 그간의 소설 장르가 주는 미학적 성취와는 거리가 있다. 소설보다는 영상 매체의 강한 영향 아래 놓여 있음을 보여주는 장면들, 개연성과 내적 인과성을 개의치 않는 환상성의 채택, 대중적 상상력과 취향의 적극적 차용 등이 그렇다. 물론 이런 특성이 기존 소설장에서 낯선 것은 아니다. 다만 이 소설은 훨씬 더 유려하게 개연성의 사슬을 벗어나 버린다. 기존의 독법으로 재단하기 어려운 이 작품의 특징을 새로운 매체적 글쓰기 형식으로 봐야 한다는 논의와 이러한 요소들이 작가의 문학적 미숙을 드러낸다는 논의가 맞섰다.

이 작품에 대한 지지와 반대를 이어나가는 중에도 심사위원들은 당대의 독자들에게 과연 어떤 작품이 보다 수월히 수용 가능할지를 두고 숙고했다. 그 결과 차츰 재래의 미학을 고집스럽게 주장하기보다는 콘텐츠이자 이야기로서의 특성을 수용해야 한다는 쪽으로 의견이 기울어졌다. 이 작품이 웹툰과 웹소설의 장르적 속성과 속도감에 익숙한 독자가 반길 만한 새로운 현상의 발견인지, 아니면 소설 고유의 미학이 느슨하게 구현된 것인지에 대해서 적극적인 논의가 이루어져도 좋겠다. 서로 다른 의견의 발현이 이 시대 새로운 글쓰기와 미학이란 무엇인지에 대한 모색으로 이어지기를 바라며, 이 작품을 당선작으로 결정하였다.

예심: 강화길 김현 문지혁 임현 차경희
본심: 은희경 전성태 이기호 편혜영 백가흠

수상 소감

　자기 연민에 빠졌던 시절에 소설 습작은 현실에서 눈을 돌리게 해주었습니다. 깊은 바닷속, 고래 뱃속에서 살아나온 예언자 요나, 침몰한 여객선의 이미지를 인물과 사건으로 엮어내는 작업이 무엇보다 가치 있게 보였습니다. 일상에서 의도가 번번이 굴절되어 고립되었기 때문입니다. 화면의 깜빡이는 커서에 자음과 모음을 붙여가다, 새벽빛을 퍼뜨린 창문을 멍하니 바라보며 포만감을 느꼈습니다.

　소설에 골몰할수록 일상은 망가졌다고 진단하면서도, 관성(慣性)이 생겨 멈추지 못했습니다. 이미지와 목소리를 따라가며 이야기를 쓰는 희열은 어디에서도 대체할 수 없었습니다.

　어느 때부터 소설 속 인물들의 눈치를 보기 시작했습니다. 목소리를 들려주어 소설 쓰기를 이끌어준 그들이 쓸쓸하지 않기를 바랐습니다. 그들을 숨 쉬게 하기에는 혼자만의 의식 세계가 비좁았습니다. 어느 서재의 귀퉁이에 쌓인 초고본 책자로 머물지 않도록, 그들의 이미지가 누군가의 의식에 초대되어 재생되기를 희망했습니다.

　첫 습작 장편소설 『스텔라』에서 고등학생의 모습으로 찾아왔고, 당선작 『검푸른 고래 요나』에서 엄마의 모습으로 다시 찾아왔던 최구희에게 감사합니다. "다음 소설에서는 행복하게 해준다면요"라는 목소리가 비극의 주인공으로서 고생했던 『스텔라』를 상기시켜, 지금의 당선작으로 이끌어주었습니다.

　강주미의 춤과 노래, 최요나의 변신, 최구희의 사연이 여행을 떠나려

고 합니다. 그들을 누군가의 의식 세계로 보낼 기회를 얻게 되어 안도합
니다. 어딘가에서 여행하고 있을 그들의 소식을 기대합니다.

제12회 혼불문학상 수상작

검푸른 고래 요나

초판 1쇄 인쇄 2022년 9월 30일
초판 1쇄 발행 2022년 10월 7일

지은이 김명주
펴낸이 김선식

경영총괄 김은영
콘텐츠사업6팀장 임경섭 **콘텐츠사업6팀** 박수연, 한나래, 정다움, 임고운
편집관리팀 조세현, 백설희 **저작권팀** 한승빈, 김재원, 이슬
마케팅본부장 권장규 **마케팅3팀** 권오권, 배한진
미디어홍보본부장 정명찬 **홍보팀** 안지혜, 김민정, 오수미, 송현석
뉴미디어팀 허지호, 박지수, 임유나, 송희진, 홍수경 **디자인파트** 김은지, 이소영
재무관리팀 하미선, 윤이경, 김재경, 안혜선, 이보람 **인사총무팀** 강미숙, 김혜진
제작관리팀 박상민, 최완규, 이지우, 김소영, 김진경, 양지환
물류관리팀 김형기, 김선진, 한유현, 민주홍, 전태환, 전태연, 양문현, 최창우
외부스태프 편집 김가영 디자인 신제영

펴낸곳 다산북스 **출판등록** 2005년 12월 23일 제313-2005-00277호
주소 경기도 파주시 회동길 490
대표전화 02-704-1724 **팩스** 02-703-2219 **이메일** dasanbooks@dasanbooks.com
홈페이지 www.dasanbooks.com **블로그** blog.naver.com/dasan_books
종이 한솔피엔에스 **인쇄** 한영문화사 **코팅 및 후가공** 평창피앤지 **제본** 한영문화사

ISBN 979-11-306-9352-1 (03810)